古典文獻研究輯刊

二四編

曾永義 主編

第17冊

夏承燾詞學研究
——以日記、書信、論詞絕句為考察中心（下）

薛乃文 著

國家圖書館出版品預行編目資料

夏承燾詞學研究——以日記、書信、論詞絕句為考察中心（下）
／薛乃文 著 -- 初版 -- 新北市：花木蘭文化事業有限公司，
2021〔民110〕
目 4+206 面；19×26 公分
（古典文學研究輯刊 二四編；第17冊）
ISBN 978-986-518-579-4（精裝）
1. 夏承燾 2. 詞 3. 研究考訂
820.8　　　　　　　　　　　　　　　　110011670

ISBN-978-986-518-579-4

9 789865 185794

古典文學研究輯刊
二四編 第十七冊　　　　　　　ISBN：978-986-518-579-4

夏承燾詞學研究
——以日記、書信、論詞絕句為考察中心（下）

作　　者　薛乃文
主　　編　曾永義
總 編 輯　杜潔祥
副總編輯　楊嘉樂
編　　輯　許郁翎、張雅淋、潘玟靜　美術編輯　陳逸婷
出　　版　花木蘭文化事業有限公司
發 行 人　高小娟
聯絡地址　235 新北市中和區中安街七二號十三樓
　　　　　電話：02-2923-1455 ／傳真：02-2923-1452
網　　址　http://www.huamulan.tw 信箱 service@huamulans.com
印　　刷　普羅文化出版廣告事業
初　　版　2021 年 9 月
全書字數　520771 字
定　　價　二四編 20 冊（精裝）台幣 45,000 元

夏承燾詞學研究
──以日記、書信、論詞絕句為考察中心（下）

薛乃文　著

表格目錄

第五章　夏承燾對歷代詞人之批評 (二)

第一節　金明詞人

一、元好問

元好問（1190～1257，字裕之，號遺山），太原宿容（今山西忻縣）人。興定五年（1221）進士，官至尚書省左司員外郎。金亡後不仕。有《遺山集》，風格悲涼慷慨，逼近蘇、辛。輯有《中州集》，金人詩、詞多賴以傳世。

夏承燾《瞿髯論詞絕句》論元好問有二首：

> 紛紛布鼓叩蘇門，誰掃刁調返灝渾。手挽黃河看砥柱，亂流橫地一
> 峰尊。　（冊2，頁559）

> 唾手應酬雜笑姍，未容小節議遺山。高流妙訣無多子，兩字傳君是
> 勇刪。　（冊2，頁560）

「蘇學盛於北」，北宋滅亡以後，蘇軾作品即隨金人南下而傳至北方，其豪放慷慨的詞風，正符合北方剛健遒勁的風尚，故學蘇詞者不少。然其中能掃去「刁調」之音，返回灝渾氣象的詞人，也僅有元好問一人。況周頤《蕙風詞話》云：

> 元遺山以絲竹中年，遭遇國變，崔立采望，勒授要職，非其意指。
> 辛以抗節不仕，顦顡南冠二十餘稔。神州陸沉之痛，銅駝荊棘之傷，
> 往往寄託於詞。……遺山之詞，亦渾雅，亦博大。有骨幹，有氣象。

以比坡公，得其厚矣，而雄不逮焉者。……其〈水調歌頭・賦三門津〉「黃河九天上」云云，何嘗不崎崛排奡。坡公之所不可及者，尤能於此等處不露筋骨耳。〈水調歌頭〉當是遺山少作。晚歲鼎護餘生，棲遲蕭落，興會何能飆舉。知人論世，以謂遺山即金之坡公，何遽有愧色耶。充類言之，坡公不過逐臣，遺山則遺臣孤臣也。〔註1〕

兩宋詞風，若一分為二，大抵可分為蘇、辛豪放雄渾一流，及周、姜含蓄婉約一流。金代詞人承兩宋之流風遺韻，初有吳激、蔡松年，繼有趙秉文，而以元好問殿其後。所謂「遺山接眉山，浩乎波瀾翻。效忠蘇門後，此意豈易言」（翁方綱〈讀元遺山詩〉），元好問詞風比之蘇軾，足追辛棄疾，實則於豪放之外兼有婉約之致，張炎曰：「觀遺山詞，深於用事，精於煉句，有風流蘊藉處，不減周、秦。」〔註2〕劉熙載論之「疏快之中，自饒深婉」。〔註3〕元好問的詞風，係隨身世遭遇而改變，國變之前，其詞深情婉約、閒雅瀏亮；國變之後，其詞雄邁頓挫、沉鬱悲涼。〔註4〕故後期詞作，元好問以一介遺臣，將「神州陸沉之痛，銅駝荊棘之傷」，寄託詞中，其詞「渾雅、博大」、「有骨幹，有氣象」，比之蘇軾，當之無愧。夏承燾論詞絕句第一首即論元好問詞風接踵蘇軾而來，有大氣灝渾的境界。吳无聞注解此首，認為元好問〈水調歌頭・賦三門津〉「萬象入橫潰，依舊一峰閒」〔註5〕一句，正可作為《遺山樂府》的贊語。

夏承燾論詞絕句第二首「唾手應酬雜笑姍，未容小節議遺山。高流妙訣

〔註1〕〔清〕況周頤《蕙風詞話》，卷3，見唐圭璋編：《詞話叢編》，冊5，頁4463～4464。

〔註2〕〔宋〕張炎《詞源》，下卷，唐圭璋編：《詞話叢編》，冊1，頁267。

〔註3〕〔清〕劉熙載《藝概・詞概》，唐圭璋編：《詞話叢編》，冊4，頁3697。

〔註4〕續琨編著：《元遺山研究》（臺北：臺灣中華書局，1974年2月），頁191～192。

〔註5〕元好問〈水調歌頭・賦三門津〉：「黃河九天上，人鬼瞰重關。長風怒捲高浪，飛灑日光寒。峻似呂梁千仞，壯似錢塘八月，直下洗塵寰。萬象入橫潰，依舊一峰閒。　仰危巢，雙鵠過，杳難攀。人間此險何用，萬古秘神姦（宜更作「奸」）。不用然（宜更作「燃」）犀下照，未必伏強射，有力障狂瀾。喚取騎鯨客，撾鼓過銀山。」詞上片寫景，記三門峽風采，黃河之水天上來，以雷霆萬鈞之勢，直瀉三門關。「依舊一峰閒」，言砥柱山勢之穩。一動一靜，相映成趣。下片議論，批判黑暗的政治，語氣沉痛。參元好問著：《遺山集・遺山樂府》，見收於《元好問研究資料彙編》（臺北：行政院文建會，1990年12月），下冊，頁1102。

無多子，兩字傳君是勇刪」，指出《遺山樂府》的版本之別。今之傳本，有一卷本、三卷本、五卷本等。一卷本，有明・吳訥《唐宋名賢百家詞》本《遺山樂府》一卷、元・淩雲翰《遺山樂府選》一卷。三卷本，有明弘治五年（1492）高麗普州刊本；朱祖謀《彊村叢書》本，即依據高麗本而來。五卷本稱《遺山先生新樂府》，盧文弨〈遺山樂府題辭〉謂原本「出於義門何氏」，〔註6〕有清・阮元輯《宛委別藏》本；相繼付刻者有道光三十年（1850）張穆陽泉山莊《遺山全集》本、咸豐五年（1855）華亭張家鼐鉏月山房刊本等。〔註7〕朱祖謀〈遺山樂府跋〉云：

> 是編……篇次多寡，與五卷本不合，且有念餘闋溢乎其外者。張嘯
> 山謂五卷鈔本流傳，謬亂百出。故二張（張穆、張家鼐）所刊，未
> 為盡善。或脫載全題，或漏列注語，且有附刻他人之作，不為標明，
> 尤其失之甚者。是編訛字闕文間亦不免。老友吳伯宛寄屬校刊，遂
> 援淩、張諸本，勘舉若干條，其異文得兩通者，亦附著焉。〔註8〕

《遺山樂府》五卷本有「脫載全題」、「漏列注語」、「附刻他人之作」、「訛字闕文」之失，且據盧文弨〈遺山樂府題辭〉謂「是本第五卷，『清曉千門開壽宴』以下八十二首，皆酬應之作。」〔註9〕朱祖謀參照高麗本重新刊成上、中、下三卷，正其訛誤，同時刪汰應酬濫作。1939年1月26日夏承燾《日記》小載：

> 見張家鼐所刊《遺山新樂府》，比朱刊多百首左右，其第五卷〈臨江
> 仙〉以下八十餘首皆壽詞，不免俗濫。（冊6，頁75）

與元好問其他作品相較，此般「俗濫」之詞，確實不入夏承燾眼裡。

夏承燾1930年11月24日《日記》載〈秋日理書，各題一絕〉八首之六，題元好問所編《中州樂府》：

> 畫堂座客聽琵琶，往事承平公子誇。若問詞壇分種界，納蘭以上此
> 名家。　　（冊5，頁172）

元好問《中州集》十卷，附《中州樂府》一卷，編於金亡前夕的天興二年（1133），當時金都汴京已淪陷，元好問身為「楚囚」，編管於山東聊城。《中州集・序》云：

〔註6〕盧文弨〈遺山樂府題辭〉，施蟄存：《詞籍序跋萃編》，頁452。
〔註7〕關於《遺山樂府》版本，詳參王兆鵬編：《詞學史料學》（北京：中華書局，
　　　2004年5月），頁239～240。
〔註8〕朱祖謀〈遺山樂府跋〉，施蟄存：《詞籍序跋萃編》，頁456。
〔註9〕盧文弨〈遺山樂府題辭〉，施蟄存：《詞籍序跋萃編》，頁452。

歲壬辰（1132 年）予掾東曹，馮內翰子駿延登、劉鄧州光甫祖謙約予為此集。時京師方受圍，危急存亡之際，不暇及也。明年留滯聊城，杜門深居，頗以翰墨為事，馮、劉之言，日往來於心，亦念百年以來，詩人為多，苦心之士，積日力之久，故其詩往往可傳。兵火散亡，計所存者，才什一耳，不總萃之，則將遂湮滅而无聞，為可惜也。〔註10〕

元好問在國家危急存亡之秋編《中州樂府》，錄列同代詞人 36 家，詞作 114首，〔註11〕在反映金詞創作風貌上具有相當的真實性和可靠性。序中明確表明「以詩詞存史」的文學意識。一方面通過編輯詞人傳記，以詞存人，彭汝寔〈近刻中州樂府敘〉云：「人有小敘志之，中間亦有一二憐才者，文亦爾雅，蓋金人小史也。」〔註12〕另一方面透過輯錄、評論詞作的方式，將「苦心之士，積日力久」之作保存下來，以反映金詞的風韻情貌。夏承燾於 1928 年 12月《日記》載「查金史諸詞人傳，得十八人，皆見之元遺山《中州樂府》」（冊5，頁 59）；「作蔡珪、党懷英、任詢年譜」，除《金史》外，必參考《中州樂府》（冊 5，頁 60）。可見此集之文學價值。

元好問編《中州樂府》，以吳激、蔡松年為首，二家均是由南入北的詞家，號稱「吳蔡體」，下開有金一代詞風，吳梅《詞學通論》有云：「至若吳蔡體行，詞風始正。於是黃華（王庭筠）、玉峰（趙可）、稷山二妙（段克己、段成己），諸家並起。而大集其成，實在《遺山樂府》所集三十六家。」〔註13〕開卷之作為吳激〈人月圓〉：「南朝千古傷心事，猶唱後庭花。舊時王謝，堂前燕子，飛向誰家。 恍然一夢，仙肌勝雪，宮鬢堆鴉。江州司馬，青衫淚濕，同是天涯。」、〈春從天上來〉：「梨園太平樂府，醉幾度東風，鬢變星星。舞砌中原，塵飛滄海，風雪萬里龍庭」二闋。〔註14〕前者藉淪為金人歌伎的宋室官人，抒寫自身於宋徽宗宣和年間奉使到金，遭受拘留的身世遭遇。後者用以批判宋徽宗荒淫誤國的亂政，以及歌舞昇平的表面假象。元好問註云：「此詞

〔註10〕〔金〕元好問：《中州集》（臺北：商務印書館，1967 年《四部叢刊初編》），頁 1。
〔註11〕《中州樂府》錄詞 113 首，元德明〈好事近〉後附蔡丞相、高子文原韻詞 2首；又所收高憲詞〈貧也樂〉一首，乃誤植宋·賀鑄〈將進酒〉，故此集實收金詞 114 首。
〔註12〕彭汝寔〈近刻中州樂府敘〉，施蟄存：《詞籍序跋萃編》，頁 692。
〔註13〕吳梅：《詞學通論》，頁 78。
〔註14〕吳激〈人月圓〉、〈春從天上來〉，見夏承燾：《金元明清詞選》，頁 3、5。

句句用琵琶故實，引據甚明，今忘之矣。」〔註15〕夏承燾所謂「畫堂座客聽琵琶，往事承平公子誇」，蓋指吳激此二闋詞，清初納蘭性德之前，也唯有這類清妙淒婉之作了。元好問編撰《中州樂府》，作為保留金源詞人的第一部選集，具有寶貴的文學價值。編選者一方面借此抒發亡國之思，另一方面借此總結金源文化的同時，又融匯了自己的審美思想和情趣。特別是將吳激、蔡松年等由南入北的異朝宋儒，列為開卷之首，其懷戀故國的悲歌，正可作為金朝淪陷後，身為階下囚的心靈寄託。

二、陳子龍與夏完淳

　　詞體歷唐、五代之醞釀，造極於兩宋，至金元明而衰退，迄清中興。明、清交替之際，曾湧現一批堅守志節，人品、詞品俱高的詞人，為詞壇留下聲情並茂的佳作。一向被認為「剪紅刻翠」、「雖好卻小」的小詞，在他們筆下負載起嚴肅的歷史使命。其中，夏承燾尤其鍾愛陳子龍、金堡、王夫之、夏完淳四家。

　　陳子龍（1608～1647，字臥子，號軼符，晚號大樽），松江華亭（今上海松江）人。崇禎十年（1637年）進士，選得廣東惠州府司理，南明弘光帝時，任兵科給事中。清軍破南京後，陳子龍於松江起兵，事敗逃亡。後結太湖義軍，圖謀起事，終告失敗，遂投水而亡，以抗清殉國的名義，保全他的朝代歸屬。夏完淳（1631～1647，別名復，字存古，號小隱，又號靈首），生於南直隸松江府，為夏允彝之子，師從陳子龍。夏完淳自幼聰明，有神童之譽，「五歲知五經，七歲能詩文」，14歲隨父抗清。父殉後，他和陳子龍繼續抗清，兵敗被俘，不屈而死，年僅十七。陳子龍、夏完淳兩位都是在明亡時慷慨捐軀的民族志士，其作品均表現堅貞的民族氣節。

　　夏承燾《瞿髯論詞絕句》論陳子龍、夏完淳云：

　　　　湘真閣子聽江開，咫尺終童唱大哀。慷慨英游攜手路，拜鵑詩就戴
　　　　頭來。　　（冊2，頁571）

　　　　艾灸眉頭一嗒然，幾人忍死到華顛。幾人汗下南冠草，墮地星辰十
　　　　七年。　　（冊2，頁572）

陳子龍有《湘真閣詞》。終童，即漢・終軍（BC.133～BC.112，字子雲），西

〔註15〕〔金〕元好問：《中州樂府》，〔清〕朱祖謀校輯：《彊村叢書》（臺北：廣文書局，1970年3月），頁40。

漢濟南歷城（今屬山東濟南）人。終軍以博聞強記、能言善辯、文筆優美聞名，十八歲被選為博士弟子，上書評論國事，漢武帝劉徹封謁者給事中，後擢升諫大夫。

漢武帝元鼎四年（BC.113）招募使者出使南粵（南越國），終軍聞之，馬上求見武帝，請求出使，說道：「願受長纓，必羈南越王而致之闕下。」〔註16〕最後被南越相呂嘉殺害，死時年僅二十歲，因其早逝之故，時人惋惜稱呼「終童」。夏承燾遂以「終童」比之「夏完淳」。夏完淳著有〈大哀賦〉、《南冠草集》等感人之作。〈大哀賦〉一方面抒寫夏完淳面對國家危難、山河變色的慘痛現實，指出明王朝滅亡乃是皇帝昏瞶、黨爭熾烈，終使國力空虛、國土淪喪。另一方面以斑斑血淚講述滿清的壓迫與兵燹之災。全文風格悲壯，文辭華美，飽含反清復國的雄心壯志，寓悽愴之情，寄家國之恨。朱彝尊謂：

> 存古（夏完淳字），南陽知二，江夏無雙。束髮從軍，死為毅魄。其
> 〈大哀〉一賦，足敵蘭成（庾信）。昔終軍未聞善賦，汪踦不見能文，
> 方之古人，殆難其匹。〔註17〕

〈大哀賦〉是夏完淳最具代表性的作品，乃摹擬庾信（513～581，字子山，小字蘭成）〈哀江南賦〉而成。朱氏將兩者並提，提高〈大哀賦〉的文學價值，甚至認為有凌駕庾信〈哀江南賦〉的趨向。正如近人汪國垣《再題內史集》有「文采風流古江左，〈大哀〉一賦敵蘭成。行間字裡有餘響，猶作當年野哭聲」〔註18〕之謂。〈大哀賦〉、〈哀江南賦〉同樣寄託著作者的亡國之恨、易代之悲，但比起〈哀江南賦〉，〈大哀賦〉是蘊含十餘歲英銳少年的凜然正氣，他的民族精神與英雄主義，實遠勝於庾信。〔註19〕《南冠草集》共收錄五律十首，七律三首，七古兩首，有〈別雲間〉「三年羈旅客，今日又南冠。無限河山淚，

〔註16〕〔漢〕班固撰：《漢書・終軍傳》，卷64，頁2821。

〔註17〕〔清〕朱彝尊著，姚祖恩編、黃君坦校點：《靜志居詩話》（北京：人民文學出版社，1998年2月），卷21，頁644。

〔註18〕〔明〕夏完淳著、白堅箋校：《夏完淳集箋校・附錄》（上海：上海古籍出版社，1991年7月），頁700。

〔註19〕〈哀江南賦〉作於庾信屈膝仕於西魏、北周之後。是篇創作時間，大抵有兩種看法：一是陳寅恪考證〈哀江南賦〉應作周武帝宣政元年（578）十二月，庾信六十六歲。二是認為應作於北周明帝元年（557）十二月，庾信四十五歲。學界目前以陳寅恪之說為準。參魯同群：《庾信傳論》（天津：天津人民出版社，1997年12月），頁103～110。

誰言天地寬。已知泉路近，欲別故鄉難。毅魄歸來日，靈旗空際看」；〈寄荆隱女兄兼武功侯甥〉「愧負文姬孝，深為宅相憐。大仇俱未報，仗爾後生賢」；〈東半邨先生詩〉「英雄生死路，卻似壯遊時」等寫實作品。〔註20〕夏承燾「慷慨英游攜手路」一句，即出自於此。「拜鵑」一詞，語出杜甫〈杜鵑〉詩，大膽揭露當時的社會矛盾，表達對窮苦人民的深切同情。另據林景熙〈王脩竹詩集序〉，謂陸游「擬杜，意在寤寐不忘中原，與拜鵑心事悲惋實同」，〔註21〕夏承燾即借杜甫、陸游，表達文人對社會、國家的深切盼望。「戴頭來」典出唐朝段秀實在邠州誅郭晞（郭子儀之子）暴橫之事。〔註22〕夏承燾用以強調陳子龍、夏完淳赴死不屈的民族氣節。

「艾灸眉頭一嗒然，幾人忍死到華顛。幾人汗下南冠草，墮地星辰十七年」一首專論夏完淳。「艾灸眉頭」原為一種中醫治療，《隋書·麥鐵杖傳》載麥鐵杖對醫者說的一段話：「大丈夫性命自有所在，豈能艾炷灸頞，瓜蒂歆鼻，治黃不差，而臥死兒女手中乎？」〔註23〕明末清初遺老吳偉業（1609～1672，字駿公，號梅村）〈賀新郎〉有「艾灸眉頭瓜噴鼻，今日須難訣絕」句〔註24〕，意謂就連「艾灸燒眉、瓜蒂噴鼻」，也無法排解自身晚年屈節仕清的悔恨。相對於誓死抗清、得年僅十七歲的夏完淳，吳偉業應覺慚愧汗顏。夏承燾於1972年寫成〈讀夏完淳集，成二絕〉，詩云：

> 千載一人十七齡，江南何有庾蘭成。國殤猛志沉湘憤，並作風雷落筆聲。

> 華亭鶴唳比鵑哀，三泖孤墳欠一杯。垂老還思攜夢去，壯遊如見戴頭來。　（《天風閣詩集》，冊4，頁72）

夏承燾亦將夏完淳與庾信並論，其不屈不撓，頑強抗敵的愛國心志，甚至凌

〔註20〕〔明〕夏完淳著、白堅箋校：《夏完淳集箋校》，頁260、264、265。

〔註21〕〔宋〕林景熙：《霽山先生集·王脩竹詩集序》（北京：線裝書局，2004年6月《宋集珍本叢刊》），卷4，頁641。

〔註22〕《新唐書》載郭子儀屯邠州，士放縱不法，郭子儀之子郭晞士兵十七人入市取酒，刺酒翁，壞釀器。段秀實取其首植市門外。營中大噪，盡甲，秀實笑且入，曰：「殺一老卒，何甲也！吾戴頭來矣。」〔宋〕歐陽脩撰：《新唐書·段秀實傳》，卷153，頁4849。

〔註23〕〔唐〕魏徵等撰：《隋書》（臺北：鼎文書局新校本，1983年12月），卷64，頁1512。

〔註24〕南京大學全清詞編纂研究室編：《全清詞·順康卷》（北京：中華書局，2002年5月），冊1，頁399。

駕於以死名志的屈原之上，畢竟夏完淳年僅十七歲而已。第二首詩，援用杜甫〈杜鵑〉詩，以及唐朝段秀實在邠州誅郭晞（郭子儀之子）暴橫之典，強調夏完淳寧死不屈的人格精神，正可與以上論詞絕句相為表裡。

陳子龍、夏完淳寧可殺身成仁，不願屈膝效清，其作品一方面如實紀錄歷史的真相，也寄託了他們慷慨激昂的性情，表露作者堅貞的民族氣節，具有「詞史」的文學價值。

三、今釋澹歸（金堡）

今釋澹歸，即金堡（1614～1680，字衛公，又字道隱），明末清初時人，生於浙江杭州。明·崇禎十三年（1640）年考取進士，授臨清知縣，因得罪上司劉澤清，被迫去職，回歸故鄉。弘光元年（清順治二年，1645），清軍攻下杭州，金堡偕原都督同知姚志卓起兵抗清，勢孤而敗。後桂王朱由榔在廣西自立，建元永曆，史稱永曆帝。永曆二年（清順治五年，1648），金堡赴廣西，任禮科給事中。後因政治關係，於永曆四年（清順治七年，1650）被黜戍清浪衛（今貴州省岑鞏縣境內），中途得瞿式耜之助，留居桂林。他為臣直言敢諫，人稱之「虎牙」。〔註25〕同年末，桂林為清兵所破，金堡為保全志節，於是削髮為僧。初取名性因，之後入廣州雷鋒寺函是和尚門下，又名澹歸，一名釋澹歸。而後再擔任廣東韶州（今廣東韶關市）丹霞山寺住持，又名今釋，號舵石翁。著有《徧行堂集》，清初曾刊版行世，卻因語多悖逆，有圖謀不軌之嫌，旋遭禁毀，丹霞寺亦遭到清廷血洗。〔註26〕《徧行堂集》後來問世，前集有詞作三卷，續集60闋，共485闋詞，大都是出家之後的作品。〔註27〕

〔註25〕「虎牙」金堡與「虎頭」袁彭年、「虎皮」劉湘客、「虎尾」丁時魁、「虎爪」蒙正發合稱為「五虎」。

〔註26〕關於金堡生平，可參龍榆生編選：《近三百年名家詞選》（上海：上海古籍出版社，1979 年 10 月），頁 13。又參 2019 年 1 月 16 日網頁檢索 https://baike.baidu.com/item/%E9%87%91%E5%A0%A1。

〔註27〕龍榆生於謝英伯處，獲觀《遍行堂集》四十卷原鈔本，附詞三卷，曾載於《詞學季刊》第 3 卷第 3 號（1936 年 9 月），頁 107～134。《同聲月刊》第 2 卷第 2 號至第 6 號（1942 年 2～6 月）連續刊載其詞，如此《遍行堂集》詞始為世人所識。2010 年國家清史編纂委員會編《清代詩文集彙編》，收有《遍行堂集》，係較為完整的版本。（上海：上海古籍出版社，2010 年 12 月），冊 47，頁 271～325、729～738。據《遍行堂》前集「緣起」中云：「庚寅梧州詔獄作詞數闋，方密之見而稱之，後絕而不作。至庚戌復作。孝山謂吾手筆乃與詞相稱，意殊欣然。時孝山、融谷方共填詞，復有不期而合者。此後一切填詞

夏承燾論詞絕句論金堡云：

> 丹霞山色是耶非，誰向西湖問澹歸。叱起蛟龍聽大唱，黃巢磯下滌
> 僧衣。　　（冊2，頁571）

丹霞山，位於廣東韶州（今廣東韶關市），乃金堡晚年削髮為僧之處。而這座丹霞山在亡國之後，早已不是原來的山色。「西湖」句直指金堡而言，其故鄉即是擁有西湖美景的杭州。論詞絕句前兩句，即指金堡於清兵南下，明朝滅亡後出家為僧一事。後兩句則是評論金堡奮勇抗清的志節。金堡〈滿江紅·大風泊黃巢磯下〉詞云：

> 激浪輪風，偏絕分、乘風破浪。灘聲戰，冰霜競冷，雷霆失壯。
> 鹿角狼頭休地險，龍蟠虎踞無天相。問何人、喚汝作黃巢，真還
> 謗。　　雨欲退，雲不放。海欲進，江不讓。早堆塊一笑，萬機
> 俱喪。老去已忘行止計，病來莫算安危帳。是鐵衣、著盡著僧衣，
> 堪相傍。〔註28〕

夏承燾《金元明清詞選》、葉恭綽《廣篋中詞》、龍榆生《近三百年名家詞選》等均入選此詞，堪稱詞中之代表。此詞詠史，金堡借黃巢起義失敗，隱射毫無作為的南明政權，寄託詞人心中耿耿難消的鬱氣及悲歎。「黃巢磯」在蜀江邊，為唐末農民起義軍領袖黃巢行經之處。當清兵攻下金堡故鄉杭州時，金堡曾與同好起兵抗清，然卻因孤立無援，而以失敗終場。詞中「老去已忘行止計，病來莫算安危帳」，是作者抒發明末國勢垂亡，不可挽救，自己則老病在身，力不足以起身抗敵的感慨。相傳唐末黃巢起義失敗，也削髮為僧，相關記載見《揮麈錄》引陶穀《五代亂紀》載黃巢遁免後，祝髮為浮屠一事，黃巢有一詩云：「三十年前草上飛，鐵衣着盡着僧衣。天津橋上無人問，獨倚危欄看落暉。」〔註29〕金堡〈滿江紅·大風泊黃巢磯下〉下片「鐵衣着盡着僧

作詩遂少矣。」。「庚寅梧州詔獄」是指永曆四年澹歸被敵黨誣陷下獄一事。可見他在出家之前即已填詞，並深得方以智（字密之）的稱賞，惜這些詞作未能留存下來。今存的《遍行堂集》收錄的均為澹歸出家詩文詞，他大量填詞是在庚戌（康熙九年）前後，在浙西詞人陸世楷（字孝山）、沈皞日（字融谷）影響下而填的。參李舜臣：〈釋澹歸與《遍行堂詞》〉，《中國韻文學刊》（2002年第2期），頁96。

〔註28〕南京大學全清詞編纂研究室編：《全清詞·順康卷》，冊2，頁960。

〔註29〕王明清《揮麈錄》又引趙與時《賓退錄》謂黃巢詩「此乃以元微之智度師詩竄易礫裂，合二為一。元集可考也。其一云：「四十年前馬上飛，功名藏盡擁僧衣。石榴園下擒生處，獨自閑行獨自歸。」其二云：「三陷思明三突圍，鐵

衣」一句，即化用筆記所載黃巢一詩，以抒寫胸中幽恨塊壘。

　　夏承燾編《金元明清詞選》，計選金堡詞四闋，除以上〈滿江紅‧大風泊黃巢磯下〉外，另三首均是感慨至深之作。如〈八聲甘州‧臥病初起，將還丹霞謁別孝山〉寫於抗清失敗、出家為僧之後，下片「嘆人間，支新收故，盡飛塵、赴海不能填。重相惜，後來還得，幾度相憐」，表達對國事難以回天的悲憤。〈風流子‧上元風雨〉：「盡翠繞珠圍，寸陰難駐，鐘鳴漏盡，抔土誰澆。問取門前流水，夜夜朝朝。」此詞以元宵佳節為背景，下片聯想起千古芳魂無人祭祀的淒涼景象，只有門前流水，日日夜夜東流不盡。詞人藉此表達了懷念故土的痛切之情。〔註30〕

　　據李舜臣〈釋澹歸與《徧行堂詞》〉一文統計，金堡和唐宋詞人之作，有近四十首（包括辛棄疾17首、蔣捷7首、李清照5首、朱淑真1首、溫庭筠1首、釋覺范2首、柳永1首、周邦彥1首、蘇軾1首、毛滂1首），其中以和辛棄疾最多，這說明他填詞之傾向。〔註31〕金堡與辛棄疾的心境與遭遇也有類似之處，兩人同時面對異族入侵、山河裂碎的時代，都曾積極向朝廷提出《美芹十論》（辛棄疾）、《中興大計疏》（金堡）、《上時政八疏》（金堡）等洋洋策論。晚歲的辛棄疾也曾過著田園生活，消磨鬥志，而金堡則遁入空門，以求心靈的寬慰。然二人均未忘「國仇」，時時在字裡行間抒發悲憤之情。嚴迪昌《清詞史》稱金堡詞除去少量應酬之作外，無不「蒼勁悲涼」、「痛切激勵」，此正是遺民志節所在。〔註32〕夏承燾評論金堡，亦是站在此一角度論之。儘管金堡在入清後，廣泛結交清廷官員，而遭人非議，〔註33〕但其詞蘊含亡國之後，個人所經歷的屈辱、激憤、悲慨等心境，也是不容質疑的事實。

　　　　衣拋盡納禪衣。天津橋上無人識，閒憑欄干望落暉。」〔明〕王明清：《揮麈錄》（北京：中華書局，1961年），頁358。

〔註30〕夏承燾、張璋編選《金元明清詞選》所選第四闋為〈小重山‧得程周量民部詩，卻寄〉：「落落寒雲曉不流。是誰能寄語，竹窗幽。遠懷如畫一天秋。鐘徐歇，獨自倚層樓。　點點鬢霜稠。十年山水夢，未全收。相期人在別峰頭。閒鷗鷺，煙雨又扁舟。」四闋詞見收於頁377～382。

〔註31〕李舜臣：〈釋澹歸與《遍行堂詞》〉，頁99。

〔註32〕嚴迪昌：《清詞史》（南京：江蘇古籍出版社，2001年7月），頁99。

〔註33〕陳垣《清初僧諍記‧記餘》謂「今所傳《遍行堂續集》二，有某太守，某總戎，某中丞壽序十餘篇，卷十一有上某將軍，某撫軍，某方伯，某臬司尺牘數十篇，睹其標題，已令人嘔穢。」參《陳垣全集》（合肥：安徽大學出版社，2009年12月），冊18，頁387。

四、王夫之

　　王夫之（1619～1692，字而農，號薑齋，學者稱之船山先生），明末清初時人。與今釋澹歸（金堡）均為南明永曆政權的臣吏。他填詞的時間，主要在永曆朝崩潰後的隱退時期。嚴迪昌謂「王夫之的《薑齋詞》與今釋澹歸的《偏行堂詞》堪稱清初南明遺民詞的『雙璧』。雖然取徑不同，風格的放與斂各自有異，但均繼承並發展著南宋愛國詞人的『忠愛』詞旨的傳統」。〔註34〕肯定兩位清初遺民的詞史地位與愛國精神。夏承燾《瞿髯論詞絕句》論王夫之云：

> 共誰月窟話神游，難挽天河浣客愁。淒絕聽鵑橋畔客，臨終囈語問
> 幽洲（「洲」宜正作「州」）。　　（冊2，頁573）

夏承燾檃括王夫之〈綺羅香〉一闋「欲挽銀河水，仙槎遙渡。萬里閒愁，長怨迷離煙霧。任老眼、月窟幽尋，更無人、花前低訴」句。原詞如下：

> 流水平橋，一聲杜宇，早怕雒陽春暮。楊柳梧桐，舊夢了無尋處。
> 拚午醉、日轉花梢，夜闌風吹芳樹。到更殘、月落西峰，泠然胡蝶
> 忘歸路。　　　關心一絲別掛，欲挽銀河水，仙艖遙渡。萬里閒愁，
> 長怨迷離煙霧。任老眼、月窟幽尋，更無人、花前低訴。君知否、
> 鴈字雲沉，難寫傷心句。〔註35〕

詞序云：「讀《邵康節遺事》，屬纊之際，聞戶外人語，驚問所語云何？且云：『我道復了幽州。』聲息如絲，俄頃逝矣。有感而作。」《邵康節遺事》或指明·陳繼儒《邵康節先生外紀》；邵康節即宋代易學家、思想家邵雍（1011～1077，字堯夫，諡號康節，自號伊川翁、安樂先生）；幽州，今河北北部一帶，燕雲十六州之一，五代時割讓給契丹，至宋末仍未能收復。王夫之〈綺羅香〉「流水平橋，一聲杜宇，早怕洛陽春暮」句，見《邵氏聞見錄》載：「治平間，（康節）與客散步天津橋上，聞杜鵑聲，慘然不樂。客問其故，則曰：『洛陽舊無杜鵑，今始至，有所主。』客曰：『何也？』康節先公曰：『不三五年，上用南士為相，多引南人，專務變更，天下自此多事矣！』」〔註36〕洛陽向無杜鵑，邵雍與客行於天津橋上，忽聞杜鵑啼聲，感嘆三五年後，將有江南之士亂天下（後指王安石變法）。「楊柳梧桐」，出自邵雍〈月到梧桐吟〉「月到梧桐

〔註34〕嚴迪昌：《清詞史》，頁103。

〔註35〕饒宗頤初纂、張璋總纂：《全明詞》（北京：中華書局，2004年1月），冊5，頁2491。

〔註36〕〔宋〕邵伯溫撰，李劍雄、劉德權點校：《邵氏聞見錄》（北京：中華書局，1997年12月），卷19，頁214。

上，風來楊柳邊」一詩。「月窟幽尋」句，出自邵雍〈秋懷三十六首〉之三十二：「脫衣掛扶桑，引手探月窟」一詩。〔註37〕夏承燾云：

> 此詞傷念世亂，不勝異代同悲之感。詠邵雍即所以自詠。纏綿悱惻，
> 忠愛之遺，泂為詞中獨造之境。〔註38〕

王夫之〈綺羅香〉一闋，顯然化用邵雍之典，藉邵雍臨終前不忘收復幽州之事，以繫一己之際遇。即使王夫之在入清後於衡山石船山麓定居（即「湘西草堂」），著書終身，不再出仕，但身居巖壑，仍心存恢復之志，對於邵雍臨終前念念不忘國土，特別引起共鳴。

　　夏承燾稱「王船山詞，堪稱大家」，曾應湖南省歷史博物館之請，為王夫之《宋論》手稿題詞，調寄〈減字木蘭花〉，詞云：

> 六經生面，巖壑書成關世變。宙合蒼茫，並世相望有顧黃。　　風
> 雲叱吒，紅紫江山環講座。不待夾筇，開卷光芒見祝融。〔註39〕

明清易代之際，士人在面對國破家亡，外族統治的民族衝突之下，靦顏仕敵、投降變節者有之；玉石俱焚、殺身成仁者有之；逃禪為僧，隱居著書者亦有之。顧炎武、黃宗羲、王夫之三家，於鼎革之際都曾誓死抗清，事敗之後，堅拒清廷徵召，隱居著述講學，亦時時心繫家國世變，表現出凜然氣節。可惜王夫之晚年潛心之著作，因身處窮鄉僻壤，未能廣傳，後又遭到清廷大量禁毀。直至王夫之逝世，後人王敔開始有意識地傳播王夫之學行，其著作才逐漸問世。夏承燾〈減字木蘭花〉一闋，即是頌揚王夫之不仕異族的民族志節。

　　曾受教於夏承燾的彭靖指出夏承燾之所以鍾情王夫之，乃「深契船山者甚多」〔註40〕，其創作精神亦是同出一轍。夏承燾經歷日軍侵華、國共內戰，面對國土分合，世事驟變，夏承燾在他的詞中，如實反映了歷史的更迭。如1925年作〈鷓鴣天·鄭州阻兵〉、1931年作〈賀新涼·聞馬占山將軍嫩江捷報〉、1942年作〈虞美人·自杭州避寇過釣臺〉、1943年為北京淪

〔註37〕邵雍〈月到梧桐吟〉、〈秋懷三十六首〉，見北京大學古文獻研究所編：《全宋詩》，冊7，卷372，頁4573；卷363，頁4481。

〔註38〕夏承燾、張璋編選：《金元明清詞選》，頁352。

〔註39〕彭靖〈開拓者給我們的啟示——試說夏承燾先生在詞學上的貢獻〉，吳无聞編：《夏承燾教授紀念集》，頁47。

〔註40〕彭靖〈開拓者給我們的啟示——試說夏承燾先生在詞學上的貢獻〉，吳无聞編：《夏承燾教授紀念集》，頁48。

陷區諸友作〈洞仙歌〉（扶風歌斷）、1945 年作〈浣溪沙〉記溫州祝捷等，夏承燾填詞以記史的創作實踐，反映了一位詞人的心情寫照，讀之令人振奮不已。王夫之的詞，朱祖謀題之曰：「蒼梧恨，竹淚已平沉。萬古湘靈聞樂地，雲山韶濩入悽音，字字楚騷心。」〔註41〕其詞如〈燭影搖紅〉：「迢遞誰知，碧雞影裡催啼鴂。鵔鸞不待玉京遊，難挽瑤池轍。黃竹歌聲悲咽。望翠瓦雙鴛翼折。金莖露冷，幾處啼鳥，橋山夜月」一闋，言永曆帝朱由榔自雲南投奔緬甸，反映明朝國運已終，興復無望；〈蝶戀花·衰柳〉：「為問西風因底怨。百轉千回，苦要情絲斷。葉葉飄零都不管，回塘早似天涯遠」一闋，藉衰柳寄託明朝國運大勢已去的局面；〈摸魚兒·東洲桃浪，瀟湘小八景之三〉：「君不見桃根已失江南渡。風狂雨妬，便萬點落英，幾灣流水，不是避秦路」一闋，直指明朝滅亡事；〈玉樓春·白蓮〉：「荻花風起秋波冷，獨擁檀心窺曉鏡。他時欲與問歸魂，水碧天空清夜永」一闋，以白蓮檀心窺鏡，顧影自憐，寫君國淪亡漂泊之感。〔註42〕王夫之填詞，以比興筆法寄託愴懷故國之思，詞風近似辛棄疾〈摸魚兒·暮春〉情韻，又兼得王沂孫《碧山樂府》遺意。葉恭綽《廣篋中詞》謂「故國之思，體兼騷、辨。船山詞言皆有物，與並時披風抹露者迥殊，知此方可以言詞旨。」〔註43〕除上舉詞例外，夏承燾所選《金元明清詞選》，尚錄王夫之〈更漏子·本意〉、〈清平樂·詠雪〉、〈惜餘春慢·本意〉三首，選錄數量僅次於陳子龍十首，可見夏承燾對王夫之的重視。

第二節　清代詞人（一）

一、陽羨派詞人

　　夏承燾《瞿髯論詞絕句》中有一首專論陽羨詞派陳維崧（1625～1682，字其年，號迦陵），絕句云：

　　　　趙魏燕韓指顧中，涼風索索話英雄。燕丹席上衣冠白，豫讓橋頭落
　　　　照紅。　　（冊 2，頁 574）

〔註41〕〔清〕朱祖謀〈望江南·雜題我朝諸名家詞集後〉，見《彊村語業》（上海：上海古籍出版社，2002 年《續修四庫全書》冊 1727），卷 3，頁 559。
〔註42〕饒宗頤初纂、張璋總纂：《全明詞》，冊 5，頁 2490、2476、2492。
〔註43〕葉恭綽：《廣篋中詞》（臺北：鼎文書局，1971 年 9 月），卷 1，頁 27。

論詞絕句連續化用陳維崧〈點絳唇・夜宿臨洺驛〉、〈好事近・夏日史蘧庵先生招飲〉、〈南鄉子・邢州道上〉三詞，評論陳維崧繼承蘇辛一派的豪放詞風，即使是小令，也寫得波瀾起伏。三詞原文如下：

> 晴髻離離，太行山勢如蝌蚪。稗花盈畝，一寸霜皮厚。　　趙魏燕韓，歷歷堪回首。悲風吼。臨洺驛口。黃葉中原走。　（〈點絳唇・夜宿臨洺驛〉）

> 分手柳花天，雪向晴窗飄落。轉眼葵肌初繡，又紅欹欄角。　　別來世事一番新，只吾徒猶昨。話到英雄失路，忽涼風索索。　（〈好事近・夏日史蘧庵先生招飲，即用先生〈喜余歸自吳閶〉過訪原韻〉）

> 秋色冷并刀。一派酸風捲怒濤。並馬三河年少客，粗豪。皂櫟林中醉射雕。　　殘酒憶荊高。燕趙悲歌事未消。憶昨車聲寒易水，今朝。慷慨還過豫讓橋。　（〈南鄉子・邢州道上〉）〔註44〕

陳維崧在康熙七年（1668）結束了冒襄（1611～1693，字辟疆，號巢民）水繪園托庇生涯後，第一次北遊進京，途中行經臨洺驛（今河北省永年縣），深感北地荒寒，俯仰今昔，觸緒百端，遂奮筆填作〈點絳唇・夜宿臨洺驛〉一詞。「韓魏燕趙」乃戰國時期的諸侯國，即陳維崧北遊所到之處。詞人刻意在現實與歷史之間，傷今弔古，詞風也顯得悽楚蒼涼。〈好事近・夏日史蘧庵先生招飲〉一闋，乃康熙五年（1666），陳維崧從蘇州歸家後，應史可程（字赤豹，號蘧庵）之邀，與之飲酒，有感於「英雄失路」，酬答史可程的和作。〔註45〕〈南鄉子〉一闋，寫於邢州（河北邢臺）道上，陳維崧通過對秋景的描述和對少年騎馬射鵰的描寫，帶出對三河（河東、河內、河南，在河南省北部、山西省南部）一帶歷史人物的追憶，對荊軻（戰國衛人）、高漸離（戰國燕人）、豫讓（春秋晉人），都賦予了崇高的讚賞。

陳廷焯《白雨齋詞話》卷三論曰：

> 其年諸短調，波瀾壯闊，氣象萬千，是何神勇。如〈點絳唇〉云：「悲風吼，臨洺驛口，黃葉中原走。」……〈好事近〉云：「別來世事一番新，只吾徒猶昨。話到英雄失路，忽涼風索索。」……平敍

〔註44〕南京大學全清詞編纂研究室編：《全清詞・順康卷》，冊7，頁3890、3908、3936。

〔註45〕賀新輝主編：《清詞鑒賞辭典》（北京：北京燕山出版社，2006年9月），頁235。

　　　中峰巒忽起，力量最雄。〔註46〕

豪放詞人往往以慢詞長調運氣蓄勢，書寫波瀾起伏、慷慨激昂的心境；陳維崧則以奔騰飛揚的才情和剛勁的筆力，寫了大量「波瀾壯闊，氣象萬千」的小令。這是其他豪放詞人不能輕易望其項背之處。

　　此外，夏承燾於 1961 年 1 月 24 日《日記》載：

　　　閱《湖海樓詞序》，謂其年為詞一日可得數十首，宜多濫作，亦有突
　　　出古人者，如寫農村疾苦，寫縴夫勞役及明季民族志士形象、藝人
　　　演技等，皆有佳作，全集一千六百餘首，比稼軒多千餘首，誠空前
　　　未有。精蕪雜糅，必須刪汰，為作箋註。　　（冊 7，頁 859）

除了需要刪汰的作品外，夏承燾對陳維崧所作的寫實作品十分重視，曾在同年 2 月 6 日將「陳其年反映階級矛盾」一篇文章寄予《文匯報》（冊 7，頁 861）；2 月 23 日《日記》載「言陳其年〈縴夫詞〉之戰爭性質」；1964 年 7 月 30 日載「商寫〈詩餘論〉講稿，並談農村詞蘇、辛、陳其年三家」（冊 7，頁 978）這些均是夏承燾在面臨社會思想改革的過程中，所遭遇到的困境，這也難怪夏承燾如此鍾情陳維崧。曹寅（1658～1712，字子清，號荔軒）在陳維崧逝世之後，作〈賀新郎·讀迦陵詞用劉後村韻〉一闋悼之，詞中「何物靈均招便去，向詞壇直奪將軍鼓」一句即反映了陳維崧詞中的崇高思想。

二、浙西派詞人

　　夏承燾《瞿髯論詞絕句》中有二首專論浙西詞派朱彝尊（1629～1709，字錫鬯，號竹垞），二首如下：

　　　朱陳豔說好村名，坡老重經百感並。琴趣茶煙魂定否，村村野哭過
　　　門聲。　　（冊 2，頁 575）

　　　酹韻風懷繫夢思，蒸豚兩廡也涎垂。一心兩手扶皇極，馬鄭家言秦
　　　柳詞。　　（冊 2，頁 576）

朱彝尊生於明、清之交，正是「野哭幾家聞戰伐」（杜甫〈閣夜〉）的時代。而他的詞無論是《靜志居琴趣》、《煙茶閣體物集》，卻很少有反映民間疾苦之作，反而以豔情、詠物的題材居多。他與陳維崧合編《朱陳村詞》，是用蘇軾〈陳季常所蓄朱陳村嫁娶圖〉〔註47〕為之命名。「坡老重經百感並」一句，係夏承

〔註46〕〔清〕陳廷焯：《白雨齋詞話》，唐圭璋編：《詞話叢編》，冊 4，頁 3838～3839。
〔註47〕蘇軾〈陳季常所蓄朱陳村嫁娶圖〉二首：「何年顧陸丹青手，畫作〈朱陳嫁娶

燾藉蘇軾角度批評朱彝尊作詞題材狹隘，僅專作豔情詞、詠物詞，而無法體現大時代、大題目的缺點。

第二首論詞絕句，夏承燾同樣以朱彝尊的作品集予以評論。其《靜志居琴趣》、〈風懷二百韻〉盡是柔情綺思之作，相傳乃朱彝尊為其妻妹馮壽常（字靜志）所作，故有詞論家云：「《靜志居琴趣》一卷，皆〈風懷〉注腳也」〔註48〕陳廷焯亦云：「豔詞有此，匪獨晏、歐所不能，即李後主、牛松卿亦未嘗夢見。」〔註49〕朱彝尊曾謂「寧不食兩廡特豚」，也不刪〈風懷〉一詩。〔註50〕兩廡冷豬肉作為祭祀孔廟之用，朱彝尊之言，可見他對愛情的守護。朱彝尊一面寫豔詞，如出秦（觀）、柳（永）之手，一面承馬（融）、鄭（玄）之論，撰有《經義考》〔註51〕一編，以宣揚聖賢之道。夏承燾以「一心兩手扶皇極」，指出朱彝尊一方面為詞壇開宗立派，一方面以聖賢之道鞏固清廷。末句「馬鄭家言秦柳詞」，卻透露夏承燾對朱彝尊的人格與詞風不相稱的諷刺。

夏承燾認為在「嚴重緊張的時代」，「一切文學形式」應該要「分擔起這個抗戰救亡的責任」（冊2，頁256），故能藉詞反映現實，因應時代的需要，才能從狹隘的題材中走出，而不侷限於「豔科」的面目。朱彝尊身逢亂世，卻盡作婉麗之詞，這是夏承燾覺得可惜之處。然實際上朱彝尊《江湖載酒集》中，收錄許多議論風發、悲慨激盪的作品，如〈水龍吟·謁張子房祠〉、〈滿江紅·吳大帝廟〉，或抒發感慨之作，如〈百字令·自題畫像〉、〈青玉案·臨淄道上〉等作品；〔註52〕而《靜志居琴趣》、〈風懷二百韻〉也有別於一般側豔

圖〉。聞道一村惟兩姓，不將門戶買崔盧。」「我是朱陳舊使君，勸農曾入杏花村。而今風物那堪畫，縣吏催租夜打門。」見〔宋〕王十朋註：《東坡詩集註》，卷27，頁511～512。

〔註48〕冒廣生《小三吾亭詞話》，唐圭璋編：《詞話叢編》，冊5，頁4711。

〔註49〕〔清〕陳廷焯《白雨齋詞話》，唐圭璋編：《詞話叢編》，冊4，頁3835。

〔註50〕袁枚〈題竹垞風懷詩後·序〉：「竹垞晚年自訂詩集，不刪〈風懷〉一首，曰：『寧不食兩廡特豚耳。』」見〔清〕袁枚著、周本淳標校：《小倉山房詩文集·詩集》（上海：上海古籍出版社，1988年8月），卷9，頁206。

〔註51〕《經集考》是朱彝尊辭官之後，仿馬端臨《文獻通考·經籍考》體例的作品，統考歷代之見解來整理古今經學文獻，著錄了自先秦迄至清初八千四百多種的經學著述。朱彝尊〈寄禮部韓尚書書〉有云：「見近日譚經者，局守一家之言，先儒遺編，失傳者十九，因仿鄱陽馬氏《經籍考》而推廣之，自周迄今，各疏其大略。」〔清〕朱彝尊：《曝書亭集》，卷33，頁282。

〔註52〕朱彝尊《江湖載酒集》收錄於《清詞珍本叢刊》（南京：鳳凰出版社，2007年12月），冊5，頁163～303。

之篇，嚴迪昌認為「真摯、細膩、纏綿」正是《靜志居琴趣》的特點，在清人愛情詞中，堪稱絕唱。〔註53〕夏承燾以社會主義的角度評論詞人詞作，強調詞的寫實功能，卻忽略了作品本身的藝術性與所蘊含的情感，這無非是夏承燾論詞的侷限。

此外，夏承燾於1975年作〈玉樓春·朱竹垞梧月詞序手稿，瘦石翁囑題〉一闋，乃見朱彝尊為蔣景祁（1646～1695，字京少）《梧月詞》所作的序，由尹瘦石（1919～1998）畫家囑題而作。詞云：

> 玉田新曲傳京甸，百歲行年剛過半。羊城紫塞莫回頭，客路霜蹄如掣電。　　迦陵遊釣懷陽羨，我亦湖光遮眼見。茅山舊夢炳青燈，梅墅秋聲驚白雁。　　（冊4，頁354）

朱彝尊在順治十三年（1656）後，赴廣東（即羊城），客曹溶（1613～1685，字潔躬）幕中；康熙十二年（1673）又客居潞河（今北京郊區）入龔佳育（1622～1685，初名佳胤，字祖錫）幕下，過著「依人遠遊，南踰五嶺，北出雲朔，東泛滄海」〔註54〕的生涯。也曾與明末遺民屈大均（1630～1696，字翁山）參與山陰祁氏梅墅別業圖復明社之謀。人稱屈大均為「羅浮道士」，〔註55〕而朱彝尊在蔣景祁《梧月詞·序》中亦自稱欲入茅山為道士之事。〔註56〕這也反映當時明末遺民不仕異族，而選擇逃禪的傾向。然朱彝尊最後在康熙十八年（1679）仍被清廷徵召，舉博學鴻詞，授翰林院檢討，並參與纂修《明史》。朱彝尊少年志事，少為人道及，詞壇多關注於他所開創的浙西詞派，曾說「不師秦七，不師黃九，倚新聲、玉田差近」，〔註57〕造成「家白石戶玉田」的局面，與陽羨詞派陳維崧並列，譚獻云：「錫鬯、其年出，而本朝詞派始成。」〔註58〕對照朱彝尊早年志事，形成極大對比，而詞家選擇若此，蓋時代所趨，身不由己。

厲鶚（1692～1752，字太鴻，號樊榭）乃浙派朱彝尊之後的中堅。吳錫

〔註53〕嚴迪昌：《清詞史》，頁270。

〔註54〕王士禎《曝書亭集·序》，見〔清〕朱彝尊：《曝書亭集》，頁3。

〔註55〕屈大均〈送洪氏兄弟讀書黃山白龍潭〉詩有「羅浮七星作道士，邀予每道神仙事」句。參陳永正主編：《屈大均詩詞編年箋校》（廣州：中山大學出版社，2000年12月），卷8，頁508。

〔註56〕〔清〕朱彝尊：《曝書亭集·蔣京少梧月詞序》，卷40，頁331。

〔註57〕語出朱彝尊〈解佩令·自題詞集〉，見《全清詞·順康卷》，冊9，頁5280。

〔註58〕〔清〕譚獻《復堂詞話》，唐圭璋主編：《詞話叢編》，冊4，頁4008。

麒《詹石琴詞・序》謂：「吾杭言詞者，莫不以樊榭為大宗。」謝章鋌《賭棋山莊詞話》亦云：「雍正、乾隆間，詞學奉樊榭為赤幟，家白石而戶梅溪矣。」〔註59〕夏承燾《瞿髯論詞絕句》論厲鶚一首曰：

> 身是東南老布衣，憑高彈指看斜暉。九天人語搖頭聽，七里灘聲納袖歸。（冊2，頁578）

厲鶚才情雖高，然進士屢次不第；乾隆元年（1736）受薦為「博學鴻詞」，又慘遭落選，最後以布衣終老。其摯友閔華為厲鶚所作的挽詩「有才無命劇堪嗟」，〔註60〕正是厲鶚一生落魄的寫照。厲鶚〈百字令・月夜過七里灘〉乃其詞中最能體現山水幽雋之美的代表作，詞云：

> 秋光今夜，向桐江、為寫當年高躅。風露皆非人世有，自坐船頭吹竹。萬籟生山，一星在水，鶴夢疑重續。槳音遙去、西巖漁父初宿。
> 　　心憶汐社沉埋，清狂不見，使我形容獨。寂寂冷螢三四點，穿破前灣茅屋。林淨藏煙，峰危限月，帆影搖空綠。隨流飄蕩，白雲還臥深谷。〔註61〕

詞序載：「月夜過七里灘，光景奇絕。歌此調，幾令眾山皆響」，景色之優美，難以言喻。夏承燾亦曾為七里灘作一詞，詞云：

> 萬象挂空明，秋欲三更。短篷搖夢過江城。可惜層樓無鐵笛，負我詩成。　　杯酒勸長庚，高詠誰聽。當頭河漢任縱橫。一雁不飛鐘未動，只有灘聲。（《天風閣詞集・浪淘沙・過七里瀧》，冊4，頁126）

七里灘或稱七里瀧，位於浙江桐廬縣內，亦是東漢嚴光隱居之地。夏承燾於1925年6、7月間由西安返回溫州後，先後在甌海公學、溫州中學、寧波中學、嚴州中學任教，夏承燾遊蹤遍及浙江各地，得以一覽江山之勝，發詞人之慨。其〈浪淘沙・過七里瀧〉一詞，即在此一時期所作，並獲得朱祖謀「新作詞高朗」之評價（冊5，頁151）；夏敬觀亦云「絕去凡響，足以表見其襟

〔註59〕〔清〕吳錫麒：《有正味齋集・詹石琴詞序》（上海：上海古籍出版社，2010年12月《清代詩文集彙編》），駢體文卷8，頁281。〔清〕謝章鋌：《賭棋山莊詞話》，唐圭璋主編：《詞話叢編》，冊4，頁3458。

〔註60〕〔清〕閔華：《澄秋閣集・哭樊謝四首之二》（上海：上海古籍出版社，2010年12月《清代詩文集彙編》），二集卷3，頁170。

〔註61〕張宏生主編：《全清詞・雍乾卷》（南京：南京大學出版社，2012年5月），冊1，頁242。

概」。〔註62〕夏承燾《瞿髯論詞絕句》特以厲鶚〈白字令〉為例，除了此詞流傳百世的文學價值外，另一個主要的原因，在於夏承燾與厲鶚之間、讀者與作者之間，隔空同遊七里灘的歷史呼應。而他們哦吟山光水色，表現出搖曳空靈的景象，無非是受到姜夔詞風的感染。

　　上述係夏承燾針對浙西派詞人朱彝尊、厲鶚予以評論，至於浙西詞派理論的批評，見收於夏承燾〈詞論八評——汪森《詞綜·序》〉中。汪森為朱彝尊所選《詞綜》作序，序文內容可說是浙西詞派的理論依據，主要論點有二：其一、指出「謂詩降為詞，以詞為詩之餘，殆非通論」的觀點，提高詞體的地位。其二、以「句琢字煉，歸於醇雅」的姜夔詞風挽救晚唐以來的流弊。夏承燾於〈詞論八評〉中就《詞綜·序》予以評論，認為汪森為了提高詞體地位，把詞和〈南風〉之操、〈五子〉之歌等相提並論，並說「古詩之於樂府，近體之於詞，分鑣並騁，非有先後」的理由並不充分。〔註63〕夏承燾指出：

> 晚唐五代的文人詞，一方面承用「胡夷里巷之樂」，一方面也接受唐人律和「近體」詩「分鑣並騁」的。

其次，夏承燾又說：

> 朱彝尊提出「詞至南宋始極其工，至宋季而始極其變」之說，對於清代詞的發展是有良好影響的。但他一意推尊姜夔；江氏又把西蜀、南唐以及宣和以來的詞墮而復興，歸功於姜夔的「句琢字煉，歸於醇雅」，而置蘇、辛一派作家作品不顧，這無疑是一偏之見。　（《月輪山詞論集》，冊 2，頁 408～409）

浙派推尊詞體，使詞獨立於詩之外，成為清初盛世醇正高雅的文體，這是夏承燾肯定浙西詞派的部分；然對於浙西詞派一味崇尚姜夔、張炎，而置蘇軾、辛棄疾等豪放詞人作品不顧，卻是浙西詞派的流弊，也是造就他們作詞題材過於狹隘之故。

三、常州派詞人

　　夏承燾於 1961 年 10 月發表〈詞論十評〉，總結他對宋、清兩代重要詞論的心得。論及宋代者有二篇：即張炎《詞源》、范開〈稼軒長短句序〉；論及清

〔註62〕夏敬觀《忍古樓詞話》，龍榆生主編：《詞學季刊》第 2 卷第 1 號（1934 年 10月），頁 150。
〔註63〕〔清〕汪森《詞綜·序》，施蟄存：《詞籍序跋萃編》，頁 748。

代者有八篇，包含：汪森〈詞綜序〉、張惠言〈詞選序〉、周濟〈宋四家詞選目錄序論〉、周濟《介存齋論詞雜著》、陳廷焯《白雨齋詞話》、譚獻〈復堂詞錄序〉及《復堂詞話》、劉熙載《藝概·詞曲概》、王國維《人間詞話》等，此八篇匯成〈詞論八評〉，收錄於《月輪山詞論集》中，其中針對常州詞派闡釋者多達五篇，可見夏承燾重視的程度。

　　夏承燾評論常州詞派，貶多於褒。認同的部分，如評周濟〈宋四家詞選目錄序論〉所提出的「詞非寄託不入，專寄託不出」之論，視之為「清人詞論裡的精闢見解」，又云「周氏這文用形象的比喻，來說明作家創作的過程和讀者的種種感受。深至的意思，運以精麗的辭藻，它本身也是一篇美文。」（冊2，頁411）其《介存齋論詞雜著》提出「詩有史，詞亦有史」的詞史觀，以及「初求空」、「既成格調求實」、「初學詞求有寄託」、「既成格調，求無寄託」之論，亦頗得夏承燾認同，認為是遠勝於《詞辨》的論詞主張。〔註64〕如評劉熙載《藝概·詞曲概》：「書中頗多引申常州詞家的議論，……但他不像張惠言、周濟那樣過分推重溫庭筠。」又云「他（劉熙載）論詞的流變，時有確論，如說蘇軾詞『始能復古』而非『變調』，說蘇、辛都非『別調』，說『雅頌合律，「桑間濮上」亦未嘗不合律』。他論藝術手法，更多深到的話，如說『詞眼』不可專求之於字句，說詞有『點』有『染』，有極煉如不煉，出色而非本色等等。」（冊2，頁415）又如評論譚獻「作者之用心未必然，而讀者之用心何必不然」，〔註65〕認為比周濟「有寄託入，無寄託出」更勝一籌。夏承燾批判常州詞派的部分，大抵可歸納為三點。又常州詞派中，夏承燾尤為推許譚獻於填詞創作上的實踐，列於文末一併探討：

（一）指出常州詞派「附會說詞」的弊病

　　常州詞派打破傳統詞學上以婉約、豪放別立山頭的二分法，藉由詩學的比興傳統，將詞學與經學思想合流，強調「變風之義」、「騷人之歌」的精神，進而推尊詞體，提高詞的文學地位。常州詞派的開山祖張惠言，即以經學家身分，力挽清初浙西詞派末流之弊，為常州詞派建立一套「意內言外」的理論體系。但是在張惠言極力發揚寄託理論的同時，卻因為其自身學說的侷限與過分誇張的議論，而遭到詞壇非議。夏承燾早期對於此般附會說詞的觀點

〔註64〕〔清〕周濟《宋四家詞選目錄序論》、《介存齋論詞雜著》，見唐圭璋編：《詞話叢編》，冊2，頁1643、1630。

〔註65〕〔清〕譚獻《復堂詞錄·序》，見唐圭璋編：《詞話叢編》，冊4，頁3987。

已有不滿，於 1931 年 6 月 24 日《日記》云：

> 閱劉子庚講詞筆記，附會牽強，幾如癡人說夢。張惠言嘗欲注飛卿
> 詞，若成書，則又一劉子庚矣。　　（冊 5，頁 212）

夏承燾在晚年輯成《瞿髯論詞絕句》，論曰：

> 茗柯一派皖南傳，高論然疑二百年，辛苦開宗難起信，虞翻易象滿
> 詞篇。　　（冊 2，頁 579）

「茗柯」即張惠言，有《茗柯文》、《茗柯詞》傳世。「皖南傳」指張惠言於安
徽歙縣（今安徽黃山）輯《詞選》一事。張惠言曾於乾隆五十年（1785）、嘉
慶二年（1797），前後兩次在安徽歙縣樸學家金榜府中坐館，一方面教授金氏
子弟，一方面溫習舉業。第二次為張惠言三十七歲之際，他雖早已中舉人，
但仍被朝廷擱置不用，靠教授餬口。這一年他陸續完成《周易虞氏義》、《虞
氏易禮》，同時又輯成《詞選》。由於張惠言治《易經》宗虞翻，好以陰陽消
息，聯繫人事。〔註 66〕張惠言遂深受其影響，以虞翻易學治詞，下開常州詞
派論詞風氣。夏承燾評張惠言《詞選·序》論曰：

> 虞翻說《易經》，好以陰陽消息，「依物取類，貫穿比附」（張惠言〈周
> 易虞氏自序〉），《詞選》作於周氏晚年，無疑受到他自己學術思想的
> 影響。　　（《月輪山詞論集》，冊 2，頁 410）

張惠言為挽浙派流弊，要求詞能「與詩賦之流同類而風誦」，將原被視為「小
道」的詞，提升至與詩賦同等的文學地位，以達到「尊體」目的。《詞選》所
輯，乃「緣情造端」、「極命風謠里巷男女哀樂，以道賢人君子幽約怨悱不能
自言之情」諸作，以廓清浙派末流「淫詞」、「鄙詞」、「游詞」之弊病。〔註 67〕
然張惠言意在立說，卻矯枉過正，以致疏於考史，附會說詞，謂溫庭筠〈菩薩
蠻〉（小山重疊金明滅）有「〈離騷〉初服」之意，而將溫庭筠上比屈原；視馮
延巳〈蝶戀花〉為排間異己之作；謂歐陽脩〈蝶戀花〉（庭院深深深幾許）「殆
為韓琦、范仲淹而作」。〔註 68〕夏承燾認為此乃受到了虞翻「依物取類，貫穿
比附」的影響。

　　譚獻（1832～1901，字仲修，號復堂）《篋中詞》謂「倚聲之學，由二張

〔註 66〕虞翻，三國時人，精於易學，著有《易注》，好以易象說人事。
〔註 67〕〔清〕金應珪〈詞選後序〉指陳詞壇之弊有三：「淫詞」、「鄙詞」、「游詞」。
　　　　見施蟄存：《詞籍序跋萃編》，頁 799。
〔註 68〕唐圭璋主編：《詞話叢編·張惠言論詞》，冊 2，頁 1609、1612、1613。

（張惠言、張琦）而始尊」；「周氏（周濟）撰定《詞辨》、《宋四家詞筏》（《宋四家詞選》）推明張氏之旨，而廣大之，此道遂與於著作之林，與詩賦文筆同其正變。」〔註69〕其學說正是繼承了常州詞派而予以發展。針對浙派流弊，指出「南宋詞徵，瑣屑餖飣。朱（彝尊）厲（鶚）二家，學之者流為寒乞。……繼而微窺柔厚之旨，乃覺頻伽之薄。又以詞尚深澀，而頻伽滑矣。」〔註70〕譚獻於比興寄託的概念上提出「作者之用心未必然，而讀者之用心何必不然」。〔註71〕然譚獻持論卻又與張惠言、周濟不盡相同，引潘德輿〈與葉生書〉論張惠言「不求立言宗旨，而以跡論，則亦何異明中葉詩人之侈口盛唐耶。」〈詞辨跋〉云：「予固心知周氏之意，而持論小異。大抵周氏所謂變，亦予所謂正也，而折中柔厚則同。」〔註72〕基本上譚獻針對浙西詞派與常州詞派的成就與缺失，有了較為全面的認識，然附會說詞的習慣，仍是因循張氏而來。夏承燾指出：

> 附會費解的話，他的書裡也不少。如評《詞辨》說《樂府補題》唐珏〈水龍吟〉詠白蓮等，「當以江淹〈雜詩〉法讀之。」《復堂詞‧自敘》舉周邦彥〈大酺〉詠春雨的「最先念、流潦妨車轂」、〈滿庭芳〉的「衣潤費爐煙」諸句，說是填詞的「消息」。這是常州學人好以「微言大義」故示玄虛的習氣。至於稱說晏幾道「落花人獨立，微雨燕雙飛」為千古不能有二的「名句」，「所謂柔厚者在此」，而不知這是晏幾道用晚唐人翁宏的詩句。　　（《月輪山詞論集》，冊2，頁414～415）〔註73〕

宋末元初詞人唐珏〈水龍吟‧浮翠山房擬賦白蓮〉，見錄於《樂府補題》。全詞緊扣「白蓮」形象，用筆卻不見「白蓮」二字。上片描寫白蓮姿質的孤潔和不幸的命運；下片敘述蓮葉、蓮房、蓮花的凋殘，作者借此寄託滄桑易代的哀

〔註69〕〔清〕譚獻《復堂詞話》評二張詞、評周濟詞，見唐圭璋主編：《詞話叢編》，冊4，頁4009、4010。

〔註70〕〔清〕譚獻《復堂詞話》評郭麐詞，見唐圭璋主編：《詞話叢編》，冊4，頁4009。

〔註71〕〔清〕譚獻《復堂詞話‧復堂詞錄序》，見唐圭璋主編：《詞話叢編》，冊4，頁3987。

〔註72〕〔清〕譚獻《復堂詞話》，見唐圭璋主編：《詞話叢編》，冊4，頁3989、4010。

〔註73〕夏承燾所舉之譚獻詞論，見唐圭璋主編：《詞話叢編》，冊4，頁3989、3990、3992。

思。〔註74〕譚獻認為「當以江淹〈雜詩〉法讀之」,〈雜詩〉即江淹〈雜體詩〉
三十首,其序文有云:「夫楚謠漢風,既非一骨,魏製晉造,固亦二體。譬猶
藍朱成彩,雜錯之變無窮;宮角為音,靡曼之態不極。故蛾眉詎同貌,而俱動
於魄;芳草寧共氣,而皆悅於魂,不其然歟。至於世之諸賢,各滯所迷,莫不
論甘而忌辛,好丹而非素,所謂通方廣恕,好遠兼愛者哉。」〔註75〕江淹刻
意通過三十首擬詩的形式,緊扣詩體和時代之間的關係,以表明其辨體意識
和詩史觀念。譚獻將唐珏〈水龍吟〉比之江淹〈雜體詩〉,未免過分賦予〈水
龍吟〉一詞的創作精神與時代意義。

　　其次,譚獻舉周邦彥〈大酺〉「最先念、流潦妨車轂」〔註76〕、〈滿庭芳〉
「衣潤費爐煙」〔註77〕二句,以為「填詞者試於此消息之。不佞悅學卅年,
稍習文筆,大慚小慚,細及倚聲。鄉人項生以為『不為無益之事,何以遣有涯
之生』,其言危苦,然而知二五而未知十也。」〔註78〕又云〈滿庭芳〉「地卑
山近,衣潤費鑪煙。人靜烏鳶自樂,小橋外、新綠濺濺」二句「〈離騷〉二五,
去人不遠」;「且莫思身外,長近尊前。憔悴江南倦客,不堪聽、急管繁絃」二
句乃「杜詩韓筆」。〔註79〕據周詞內容,〈大酺〉一闋,詞人因春雨而有感;
〈滿庭芳〉一闋,毛晉本題為「夏日溧水無想山作」,此詞應為周邦彥於元祐
八年（1093）至紹聖三年（1096）三年間任溧水縣縣令所作,周邦彥不到四十
歲。四十歲之後,周邦彥還朝回京任國子主簿、選人改官後不久,即受到徽

〔註74〕唐珏〈水龍吟・浮翠山房擬賦白蓮〉,見唐圭璋編:《全宋詞》,冊5,頁3426。
〔註75〕逯欽立輯校:《先秦漢魏晉南北朝詩・梁詩》（北京:中華書局,1998年5月）,
　　　　卷4,頁1569。
〔註76〕周邦彥〈大酺・春雨〉:「對宿煙收,春禽靜,飛雨時鳴高屋。牆頭青玉旆,
　　　　洗鉛霜都盡,嫩梢相觸。潤逼琴絲,寒侵枕障,蟲網吹黏簾竹。郵亭無人處,
　　　　聽簷聲不斷,困眠初熟。奈愁極頓驚,夢輕難記,自憐幽獨。　　行人歸意
　　　　速。最先念、流潦妨車轂。怎奈何、蘭成顦頇,衛玠清羸,等閒時、易傷心
　　　　目。未怪平陽客,雙淚落、笛中哀曲。況蕭索、青蕪國。紅糁鋪地,門外荊
　　　　桃如菽。夜遊共誰秉燭。」唐圭璋編:《全宋詞》,冊2,頁609。
〔註77〕周邦彥〈滿庭芳・夏景〉:「風老鶯雛,雨肥梅子,午陰嘉樹清圓。地卑山近,
　　　　衣潤費鑪煙。人靜烏鳶自樂,小橋外、新綠濺濺。憑欄久,黃蘆苦竹,擬泛
　　　　九江船。　　年年,如社燕,飄流瀚海,來寄修椽。且莫思身外,長近尊前。
　　　　憔悴江南倦客,不堪聽、急管繁絃。歌筵畔,先安簟枕,容我醉時眠。」唐
　　　　圭璋編:《全宋詞》,冊2,頁602。
〔註78〕〔清〕譚獻《復堂詞話》,《詞話叢編》,冊4,頁3989。
〔註79〕〔清〕譚獻《譚評詞辨》,另參吳熊和主編:《唐宋詞匯評》,冊2,頁933～
　　　　934。

宗與蔡京集團青睞，歷秘書省正字、校書郎、為考功員外郎、衛尉少卿、禮議局檢討等職。若如譚獻所言，周詞箇中自有消息，則未免牽強。晏幾道〈臨江仙〉「落花人獨立，微雨燕雙飛」一句膾炙人口，殊不知唐代翁宏有五律〈春殘〉一詩，前四句云：「又是春殘也，如何出翠幃。落花人獨立，微雨燕雙飛。」〔註80〕晏幾道全句化用，而譚獻不查，以為千古名句，犯了常州詞派疏於考史的弊病。

譚獻為常州詞派大造聲勢的同時，仍有不少詞論家為之積極響應，陳廷焯乃其中之一。陳廷焯（1853～1892，字亦峰，又字伯與）論詞，指出張惠言《詞選》能「掃靡曼之浮音，接風騷之真脈」；認為溫庭筠詞「全祖〈離騷〉」；以為李白〈菩薩蠻〉、〈憶秦娥〉之比溫詞「未臻無上妙諦」；謂「周、秦、蘇、辛、姜、史輩雖姿態百變，亦不能越其範圍」；謂「宋詞可以越五代，而不能越飛卿、端己」云云。〔註81〕在張惠言、周濟之後，陳廷焯以「沉鬱頓挫」作為立論宗旨，力挽浙派「清空」流弊。其《白雨齋詞話》八卷，為清代詞話之鉅作，夏承燾曾於 1931 年 5 月 24 日閱之，《日記》論曰：

> 閱陳廷焯《白雨齋詞話》完。論詞一主沉鬱頓挫，立論甚高。飛卿、東坡、白石、碧山十數家外，皆不當意。後主、易安亦無佳評。清人朱、陳、厲、曹，尤多微詞，只服其父之從母弟莊棫（中白）蒿庵詞，謂「匪獨一代之冠，實能超越三唐、兩宋，與風騷、漢樂府相表裡。」廷焯極推碧山，亦受中白教也。全書大體可觀，立論與張氏《詞選》相表裡，惟間有皮傅之談，措詞時掛荊棘，為小疵耳。
>
> （冊 5，頁 206）

夏承燾認為《白雨齋詞話》全書大體可觀，惟其中措辭不當，被夏承燾視為小疵。夏承燾晚年輯成〈詞論八評〉，則認為《白雨齋詞話》「瑕瑜互見」，尤其感染張惠言穿鑿附會之說甚為嚴重。夏承燾論曰：

> （陳廷焯）把溫詞說成為不可超越的高峰，這些都是過分的話。……常州詞人尊奉溫、韋，提倡比興，尤重形式而走向重內容，本是他們論詞可肯定處。但張惠言、陳廷焯諸人都勇於立論而疏於考核，

〔註80〕 翁宏有五律〈春殘〉一詩，前四句云：「又是春殘也，如何出翠幃。落花人獨立，微雨燕雙飛。」晏幾道全句化用，而譚獻不查。見清聖祖編輯：《全唐詩》，卷 762，冊 11，頁 8656。

〔註81〕 〔清〕陳廷焯《白雨齋詞話》，見唐圭璋編：《詞話叢編》，冊 4，頁 3864、3777、3778、3946、3973。

因之多附會失實的話，這也是常州詞論家共同的缺點。　（《月輪山
詞論集》，冊 2，頁 413）

　　未經考證即穿鑿附會的批評意圖，難免限入過分詮釋的侷限，王國維云：
「固哉，皋文之為詞也。飛卿〈菩薩蠻〉、永叔〈蝶戀花〉、子瞻〈卜算子〉，
皆興到之作，有何命意。皆被皋文深文羅織。」〔註 82〕張惠言藉風騷之旨，
下開比興寄託之說，譚獻、陳廷焯無不受其影響。儘管譚獻提出「作者之心」
與「讀者之意」的差別，在文本的闡釋上，給予讀者一定程度的自由。然而譚
獻在「折衷柔厚」的立論下，強調詞中諷世、刺時的時代意義，並沒有真正擺
脫「比興寄託」的枷鎖，反而侷限讀者主觀詮釋的空間。這般「常州學人好以
『微言大義』故示玄虛的習氣」，與夏承燾注重文本，強調本事，側重考據的
批評史觀，有了極大的衝突。

（二）對周濟「四家分領一代」的批評

　　周濟《詞辨・自序》言及選詞宗旨，以「莊雅」、「歸諸中正」之作為最
上；「駿快馳騖，豪宕感激」而能「委曲以致其情」者為其次；「亢厲剽悍」者
為最下。視溫庭筠、韋莊、歐陽脩、秦觀、周邦彥、周密、吳文英、王沂孫、
張炎之流所作，「莫不蘊藉深厚，而才豔思力，各騁一途」，將之歸入正體。
〔註 83〕李煜、蘇軾、辛棄疾、姜夔、陸游等人則歸入變體。夏承燾予以批評：

把李煜九首、蘇軾一首、辛棄疾十首、姜夔三首、陸游一首都列在
「變」體裡（蘇軾只選〈卜算子〉「缺月掛疏桐」一首，陸游只選「怕
歌愁舞懶逢迎」一首，姜夔三首裡不選他的〈揚州慢〉）；而周邦彥
九首、史達祖一首、吳文英五首，大都是遣興、詠物、應歌之作，
卻錄入卷一「正」體中。……范仲淹〈漁家傲〉「塞下秋來風景異」
一首，則連選入變體的資格都沒有了。大概他是專問作品的聲容是
否「莊雅」「中正」，而不問他的思想內容和社會意義的。　（《月輪
山詞論集》，冊 2，頁 411～412）

詞體正、變之劃分，歷來莫衷一是，夏承燾不滿的是，周濟一味以正、變區分
詞人風格，卻忽略蘊含思想內容和社會意義的作品。如蘇軾只選〈卜算子〉
〈缺月掛疏桐〉一首，並認為「韶秀是東坡佳處，粗豪則病也」〔註 84〕；陸

〔註 82〕〔清〕王國維《人間詞話》，唐圭璋編：《詞話叢編》，冊 5，頁 4261。
〔註 83〕〔清〕周濟《詞辨・自序》，唐圭璋編：《詞話叢編》，冊 2，頁 1637。
〔註 84〕〔清〕周濟《介存齋論詞雜著》，唐圭璋編：《詞話叢編》，冊 2，頁 1633。

游只選〈朝中措〉（怕歌愁舞嬾逢迎）一首；姜夔只選〈淡黃柳〉（空城曉角）、〈暗香〉（舊時月色）、〈疏影〉（苔枝綴玉）三首；范仲淹、張孝祥、陳亮等愛國豪放詞人之作，一律未收。夏承燾論曰：

> 常州派詞論家高語寄託，而選詞卻不重視內容如此。 （《月輪山詞論集》，冊 2，頁 412）

周濟在張惠言「意內言外」的基礎上，主張詞中需蘊含變風騷人之意，並指出「詞亦有史」〔註 85〕的觀點，然所選詞人卻與詞論相牴，這大概是只問詞體的聲容是否合乎「莊雅」、「中正」，而不問詞人筆下的時代意義。

再者，周濟《詞辨》成書之後，於道光三年（1823）編《存審軒詞》，序云：「以〈國風〉、〈離騷〉之旨趣，鑄溫、韋、周、辛之面目。」〔註 86〕道光十二年（1832）編《宋四家詞選》，謂：

> 清真集大成者也，稼軒斂雄心，抗高調，變溫婉，成悲涼。碧山饜心切理，言近指遠，聲容調度，一一可循。夢窗奇思壯采，騰天潛淵，返南宋之清泚，為北宋之穠摯。是為四家，領袖一代。〔註 87〕

周濟在張惠言的基礎上，將常州詞論大大發揚，以周邦彥、辛棄疾、王沂孫、吳文英四家分領一代，指出「問途碧山、歷夢窗、稼軒，以還清真之渾化」之「由南返北」的路徑。然夏承燾評論《宋四家詞選目錄序論》云：

> 而以蘇軾附於辛棄疾之下，已嫌時代倒置。並且周、吳本是同派作家，名為四家，實只三派。王沂孫是姜夔的支裔，和周、吳本不相近，和辛更剛柔別具。「問途碧山，歷夢窗、稼軒，以還清真之渾化」之說，也頗難索解。 （《月輪山詞論集》，冊 2，頁 410）

《瞿髯論詞絕句》亦云：

> 稼軒陣腳著坡翁，周濟論詞恨欠公。再世于湖如不夭，渡江風雨角雙雄。 （冊 2，頁 580）

首二句批評周濟以蘇軾隸於辛棄疾之下，認為周濟論詞有欠公允。所謂「再世于湖如不夭，渡江風雨角雙雄」，張孝祥（字于湖）風格自比蘇軾，曾於建康留守席上作〈六州歌頭〉，結句「聞道中原遺老，常南望、羽葆霓旌。使行

〔註 85〕〔清〕周濟《介存齋論詞雜著》，唐圭璋編：《詞話叢編》，冊 2，頁 1630。
〔註 86〕〔清〕周濟《存審軒詞·自序》（上海：上海古籍出版社，2002 年《續修四庫全書》），頁 1。
〔註 87〕〔清〕周濟《宋四家詞選目錄序論》，見唐圭璋編：《詞話叢編》，冊 2，頁 1643。

人到此，忠憤氣填膺。有淚如傾」〔註88〕，感慨國事，悲壯淒涼。張孝祥如不早死，足以與辛棄疾並駕齊驅，周濟卻視之而不見，其「四家分領一代」的論詞主張，嚴重偏於一隅而忽略詞體在宋代的整體發展。

（三）不滿常州詞派忽略豪放詞人

譚獻著《復堂詞》三卷，選清人詞輯成《篋中詞》，又選唐至明詞輯成《復堂詞錄》，曾為周濟《詞辨》評點，有《復堂日記》傳世。其論詞主張，散見於《篋中詞》、《復堂日記》、《譚評詞辨》中，由弟子徐珂輯錄成《復堂詞話》。譚獻係晚清詞壇集常州詞論為大成的詞論家，「力尊詞體，上溯風騷」〔註89〕，一方面批評浙西詞派專主南宋，以姜夔、張炎為宗；一方面追隨張惠言、周濟治詞，將其比興理論予以發揚。在不固守常派門戶的視野下，譚獻能洞察常州派之成就與不足。夏承燾論譚獻曰：

> 譚獻是一位有多方面成就的學者，治學不以辭章自限。對詞的創作與議論，都有他自己的境地和見解，對浙、常兩派的成就和流弊，也有比較正確的認識。這是他高過張、周處。　（《月輪山詞論集》，冊2，頁414）

譚獻在前人基礎上，提出「折衷柔厚」之說，強調詞人必須具備憂生念亂的時代感，填詞要抒發個人情性，連用澀意、曲筆，使個人情感達到「柔厚」的旨趣。莊棫〈復堂詞序〉云：「仲修（譚獻）不一見其所長，而家國身世之感，未能或釋。觸物有懷，蓋風之旨也。」〔註90〕他的論詞主張，能在他的創作上予以實踐，其詞便能體現出他個人對生命的真實感受。然而，在常州詞派「比興寄託」的藩籬下，譚獻指出需用「澀」筆來煉「意」，譚獻評馮煦論曰：

> 閱丹徒馮煦夢華《蒙香室詞》，趨向在清真、夢窗，門徑甚正，心思甚邃，得澀意，惟由澀筆。〔註91〕

所謂「澀筆」，即是以「曲筆」表達欲吐不吐、欲露不露、含蓄纏綿之意。如此刻意為之，詞人表達情感的率真性難免隨之減淡。譚獻論詞的觀點，即圍繞此一主張，以致對於豪放作品多所不滿。夏承燾論譚獻《復堂詞話》曰：

〔註88〕張孝祥〈六州歌頭〉，見《全宋詞》，冊3，頁1686。
〔註89〕葉恭綽：《廣篋中詞》（臺北：鼎文書局，1971年9月），卷2，頁172。
〔註90〕〔清〕陳廷焯《白雨齋詞話》卷5引，唐圭璋編：《詞話叢編》，冊4，頁3876。
〔註91〕〔清〕譚獻《復堂詞話》，唐圭璋編：《詞話叢編》，冊4，頁4000。

由於主張「折衷柔厚」之說，對辛棄疾時有微辭，因之對歷代豪放
的作品也多所不滿，這是他篤信張、周遺說的流弊。　（《月輪山詞
論集》，冊 2，頁 414）

譚獻評辛棄疾〈念奴嬌〉（野棠花落）云：「大踏步出來，與眉山同工異曲。
然東坡是衣冠偉人，稼軒則弓刀遊俠。」評〈摸魚兒〉（更能消幾番風雨）
云：「權奇倜儻，純用太白樂府詩法。」評〈水龍吟〉（楚天千里清秋）云：
「裂竹之聲，何嘗不潛氣內轉。」評〈永遇樂〉（千古江山）云：「使事太多，
宜為嶽民所譏。非稼軒之盛氣，勿輕染指也。」又指出辛棄疾詞「嫌有獷
氣」。〔註92〕以上評論無疑受到了「折衷柔厚」之說的影響，而侷限了其論
詞的視野。

　　陳廷焯繼莊棫、譚獻之後，直接響應傳承常州詞論，《白雨齋詞話》提出
「沉鬱」說，作為詞論的基本核心理論，陳廷焯云：

　　所謂沉鬱者，意在筆先，神餘言外，寫怨夫思婦之懷，寓孽子孤臣
　　之感。凡交情之冷淡，身世之飄零，皆可於一草一木發之。而發之
　　又必若隱若見，欲露不露，反復纏綿，終不許一語道破，匪獨體格
　　之高，亦見性情之厚。〔註93〕

陳廷焯拈出「沉鬱」說，認為作詞之法，「首貴沉鬱，沉則不浮，鬱則不薄」，
能將怨夫思婦之懷，孽子孤臣之感、交情之冷淡、身世之飄零等心情，寄託
於一草一木之間。並強調「發之又必若隱若見，欲露不露，反復纏綿，終不
許一語道破」，對於說得太露、感情過於直接的詞，陳廷焯的評價自然不高。
他評辛棄疾〈永遇樂·京口北固亭懷古〉、〈南鄉子·登京口北固亭〉、〈浪淘
沙·山寺夜作〉諸闋「才氣雖雄，不免粗豪」、「無怪稼軒為後世叫囂者作俑
矣。」舉張孝祥〈六州歌頭〉（長淮望斷）一闋，「筆飽墨酣，讀之令人起舞」；
然針對詞中「忠憤氣填膺」一句，卻認為「提明忠憤，轉淺轉顯，轉無餘味，
或亦聳當徒之聽，出於不得已耶」。評趙以夫〈龍山會〉「西北最關情，漫遙
指、東徐南楚。黯鄉魂，斜陽冉冉，雁聲悲苦」為「感時之作」，「但說得太
顯，不耐尋味。金氏所謂鄙詞也。」評陳亮〈水調歌頭〉「堯之都，舜之壤，
禹之封。於中應有一個半個恥臣戎」一闋云：「精警奇肆，幾於握拳透爪。
可作中興露布讀，就詞論，則非高調。」並說《龍川詞》一卷「合者寥寥，

〔註92〕〔清〕譚獻《復堂詞話》，唐圭璋編：《詞話叢編》，冊 4，頁 3994。
〔註93〕〔清〕陳廷焯《白雨齋詞話》，唐圭璋編：《詞話叢編》，冊 4，頁 3777。

則去稼軒遠矣」。〔註94〕辛棄疾、張孝祥、趙以夫、陳亮均係南宋愛國詞人，其詞體現南宋偏安一隅之下，忠臣悲憤之慨，極具寫實精神。陳廷焯持「沉鬱」之論，認為他們藉著詞筆盲目叫囂，故視之為「粗豪」、「鄙詞」。在夏承燾看來，陳廷焯論詞嚴重忽視思想內容和社會意義，論曰：

> 他（陳廷焯）以寄託論詞，本是重視內容的，而此等議論卻又排斥
> 情感熱烈的作品。這是他一味過重的「深微婉約」的偏向。　（《月
> 輪山詞論集》，冊2，頁413）

陳廷焯《白雨齋詞話・自敘》曰：「詞話八卷，本諸風騷，正其情性，溫厚以為體，沉鬱以為用。」又提出「溫厚和平，詩教之正，亦詞之根本也」、「風騷為詩詞之原」等論點。〔註95〕陳廷焯在張惠言「比興寄託」的基礎上予以發揚「沉鬱頓挫」之說，本該重視詞篇的內容與作者的性情，然卻因為在「忠愛」、「沉鬱」之外，過度侷限於「反復纏綿」之詞，以致將豪放詞人填詞的真情流露，視為無端的叫囂，這對於辛棄疾、張孝祥諸家的評論，頗為不公。這也是夏承燾特意針對常州詞派指出的一人弊病。

　　從夏承燾〈詞論八評〉中歸納可得以上三點常州詞派的弊端。附帶一提的是，常州派詞論家輩出，然填詞創作卻是相形失色。唯譚獻《復堂詞》不失名家風貌。夏承燾《瞿髯論詞絕句》論張惠言、周濟，均緊扣常州詞論進行闡釋；論及譚獻，則側重填詞風格，夏承燾論曰：

> 萬方一概曉笳聲，語在修眉誰解聽。百闋從教追北宋，一竿自愛占
> 西泠。　（冊2，頁585）

譚獻生於同治、光緒外患頻仍、兵甲未息之際，國家戰亂、人民的疾苦，自然根深柢固的在譚獻心中留下陰影。在他兩歲時，父親過世，由母親辛苦撫養成人，其刻苦的身世使得他的情感一直處於悲觀的狀態。因此，「為學通古今治亂，喜談天下得失」，〔註96〕時代驅使下，譚獻筆下的文學作品正是他人生經歷的真實寫照。夏承燾引杜甫〈秦州雜詩〉二十首之四：「萬方聲一概，吾道竟何之」〔註97〕一句，形容譚獻詞中蘊含的家國身世之感。然譚獻雖寫出兵荒馬亂的亂世景象，仍是含蓄其意。其詞如〈蝶戀花〉六首之二：「語在修

〔註94〕〔清〕陳廷焯《白雨齋詞話》，唐圭璋編：《詞話叢編》，冊4，頁3791、3912、
　　　　3966、3794。
〔註95〕〔清〕陳廷焯《白雨齋詞話》，唐圭璋編：《詞話叢編》，冊4，頁3751、3939。
〔註96〕吳无聞《瞿髯論詞絕句・題解》，《夏承燾集》，冊2，頁586
〔註97〕清聖祖編輯：《全唐詩》，卷225，冊4，頁2417。

眉成在目，無端紅淚雙雙落」，隱約透露不得志的哀愁。陳廷焯《白雨齋詞話》論曰：「真有無可奈之處。眉語目成四字，不免熟俗。此偏運用淒警，抒寫憂思，自不同泛常豔語。」〔註98〕夏承燾《金元明清詞選》亦選錄〈蝶戀花〉六首之五、之六兩首情詞，一寫別離之前，「遮斷行人西去道，輕軀願化車前草」，道出不捨離人遠去的心情。陳廷焯《白雨齋詞話》謂「沉痛已極，真所謂情到海枯石爛時」。二寫別離之後，「書札平安君信否。夢中顏色渾非舊」，通過書札來傳達刻苦銘心的相思之感。陳廷焯謂「相思刻骨，寤寐潛通，頓挫沉鬱，可以泣鬼神矣」。〔註99〕又如〈渡江雲・大觀亭同陽湖趙敬甫、江夏鄭贊侯〉：「何處有、藏鴉細柳，繫馬平林。釣磯我亦垂綸手，看斷雲、飛過荒潯」一詞，乃藉鴉難藏身、馬無繫處的窘境，娓娓道出亂世下的荒蕪景象。如〈金縷曲・江干待發〉：「今朝滯我江頭路，近篷窗、岸花自發，向人低舞。裙衩芙蓉零落盡，逝水流年輕負」一闋，雖是表達人生不得志的不甘情懷，卻能怨而不怒，寓溫柔敦厚於其間。〔註100〕

夏承燾所謂「萬方一概曉笳聲，語在修眉誰解聽」，一方面同情譚獻生於亂世的人生遭遇，一方面也道出了譚獻《復堂詞》含蓄委婉的風格。論詞絕句三、四句「百闋從教追北宋，一竿自愛占西泠」，指出譚獻填詞的成果。《復堂詞》三卷，據清同治刻復堂類集本，存詞133首，故以「百闋」稱之；「西泠」位於杭州西湖，即是譚獻故鄉所在。儘管譚獻身世坎坷，但足以讓人欣慰的是，譚獻在環境幽美的杭州西湖出生，想譚獻一竿在手，垂釣在煙水迷離的西泠橋畔，在亂世中尚能寫出百闋上追北宋，意境優美的詞章，夏承燾也為譚獻的填詞成果感到驕傲。夏承燾論及常州詞人，無非從詞論主張著墨；唯評論譚獻，能兼論其人其詞，這對譚獻而言，自是一種創作實踐的肯定。

第三節　清代詞人（二）

一、顧貞觀

顧貞觀（1637～1714，字遠平、華峰，號梁汾）寫給吳兆騫（1631～1684，

〔註98〕〔清〕陳廷焯《白雨齋詞話》，卷5，唐圭璋：《詞話叢編》，冊4，頁3873。
〔註99〕〔清〕陳廷焯《白雨齋詞話》，卷5，唐圭璋：《詞話叢編》，冊4，頁3873。
　　　　夏承燾：《金元明清詞選》，頁602。
〔註100〕楊家駱主編：《清詞別集百三十四種》（臺北：鼎文書局，1976年8月），冊11，頁6254、6237。按：此書又名《清名家詞》（上海：上海書店，1982年）。

字漢槎，號季子）兩闋〈金縷曲〉，膾炙人口，堪稱千古絕唱。自來說顧氏平生者必及此事，言顧詞者必及此詞，而吳兆騫也因此詞而得名。夏承燾在《詞學季刊》發表的第一首詞，調寄〈金縷曲〉，詞序云：「顧梁汾寄吳漢槎詞箋，今藏胡汀鷺畫師，許玉岑屬為汀鷺題。」〔註101〕據 1930 年 10 月 25 日《日記》載：

　　（謝）玉岑寄來無錫胡汀鷺影印顧梁汾書寄吳漢槎二詞，納蘭容若
　　書〈水調歌頭〉題洞庭圖二箋，小楷工秀，皆希世之寶。汀鷺得於
　　汪靜山處，後有裴睫庵（景福）、梁公約三詩一詞，殊不甚工。玉岑
　　為汀鷺介予題詞，午後得〈金縷曲〉一闋。　　（冊 5，頁 158）

據此可知，夏承燾於 1930 年 10 月受謝玉岑之託題寫此詞；而謝玉岑的囑託，乃緣於胡汀鷺所藏的顧梁汾書寄吳兆騫〈金縷曲〉詞箋。

　　顧貞觀生平十分看重這兩首〈金縷曲〉，曾經多次為人書寫於扇面上，畫家胡汀鷺即藏有其中一副。夏承燾透過謝玉岑得此影本，十分珍重，完成初稿後也多次與謝玉岑書信往返，並寄給龍榆生、朱祖謀等詞學家請教，而得到謝玉岑「蒼涼沉鬱」、朱祖謀「廪落有風格」、「吾調不孤」的評價。〔註102〕值得注意的是，1933 年《詞學季刊》所刊的〈金縷曲〉，詞末有作者自注：「友人李杲明今夏客死燕京。北行時書梁汾『薄命長辭知己別』二語寄予。每誦此曲，為之腹痛。」〔註103〕而在 1930 年 10 月《日記》所載的〈金縷曲〉一闋，並無此段文字。然根據《日記》1930 年 11 月 5 日載「發周予同商務印書館信，言杲明客死」、11 月 11 日載「發雁晴復，言杲明遺稿」（冊 5，頁 163、164）。可知夏承燾摯友李杲明（？～1930，原名李杲，字杲明）應於 1930 年已客死燕京，正值夏承燾創作〈金縷曲〉之際，說明夏承燾一面悼念顧貞觀、

〔註101〕龍榆生編：《詞學季刊》，第 1 卷第 2 號，頁 185。此詞序文、詞文及自注文字，計有四個版本，即《詞學季刊》本、《天風閣學詞日記》本、《天風閣詞集前編》本、《榮寶齋》本。（《榮寶齋》2009 年第 2 期刊孫遜〈千古高義，詞壇雙璧──清初詞人納蘭性德、顧貞觀書扇賞析〉附錄夏承燾題詞手跡，故稱）。李劍亮〈〈金縷曲〉：夏承燾在《詞學季刊》上發表的第一首詞〉一文曾對此四版本予以比較、析論。另參李劍亮：《民國詞的多元解讀》，頁 229～242。

〔註102〕夏承燾：《夏承燾集‧天風閣學詞日記》，冊 5，頁 163、175。

〔註103〕註釋 101 提及之《榮寶齋》版本，亦有詞末自注文字：「友人李杲明今夏歿於燕京。前旬日寫『薄命長辭知己別』二語寄余。竟成詞讖。」參李劍亮〈〈金縷曲〉：夏承燾在《詞學季刊》上發表的第一首詞〉，《民國詞的多元解讀》，頁 238。

吳漢槎生死交情，一面抒發與友人生死別離之感。詞云：

> 展卷寒芒立。有當年、河梁淒淚，捫之猶濕。比贖蛾眉艱難事，多此幾行斜墨，便萬古神暗鬼泣。何物人間情一點，長相望、曠劫通呼吸。攜酒問，貫華石。　　生還忍數秋笳拍。念蘇卿、雁書不到，烏頭難白。絕域頭顱知多少，放汝玉關生入。天要與、詞壇生色。淥水亭頭行吟地，謝故人、輕屈平生膝。東閣酒，咽鄰笛。　（《天風閣詞集》，冊4，頁130）

此闋是夏承燾打開詞扇，讀完顧貞觀〈金縷曲〉後，所作的一篇讀詞心得，「河梁淒淚，捫之猶濕」，記下了當時讀詞的心理感受。上片又提及了納蘭性德出手救援吳兆騫一事。「貫華石」即指貫華閣（位於江蘇無錫惠山），納蘭性德曾與顧貞觀於此竟夕長談，後來結為忘年之交，此正是兩人友情的見證。下片「生還忍數秋笳拍。念蘇卿、雁書不到，烏頭難白」，化用顧貞觀原詞，連用蔡文姬、蘇武、燕太子丹典故。詞末「淥水亭頭行吟地，謝故人、輕屈平生膝」，係言吳兆騫回京後，在納蘭明珠書房中見到「顧某為吳某屈膝處」[註104]幾個大字，不由心生慚愧一事。[註105]整闋詞中，夏承燾言及顧貞觀對吳漢槎、納蘭性德對顧貞觀的友情，正是表達了他對顧貞觀與納蘭性德的敬仰之情。

夏承燾於1949年5月撰成〈顧貞觀寄吳漢槎金縷曲詞徵事〉初稿，改寫於1956年3月；於1958年2月又撰〈顧貞觀金縷曲詞補考〉。二篇同時收錄於《唐宋詞論叢》中。文章主要分五方面探討：一、釐清科場案原委；二、為顧詞考本事；三、針對筆記、詞話中記載之納蘭性德救吳兆騫事予以糾正；四、整理顧貞觀、納蘭性德、吳偉業、王士禎、尤侗等人致吳兆騫出關、入關的詩文；五、載錄吳兆騫於康熙十七年〈寄顧舍人書〉，以與顧詞參證。內容可參《唐宋詞論叢》，此不贅述。[註106]由此可知，夏承燾對顧貞觀〈金縷曲〉二詞的用心。《瞿髯論詞絕句》論顧貞觀云：

> 銷魂季子玉關情，冰雪論交萬里程。何必樓臺羨金碧，至情言語即天聲。　（冊2，頁577）

[註104]〔清〕徐珂：《清稗類鈔·義俠類·顧貞觀救吳漢槎》（臺北：臺灣商務印書館，1983年10月），冊6，頁60。

[註105] 李劍亮〈〈金縷曲〉：夏承燾在《詞學季刊》上發表的第一首詞〉，《民國詞的多元解讀》，頁239～240。

[註106] 夏承燾：《夏承燾集·唐宋詞論叢》，冊2，頁207～231。

首句「銷魂季子玉關情」呼應顧貞觀〈金縷曲〉首句「季子平安否」；次句「冰雪論交萬里程」，呼應詞中「冰與雪，周旋久」一句。當時吳兆騫因捲入順治十四年（1657）的科場弊案，於順治十六年（1659）流放距離京師七、八千里遠的寧古塔。顧貞觀為救好友而奔走呼號，遍求滿朝權貴。康熙丙辰十五年（1676），顧貞觀寓居北京千佛寺，大雪之夜，想起遠在天邊、生死未卜的好友，作〈金縷曲〉兩闋，以詞代書，抒發悲慨。顧、吳二人的友誼，誠令人慨慕無窮。最後因納蘭性德見顧貞觀二詞，為之感動，曰：「河梁生別之詩，山陽死友之傳，得此而三。此事三千六百日中，弟當以身任之，不俟兄再囑也」〔註107〕，遂懇請父親納蘭明珠相救，吳兆騫才能在康熙二十年（1681）獲赦還鄉。此兩闋〈金縷曲〉，無論是對患難之友的叮嚀告戒，或是擔憂掛念，無一字不從肺腑中流出，哀怨至深，可說是在拯救吳兆騫的過程中，起了決定性的作用。對於這般情真、字真的詞篇，夏承燾視之為「天聲」。

二、納蘭性德

納蘭性德（1654～1685，原名成德，字容若）被況周頤譽為「國初第一詞手」，〔註108〕與陳維崧、朱彝尊並列為清初三大詞人。夏承燾《瞿髯論詞絕句》論云：

> 思幽韻淡一吟身，冷暖心頭記不真。曠代銷魂李鍾隱，相憐婀娜六朝人。 （冊2，頁577）

楊芳燦〈納蘭詞序〉謂納蘭性德的詞「真《花間》也」，又云：

> 貂珥朱輪，生長華腴。其詞則哀怨騷屑，類憔悴失職者之所為。蓋其三生慧業，不耐浮塵；寄思無端，抑鬱不釋，韻澹疑仙，思幽近鬼。……今其詞具在，騷情古調，俠腸俊骨，隱隱奕奕，流露於豪褚間……。〔註109〕

納蘭性德出身皇族，生長華閥，身居清要，但情思抑鬱，倦於仕祿。有《飲水詞》一編，後人又增補作品，匯輯《納蘭詞》。「思幽韻淡一吟身」即指納蘭性德奇特的詞人性情；「冷暖心頭記不真」係指其《飲水詞》。納蘭性德於詞，推尊南唐後主李煜（號鍾隱），其《淥水亭雜識》有云：

〔註107〕顧貞觀〈金縷曲〉詞末自注文字，參《全清詞‧順康卷》，冊12，頁7124。
〔註108〕〔清〕況周頤《蕙風詞話》，唐圭璋主編：《詞話叢編》，冊5，頁4520。
〔註109〕楊芳燦〈納蘭詞序〉，施蟄存主編：《詞集序跋萃編》，頁550。

花間之詞，如古玉器，貴重而不適用；宋詞適用而少貴重。李後主
兼有其美，更饒煙水迷離之致。〔註110〕

納蘭性德詞風有後主之跡，淒絕真摯，不假雕飾，有「得南唐二主之遺」、「南
唐李重光後身」〔註111〕的評價。王國維將納蘭性德視為「北宋以來，一人而
已」，主要的原因，在於納蘭性德與李煜一樣，以直率自然的情感填詞。《人
間詞話》謂：「納蘭容若以自然之眼觀物，以自然之舌言情。此由初入中原，
未染漢人風氣，故能真切如此。」〔註112〕又夏承燾於 1947 年 1 月 10 日《日
記》載：

擬作論詞一文，專注東坡之處患難，白石之處貧賤，稼軒國族之愛，
成德交游夫婦之情，予生神智凡瑣，不能高曠。又真性不足，未嘗
以摯誠愛人。蘇姜之曠，辛與納蘭之摯，皆足為予自警之資。 （冊
6，頁 665）

蘇軾、姜夔的高曠詞風，辛棄疾、納蘭性德的真摯情感，可取之自警，可見夏
承燾對此四人推崇之甚，宋代以還，僅納蘭一人而已。

夏承燾另有四首詩詞因納蘭性德而作，最早一首是寫於 1938 年的〈憶江
南‧擬納蘭〉兩闋，詞序云：「納蘭有『憶不分明疑是夢，夢回又隔一重簾』
詞句，易其下句作此」，二詞如下：

孤枕畔，愁絕一燈青。憶不分明疑是夢，又疑夢沒此分明。多恐是
前生。

驚春去，春已喚難回。才有月時拋淚別，更無人處繞花階。寸意那
禁灰。 （《天風閣詩集》，冊 4，頁 302）

納蘭性德原詞作「風淅淅，雨纖纖。難怪春愁細細添。記不分明疑是夢，夢來
還隔一重簾」〔註113〕，調寄〈赤棗子〉。納蘭性德以少女口吻寫春愁，自憐孤
獨，似夢非夢的情境，勾勒出一種莫可名狀的惆悵之情。納蘭性德擅寫小令，
深婉清麗似六朝文風，夏承燾所謂「相憐婀娜六朝人」是矣。

〔註110〕〔清〕納蘭性德：《淥水亭雜識》（臺北：新興書局，1978 年 12 月《筆記小
說大觀》二編），卷 4，冊 7，頁 4276。
〔註111〕「得南唐二主之遺」語出陳維崧，見〔清〕馮金伯：《詞苑萃編》，唐圭璋主
編：《詞話叢編》，冊 2，頁 1937。「南唐李重光後身」語出周之琦，見〔清〕
譚獻：《篋中詞‧性德容若飲水詞‧念奴嬌》自注文字，頁 55。
〔註112〕〔清〕王國維《人間詞話》，唐圭璋主編：《詞話叢編》，冊 5，頁 4251。
〔註113〕《全清詞‧順康卷》，冊 16，頁 9607。

夏承燾於 1961 年作〈清平樂〉一闋，詞云：

心頭冰雪，皎似天邊月。但願月輪長不缺，冰雪為君能熱。　　敢

忘一諾花前，且收雙淚簫邊。一任如潮花影，此心完似爐煙。　　（冊

7，頁 921）

〈清平樂〉上片化用納蘭性德〈蝶戀花〉，原詞作：「辛苦最憐天上月。一夕如

環，夕夕都成玦。若似月輪終皎潔。不辭冰雪為卿熱。　　無那塵緣容易絕。

燕子依然，軟踏簾鈎說。唱罷秋墳愁未歇。春叢認取雙棲蝶。」〔註114〕此詞

乃悼亡之作，上片借月亮圓缺為喻，道出愛情轉瞬即逝的殘酷命運，及對愛

情願意付出的決心。下片藉燕子在簾間呢喃，反襯人去樓空的孤寂。夏承燾

擬納蘭詞風所作的詞，似有唐宋小令之況味。夏承燾又於 1977 年作〈過後海

覓納蘭容若故居〉一詩云：

華居何處訪珊瑚，佳句誰能畫作圖。待向湖頭問風價，藕花未醒月

晴初。　　（《天風閣詩集》，冊 4，頁 83）

納蘭性德府邸位於北京後海，相傳藏書有「珊瑚閣珍藏印」〔註115〕字樣；後

來宋慶齡遷居於此。此首乃夏承燾經過此處，追憶納蘭性德而作。納蘭性德

用語真率，蘊含赤子之情，寫景之作也栩栩如生，近似李煜前期詞風，這是

夏承燾對納蘭性德極為肯定的一點。

三、龔自珍

龔自珍（1792～1841，字璱人，號定盦），浙江仁和（今杭州）人。道光

九年（1829）進士，官禮部主事。龔自珍學問淵博，涉及金石、目錄，泛及詩

文、地理、經史百家。曾與林則徐、魏源等結宣南詩社，講求經世之學。政治

上反對迂腐的封建制度，詩文上多抒發社會、政治思想，縱橫一時。夏承燾

《瞿髯論詞絕句》論及清代詞人中，以龔自珍四首（含一首與陳亮合論）最

多，其次為朱彝尊二首，餘者如陳維崧、納蘭性德、厲鶚、張惠言、周濟、陳

〔註114〕《全清詞・順康卷》，冊 16，頁 9559。

〔註115〕最早記載「珊瑚閣」為納蘭性德「居處」的是震均的《天咫偶聞》，繼而葉
　　　　昌熾在《藏書紀事詩》中把「珊瑚閣」說成是納蘭性德的「藏書處」。藏書
　　　　家傅增湘在《藏園群書題記》認定「珊瑚閣」藏書主人為納蘭容若，然舉證
　　　　不足。晚清藏書家楊紹和以為「珊瑚閣」應是嘉慶年間出任兩江總督的百齡
　　　　（文敏）之藏書室。參張一民：〈「珊瑚閣」藏書主人是誰？〉，《山東圖書館
　　　　季刊》2002 年 3 期，頁 94～95。

澧、蔣春霖、朱祖謀、況周頤等僅以一首論之，夏承燾對龔自珍的重視尤甚。
《瞿髯論詞絕句》論龔自珍四首如下：

> 才是紅桑一度塵，九州壞劫墮星辰。誰憐鬢影爐薰畔，遁此非儒非
> 俠人。
>
> 越世高談一僇民，肯依常浙作家臣。但疑霄漢飛仙影，仍是江湖載
> 酒身。
>
> 詞出公羊百口疑，深人窅論亦微詞。老來敢議常州學，自別新燈詰
> 女兒。
>
> 龍虎文壇孰代雄，永康旗鼓滿天東。九京儻見明良論，身後龔生此
> 恨同。　　（冊2，頁581～583）

論述層面可分兩端：一論龔自珍的詞風；二論龔自珍學詞門派，以下分述之：

（一）俠骨中見柔情——論龔自珍詞風

　　吳无聞注解第一首論詞絕句，未能指明出處。根據詹安泰《無盦詞》，有
〈念奴嬌〉一闋，題云「滬上勝流於八月十二日為龔定盦百年祭，瞿禪詞來
約同作」[註116]詞末附有夏承燾於1941年8月12日所作〈減字木蘭花〉一
詞，詞題為「辛巳八月十二日，集滬上諸友為定盦百年祭」，詞云：

> 九州光恠。一墜靈文驚劫壞。鬢影爐薰。了此非儒非俠人。　　酬
> 君杯釅，五十年中言盡驗。不用憐君。猶是紅桑一度塵。[註117]

詞末附註「道光庚子鴉片戰起，定盦卒前一歲也」。此際夏承燾在上海之江
大學（龍泉校區）任教，正值龔自珍逝世百年，夏承燾為之悼念，邀請同好
和作。可知夏承燾論詞絕句之原型係出自於此。此詞亦見收於《天風閣詞集
後編》，序云「辛巳八月十二日，與瑗仲（即王蘧常，1900～1989，字瑗仲）
集諸友好為龔定庵百年周祭」，詞云：「九州秋氣。欲酹芙蓉驚換世。魂魄重
過。涕淚東南應更多。　　酬君杯酒。不屑雕龍與屠狗。一事輸君。只見紅

〔註116〕〈念奴嬌〉：「濁塵輕墜，便紅禪豔說，奇情誰曉。待去醫蛟潭底月，驚聽玉
　　　　龍哀調。憤極能癡，愁深留夢，分付閑花草。消魂一晌，鴛鴦卅六顛倒。　　多
　　　　少簫劍平生，狂名辜負，贏得傷秋稿。怕是滄桑殘影在，和淚和煙難埽。關
　　　　塞風高，齊梁劫永，今古成淒照。杯尊遙酹，百年人共悲嘯。」詹安泰：《無
　　　　盦詞》，卷4（中國哲學書電子化計劃2019年1月16日網頁檢索
　　　　https://ctext.org/wiki.pl?if=gb&res=877458）
〔註117〕詹安泰：《無盦詞》，卷4（中國哲學書電子化計劃2019年1月16日網頁檢
　　　　索 https://ctext.org/wiki.pl?if=gb&res=877458）。

桑一度塵。」（冊4，頁310）是知《天風閣詞集後編》所錄內容，與此詞原型頗有出入。

　　論詞絕句第一首「九州壞劫」，指清朝已走向崩潰之路，點出龔自珍所處的內憂外患的惡劣環境。絕句第二首以「霄漢飛仙」形容龔自珍；第四首「龍虎文壇執代雄，永康旗鼓滿天東。九京儻見明良論，身後龔生此恨同」，將龔自珍與南宋愛國詞人陳亮相提並論。陳亮乃浙江永康人，龔自珍為浙江仁和人，兩人不僅同鄉，亦具經世之才。陳亮著有〈中興論〉〔註118〕，龔自珍著有〈明良論〉〔註119〕，均是他們對政治、社會現象的高談闊論，可惜這樣的策論，最後都不為朝廷採用。如此一位「越世高談一僇民」的文人，在詩文中時常表達對現實的強烈不滿。龔自珍詞有「怨去吹簫，狂來說劍，兩樣消魂味」（〈湘月〉）一句，透過「簫心劍氣」表達其憂生悼世的心緒。洪子駿題贈〈金縷曲〉中說道：「俠骨幽情簫與劍，問簫心劍態誰能畫。」〔註120〕唯有龔自珍能淋漓頓挫的將俠骨幽情予以宣洩。夏承燾、張璋編選的《金元明清詞選》論曰「其學術思想出入儒俠之間」，所謂「非儒非俠人」是矣。

　　龔自珍詞風，縱橫奇詭，夏承燾、張璋編選的《金元明清詞選》論曰：「內容多狹邪語，殆用以自文自晦吧？」〔註121〕根據譚獻《篋中詞》轉述前輩馮志沂提及龔自珍填詞的創作之旨，乃「出於《公羊》」。〔註122〕若是如此，則龔自珍填詞，恍惚其辭，奇崛其貌，或許是有意藉此韜晦己身，而不是真的沉溺於「鬢影薰爐」之間。沈鑅（字晴庚，號秋白）調寄〈一斛珠〉題贈龔自珍《庚子雅詞》云：

　　　珠塵玉屑，側商調苦聲嗚咽。愁心江上山千疊，但有情人才絕總愁黷。

　　　　板橋楊柳金閶月，纍儂也到愁時節。一枝瘦竹吹來折，恰又秋
　　　宵風雨戰梧葉。〔註123〕

〔註118〕陳亮主張北伐，反對和議，於南宋孝宗乾道五年（1169）著《中興五論》，上奏朝廷。

〔註119〕龔自珍於嘉慶十九年（1814）著四篇〈明良論〉，對腐朽黑暗的現實政治社會進行深刻的揭露和尖銳的批判。

〔註120〕龔自珍〈湘月〉詞後自注文。另見夏承燾、張璋編選《金元明清詞選》引用文字，頁560。

〔註121〕夏承燾、張璋編選的《金元明清詞選》，頁559。

〔註122〕〔清〕譚獻《復堂詞話》，唐圭璋主編：《詞話叢編》，冊5，頁4014。

〔註123〕〔清〕沈鑅：《留漚吟館詞》（上海：上海書店，1994年《叢書集成續編》），頁353。

龔自珍於道光十九年（1939）完成《己亥雜詩》，道光二十年（1840）完成《庚子雅詞》。寫作背景正是鴉片戰爭山雨欲來的危急時刻。龔自珍面對神州陸沉、社會動盪、時局迷離，一方面發出以天下為己任的悲慨；一面如〈定風波〉詞中所表現的「除是無愁與莫愁，一身孤注擲溫柔」〔註124〕，在萬般無奈之下，興起了在聲色歌舞中醉生夢死的頹廢思想。因此龔自珍的詞，豪放、婉約二格兼備，前者感慨世事，抒懷言志，感情奔放，筆力雄健；後者感情纏綿，筆觸細膩，意境幽雅。其俠骨之中見柔情的風格，體現了他處於風雲變幻中的人格精神與態度。

龔自珍體現於作品之中的「簫心劍氣」的人格精神，往往為人稱道；然對於他所寫下的豔詞，夏承燾則頗為不解。《瞿髯論詞絕句》第二首「越世高談一僇民，肯依常浙作家臣。但疑霄漢飛仙影，仍是江湖載酒身。」夏承燾針對「越世高談一僇民」的龔自珍，指出了他不依傍常、浙二派的填詞路徑，然仍不免受常、浙二派影響，尤其他多寫豔詞，頗有浙派朱彝尊《江湖載酒集》姿態。龔自珍有〈菩薩蠻〉，詞注曰：「效《蕃錦集》」，即是在體式上仿效朱彝尊詞集之顯例。夏承燾指出龔自珍的詞「仍是江湖載酒身」，亦如朱彝尊《江湖載酒集》那般多寫豔情。

朱彝尊《江湖載酒集》編於康熙十一年（1672），根據〈解佩令·自題詞集〉詞云：「十年磨劍，五陵結客，把平生、涕淚飄盡。老去填詞，一半是空中傳恨。幾曾圍、燕釵蟬鬢。　不師秦七，不師黃九，倚新聲、玉田差近。落拓江湖，且分付、歌筵紅粉。料封侯、白頭無分。」〔註125〕《江湖載酒集》可說是朱彝尊十年來詞心的總結，曹爾堪稱之「芊綿溫麗為周柳擅場，時復雜以悲壯，殆與秦缶燕筑相摩盪。其為閨中之逸調邪？為塞上之羽音耶？盛年綺筆，造而益深，固宜其無所不有也。」〔註126〕內容包括飄遊關河、浪跡天涯的弔古述懷之作，或是意氣風發、悲慨激盪之詞，或是以清空筆法，記述旅遊情景的作品。此外，《江湖載酒集》中高秀圓轉、淒麗纏綿的情愛詞，

〔註124〕〈定風波〉：「除是無愁與莫愁，一身孤注擲溫柔。倘若有城還有國，愁絕，不能雄武不風流。　多謝塵言千百句，難據，羽琤詞筆自今收。晚歲披猖終未肯，割忍，他生縹緲此生休。」楊家駱主編：《清詞別集百三十四種》，冊9，頁5096。
〔註125〕〔清〕朱彝尊撰：《曝書亭集·江湖載酒集》，卷25，頁223。
〔註126〕曹爾堪〈曝書亭集詞序〉，見〔清〕朱彝尊撰：《曝書亭集》，頁4。

是歷來被稱譽為浙派典範的作品。〔註127〕情愛詞如〈高陽臺〉「橋影流虹，
湖光映雪，翠簾不卷春深。一寸橫波，斷腸人在樓陰」，寫癡情女子為愛而死
的哀豔之事；〈金縷曲‧初夏〉：「隔院秋千看盡拆，過了幾番疏雨。知永日、
簸錢何處。午夢初回人定倦，料無心、肯到閒庭宇」，寫人去樓空、追思戀人
的情詞。又如〈桂殿秋〉：「思往事，渡江干。青蛾低映越山看。共眠一舸聽秋
雨，小簟輕衾各自寒」，況周頤讚曰：「或問國初詞人當以誰氏為冠？」〔註128〕
陳廷焯《白雨齋詞話》謂朱彝尊情愛詞「豔而不浮，殊而不流，工麗芊綿而筆
墨飛舞。」〔註129〕朱彝尊情感真摯、用筆細膩，使得他的情詞有別於一般側
豔之篇。

　　至於龔自珍的柔情，則體現在他所填的戀情詞上，其詞最大的特色之一，
即是迷離隱晦。〔註130〕如〈醉太平〉一闋：「長吟短吟。恩深怨深。天邊一
曲瑤琴。是鸞心鳳心。香沉漏沉。魂尋夢尋。玉階良夜惜惜。有花陰月陰」，
詞人「以夢境寫遊仙，以遊仙寫情事，其中夢境隱約，遊仙縹緲，情事似夢如
煙」〔註131〕，訴說了思戀的情愫。〈太常行〉一闋：「一身雲影墮人間，休
認彩鸞看。花葉寄應難，又何況、春痕衲斑。　似他身世，似他心性，無恨
到眉彎。月子下屏山，算窺見、瑤池夢還」，透過「雲影」、「彩鸞」、「月」、
「春痕」等意象交織了「夢遊」的場景。這類迷離惝恍、縹緲難測的作品，使
得龔自珍的詞宛若浙派「清空醇雅」的風格。〔註132〕

　　龔自珍的詞風，處處彰顯著沉鬱豪放、委婉纏綿的風格，這是國家風雨
飄搖、個人坎坷經歷之下的真實寫照。夏承燾、張璋編選的《金元明清詞選》
論曰：

　　　他既不依傍張惠言的常州派，也不依傍朱彝尊的浙派，其詞風格，

　　　綿麗處如周邦彥，飛揚處如辛棄疾。〔註133〕

所選作品如〈湘月〉一詞「天風吹我，墮湖山一角，果然清麗。曾是東華生小

〔註127〕嚴迪昌：《清詞史》，頁269。

〔註128〕〔清〕朱彝尊：《江湖載酒集》，卷24，頁209；卷26，頁227；卷24，頁
　　　　210。

〔註129〕〔清〕陳廷焯《白雨齋詞話》，唐圭璋編：《詞話叢編》，冊4，頁3945。

〔註130〕劉盼：〈龔自珍戀情詞風格初探〉，《青年文學家》（2017年14期），頁96。

〔註131〕楊伯嶺：《龔自珍詞箋說》（合肥：黃山書社，2010年10月），頁23。

〔註132〕龔自珍〈醉太平〉、〈太常行〉，楊家駱主編：《清詞別集百三十四種‧定盦詞》，
　　　　冊9，頁5055。

〔註133〕夏承燾、張璋編選的《金元明清詞選》，頁559。

客，回首蒼茫無際。屠狗功名，雕龍文卷，豈是平生意。鄉親蘇小，定應笑我非計。 才見一抹斜陽，半隄芳草，頓惹清愁起。羅襪音塵何處覓，渺渺予懷孤寄。怨去吹簫，狂來說劍，兩樣消魂味。兩般春夢，艫聲蕩入雲水」〔註134〕，迴腸盪氣，寫出身世牢落及無可奈何的情緒，夏承燾引譚獻之言，謂此詞「綿麗飛揚，意欲合周（邦彥）、辛（棄疾）而一之，奇作也。」〔註135〕

（二）不依常浙作家臣──論龔自珍學詞門派

　　龔自珍所處的嘉道詞壇，正是浙西詞派末流弊端紛起之際，填詞專學南宋姜、張一派，卻僅略得皮毛，陷於浮豔、薄弱之弊。幸有一批振衰起弊，重樹浙派宗風的後繼者，如吳錫麒（1746～1818，字聖徵，號谷人）、郭麐（1767～1831，字祥伯，號頻伽）等人，為浙派思想與主張進行內部改革與反省。龔自珍的詞學觀，正與其所處的學術背景，以及與浙派人物的交遊關係，直接或間接受到沾溉。〔註136〕王易《詞曲史》甚至將龔自珍歸為浙派，謂「《同聲集》錄清人吳廷、王曦、潘曾瑋、汪士進、王憲成、承齡、劉耀椿、龔自珍、莊士彥諸家詞，大致以浙派朱、厲為宗，間有主張北宋者。」〔註137〕

　　浙派發展至吳錫麒、郭麐手中，雖循著朱彝尊以來標榜「醇雅」的軌轍而行，然又有所新變，不再侷限於清空一路，而是企圖衝破姜、張藩籬，以豪放、華贍之風，補救浙派虛華不實之弊。郭麐〈無聲詩館詞序〉指出：

> 詞家者流，源出於國風，其本濫於齊梁，自太白以至五季，非兒女之情不道也。宋之樂用於慶賞飲宴，於是周、秦以綺靡為宗，史、柳以華縟相尚，而體一變。蘇、辛以高世之才，橫絕一時，而憤末廣屬之音作。姜、張祖騷人之遺，盡洗穠艷，而清空婉約之旨深。

〔註134〕龔自珍〈湘月〉，楊家駱主編：《清詞別集百三十四種·定盦詞》，冊9，頁5076。

〔註135〕夏承燾、張璋編選：《金元明清詞選》，頁561。

〔註136〕龔自珍與郭麐有一位共同好友吳嵩梁。在京期間，龔自珍多次與吳嵩梁等文人雅集，詩詞唱和。而吳嵩梁深受浙西宗風浸潤，對朱彝尊尤為仰慕，與郭麐關係更是密切。《靈芬館詞話》載：吾友吳蘭雪嵩梁，……見其「簾外桃花紅奈何。春風吹又多」之句，金荃之亞也。《詞話叢編》，冊2，頁1504。道光二年（1822），龔自珍結識郭麐女婿夏寶晉後，與郭麐的關係又更為密切。此外，龔自珍又與發揚浙派「清空」一說的《詞逕》作者孫麟趾相往來，足以說明龔自珍填詞學詞的途徑，不免受到浙派學說沾溉。關於龔自珍與浙派關係，可參習婷、彭玉平：〈龔自珍與浙西詞派〉，《學術研究》（2015年11期），頁136～141、148。

〔註137〕王易：《詞曲史》（臺北：五南圖書公司，2013年10月）。

> 自是以後，雖有作者，欲別見其道而無由。然寫其心之所欲出，而
> 取其性所近，千曲萬折以赴聲律，則體雖異而其所以為詞者，無不
> 同也。〔註138〕

郭麐能兼容各體詞風，以開放的眼光論詞，無論是綺豔、豪放、華縟或者清空，只要是詞人「其心之所欲出，而取其性所近」，都是佳作。此一觀點，打破了歷來詞體正、變之別，也跳脫了姜、張的藩籬。

　　論及龔自珍的學詞門派，常州詞派的影響比起浙派更為顯著。嘉慶二十四年（1819）龔自珍應恩科會試不第，留在京師，「就劉申受問《公羊》家言」〔註139〕，劉申受即清代今文學之冠劉逢祿（1776～1829，字申受，號思誤居士），著有《公羊何氏釋例》，《公羊何氏解詁箋》。龔自珍從劉逢祿習得「公羊春秋」，其學術思想由原本的考據訓詁之學，轉而依託公羊義理，講求經世之務。楊向奎〈清代的今文經學〉說道：「清代從莊存與到陳立這一批公羊學者中，可以稱作思想家者當推龔自珍。〔註140〕龔自珍〈常州高材篇・送丁若士〉一詩，稱「天下名士有部落，東南無與常匹儔。……我益喜逐常人遊」，與之交往的常州學者，除了劉逢祿，還有丁履恆、臧庸、顧明、惲敬、孫星衍、趙懷玉、洪飴孫、管繩萊、莊綬甲、張琦、周儀暐、董祐誠、李兆洛、陸繼輅等人。〔註141〕錢穆論及常州學派的流變，有云：

> 常州之學，起於莊（存與）氏，立於劉（逢祿）、宋（翔鳳），而變

〔註138〕〔清〕江順詒纂輯：《詞學集成》（上海：上海古籍出版社，20002年《續修四庫全書》），卷5，頁32。

〔註139〕龔自珍〈雜詩・己卯自春徂夏，在京師作，得十有四首〉之六自注文字，孫欽善選注：《龔自珍詩文選》（北京：人民文學出版社，1993年12月），頁17。

〔註140〕楊向奎〈清代的今文經學〉，《清史論叢》第一輯（北京：中華書局，1979年8月），頁196。

〔註141〕〈常州高材篇・送丁若士〉：「丁君行矣，龔子忽有感，聽我擲筆歌常州。天下名士有部落，東南無與常匹儔。我生乾隆五十七，晚矣不及瞻前修。外公門下賓客盛，始見臧顧來衰衰。奇才我識惲伯子，絕學我識孫季逑；最後乃識掌故趙，獻以十詩趙畢酬。三君折節遇我厚，我亦喜遂常人遊。……勿數喬搴數平輩，蔓及洪管莊張周；其餘鼎鼎八九子，奇人一董先即邱；所恨不識李夫子，南望夜夜穿雙眸，曾因陸子屢通訊，神交何異雙綢繆？...。」「丁君」指丁履恆，「臧顧」指臧庸、顧子述，「惲伯子」指惲敬，「季逑」指孫星衍，「趙」指趙懷玉，「洪管莊張周」指洪飴孫、管繩萊、莊綬甲、張琦、周儀暐，「董」指董祐誠，「李夫子」指李兆洛，「陸」指陸繼輅。劉逸生、周錫馥注：《龔自珍編年詩注》（杭州：浙江古籍出版社，1995年12月），頁337。

於龔（自珍）、魏（源）。然言常州學派之精神，則必以龔氏為眉目焉。何者？常州言學，既主微言大義，而通於天道、人事，則其歸必轉而趨於論政，否則何治乎《春秋》？何貴乎《公羊》？亦何異於章古訓詁之考索？故以言夫常州學派之精神，其極為趨於輕古經而重時政，則定庵其眉目也。〔註142〕

而龔自珍對公羊學的取捨與運用，不受章句經典所限，也不泥於今、古文經的真偽之辨，近代學者張壽安指出：

他（龔自珍）既不斤斤於條例之辨；亦不爭西、東漢，今、古文之孰真孰偽；更未嘗高倡「上復西漢今文」之論；而只是直捷地擷取了公羊中的數端大義，加以靈活地運用到實際的政論上去。例如：他以「三世」大義解群經，認為五經皆含聖人終始治道……。又以公羊之律救正當世之律，及引公羊之微言以譏議時政。凡此種種，都顯示了自珍公羊學的特色，就是：改變了以往論大義於「典籍」的態度，使成為論大義於「現實民生」。〔註143〕

龔自珍發揚常州學派劉逢祿的公羊學，在面臨清朝內憂外患接踵而來的局勢下，能進一步將聖人之治與民生實務結合，發揮了公羊學「援經議政」的效果。嚴迪昌《清詞史》提及龔自珍詞的藝術手法「多用微言大義的議論和象徵寄託之法」。〔註144〕譚獻《篋中詞》亦載：

魯川廉訪（馮志沂）……一日酒酣，忽謂予曰：「子鄉先生龔定庵言詞出於公羊，此何說也。」予曰：「龔先生發論，不必由中，好奇而已。第以意內言外之旨，亦差可傅會。」魯翁曰：「然則近代多豔詞，殆出於穀梁乎。蓋魯翁高文絕俗，不屑為倚聲，故尊前諧語及此。〔註145〕

龔自珍以「詞出於公羊」，自敘其學術核心思想。夏承燾所謂「詞出公羊百口疑，深人窅論亦微詞」，龔自珍詞中所蘊含的「微言大義」，乃出自公羊學的影響。

〔註142〕錢穆：《中國近三百年學術史》（臺北：臺灣商務印書館，1996年7月），下冊，頁590～591。
〔註143〕張壽安：《龔自珍學術思想研究》（臺北：文史哲出版社，1997年11月），頁79。「三世說」是否來自公羊學，學界仍有疑議，但它脫胎於公羊「三世」說是毋庸置疑的。
〔註144〕嚴迪昌：《清詞史》，頁508。
〔註145〕〔清〕譚獻《復堂詞話》，唐圭璋主編：《詞話叢編》，冊5，頁4014。

在乾嘉經學濃郁的學術氛圍之下，常州詞派的創始者張惠言正是當時經學研究的實踐者。他與常州學派的莊存與交好，又與劉逢祿共治虞氏《易義》。賴貴三〈清代常州學派《易》學研究的成果與檢討〉云：「張惠言的外甥董士錫與劉逢祿、李兆洛三人有深厚的友誼關係，董向劉逢祿等重要的常州學派學者轉介了張惠言的虞氏《易》學研究，由此張惠言的學術研究遂與常州今文學派有著實質的聯繫。」盧鳴東〈取象釋禮：張惠言《虞氏易禮》中的《公羊》思想〉指出：「劉逢祿為莊存與外孫，其《易》、《禮》之學皆出自張惠言，撰有《虞氏易言補》，用來補述張氏《易》說。」〔註146〕張惠言《易》學代表作《周易虞氏義》問世之時，也正是《詞選》編定之年。深受今文經學影響的張惠言，很自然地將治經的原則和觀點應用在治詞之中，他以微言大義論詞，強調比興寄託，注重詞中「興於微言，以相感動」、「義有幽隱，並為指發」（張惠言《詞選・序》）的寓意。其論詞之法自是吸收了常州學派公羊學的思維方式。然張惠言師承虞翻易學，往往妄加附會，遂有矯枉過正之弊。

根據龔自珍《已亥雜詩》十八：「詞家從不覓知音，累汝千回帶淚吟。惹得而翁懷抱惡，小橋獨立慘歸心」，自注云：「吾女阿辛，書馮延巳詞三闋，日日誦之。自言能識此詞之恉，我竟不知也。」〔註147〕龔自珍的女兒阿辛日日誦讀馮延巳詞，因其中「忠愛纏綿，宛然騷辨之義」的三首〈蝶戀花〉（六曲闌干偎碧樹、莫道閒情拋擲久、幾日行雲何處去）〔註148〕，淚流不止。龔自珍看在眼裡，頗覺莫名奇妙。可見龔自珍晚年，對常州詞派習慣附會穿鑿的毛病，頗有微詞。夏承燾論龔自珍「老來敢議常州學，自剔新燈詰女兒」，便指出龔自珍晚年學術思想對常州學派的取捨與轉變。

龔自珍學詞、填詞，出入於浙、常二派，在他左手握劍，右手持簫的豪情壯志之下，蘊含著他對身世飄零、命運坎坷的細膩心思，使得他的詞風，兼備豪放、婉約二格，故能不依傍任一門戶，而自成一格。儘管龔自珍的詞，與朱彝尊《江湖載酒集》一樣多寫豔情，卻無損他作品中「簫心劍氣」的人格寫照。

〔註146〕二文見收於蔡長林、丁亞傑：《晚清常州地區的經學》（臺北：臺灣學生書局，2009 年 5 月），頁 29～30、402。又參楊自平：《清初至中葉《易》學十家之類型研究》（臺北：臺灣大學出版中心，2017 年 9 月），頁 106。
〔註147〕龔自珍著、劉逸生注：《龔自珍己亥雜詩注》（北京：中華書局，1999 年 2 月），頁 19。
〔註148〕〔清〕張惠言：《詞選》，唐圭璋主編：《詞話叢編》，冊 2，頁 1612。

　　附帶一提的是，龔自珍之外，蔣春霖（1818～1868，字鹿潭）亦是晚近詞壇中不依傍浙、常門戶的詞人。李肇曾〈水雲樓詞序〉曾載蔣春霖論詞曰：

　　　　君（蔣春霖）嘗謂詞祖樂府，與詩同源。儇薄破碎，失風雅之旨，情
　　　　至韻會，瀡寫風流，極溫深怨慕之意，亦未知其同與異否也。〔註149〕

蔣春霖填詞、論詞，以風雅為宗，以沉厚渾圓的詞境，一反儇薄破碎之格。吳梅《詞學通論》論曰：

　　　　至鹿潭而盡掃葛藤，不傍門戶，獨以風雅為宗，蓋託體更較彙文、
　　　　保緒高雅矣。詞中有鹿潭，可謂止境。……鹿潭不專尚比興，……
　　　　絕不寄意悵闈，是真實力量，他人極力為之，不能工也。〔註150〕

蔣春霖詞風，深得南宋姜夔、張炎之妙，陳廷焯曾曰：「竹垞自謂學玉田，恐去鹿潭尚隔一層也。」〔註151〕然他所處的時代，正值太平天國反清之時，蔣春霖身處衰世戰亂、風雲變幻之際，故其作品抑鬱悲涼，多抒發憂時傷世之慨，少了浙西詞派塗飾空枵之病，也不需藉助物象故作吞吐之姿，避免了常州詞派妄加寄託之弊，其詞便有「倚聲杜老」〔註152〕之喻。夏承燾對蔣春霖的詞風，頗為推崇，其《日記》載林庚白謂「清一代無詞。清初或可，如朱、陳、飲水、樊謝，差能各攄所懷。迄乎晚清，則彊村、半塘，直是惡札，無已，其惟蔣鹿潭乎云云」（冊6，頁121），認為林氏對清詞之持論甚高。《瞿髯論詞絕句》論曰：

　　　　兵間無路問吟窗，彩筆如椽手獨扛。常浙詞流摩眼看。水雲一派接
　　　　長江。　（冊2，頁585）

太平天國戰爭的悲潮席捲而來，蔣春霖筆下盡是沉重淒苦的離亂場景，其詞如〈浪淘沙〉：「雲氣壓虛闌，青失遙山，雨絲風絮一番番。上巳清明都過了，只是春寒。　花發已無端，何況花殘。飛來胡蝶又成團。明日朱樓人睡起，莫捲簾看。」據譚獻《篋中詞》謂此詞乃「感兵事之連結，人才惸獝而作」。〔註153〕又如〈卜算子〉：「燕子不曾來，小院陰陰雨。一角闌干聚落花，此是春歸

〔註149〕施蟄存：《詞籍序跋萃編》，頁585。
〔註150〕吳梅：《詞學通論》，頁125～126。
〔註151〕〔清〕陳廷焯《白雨齋詞話》，唐圭璋主編：《詞話叢編》，冊4，頁3870。
〔註152〕〔清〕譚獻：《篋中詞》：「文字無大小，必有正變，必有家數，水雲樓詞固清商變徵之聲，而流別甚正，家數頗大，與成容若、項蓮生，二百年中，分鼎三足，咸豐兵事，天挺此才，為倚聲家杜老，而晚唐兩宋一唱三歎之意，則已微矣。」卷5，頁292～293。
〔註153〕〔清〕譚獻：《篋中詞》，卷5，頁282。

處。　彈淚別東風，把酒澆飛絮：化了浮萍也是愁，莫向天涯去。」〔註154〕
以「飛絮」、「浮萍」比喻詞人寒徹心骨的飄零生涯。蔣春霖填詞以風雅為宗，
他雖然沒有龔自珍那般氣質磅礴之勢，卻也能在烽火時代下，寫出真情流露
的亂世悲歌。

四、朱祖謀

　　夏承燾於《天風閣詞集前編・前言》記載他早年學詞的經過（引文詳見
第一章註81），是知夏承燾師承林鵾翔，而林鵾翔則從朱祖謀、況周頤學詞。
況周頤有《餐櫻詞》，蓋以其鍾情櫻花之故也；林鵾翔以《半櫻詞》名其詞集，
既說明他與況周頤有共同的情趣，亦表示對況氏的崇仰之情。林氏詞集前有
況周頤為之作序，序云：「己未（1919）長夏，歸安林君鐵尊介姚君勁秋，訪
余於餐櫻廡，適彊村先生在座，談次多涉倚聲之學。」〔註155〕況周頤又為林
氏詞集題〈八聲甘州〉　詞，詞有：「道句留一半，也為櫻花」句，即是對《半
櫻詞》的詮釋。〔註156〕

　　夏承燾早在1920年前後，透過林鵾翔為媒介，已間接受到朱、況二老的
薰陶。然真正與朱祖謀往來，是在20世紀20年代至30年代之間；而況周頤
於1926年逝世，夏承燾未及與之往來，乃夏承燾生平的遺憾。根據已出版的
《天風閣學詞日記》（始於1928年7月20日，終至1965年8月31日），夏
承燾於1928年8月29日，得《彊村叢書》四十本；隔年1月27日，閱朱氏
所選《宋詞三百首》，謂「頗取體格神致　路」；2月21日因作《夢窗年譜》，
閱朱氏《夢窗詞箋》，謂「甚詳備，資採伐不少」。嚴格說來，夏承燾對朱祖謀
的瞭解與崇揚，係從其作品中得知，夏承燾甚至將《彊村叢書》視為詞學研
究的底本。晚年曾說：

〔註154〕蔣春霖〈浪淘沙〉、〈卜算子〉二詞，見楊家駱主編：《清詞別集百三十四種・
　　　　水雲樓詞》，冊11，頁5808、5827～5828。
〔註155〕林鵾翔《半櫻詞》（丁卯（1927）6月刊本），另參李劍亮：《民國教授與民國
　　　　詞壇》（杭州：浙江大學出版社，2017年10月），頁32。
〔註156〕況周頤〈八聲甘州・題林鐵尊半櫻簃填詞圖〉詞曰：「數詞名當代一彊村，
　　　　餘音洗箏琶。更阿誰占取，暗香疏影，鐵拔紅牙。山水向來清遠，吟思渺無
　　　　涯。畫舫樵路歌，和畬煙霞。　　約瀛壖念省，道句留一半，也為櫻花。絢
　　　　春空瓊樹，飛夢欲隨槎。黯箋塵幾番風雨，倚倩雲層見夕陽斜。雙鬟唱，畫
　　　　旗亭壁，珍重籠紗。」1926年10月19日《申報・自由談・藝林》刊載況周
　　　　頤遺稿三闋，此為第一闋。李劍亮：《民國教授與民國詞壇》，頁33。

> 我二十歲左右，開始愛好讀詞，當時《彊村叢書》初出，我發願要
> 好好讀它一遍；後來寫《詞林繫年》、札《詞例》，把它和王鵬運、
> 吳昌綬諸家的唐宋詞叢刻翻閱多次。　（《月輪山詞論集·前言》，
> 冊2，頁39）

夏承燾對姜夔詞的研究，也是以《彊村叢書·白石道人歌曲》為底本。在他
進行吳文英〈夢窗生卒考〉的同時，從朱祖謀的作品中獲益不少，遂而興起
「擬呈教彊村先生」的念頭。〔註157〕加上夏承燾早期學詞，苦心尋覓名師
指點；後經李笠、龍榆生穿針引線，遂得與朱祖謀結識，兩人往來時間，約
於20世紀20年代至30年代之間。〔註158〕夏承燾於〈我的治學道路〉自述
兩人「通了八九回信，見了三四次面。」〔註159〕今查《日記》內容，兩人
計有六次書信往返紀錄，由於1930年1月1日至9月30日日記缺漏，故這
段期間夏、朱二人是否有書信往來，不得而知。〔註160〕至於兩人晤面的時
間，根據吳无聞編〈夏承燾教授學術活動年表〉，計有三次，分別為1930年
4、7、9月。〔註161〕而1930年12月17日、1931年1月8日兩次，都因故
而錯失良機。

　　夏承燾第一次致信朱祖謀是在1929年10月27日，開頭謂「七八年前，
林鐵尊道尹宦溫州時，曾承其介數詞請益於先生，並於林公處數見先生手教。
日月不居，計先生忘懷久久矣」，夏承燾重敘往日情懷，藉此勾起朱祖謀的
記憶。又謂「客居僻左，無師友之助。海內仰止，惟有先生」，表達渴望師
友的迫切心情。同時提出吳文英生卒，溫庭筠、姜夔、張先等詞人之生年問
題，向朱祖謀請益。（冊5，頁128～129）唯此信待至11月14日，始託龍
榆生轉交。12月11日，夏承燾接獲朱祖謀首次回函，信中稱「十年影事，
約略眼中。而我兄修學之猛，索古之精，不朽盛業，跂足可待，佩仰曷極！
夢窗生卒，考訂鑿鑿可信，益慚讕說之莽鹵矣。」（冊5，頁140）自此，朱、

〔註157〕夏承燾：《夏承燾集·天風閣學詞日記》，冊5，頁27、69、80、82。
〔註158〕1929年7月25日，夏承燾通過李笠得知朱祖謀住址（冊5，頁107）；1929
　　　　年10月20日，致函龍榆生，詢問《夢窗詞箋》情形，信中云：「聞先生與
　　　　彊村有往還，如承轉致，當寫出呈教。」（冊5，頁125）
〔註159〕夏承燾〈自述：我的治學道路〉，李劍亮：《夏承燾年譜》，頁6。
〔註160〕《日記》所載關於夏承燾與朱祖謀書信往返情形，可參李劍亮：《民國詞的
　　　　多元解讀·夏承燾與朱彊村的書信往來》（杭州：浙江大學出版社，2012年
　　　　3月），頁258～271。
〔註161〕吳无聞編：《夏承燾教授紀念集》，頁226。

夏兩人書信往來數次，直至 1931 年 11 月 19 日，夏承燾填畢〈清平樂·呈彊村先生問疾〉〔註162〕一闋，並寄出最後一封寫給朱祖謀的信後，從此不得音訊。1931 年 12 月 31 日，夏承燾閱報得知朱祖謀已於 30 日辭世的消息，《日記》載：「予於先生止數面，函札往復八、九次。月前往一書，彼已遷居，或竟不達矣。」（冊5，頁259）夏承燾於 1932 年 1 月 3 日作〈徵招〉一闋悼念朱祖謀，序云「閱彊村先生十二月三十日於上海訃，用草窗弔紫霞翁韻」，周密音律師承楊纘（生卒年不詳，字繼翁，號守齋，又號紫霞翁），夏承燾藉以抒發他與朱祖謀之間亦師亦友的情懷。詞云：

> 乍驚遼鶴堯年語，騎鯨又傳仙杳。楚些漫（「漫」字原作「慢」）相招，正昏昏八表。半生垂釣手，應不戀、棘駝殘照。一暝同忘，九州幽憤，五湖高操。　　愁眺海東雲，幽坊宅、花時夢遊（「遊」字原作「路」）長繞。佛火數揚塵，念看桑垂老。鄮山青未了。更誰續、四明孤調。聽鵑恨、怕有來生，奈暮年哀抱。（《天風閣詞集前編》，冊4，頁131）

朱祖謀詞在藝術形式上效法吳文英，內容題材上多反映時事。以新時代的角度觀之，朱祖謀雖不能與時俱進，但在重視傳統儒家思想的夏承燾眼中，卻是秉持「知松柏歲寒而後凋」的人格操守，是忠於故國的遺老。故夏承燾在〈徵招〉一詞中，結合日軍侵佔東北三省「昏昏八表」的時勢，寫出朱祖謀「應不戀、棘駝殘照」的絕望心態，以「五湖高操」顯示朱祖謀的士大夫節操。日記所載原詞，「念看桑垂老」一句下有「客歲偕楡生詣思悲閣問庚子戊戌詞事」，詞末亦引朱祖謀絕筆〈鷓鴣天〉詞云：「可哀惟有人間世，不結他生未了因」（冊5，頁265），表達為朱祖謀平生未了之事而感到遺憾的嘆息。夏承燾之所以推崇朱祖謀，除了治詞方面的成就外，最深層的意義即在於對其人格精神的敬重。

　　夏承燾與朱祖謀結識之際，正是他從事吳文英研究之時，〈吳夢窗繫年·後記〉云：

> 右譜成於二十九歲，竄稿行滕，未遑整理。旋見朱彊村先生為〈玉溪生年譜會箋序〉，謂予作夢窗而未就。亟奉書叩之，云以資糧過

[註162]〈清平樂·呈彊村先生問疾〉：「門前看柳，晉宋慵回首。抽了當年攀檻手。讓與鄭君行酒。　　歲星莫問前身。蓬山歸路無津。坐待紅桑如拱，更能幾見揚塵。」（夏承燾按：鄭君謂海藏，近附和溥儀復辟）（冊5，頁248）

少，竟未屬筆。先生治吳詞，曠代一人，而矜慎若此，益見慚魯莽
涉筆矣。　　（《唐宋詞人年譜》，冊 1，頁 481）

朱祖謀畢其一生心力，專治吳文英詞，然最大遺憾，就是未能為吳文英繫年。
夏承燾投其所好，留給朱祖謀深刻的印象。他在 1929 年 12 月 26 日致函邵祖
平，亦提及他尋覓師友的想法，謂：「近又欲宣究詞學，妄擬於半唐（王鵬運）、
伯宛（吳昌綬）、彊村諸老搜討校勘外，勉為論世知人之事。」（冊 5，頁 144）
從朱、夏兩人書信往返的紀錄來看，朱祖謀謙卑的氣度與獎掖後進的苦心，
也直接或間接的鼓勵著夏承燾。夏承燾對朱祖謀詞學的繼承與發展，胡永啟
〈夏承燾對朱祖謀詞學的繼承和發展〉一文已歸納為六點：一、刊刻（印）詞
籍；二、作論詞絕句；三、編撰詞人年譜；四、開展詞學批評；五、校、箋、
編年詞集；六、編詞選。〔註 163〕本文不再贅述，而將視角側重於夏承燾對朱
祖謀其人其詞的評論。

　　夏承燾於 1930 年 11 月完成〈月輪樓紀事詩〉十四首，後摘錄十首收入
於《天風閣詩集》中。其中一首註明「得古微丈函」，此乃夏承燾接獲朱祖謀
回函後所寫的詩，詩云：

垂垂人物盡東南，況鄭秋墳草欲含（原作「況鄭歌詞世未諳」）。攀
檻朱雲頭雪白，誰憐（「憐」字原作「令」）看柳老江潭。　　（《天風
閣詩集》，冊 4，頁 21）

朱祖謀與王鵬運、況周頤、鄭文焯並稱為清末四大家，朱祖謀為浙江歸安（今
湖州）人，王鵬運、況周頤同為廣西臨桂（今桂林）人。他們填詞工力深厚，
嚴守音律，其詞學成就沾溉整個東南。辛亥革命之後，詞中蘊含故國之思，
多寫清廷覆滅的悲慘命運。末兩句以漢朝朱雲折檻〔註 164〕之典比喻朱祖謀曾
在慈禧面前進諫，幾遭殺身之禍一事。〔註 165〕夏承燾特指此事，讚揚這位垂

〔註 163〕 胡永啟〈夏承燾對朱祖謀詞學的繼承和發展〉，《詞學》第 31 輯（2014 年 6
　　　　　月），頁 243～252。
〔註 164〕 〔漢〕班固等撰：《漢書》記載：成帝時，丞相故安昌侯張禹以帝師位特進，
　　　　　甚尊重。雲上書求見，公卿在前。雲曰：「今朝廷大臣上不能匡主，下亡以
　　　　　益民，皆尸位素餐，孔子所謂『鄙夫不可與事君』，『苟患失之，亡所不至』
　　　　　者也。臣願賜尚方斬馬劍，斷佞臣一人以屬其餘。」上問：「誰也？」對曰
　　　　　「安昌侯張禹。」上大怒，曰：「小臣居下訕上，廷辱師傅，罪死不赦。」
　　　　　御史將雲下，雲攀殿檻，檻折。雲呼曰：「臣得下從龍逢、比干遊於地下，
　　　　　足矣！未知聖朝何如耳？」頁 2915。
〔註 165〕 清朝末期，慈禧太后欲利用義和團作為排除外國勢力的工具，便召團民入京。

垂遺老為朝政直言進諫的勇氣。朱祖謀於光緒三十年（1904）出為廣東學政，
與總督齟齬，托病去官。龍榆生謂朱祖謀「晚處海濱，身世所遭，與屈子澤畔
行吟為類」〔註166〕，朱祖謀的晚年，也只能對江潭訴說平生之無奈。

　　《瞿髯論詞絕句》論朱祖謀云：

　　　　論定彊村勝覺翁，晚年坡老識深衷。一輪黯淡胡塵裡，誰畫虞淵落

　　　　照紅。　　（冊2，頁586）

張爾田曾於1936年4月1日致函夏承燾，謂彊老詞「以碧山為之骨，以夢窗
為之神，以東坡為之姿態」（冊5，頁437），張氏之論，遂成此首絕句的內容，
與當代其他學人論朱祖謀全學夢窗之論大大不同。夏承燾、張璋編選《金元
明清詞選》論曰：

　　　　辛亥革命後寓居上海，頗有懷念清室之作。其詞委婉致密，音律和

　　　　諧，初近似吳文英。晚年融化蘇軾豪放詞風於沉抑綿邈之中，形成

　　　　他自己獨特的風格。〔註167〕

夏承燾「論定彊村勝覺翁，晚年坡老識深衷」一句，指出朱祖謀填詞有前、後
差異，他早年初學吳文英（晚號覺翁），以委婉綿密、音律和諧見長；晚年作
品則有蘇軾豪放詞風的痕跡，尤其在辛亥革命，列強侵略中國後，此特色更
為鮮明。夏承燾以「胡塵」比喻列強之侵略，「虞淵」原指日落處，比喻辛亥
革命之後，清廷大勢已去的局面。意謂朱祖謀的詞應是「唐宋到近代數百年
來萬千詞家的殿軍」〔註168〕。王鵬運〈彊村詞賸稿序〉有云：

　　　　公詞庚辛之際是一大界限，自辛丑夏與公別後，詞境日趨於渾，氣

　　　　息亦益靜，而格調之高簡，風度之矜莊，不惟他人不能及。即視彊

　　　　村己亥以前詞，亦頗有天機人事之別。〔註169〕

王鵬運指出朱祖謀詞風有前、後期的差異，即在於他晚歲兼融蘇軾豪放詞風
之故。蔡嵩雲《柯亭詞論》論之曰：

　　　　彊村詞，融合東坡、夢窗之長，而運以精思果力。學東坡，取其

　　　　朱祖謀曾上奏反對。參徐珂：《清稗類鈔·會黨類·義和拳欲滅洋》（臺北：
　　　　商務印書館，1983年10月），頁91～100。

〔註166〕龍榆生：《近三百年名家詞選》，頁183。

〔註167〕夏承燾、張璋編選《金元明清詞選》，頁643。

〔註168〕夏承燾著、吳无聞注：《夏承燾集·瞿髯論詞絕句·題解》，冊2，頁586。

〔註169〕〔清〕朱祖謀輯校：《彊村詞賸稿》（上海：上海古籍出版社，2002年《續修
　　　　四庫全書》冊1727），頁567。

雄而去其放。學夢窗，取其密而去其晦。遂面目一變，自成一種
風格。……辛亥以後，尤多故國之思。然較大鶴稍含蓄，殆如其
為人。〔註170〕

夏敬觀〈忍寒詞序〉論曰：

侍郎詞蘊情高夐，含味醇厚，藻采芬溢，鑄字造辭，莫不有來歷，
體澀而不滯，語深而不晦，晚亦頗取東坡以疏其氣。〔註171〕

龍榆生亦論曰：

彊村先生雖篤好夢窗，而對東坡則尤傾服。深以周選退蘇而進辛，
又取碧山儕於領袖之列為不當，以是晚歲乃兼學蘇，門庭遂益廣
大。〔註172〕

周濟《宋四家詞選》以周邦彥、辛棄疾、王沂孫、吳文英四家分領一代，指出
「問途碧山、歷夢窗、稼軒，以還清真之渾化」之路徑，形成了抑蘇揚辛的局
面。朱祖謀頗不以為然，認為「周氏《宋四家詞選》，抑蘇而揚辛，未免失當。」
又說「取碧山與夢窗、稼軒、清真分庭抗禮，亦微嫌不稱。」〔註173〕他在評
徐鋆（字澹盧）詞說：「自壬子後，一洗粉澤之態，與東坡、後村二家為近，
可謂善變。」〔註174〕蘇軾的變，在於題材之豐富，詞境之擴大，故能一洗綺
羅香澤之態，指出向上一路。這也是朱祖謀推崇蘇詞的主要原因。他曾將蘇
軾、周邦彥、吳文英並列，以疏、密區分三家之不同，論曰：「兩宋詞人，約
可分為疏、密兩派，清真介在疏、密之間，與東坡、夢窗，分鼎三足。」〔註
175〕而蔡嵩雲所謂「取其雄而去其放」、「取其密而去其晦」，夏敬觀所謂「頗
取東坡以疏其氣」，正是朱祖謀兼融蘇軾、吳文英二家疏、密之長的詞學風格。
張爾田甚至將朱祖謀晚年詞比之杜甫詩，以為「蒼勁沉著，絕似少陵（杜甫）
夔州後詩。」〔註176〕

〔註170〕蔡嵩雲《柯亭詞論》，唐圭璋主編：《詞話叢編》，冊5，頁4914。

〔註171〕夏敬觀：〈忍寒詞序〉，見龍榆生：《近三百年名家詞選》，頁184。

〔註172〕龍榆生〈海綃先生之詞學〉，原刊於《同聲月刊》第2卷第6號，1942年6
月，另見《龍榆生詞學論文集》，頁486。

〔註173〕龍榆生：〈今日學詞應取之途徑〉，《龍榆生詞學論文》，頁106。

〔註174〕周曾錦：《臥廬詞話》，唐圭璋編：《詞話叢編》，冊5，頁4655。

〔註175〕〔清〕朱祖謀選編、唐圭璋箋注：《宋詞三百首·清真詞》（臺北：漢京文化
事業有限公司，1983年6月），頁126。

〔註176〕張爾田〈與龍榆生論彊村詞書〉，《詞學季刊》第1卷第2號（1933年8月），
頁201。

今觀朱祖謀〈水龍吟・沈寐叟挽詞〉詞云：

> 十年輕命危闌，望京遂瞑登樓眼。虞淵急景，伶俜已忍，須臾盍緩。
> 沉陸繁憂，排閶舊夢，一朝悽斷。痛招魂無些，宣哀有詔，經天淚，
> 中宵泫。　　垂死中興不見。掩山丘、風回雲偃。浯溪撰頌，茂陵
> 求稿，湛冥何限。我獨悲歌，紫霞一去，淒涼九辯。賸大荒酹取，
> 人天孤憤，覓靈均伴。〔註177〕

沈曾植（1850～1922，字子培，號巽齋，晚號寐叟）於光緒二十一年（1895）
曾與康有為、梁啟超等主張維新變法，成立強學會。光緒二十六年（1900），
庚子事變爆發，與李鴻章、張之洞、劉坤一謀東南互保。〔註178〕王國維讚賞
沈曾植曰：「其憂世之深，有過於龔、魏。」〔註179〕朱祖謀此詞係藉挽沈曾
植，興起家國淪陷之慨。另據夏承燾、張璋編選《金元明清詞選》，計收錄九
首作品，其中包括因戊戌六君子之一的劉光第（1859～1898，字裴村）被殺後
有感而作的〈鷓鴣天・九日，豐宜門外過裴村別業〉、描寫庚子事變的〈鷓鴣
天・庚子歲除〉、描寫光緒皇帝與珍妃生死離別的〈聲聲慢・辛丑十一月十九
日，味聃賦落葉詞見示，感和〉、憂念國事的〈洞仙歌・丁未九日〉等詞篇，
均蘊含了朱祖謀「幽憂怨悱，沉抑綿邈」〔註180〕之感慨。

　　關於朱祖謀詞風之評論，夏承燾於 1942 年 4 月 22 日《日記》載張爾田
論朱祖謀詞曰：「眉孫處見孟劬翁函……。函末論詞，謂大鶴實出於白石，
人皆云清真。彊村實是碧山，人但知夢窗。朱詞三變、東坡、清真，可謂無
嗣響云云。皆高論也。」（冊 6，頁 387）張爾田以為朱祖謀詞近似王沂孫（碧
山），頗得夏承燾贊同。其《金元明清詞選》引王國維《人間詞話》：「近人
詞如復堂詞之深婉，彊村詞之隱秀，皆在半塘老人上。彊村學夢窗，而情味
較夢窗反勝。蓋有臨川、廬陵之高華，而濟以白石之疏越者。學人之詞，斯
為極則」，〔註181〕表明對朱祖謀詞風的推崇與肯定。然夏承燾亦有負評，如

〔註177〕〔清〕朱祖謀著：《彊村語業》，楊家駱主編：《清詞別集百三十四種》，冊 12，
　　　　　頁 6659。
〔註178〕東南互保或作東南自保，是八國聯軍時東南各行省督撫不理會朝廷命令，不
　　　　　與列強宣戰，避免各國入侵的歷史事件。他們在東南各省違抗「支持義和團」
　　　　　的命令，使列強沒有入侵東南的藉口。
〔註179〕〔清〕王國維〈沈乙庵先生七十壽序〉，《王國維先生全集・初編》（臺北：
　　　　　大通書局，1976 年 7 月），冊 3，頁 1165。
〔註180〕龍榆生：《近三百年名家詞選》，頁 183。
〔註181〕〔清〕王國維：《人間詞話・刪稿》，唐圭璋主編：《詞話叢編》，冊 5，頁 4260。

「閱《彊村語業》。小令少性靈語，長調堅鍊，未忘塗飾，夢窗派故如是」
（冊 5，頁 100）；又論曰：「彊老詞宜於拗調、澀調，若〈沁園春〉諸順調，
似非其勝」（冊 5，頁 281）。藉此可以瞭解夏承燾並不因問業於朱祖謀，而
抹飾他填詞的缺點。

　　此外，夏承燾於 1932 年 2 月 13 日填〈減字木蘭花〉，序云「滬上浩劫，
久闕榆生音問，念其所藏彊村語業手稿，寄此訊之」，詞云：

> 露車休嘆，人海秋聲聽亦慣。一暝希真，免作胡塵過嶺人。　　　山
> 陰真帖，千古蘭亭嗚咽水。兵火愁侵，神物應憐後死心。　　（冊 5，
> 頁 271）〔註 182〕

「神物」即指朱祖謀遺稿，包括校定未刊成之《雲謠集》（補足三十首）、《滄
海遺音》（近人十一家詞）及詩稿一卷（不及百首，自謂不足存）、遺詞數十闋
（題作《語業》卷三）、題畫詞數十闋。此詞指出朱祖謀在他臨歿前二日，曾
將遺稿囑託龍榆生一事，夏承燾謂朱祖謀「有名心不死之嘆」。〔註 183〕然隨
後上海淪陷，龍榆生藏之襟間，奔避兵火。同年 3 月 14 日《日記》載：「彊
村詞雖靈蛇夜光，必不埋照。然時變日亟，宜及早圖之，免後人有屋壁蠟車
之嘆。」（冊 5，頁 276）這也說明了朱祖謀辭世後，後生晚輩欲亟力整理遺
稿的熱切想法。夏承燾曾說「朱（祖謀）、況（周頤）皆以全力為詞，不旁騖
他業，所就自在兩宋以上」（冊 5，頁 112），他以畢生心力治詞，沾溉甚廣，
他的作品自當不該隨著時代而走向歷史。夏承燾於 1942 年作〈辛巳除夕，檢
積年舊稿，設竹垞、彊村兩翁像祭之〉，詩云：

> 書燈不動色，廿年如風輪。秋病幸未死，仍為風波民。百怪互出
> 沒，墮此窮海濱。有眼不忍見，壓堆坐昏晨。客來談浩劫，深懼
> 九鼎淪。吾書成不成，泰山一秋蚊。昨夢有奇事，攜家還謝鄰。
> 南樓開萬帙，就此愛日春。里開幾故交，討論各分絣。招邀游雁
> 蕩，筆硯亦隨身。謂此畢吾世，亦足壽吾親。嗟哉無管樂，醒時
> 一長呻。緬念兩朱翁，同為偃蹇人。燈前古衣冠，仿佛猶低顰。
> 小詩為翁展，微意為翁陳。竊比良自哂，往從恨無因。一尊且共

〔註 182〕該詞收入於《天風閣詞集前編》，標為 1937 年作品，題作「讀《彊村語業》」，
　　　　「山陰真帖」一句，作「山陰繭紙」，其餘文字皆同。見《夏承燾集·天風
　　　　閣詞集前編》，冊 4，頁 147。
〔註 183〕夏承燾：《夏承燾集·天風閣學詞日記》，冊 5，頁 266。

　　醉，有懷各苦辛。　　（冊 4，頁 45）

夏承燾此詩題為「竹垞、彊村」兩朱翁所作，實則緊扣與朱祖謀切磋請益的師友關係。其所處時代，雖有不同，但戰亂衰世之下，同是天涯淪落人的悲慨，卻是一致的。他們身處社會動盪之際，唯有將所思所想透過筆硯付諸於紙堆之中，使之留存千古，才是真正有意義的事情。

五、況周頤

　　夏承燾《瞿髯論詞絕句》最後一首論及的歷代詞人即是況周頤。絕句云：

　　年年雁外夢山河，處處燈前感逝波。會得相思能駐景，不辭雙鬢為
　　君皤。　　（冊 2，頁 587）

此首化用〈滿路花・彊村有聽歌之約詞以堅之〉「蟲邊安枕簟，雁外夢山河」〔註 184〕、〈定風波〉「為有相思能駐景。消領，逢春惆悵似當年」〔註 185〕二句，論況周頤情詞，尤其〈定風波〉一句，為寫相思的傳誦名句。他曾提出「經意而不經意」、「恰如分際」〔註 186〕的主張，要求詞人填詞，宜將內心感情由性靈肺腑中真情流出，〈滿路花〉、〈定風波〉一闋，即是詞人道盡相思之情的代表篇章。蔡嵩雲《柯亭詞論》云：

　　蕙風詞，才情藻麗，思致淵深。小令得淮海、小山之神，慢詞出入
　　片玉、梅溪、白石、玉田間。吐屬雋妙，為晚清諸家所僅有。〔註 187〕

夏承燾、張璋編選《金元明清詞選》引王國維《人間詞話》亦云：

　　蕙風詞小令似叔原，長調亦在清真、梅溪間，而沈痛過之。彊村雖
　　富麗精工，尤遜其真摯也。天以百凶成就一詞人，果何為哉。〔註 188〕

況周頤詞小令近秦觀、晏幾道，長調出入於周邦彥、史達祖、姜夔、張炎之

〔註 184〕況周頤〈滿路花・彊村有聽歌之約詞以堅之〉：「蟲邊安枕簟，雁外夢山河。
　　　　不成雙淚落、為聞歌。浮生何益，儘意付消磨。見說寰中秀，曼睞修蛾。舊
　　　　家度無過。　　鳳城絲管，回首惜銅駝。看花餘老眼、重摩挲。香塵人海，
　　　　唱徹定風波。點鬢霜如雨，未比愁多，問天還問嫦娥。」《蕙風詞》（臺北：
　　　　世界書局，1959 年 11 月），卷下，頁 18。
〔註 185〕況周頤〈定風波〉：「未問蘭因已惘然，垂楊西北有情天。水月鏡花終幻跡。
　　　　贏得，半生魂夢與纏綿。　　戶網游絲渾是冒，被池方錦豈無緣。為有相思
　　　　能駐景。消領，逢春惆悵似當年。」《蕙風詞》，卷下，頁 8。
〔註 186〕〔清〕況周頤《蕙風詞話》，唐圭璋主編：《詞話叢編》，冊 5，頁 4408。
〔註 187〕蔡嵩雲《柯亭詞論》，唐圭璋主編：《詞話叢編》，冊 5，頁 4914。
〔註 188〕〔清〕王國維《人間詞話》，唐圭璋主編：《詞話叢編》，冊 5，頁 4268。

間，他作為清末四大詞人之一，不論是浙西詞派、或常州詞派的詞學主張，均能兼容並蓄，截長補短，遂提出「重、拙、大」〔註189〕的詞學主張，並指出「真字是詞骨」的原則，又說「吾聽風雨，吾覽江山，常覺風雨江山外有萬不得已者在……此萬不得已者，由吾心醞釀而出，即吾詞之真也。」〔註190〕他的詞之所以情真、語真，就在於他每一字句，皆發自內心。更重要的是，他所遭遇的生活經歷，也決定了他詞篇中的情感內容。夏承燾化用〈滿路花〉、〈定風波〉二闋詞句，表達對況周頤情詞的觀點，用意即在於此。

夏承燾《日記》載錄不少針對況周頤其人、其詞及其論詞主張的想法，例如1929年2月16日載：

> 閱況蕙笙《玉梅後詞》，皆懷妓作，好處可解甚少。不知由予學力不
> 到耶，抑況翁此編本非其至耶。此編王鵬運曾勸其勿刻，而況不聽。
> 序中且極詆鄭叔問，所謂某名士老於蘇州者也。　　（冊5，頁78）

況周頤《玉梅後詞》係光緒三十年（1904）遊蘇、杭之作，內容多刻劃女子意態，寫男女相思之情，趙尊嶽以為此集大抵為亡姬桐娟而填。〔註191〕其序載「半塘謂余，是詞淫豔不可刻也」，指出王鵬運對這類豔詞的不滿。而《玉梅後詞》為某蘇州名士（鄭文焯）呵責這件事，也成為況周頤與鄭文焯交惡的關鍵。序中況周頤執意維護他的作品，認為「淫，古意也。三百篇雜貞淫，孔子奚取焉？」〔註192〕在《蕙風詞話》中推崇花間豔詞有「穆之一境」〔註193〕，說明他論詞、填詞的立場，在於「豔而有骨」，其中的重點即是感情之「真」。然夏承燾此段記載，傾向況周頤《玉梅後詞》的寫作題材來發論，這些懷妓之作，在夏承燾看來僅不過是側豔之篇，缺少了詞體言志的作用。夏承燾於1934年12月21日填〈驀山溪〉一闋，序云「過南京，寓白下路交通旅館，嵩雲謂蕙風晚年嘗應軍幕招，宿此逾月，相與作詞弔之」，詞云：

> 燈窗日暮，夢熟連城雨。鄰笛近梅邊，過遙天、霜禽夜語。滄洲舊
> 景，歷歷遠山橫，漂紅水，談玄地，酒醒成今古。　　揚塵倦眼，

〔註189〕嚴迪昌《清史詞》：「重」是反對「輕」，「拙」是反對「巧」，「大」是反對「纖」，也就是主張詞不要輕巧纖仄。從另一角度正是「沉著」、「沉鬱」、「渾厚」宗旨的繼續闡發。頁586～587。
〔註190〕〔清〕況周頤《蕙風詞話》，唐圭璋主編：《詞話叢編》，冊5，頁4408、4411。
〔註191〕趙尊嶽：〈蕙風詞史〉，《詞學季刊》第1卷第4號（1934年4月），頁70。
〔註192〕〔清〕況周頤：《玉梅後詞·序》（臺北：新文豐出版社，1989年《叢書集成續編》），頁603。
〔註193〕〔清〕況周頤《蕙風詞話》，唐圭璋主編：《詞話叢編》，冊5，頁4423。

萬里憑高處。齒冷幾青樓，和拍袞、一城笳鼓。白頭吟望，誰會下
泉悲，傷麟袂，聽鵑淚，一例江流去。　　（冊 4，頁 295）〔註 194〕

據〈晚清詞人況周頤簡譜〉，光緒三十一年（1905）至光緒三十四年（1908），
況周頤四十八歲至五十一歲期間，居南京，光緒三十二年（1906）入江督瑞
方幕下，《詞人》有載：「（瑞方）禮聘，署之賓職。」〔註 195〕夏承燾所指「晚
年嘗應軍幕招」，蓋此四年之間。詞中「齒冷幾青樓，和拍袞、一城笳鼓」，即
指況周頤曾遊蘇、杭，撰成《玉梅後詞》一事。

　　事實上，夏承燾真正關心的，並非況周頤的《玉梅後詞》，而是鄭文焯、
況周頤二人交惡情狀。1936 年 3 月 12 日致函張爾田，問及「大鶴、蕙風交惡
情狀」（冊 5，頁 431）。3 月 22 日張爾田回函稱：

蕙風生平最不滿意者，厥為大鶴。僕嘗比之兩賢相拒。其於彊老恐
亦未必引為同調。嘗謂古微但知詞耳，叔問則並詞而不知。又曰：
作詞不可做樣，叔問太做樣。……（況）在滬時與彊老合刻《鷲音
集》，欲以半塘壓倒大鶴，彊老竟為之屈服，愚妹不以為然。……大
鶴為人，不似蕙風少許可，獨生平絕口不及蕙風。　　（冊 5，頁 435）

夏承燾《日記》載錄許多關於況周頤與鄭文焯往來之情狀，內容相當可信，
為晚清民初詞壇遺事留下寶貴的史料。

　　此外，夏承燾《日記》指出況周頤之弊有二，一則見《日記》1929 年 2
月 5 日載：

對雪閱《蕙風詞話》，一以厚重拙大為宗，亦有不盡然之論，如摘遺
山各句，頗費解也。　　（冊 5，頁 72）

夏承燾說得含糊，所指為何無法確定，今查《蕙風詞話》所引，有疑慮者尚有
二端：原文引錄如下：

〈賦隆德故宮〉云：「人間更有傷心處，奈得劉伶醉後何。」〈宮體〉
八首，其二云：「春風殢殺官橋柳，吹盡香綿不放休。」其四云：「月
明不放寒枝穩，夜夜烏啼徹五更。」其七云：「花爛錦，柳烘煙。韶
華滿意與歡緣。不應寂寞求凰意，長對秋風泣斷絃。」〈薄命妾辭〉

〔註 194〕原作：「燈床客散，夢熟連城雨。鄰笛近梅邊，訴驚寒、棲禽更苦。滄洲急
景，惟有舊山青，埋憂地，迴腸事，酒醒成今古。　揚塵倦眼，銷黯憑高
處。齒冷幾青樓，和紅牙、一江笳鼓。白頭吟望，誰會下泉悲，傷麟袂，聽
鵑淚，一例關山去。」（冊 5，頁 349）
〔註 195〕孫維城：〈晚清詞人況周頤簡譜〉，《安徽師大學報》1992 年第 1 期，頁 84。

云：「桃花一簇開無主，盡著風吹雨打休。」其它如〈無題〉云：「墓頭不要征西字，元是中原一布衣。」又云：「幾時忘得分攜處，黃葉疏雲渭水寒。」又云：「籬邊老卻陶潛菊，一夜西風一夜寒。」又云：「殷勤未數閑情賦，不願將身作枕囊。」又云：「只緣攜手成歸計。不恨埋頭屈壯圖。」又云：「旁人錯比揚雄宅，笑殺韓家畫錦堂。」又云：「鹿裘孤坐千峰雪，耐與青松老歲寒。」又云：「諸葛菜，邵平瓜。白頭孤影一長嗟。南園睡足松陰轉，無數蜂兒趁晚衙。」又〈與欽叔京甫市飲〉云：「醒來門外三竿日，臥聽春泥過馬蹄。」句各有指，知者可意會而得。其詞纏綿而婉曲，若有難言之隱，而又不得已於言，可以悲其志而原其心矣。

遺山詞佳句夥矣，鐙窗雜誦，率臆選摘，不無遺珠之惜也。〈江城子‧太原寄劉濟川〉云：「斷嶺不遮南望眼，時為我，一憑闌。」前調〈觀別〉云：「萬古垂楊，都是折殘枝。」又云：「為問世間離別淚，何日是，滴休時。」〈感皇恩‧秋蓮曲〉云：「微雨岸花，斜陽汀樹，自惜風流怨遲暮。」〈定風波‧楊叔能贈詞留別因用其意答之〉云：「至竟交情何處好，向道。不如行路本無情。」〈臨江仙‧西山同欽叔送辛敬之歸女幾〉云：「回首對床鐙火處，萬山深裡孤村。」前調〈內鄉北山〉云：「三年閒為一官忙。簿書愁裏過，筍蕨夢中香。」〈南鄉子〉云：「為向河陽桃李道。休休。青鬢能堪幾度愁。」〈鷓鴣天〉云：「醉來知被旁人笑，無奈風情未減何。」前調云：「殷勤昨夜三更雨，剩醉東城一日春。」前調云：「長安西望腸堪斷，霧閣雲窗又幾重。」〈南柯子〉云：「畫簾雙燕舊家春。曾是玉簫聲裏、斷腸人。」凡余選錄前人詞，以渾成沖淡為宗旨。余所謂佳，容或以為未是，安能起遺山而質之。〔註196〕

《蕙風詞話》另有二處不宜，原文如下：

《織餘瑣述》：元好問〈清平樂〉云：「飛去飛來雙乳燕，消息知郎近遠。」用馮延巳「雙燕來時，陌上相逢否」句意。彼未定其逢否，此則直以為知，唯消息近遠未定耳。妙在能變化。 （按：此用陳克〈謁金門〉詞意。詞云：「花滿院。飛去飛來雙燕。雨入簾寒不捲。小屏山

〔註196〕 〔清〕況周頤《蕙風詞話》，唐圭璋主編：《詞話叢編》，冊5，頁 4464～4465。

六扇。翠袖玉笙淒斷。脈脈兩蛾愁淺。消息不知郎近遠，一春長夢見」。）

遺山句云：「草際露垂蟲響遍。」寫出目前幽靜之境，小而不纖，妙
在「垂」字「響」字，此二字不可易。〔註197〕

《織餘瑣述》署名「吳縣況卜娛清俶」著，「卜娛」是況周頤夫人，是編乃況
周頤託名於妻子的作品。〔註198〕他引元好問〈清平樂〉「飛去飛來雙乳燕，
消息知郎近遠」一句，以為係化用馮延巳詞句，然實出自陳克〈謁金門〉；而
「草際露垂蟲響徧」一句，出自晏殊〈蝶戀花〉：「草際露垂蟲響遍。珠簾不下
留歸燕」，況周頤誤植出處。

另一則見《日記》1947年2月13日載：

讀況蕙風詞，多酬應率意之作。不如彊村之精嚴。彊村有過晦處，
蕙風有過滑處。蕙風自謂，自交半塘，得知體格，交彊村乃嚴聲律。

（冊6，頁675）

據況周頤生平，光緒十四年（1888），況周頤由蜀入都，始識王鵬運，時三十
歲。《蘭雲菱夢樓筆記》曰：「戊子二月，余自蜀入都，始識半塘。」〔註199〕
民國元年（1912）與朱祖謀遊，時五十四歲。況氏《餐櫻詞·自序》載壬子
（1912）已還，避地滬上時：「與漚尹（朱祖謀）以詞相切磋，漚尹守律綦嚴，
余亦恍然嚮者之失，斷斷不敢自放。」〔註200〕況周頤《詞人》即云：「其生平
所師友，在北則王鵬運，在南則彊村先生。」〔註201〕夏承燾此段文字指出況
周頤填詞有「過滑」的缺失，但與王鵬運成為知己後，體格越高，與朱祖謀結
交，益嚴詞律的現象。

夏承燾師承於林鵾翔，林鵾翔問業於朱祖謀、況周頤，夏承燾可謂間接受
況氏之指導，可惜未能見上一面。然《日記》中尚有數則況周頤遺事之記載，
如1934年11月30日載吳梅向夏承燾述及況周頤為劉承幹代撰《歷代詞人考
略》一事；兼及酬金、規模以及況周頤「狷狹」的人品。（冊5，頁341）〔註202〕

〔註197〕〔清〕況周頤《蕙風詞話》，唐圭璋主編：《詞話叢編》，冊5，頁4466、4548。
〔註198〕施蟄存：《詞學》第5輯，頁253～254。
〔註199〕〔清〕況周頤：《蘭雲菱夢樓筆記》（北京：學苑出版社，2005年9月《清代
　　　　學術筆記叢刊》），頁43。
〔註200〕況周頤《餐櫻詞·自序》另見徐珂：《近詞叢話·況夔生述其填詞之自歷》，
　　　　唐圭璋編：《詞話叢編》，冊5，頁4227。
〔註201〕〔清〕況周頤《詞人》，見孫維城：〈晚清詞人況周頤簡譜〉轉引，頁80。
〔註202〕關於況周頤代撰《歷代詞人考略》及其「狷狹」的人品，可參彭玉平：〈夏承
　　　　燾與二十世紀詞學生態——以《天風閣學詞日記》所記況周頤二事為例〉，《詞

1934 年 12 月 2 日載吳梅述及況周頤六十五歲娶妾一事；兼及死因。（冊 5，頁
343）1935 年 6 月 14 日載夏承燾訪玄嬰，知況周頤「好罵」及不滿朱祖謀一事。
（冊 5，頁 389）1936 年 3 月 18 日載張爾田函稱「蕙風生平最不滿意者，厥為
大鶴」，凸顯況周頤、鄭文焯之間的矛盾關係。（冊 5，頁 389）1936 年 3 月 20
日張爾田致函夏承燾，謂況周頤「標舉纖仄，堂廡不高。重拙指歸，直欺人語。」
並作絕句一首論況周頤，詩云：「矜嚴高簡鶩翁評。此事湖州有正聲。臨老自刪
新樂府，絕憐低首況餐櫻。」（冊 5，頁 433）夏承燾《日記》雖是記載與友人
聚會閒聊的內容，或他人致函轉述的資料，但仍可窺得況周頤當時所處的詞學
生態，以及其人品的高下優劣；若非夏承燾有意識摘錄保存，這些寶貴遺事大
概也鮮為人知了。

第四節　域外詞人

　　夏承燾選校、張珍懷、胡樹淼注釋的《域外詞選》，是中國首部域外詞
人作品選集。該書收錄日下部夢香、野村篁園、山本鴛梁、森槐南、高野竹
隱、德山樗堂、北條鷗所、森川竹磎等 8 位日本詞人，以及朝鮮李齊賢〔註
203〕、越南阮綿審 2 位詞人，計 10 家，141 首詞，另又附五代時期波斯詞
人李珣 54 首詞於書末。〔註 204〕〈前言〉錄有編選域外詞過程中所寫的論
詞絕句 9 首〔註 205〕，書中并收詞人序、跋、墓誌銘各一篇〔註 206〕，及節
錄神田喜一郎《日本填詞史話》（原名《日本における中國文學──日本填
詞史話》）中〈填詞的濫觴〉〔註 207〕一文。從中可知夏承燾所論、所選的域

　　　　學》第 35 輯（上海：華東師範大學出版社，2016 年 6 月），頁 142～159。
〔註 203〕李齊賢（1288～1367）當屬高麗時期（918～1392）人，夏承燾所言「朝鮮」
　　　　乃廣義之朝鮮，非指朝鮮時期（1392～1897）。
〔註 204〕夏承燾選校，張珍懷、胡樹淼注釋：《域外詞選》（北京：書目文獻出版社，
　　　　1981 年 11 月）。以下凡引用該書者，逕於文末附註頁碼。
〔註 205〕另見夏承燾：《瞿髯論詞絕句》，冊 2，頁 519～520、589～595。
〔註 206〕設樂八三郎為日下部夢香題〈夢香詞序〉、李穡為李齊賢撰〈雞林府院君諡
　　　　文忠李公墓誌銘〉、余陸亭為阮綿審（白毫子）《鼓枻詞》所題的跋，見夏承
　　　　燾：《域外詞選》，頁 12～13、136～141、155。
〔註 207〕夏承燾：《域外詞選》，頁 85～91。「填詞的濫觴」一節係施議對奉夏承燾之
　　　　命譯為中文，作為附錄，一併刊行。參張珍懷箋注、黃思維校訂、施議對審
　　　　訂：《日本三家詞箋注・序》（合肥：黃山書社，2009 年 8 月），頁 2。另見
　　　　（日）神田喜一郎著，程郁綴、高野雪譯：《日本填詞史話・填詞的濫觴》
　　　　（北京：北京大學出版社，2000 年 10 月），頁 5～10。

外詞中，尤重日本詞人。

　　《域外詞選》一書出版，嘉惠學界，而後有彭黎明、羅姗選注《日本詞選》〔註208〕，張珍懷箋注、黃思維校訂、施議對審訂《日本三家詞箋注》（森槐南、高野竹隱、森川竹磎）〔註209〕相繼問世，此三書即成為域外詞研究不可或缺的重要書目。尤其，張珍懷師承夏承燾，《域外詞選》中的日本詞，即為之箋注；《日本三家詞箋注》就是遵循夏承燾囑託而完成的一部力作，施議對稱此書「為研究日本填詞提供可靠的例證和必要的參考」。〔註210〕然相關研究卻寥寥無幾。〔註211〕故本文以夏承燾作為日本域外詞「接受讀者」為探討核心，針對《域外詞選》及《瞿髯論詞絕句》深入剖析，以探夏承燾對日本詞人及其作品所做出的鑑賞、闡釋、評論，以及他重新賦予詞人作品的文學價值與意義。〔註212〕筆者亦可從中一窺中國詞風延伸至域外的橫向發展及影響。此外，夏承燾將朝鮮詞人李齊賢、越南詞人阮綿審，以及波斯詞人李珣選入《域外詞選》中，又以四首論詞絕句分論之。可見夏承燾肯定李齊賢、阮綿審的詞史地位，並認同李珣「土生波斯」的民族身

〔註208〕彭黎明、羅姗選注：《日本詞選》（長沙：岳麓書社，1985 年 11 月）。

〔註209〕張珍懷箋注、黃思維校訂、施議對審訂：《日本三家詞箋注》（合肥：黃山書社，2009 年 8 月）。

〔註210〕張珍懷箋注、黃思維校訂、施議對審訂：《日本三家詞箋注・前言》，頁 3。

〔註211〕中原〈喜讀《域外詞選》〉一文，僅以數百字簡介內容及架構；彭黎明〈讀《域外詞選》〉一文，詳細分析域外詞人的作品與詞風，可惜未能與夏承燾選詞主張相扣。至於以夏承燾為研究對象的學位論文，如徐笑珍《夏承燾的詞學研究》、戴立《論夏承燾的詞學批評思想》、王紅英《夏承燾詞作綜論》三本碩論，僅數語帶過，未見任何探究；胡永啟《夏承燾詞學研究》博士論文則以「域外詞人簡論」一節論述之，內容大都錄自《域外詞選》及《瞿髯論詞絕句》箋注內容，實難稱得上「研究」。中原：〈喜讀《域外詞選》〉，《文獻》1981 年第 4 期，頁 96。彭黎明：〈讀《域外詞選》〉，《文學評論》1985 年第 3 期，頁 135～142。徐笑珍：《夏承燾的詞學研究》（香港中文大學碩士論文，2002 年）。戴立：《論夏承燾的詞學批評思想》（浙江工業大學碩士論文，2009 年）、胡永啟：《夏承燾詞學研究》（河南大學博士論文，2011 年）、王紅英：《夏承燾詞作綜論》（溫州大學碩士論文，2011 年）。

〔註212〕（德）姚斯於 1967 年發表〈文學史作為向文學理論的挑戰〉，提出新文學史觀，揭示「接受理論」的誕生。「接受」一詞，即援引自西方的接受理論而來。參（德）姚斯、（美）霍拉勃著，周寧、金元浦譯：《接受美學與接受理論》（瀋陽：遼寧人民出版社，1987 年 9 月），頁 3～56。另參陳文忠：《中國古典詩歌接受史》，認為接受史是「不同時期的接受者，包括普通讀者、詩評家及詩人作家，對作品不斷作出的鑑賞、闡釋及在創作中的吸收借用等等。」（合肥：安徽大學出版社，1998 年 8 月），頁 10。

分。故本節文末亦一併探討。〔註213〕

一、《日本填詞史話》對夏承燾的啟迪

《天風閣學詞日記》1928年8月16日載:「閱日本鶴見祐輔《思想·山水·人物》(魯迅譯),不忍釋手,攜枕上閱至息燈時。得一好書,心靈爽暢,不可言喻。」〔註214〕此乃夏承燾最早記載於《天風閣學詞日記》中第一本日人著作。〔註215〕自茲以還,不乏相關記載,如1934年12月29日「閱日本岡田元規之《唐宋八大家醫傳》」;1936年3月10日「閱日本足立喜六著《長安史蹟考》」(冊5,頁351、430)等。而夏承燾最關注者當屬詞學論著,如1929年9月18日閱鹽谷溫《中國文學概論講話》一書後,隔日寫道:

> 《中國文學概論講話》填詞篇,無精到處。 (冊5,頁119)

1956年9月6日記載:

> 得任二北函,謂日本《東光雜誌》刊有中田勇次郎之「姜夔」、「姜白石之梅」,不知內容如何,頗思訪得一看。 (冊7,頁553)

1957年2月12日記載:

> 遇陳繼生,出示榆生來函,謂日本京都大學吉川幸次郎主編之《中國文學報》,有評介《唐宋詞人年譜》一文。日本居然有人讀此書,甚欲一見其所評。 (冊7,頁590)

1957年2月13日記載:

> 晨作一函致日本京都大學吉川幸次郎,問其所編《中國文學報》評介《唐宋詞人年譜》文字,並問中田勇次郎所為姜夔及姜白石與梅花論文。 (冊7,頁591)

1960月12月19日記載:

〔註213〕此節內文為筆者所發表之〈夏承燾對日本詞人的接受研究〉一文之擴充,見《東吳中文學報》第32期(2016年11月),頁181~214。

〔註214〕鶴見祐輔(1885~1973)《思想·山水·人物》計31篇雜文,於大正13年(1924)由大日本雄辯會講談社出版,翌年(1925),魯迅將書中20篇譯成漢語,分別發表於《北新》周刊、《北新》半月刊、《語絲》周刊等刊物。1928年5月上海北新書局重新刊印發行。夏承燾:《天風閣學詞日記》,《夏承燾集》,冊5,頁25。

〔註215〕已出版之《天風閣學詞日記》,起於1928年7月20日迄至1965年8月31。在此之前及之後的日記手稿,尚由吳蓓整理中,參吳蓓:〈夏承燾日記手稿考錄〉,《詞學》第35輯(2016年6月),頁160~191。

日本林謙三寄來其新著三冊，《尺八新考》、《博雅笛譜考》、《伎樂曲
の研究》。林君為日本古樂研究專家，郭沫若譯其《隋唐燕樂考》，
甚負盛名。惜不能讀其日本著作。　　　（冊 7，頁 851）

由上可知，夏承燾曾通過任中敏、龍榆生等友人信函交換信息，或逕與日本
友人互通有無。所編《唐宋詞人年譜》也飄洋過海，受到日本學界關注，夏承
燾為此實難掩興奮之情。〔註 216〕然而，真正開啟夏承燾接觸日本詞學的重要
契機，需待至 1965 年 6 月 23 日，接獲神田喜一郎寄來的《日本填詞史話》
一書後。

神田喜一郎〔註 217〕於 1929 年 4 月赴臺，任當時臺北帝國大學文政學部
助教授；1934 年 11 月任該校東洋文學講座教授；同年 12 月，留學歐洲，於
巴黎結識姜亮夫，同治敦煌學；〔註 218〕1936 年 8 月回歸臺北帝國大學，1945
年 1 月自臺返日，歷任京都帝國大學文學部講師、大谷大學教授、京都國立
博物館館長等職。〔註 219〕此般家學涵養與中日往來的經歷累積，促使神田喜
一郎成為日本著名漢學家。1940 年至 1943 年，神田喜一郎相繼撰成數篇〈本
邦填詞史話〉論文，發表於《台大文學》第 5 卷第 2、3、5 號，第 6 卷第 1、
3、5 號；第 7 卷第 2、3、5、6 號，第 8 卷第 3 號中。1965 年至 1967 年，神
田喜一郎將論文匯為《日本における中國文學　　日本填詞史話》上、下冊，
交付二玄社出版；又收於同朋會於 1983 年出版的《神田喜一郎全集》十卷之
中。此書乃時代最早、材料最繁、考據最詳的日人填詞史專著。

夏承燾於 1965 年 6 月 23 日《日記》載：

神田喜一郎航函並《日本填詞史話》上一厚冊，函謂「日本填詞一
道作者寥寥，江戶時代末期，野村篁園、日下部夢香輩風氣漸開，
途徑始通，大抵憲章竹垞（朱彝尊），祖述樊榭（厲鶚），學步雖陋，

〔註 216〕（日）萩原正樹（郭帥譯）：〈論中國的「日本詞」研究〉，《徐州工程學院學
　　　　報》第 25 卷第 4 期（2010 年 7 月），頁 47～48。

〔註 217〕神田喜一郎的祖父神田香巖，工漢詩，曾與羅振玉、王國維、董康等人往來，
　　　　漢學造詣極深。張寶三：〈任教臺北帝國大學時期的神田喜一郎之研究〉，《日
　　　　本漢學研究初探》（臺北：國立臺灣大學出版中心，2004 年 6 月），頁 324。

〔註 218〕夏承燾《天風閣學詞日記》：（1965 年 6 月 23 日）「神田函謂與姜亮夫不相
　　　　見幾三十年，予問姜公，謂神田今年已七十餘，三十年前遇於巴黎，同治敦
　　　　煌學。」（冊 7，頁 1054）

〔註 219〕張寶三：〈任教臺北帝國大學時期的神田喜一郎之研究〉，頁 324；（日）神田
　　　　喜一郎：《日本填詞史話・神田喜一郎簡略年譜》，頁 741～742。

稍覺形似，或可以發一粲；厥後迨明治時代，森槐南、高野竹隱，高居壇坫，相競角技，自謂一時瑜亮，天下無敵也」云云。午後閱《史話》森槐南，高野竹隱二家之作，誠足令人斂手，此前各家有甚幼稚可笑者。　　（冊 7，頁 1054）

《日本填詞史話》至 2000 年始有程郁綴、高野雪翻譯的中文譯本，夏承燾所見係以原文撰寫，日文造詣可見一斑。神田喜一郎函中提及野村篁園、日下部夢香、森槐南、高野竹隱等四人，均有作品錄於《域外詞選》中；《瞿髯論詞絕句》除日下部夢香外，亦論及其餘三人（詳見下節）。其中「森槐南」、「高野竹隱」二人，一獲「天下無敵」之讚揚，一獲「誠足令人斂手」之評語，頗值得一探究竟。

夏承燾獲贈《日本填詞史話》翌日（1965 年 6 月 24 日），隨即附〈菩薩蠻〉一闋回謝神田喜一郎，詞云：「偏師一戰歸成霸。朗吟人亦從天下。槐竹各干雲。後身應是君。　　　詞流攜屐地。回首今何世。萬幟展東風。蓬萊怒海中。」（冊 7，頁 1055）7 月 28 日，夏承燾立刻收到回函，《日記》載：「得神田喜一郎十七日航函，囑寫前寄〈菩薩蠻〉詞，並問榆生、圭璋住處。」8 月 2 日又載：「發題《日本填詞史話》及〈四聲繹說〉、〈曲江考〉與神田鬯盦。」（冊 7，頁 1061、1063）神田喜一郎僅長夏承燾兩歲，兩人互動積極，魚雁往返頻繁，交情匪淺。

《日本填詞史話》輯錄的詞人作品，均由雜誌刊物得來，不盡為第一手材料，卻間接保存詞人填詞成果，為日本填詞提供可靠例證。夏承燾接獲該書後的 1979 年 2 月，於《杭州大學學報》發表《瞿禪論詞絕句外編》（按：即域外詞部分）；1980 年又於《文獻》發表〈論域外詞絕句九首〉一文〔註 220〕；1981 年即出版《域外詞選》。《日本填詞史話》對夏承燾的啟迪，可謂著重於此兩方面：（一）日本詞人及其作品的蒐錄與整理；（二）對日本詞人的評論。夏氏「選」、「論」日本詞人及其作品的觀點，深受《日本填詞史話》的影響。而後夏承燾弟子張珍懷於 1983 年發表〈日本的詞學〉〔註 221〕一文，並遵循夏承燾囑託，完成《日本三家詞箋注》〔註 222〕，所據日本詞人的生平事蹟、

〔註 220〕李劍亮：《夏承燾年譜》（北京：光明日報出版社，2012 年 4 月），頁 252。
　　　　　夏承燾：〈論域外詞絕句九首〉，《文獻》第 4 號（1980 年），頁 68～72。另見《瞿髯論詞絕句‧外編》，《夏承燾集》，冊 2。
〔註 221〕張珍懷：〈日本的詞學〉，《詞學》第 2 輯（1983 年 10 月），頁 207～221。
〔註 222〕《日本三家詞箋注》於 1983 年完稿，因出版延宕，至 2009 年始由黃山書社

編年時代、發表作品，小據《日本填詞史話》所提供的資料撰成。影響之大，無怪乎《日本填詞史話》一書迄今仍無可取代。

　　至於夏承燾為何於接獲《日本填詞史話》後，時隔十四年才正式發表相關作品，筆者認為大概不出文革（1966～1976）之故。十年浩劫，知識分子均蒙受難以想像的衝擊，夏承燾身陷其中，拘禁於牛棚；長期煎熬下，遂重病長休。1973 年 11 月，夏承燾於西湖期間有〈无聞注論詞絕句・囑題〉四首；〔註 223〕1974 年 10 月 31 日，夏承燾致王季思函云：「前承對《詞問》（按即「論詞絕句」）提許多珍貴意見，感謝不盡。頃刪十之二三。囑无聞作注解初稿成。」〔註 224〕可見這段期間，夏承燾與吳无聞、王季思等人，均潛心於論詞絕句的工夫上。1980 年，楊牧之憶起這段往事，有云：

　　　　夏承燾先生多次和我說起，他對《瞿髯論詞絕句》最有感情，……。
　　　　一次，問到夏先生，吳无聞同志在旁說：「你知道前言中『禁足居
　　　　西湖』是什麼意思嗎？」沒等我回答，夏先生說：「禁足，不得隨
　　　　便行動也。《論詞絕句》是我在『文化大革命』期間蹲『牛棚』的
　　　　收穫。」〔註 225〕

是知夏承燾於文革期間蹲「牛棚」、「禁足西湖」之際，完成《瞿髯論詞絕句》，而後《域外詞選》也陸續整理付梓。時代影響之下，夏承燾「選」、「論」詞人及其作品的主觀意識，當蘊含家國之思與身世之感。正如他在 1974 年撰〈玉樓春〉（白華翁枉過久談，即送其還京）一詞云：「卅年葛嶺依雲住，辜負山靈無勝語。下床納履見西湖，還羨湖頭鷗與鷺。　　一翁曳杖忽衝戶，來續辛陳吟大句。胸中海岳夢中笑，笑對孤山揮手去。」〔註 226〕拘禁西湖，自由難覓，縱有辛棄疾、陳亮的雄才大志，也僅能在夢中一笑。

二、夏承燾對日本詞人的接受

　　據現存日本最早漢詩集《懷風藻》第一卷序文所述，日本古代劃時代的

　　　　　出版印刷。
〔註 223〕李劍亮：《夏承燾年譜》，頁 239；夏承燾：《天風閣詩集》，《夏承燾集》，冊
　　　　　4，頁 74。
〔註 224〕李劍亮：《夏承燾年譜》，頁 240。
〔註 225〕楊牧之：〈千年流派我然疑──《瞿髯論詞絕句》讀後〉，《讀書》1980 年第
　　　　　10 期，頁 45。
〔註 226〕李劍亮：《夏承燾年譜》，頁 240。

文化運動勃興期，即天智天皇奠都於近江（滋賀縣）大津京時期（667）。從此漢詩文便在日本貴族、文人間廣泛流傳。〔註 227〕而真正學習和模仿中國漢詩文的時代是日本的平安朝（794～1192）嵯峨、淳和天皇在位期間，此時出現三種勅漢詩集《凌雲集》、《文華秀麗集》、《經國集》，乃漢詩興盛最有力的證明，而填詞創作亦濫觴於此。後歷五山（1192～1602）、江戶（1603～1868），而至明治（1868～1912）、大正（1912～1916）、昭和（1926～1989）等階段，文人輩出，詩文創作浩繁，填詞亦蔚然成風。夏承燾《瞿髯論詞絕句》有 5 首論日本詞人，包括平安時期的嵯峨天皇、江戶時期的野村篁園、明治時期的森槐南與高野竹隱（含 1 首合論）。《域外詞選》選錄日本詞人 8 位，包括江戶時期的日下部夢香 10 首，野村篁園 15 首，橫跨江戶、明治兩時期的山本鴛梁 6 首，明治時期的森槐南 21 首，高野竹隱 8 首，德山樗堂 1 首，北條鷗所 7 首，森川竹磎 6 首等。夏承燾所選、所論之對象，分屬日本平安、江戶、明治三時期，今就夏承燾對諸位日本詞人的接受情形探析如下：

（一）嵯峨天皇

江戶時期田能村竹田（1777～1835）所撰《填詞圖譜》〔註 228〕是日本首部有關填詞作法的專著，此書記載平安時期兼明天皇（914～987）仿白居易〈憶江南〉作〈憶龜山〉二首是日本填詞之始。然青木正兒、神田喜一郎均以此為謬，將嵯峨天皇推為填詞之開山。〔註 229〕

嵯峨天皇（786～842）在位十四年（809～823），正值唐憲宗元和（806～820）、穆宗長慶（821～824）兩時期。據神田喜一郎考察，日本填詞始於嵯峨天皇弘仁十四年（823）於賀茂神社開宴賦詩時仿張志和填作的〈漁歌子〉五首，有智子內親王、滋野貞主亦隨之奉和，〈漁歌子〉一調便傳唱於日本宮

〔註 227〕 （日）岡村繁著，俞慰慈、陳秋萍、韋海英譯：《日本漢文學論考》（上海：上海古籍出版社，2009 年 6 月），頁 869～870。

〔註 228〕 《填詞圖譜》分上、下二卷，上卷收 57 調，下卷收 59 調。據《填詞圖譜·發凡》記載，竹田編纂《填詞圖譜》來源有三：其一，從明清填詞圖譜取其樣式；其二，據萬樹《詞律》正其格律；其三，參考諸家詞選取其詞例。參（日）田能村竹田：《填詞圖譜》，日本文化三年（1806 年，清嘉慶十一年）平安屋伊兵衛重刊宛委堂刊本。詹杭倫：〈論日本田能村竹田的《填詞圖譜》及其詞作〉，《中山大學學報》2015 年第 2 期，頁 1～8。

〔註 229〕 最先提出者為青木正兒（1887～1964），參（日）神田喜一郎：《日本填詞史話》，頁 6。

廷之間，上距張志和於大曆九年（774）填詞的時間，僅晚四十九年，可見在唐代填詞尚未風行的階段，此調已傳至日本。〔註 230〕嵯峨天皇君臣填製之作品，則收錄於淳和天皇天長四年（828）良岑安世奉詔令當時碩學通儒編纂的詩文總集《經國集》〔註 231〕中。作品列舉如下：

張志和：

> 西塞山前白鷺飛。桃花流水鱖魚肥。青箬笠，綠蓑衣。斜風細雨不須歸。

> 霅溪灣裏釣魚翁。舴艋為家西復東。江上雪，浦邊風。反著荷衣不歎窮。〔註 232〕

嵯峨天皇：

> 青春林下渡江橋。潮水翩翩入雲霄。煙波客，釣舟遙。往來無定帶落潮。

> 寒江春曉片雲晴。兩岸花飛夜更明。鱸魚膾，蓴菜羹。餐罷酣歌帶月行。〔註 233〕

有智子內親王：

> 白頭不覺何人老（筆者按：「老」字未入韻），明時不仕釣江濱。飯香稻，芭紫鱗。不欲榮華送吾真。

> 春水洋洋滄浪清。漁翁從此獨濯纓。何鄉里，何姓名。潭裡閒歌送太平。

滋野貞主：

> 漁父本自愛春灣。鬢髮皎然骨性明（筆者按：「明」字落韻），水澤畔，蘆葉間。挐音遠去入江邊。

〔註 230〕（日）神田喜一郎：《日本填詞史話》，頁 5～10。

〔註 231〕《經國集》是平安時期良岑安世奉淳和天皇敕命，與滋野貞主、南淵弘貞、菅原清公等人共同編纂的一本詩文總集，收武天皇慶雲四年（707）以後至淳和天皇天長四年（828 年）間作品。參劉崇稜：《日本文學史》（臺北：五南圖書出版有限公司，2003 年 1 月），頁 85。（日）緒方惟精著、丁策譯：《日本漢文學史》（臺北：正中書局，1980 年 4 月），頁 73。

〔註 232〕曾昭岷、曹濟平、王兆鵬、劉尊明編著：《全唐五代詞》，上冊，頁 25～26。

〔註 233〕彭黎明、羅珊選注：《日本詞選》，頁 1。又（日）神田喜一郎：《日本填詞史話》：「青春林下渡江橋。潮水翩翩入雲霄」二句，「渡」作「度」，「潮」作「湖」，頁 5。

水泛經年逢一清。舟中暗識聖人生。無思慮，任時明。不罷長歌入
曉聲。〔註234〕

嵯峨天皇以釣叟形象模仿〈漁父〉，譜出高雅沖淡的意境。每闋結句用「帶」
字，與張志和用「不」字，屬同一手法。有智子內親王和詞2首，每首用「送」
字；滋野貞主和詞5首，每首用「入」字，亦從天皇用「帶」字之例。然有智
子內親王和詞第一闋「老」字未入韻，滋野貞主第一闋「明」字出韻，終覺白
璧微瑕。

夏承燾《瞿髯論詞絕句》論及首位日本詞人，即是嵯峨天皇。絕句云：

櫻邊觱篥逬風雷，一脈嵯峨孕霸才。並世溫尵應色喜，桃花泛鱖上
蓬萊。 （冊2，頁589）

觱篥，古簧管樂器名，本出西域龜茲，後傳入中國，為隋唐燕樂及唐宋教坊
樂的重要樂器。一脈嵯峨，意指嵯峨天皇、有智子內親王以及滋野真主在內
的君臣唱和，此乃日本填詞先河，影響力有如驚雷般震撼著櫻花之國。與嵯
峨天皇並世的溫庭筠（812～866，又稱溫鍾尵）若知張志和〈漁父〉「西塞山
前白鷺飛。桃花流水鱖魚肥」等詞早在日本宮廷流傳，或許也感到欣慰。夏
承燾另有論張志和絕句云：

羊裘老子不能詩，苕霅風謠和竹枝。誰唱簫韶橫海去，扶桑千載一
竿絲。 （冊2，頁518）

此以東漢時期身披羊裘、於富春江垂釣的嚴光，與曾在湖州（苕溪與霅溪，
位於浙江湖州）生活的張志和相比，肯定〈漁父〉一調傳至日本（扶桑），作
為填詞濫觴的貢獻。

《域外詞選》並未獨立選入嵯峨天皇作品，然所錄〈填詞的濫觴〉一節
中，已附上嵯峨天皇君臣酬唱的〈漁歌子〉12闋（嵯峨天皇5闋、有智子內
親王2闋、滋野貞主5闋），實不需重複錄之。

（二）日下部夢香

日下部夢香（字夢香，號查軒，？～1863），乃收錄於《域外詞選》的首
位詞人。江戶時期（1603～1867）天保十年（1839），日下部夢香自行刊印《夢
香詞》，係目前所見第一部詞人別集，此集由當時於東京暫住的神田喜一郎購
得收藏，自此之後，未見第二本。《夢香詞》中附有署名為紫芝山樵（野村篁

〔註234〕以上兩闋參彭黎明、羅珊選注：《日本詞選》，頁3、6。

園）、翠岩（設樂八三郎）二序。另從野村篁園〈查軒集序〉〔註235〕，友野霞舟〈贈諸友詩七首〉之一，以及日下部夢香〈夢江南・乙未仲秋寄翠岩樂助教〉、〈念奴嬌・中秋同翠岩、霞舟、西莊賞月〉〔註236〕等詞，可知天保年間，野村篁園、友野霞舟、設樂八三郎、日下部夢香諸人，彼此往來，互動頻繁。

　　《夢香詞》錄詞44闋，《日本填詞史話》列其目錄〔註237〕，感懷、詠物之作，約各佔一半，並摘錄15闋原文作為示例。夏承燾《域外詞選》錄詞10闋，屬秋冬感懷之作，有〈水調歌頭・秋感〉、〈揚州慢・初冬鹿濱雜興〉、〈紫萸香慢・重陽〉3闋；屬抒發春感之作，有〈解佩令・春感〉、〈青玉案・江村春感〉2闋；屬詠物之作，有〈臨江仙・寒柳〉、〈惜秋華・牽牛花〉、〈念奴嬌・飛絮影〉、〈東風第一枝・詠梅〉、〈永遇樂・秋蝶〉等5闋。感懷、詠物的作品比例相當，此10闋均見《日本填詞史話》之中。

　　夏承燾對日下部夢香無特別評論，僅於詞末附上設樂八三郎序《夢香詞》一文，摘錄如下：

> 吾友查軒，螢窗叩寂，兔窟投閒，瓦屋三間，魏闕名心已掃，珠簾十里，揚州幻想全消。新開鹿水之遊，宛縮鶯湖之勝地。梅花月凍，夢暗香於吟枕，柳影煙迷，描遠意於魚篷。……混跡釣徒，遙慕玄真之逸致，託名詞隱，每追万俟之芳蹤。借彼餘波，消茲暇日，乃摭摘粉搓酥之豔字，聊填摸魚戀蝶之香詞。……可謂藝苑珍葩，詞林綺藻。　（《域外詞選》，頁12～13）

日下部夢香斷絕官場，隱遁鹿濱，致力填詞，友野霞舟贈與日下部夢香的五律云：「宦海抽身早，詩壇寄興繁。風流推獨步，新曲評專門。塵動紅牙板，花飛綠酒樽。清狂從我性，厭向俗人論。」〔註238〕可相互參考。序中言及「玄真」與「万俟」，一為唐代煙波釣叟張志和，一為宋代音律能手万俟詠，夢香以二人作為填詞風格與形式的典範，可見其用心。不論設樂八三郎所言「藝苑珍葩，詞林綺藻」，是否為溢美之辭，仍不能否定日下部夢香在江戶

〔註235〕收於野村篁園《篁園全集・查軒集序》卷16，參（日）神田喜一郎：《日本填詞史話》，頁166。

〔註236〕（日）神田喜一郎：《日本填詞史話》，頁169～170。

〔註237〕（日）神田喜一郎：《日本填詞史話》，頁169～170。按：神田喜一郎所見44闋，目錄中有調有題者凡42闋。

〔註238〕友野霞舟《霞舟先生詩集・贈諸友詩七首》，參（日）神田喜一郎：《日本填詞史話》，頁167。

時期天保年間的填詞地位。

（三）野村篁園

野村篁園（名直溫，字君玉，1775～1834）乃最高學府昌平黌教授，其《篁園全集》二十卷中有詞二卷，名《秋篷笛譜》，作品數量多達 150 首〔註239〕，小令、慢詞各體兼備，詠物之作佔半數以上，或詠四季應時之花，如梅花、蓼花、海棠、茉莉等；或詠果實佳餚，如柑、筍、豇豆、蟹、銀魚等；或詠蟲禽昆蟲，如杜鵑、燕、螢、蟋蟀等；或詠雜物，如西瓜燈、水笙、繡鞋、古刀等。〔註240〕神田喜一郎《日本填詞史話》列舉 29 首原文作為示例，夏承燾《域外詞選》選錄 15 首，當中即有 11 首詠物：〈東風第一枝・梅花〉、〈一萼紅・紅梅〉、〈西子妝慢・荷花〉、〈惜秋華・牽年花〉、〈露華・蓼花〉、〈疏影・詠寒柳〉、〈被花惱・水仙〉、〈紫玉簫・筍〉、〈雙雙燕・本意〉、〈淮甸春・銀魚〉、〈南浦・春水〉，構思新奇，形象生動。如：

> 吳燕低飛，杜鵑幽咽，滿林酥雨廉纖。苔紋裂處，盼龍牙養銳，凹角抽尖。素肌清瘦，猶怯冷、未脫黃衫。知何日、賺得老劉，玉版遙參。　　蒲筐冒曉分餉，才剝破香苞，宿露全沾。輕煨淡煮，更櫻廚配入，味最新甜。請君亭箸，休漫學、太守貪饞。風窗夕，將看嫩晴，籬弄涼蟾。　　（〈紫玉簫・筍〉，《域外詞選》，頁 21）

> 水鄉春光，恰櫻花欲謝，荻芽始吐。渡口風腥潮信急，幾隊亂吹香絮。雪鬣晶瑩，冰膚膩滑，觸網圓如箸。竹籃盛取，滴殘蓑袂微雨。何必飽長鯨，天然二寸，亦足充盤俎。肯羨領淮封爵貴，曾入少陵詩句。蜀豉輕調，吳鹽細糝，也勝催蓴煮。季鷹如識，不因鱸膾歸去。　　（〈淮甸春・銀魚〉，《域外詞選》，頁 23～24）

前者詠笋（筍），上片描寫姿態，栩栩如生，下片寫採筍烹調的興味，間用蘇

〔註239〕神田喜一郎列其目錄 164 首，見《日本填詞史話》，頁 176～179。夏承燾《域外詞選》及彭黎明、羅珊選注《日本詞選》稱之存詞 150 首，分見頁 14、頁62。陸越〈野村篁園詠物之作的梅溪詞影〉（《浙江學刊》2013 年第 2 期，頁83）。據《篁園全集》（國立公文書館內閣文庫藏）卷 6、卷 7，統計存詞 165首。

〔註240〕《秋篷笛譜》上卷（即《篁園全集》卷 6）錄〈荷葉杯〉二闋、〈梅香慢〉、〈如夢令〉、〈荷花媚〉、〈秋宵吟〉等，沒有詞題外，其餘作品均標有題目。從題目及內容看，詠物詞共 94 闋（上卷 44 闋；下卷即《篁園全集》卷 7，50 闋），約占全部詞作的百分之五十五。陸越：〈野村篁園詠物之作的梅溪詞影〉，頁 83。

軾典故〔註241〕，增添詼諧之趣。後者詠銀魚，化用杜甫「白小群分命，天然二寸魚」一詩及張季鷹「蓴羹、鱸魚膾」〔註242〕典故，充滿濃厚的江鄉氣息，流露詞人不慕爵貴，樂於淡泊的思想情懷。二闋以日常風物入詞，寫來體物殊工，逸趣橫生。夏承燾論詞絕句評野村篁園曰：

> 待縫白紵作春衫，要教家人學養蠶。動我老饕橫海興，蓴鱸秋訊似
>
> 江南。　（冊2，頁589）

野村篁園擅於描摹，以細膩之筆刻劃百物，作品並非限於農村風物，然夏承燾特地道出，一方面係基於此類江鄉風物之作頗多，如上述〈紫玉簫・筍〉、〈淮甸春・銀魚〉外，又如〈露華・蓼花〉：「閑塘蟹肥，十分秋色」（《域外詞選》，頁19）、〈一寸金・詠柑〉：「正爪痕冷進。霧噴微潤，舌根甘洒，露涵濃馥」〔註243〕等，均是其例。另一方面，正可由此一窺詞人的生活情趣。《瞿髯論詞絕句》題解即云：「（野村篁園）集中詠物之作甚多。詠食物有柑、筍、蠶豆、銀魚、蟹等，以姜白石、史梅溪刻劃之筆，寫江鄉風味，令人有蓴鱸之想。」（冊2，頁590）

（四）森槐南

森槐南（名大來，字公泰，號槐南小史，1863～1911）《槐南全集》有詞一卷，計94闋；張珍懷《日本三家詞箋注》據此刪去3闋，又增補集中未收詞4闋，計95闋。〔註244〕夏承燾《域外詞選》所錄21闋為所選日本詞人當中為數最多者，除〈南歌子・春夕〉、〈昭君怨・題畫蘭〉為小令外，餘均為長調，此21闋詞又全見於神田喜一郎《日本填詞史話》。據《日本三家詞箋注》所錄95闋詞中，〈百字令〉（含〈醉江月〉2闋）一調12闋，夏承燾即錄8闋（含〈醉江月〉1闋），比例之高，可知森槐南特以此調填詞的用

〔註241〕東坡嘗要劉器之同參玉版和尚燒筍而食一事，參〔宋〕釋惠洪：《冷齋夜話・東坡戲作偈語》，卷7，頁63。文與可與妻遊篔簹谷，燒筍晚食、噴飯滿案一事，參〔宋〕蘇軾：《蘇東坡全集・文與可篔簹谷偃竹記》，卷32，頁395。

〔註242〕參〔南朝宋〕劉義慶撰，徐震堮校箋：《世說新語校箋・識鑒篇》（臺北：文史哲出版社，1989年9月），頁217。

〔註243〕彭黎明、羅珊選注：《日本詞選》，頁75。

〔註244〕張珍懷箋注：《日本三家詞箋注・前言》，頁11。然據該書內文，《槐南全集》未收詞有5闋：〈南歌子・春夕〉、〈昭君怨・題畫蘭〉、〈滿江紅・題海天花月總滄桑圖〉（一作「水天花月總滄桑圖」）、〈水調歌頭〉（文章固小技）、〈滿江紅・秋懷次韻〉，有所矛盾。參《日本三家詞箋注》，頁7～11。

心，以及夏承燾鍾愛的傾向。〔註245〕

夏承燾論詞絕句論森槐南云：

> 情天難補海難填，歷劫滄桑哭杜鵑。喚起龍神聽拍曲，美人箏影倚
> 青天。　　（冊2，頁590）

「情天難補海難填」一句即指森槐南《補天石傳奇》（一作《補春天傳奇》）。
明治十一年（1878），森槐南十六歲，即在刊物《新詩文雜誌》上發表第一闋
詞〈南歌子·春夕〉〔註246〕；同年將所撰《補天石傳奇》〔註247〕以示當時清
廷駐日參贊黃遵憲，黃遵憲贊之：「森槐南，魯直之子，年僅十六，兼工詞，
曾作《補天石傳奇》示余，真東京才子也。」並作詩曰：

> 袖中各有贈行詩，向島花紅水碧時。只恨書空作唐字，獨無煉石補
> 天詞。〔註248〕

黃遵憲不僅以「真東京才子」稱森槐南，還以「東家嬌娘求對值，濃笑書空作
唐字」（李賀〈唐兒歌〉）天才唐兒喻之，可見讚譽有加。另於《補天石傳奇》
題詞又曰：

> 以秀倩之筆，寫幽艷之思，模擬《桃花扇》、《長生殿》，遂能具體而
> 微。東國名流，多詩人而少詞人，以土音歧異難於合拍故也。此作
> 得之年少江郎，尤為奇特。……此作筆墨於詞尤宜，……後有觀風
> 之使采東瀛詞者，必應為君首屈一指。〔註249〕

語言隔閡，不易日人填詞，更不用說填出何等佳作。森槐南《補天石傳奇》筆
墨甚佳，填詞亦然；以黃遵憲識人眼光，森槐南之作實可臻於「首屈一指」的
地步。

〔註245〕張珍懷箋注：《日本三家詞箋注》：「明治十九年歲暮，槐南一夕乘興填〈百
　　　　字令〉疊韻四首，後又疊韻二首。高野竹隱即和詞六首。槐南又續疊韻，前
　　　　後共作十首。」頁41～42。

〔註246〕森槐南〈南歌子·春夕〉（迷蝶魂難定）一詞，刊載於明治11年4月《新詩
　　　　文雜誌》33集，《槐南集》未收，見張珍懷箋注：《日本三家詞箋注》，頁7。

〔註247〕森槐南《補天石傳奇》（一作《補春天傳奇》）刊於明治13年（1880），署名
　　　　槐南小史，莊一拂《中國古典戲曲叢目彙考》有錄，誤以為中國人所作。該
　　　　劇敷演清代錢塘陳文述等人，為西湖三女士馮小青、楊雲友、周菊香修墓的
　　　　故事。參余金龍：〈森春濤與森槐南〉（二），《龍陽學術研究集刊》第3期
　　　　（2009年），頁59、62。

〔註248〕〔清〕黃遵憲撰，高崇信、尤炳圻校點：《人境廬詩草·續懷人詩》（臺北：
　　　　鼎文書局，1978年8月），卷7，頁162。

〔註249〕黃遵憲：《補春天傳奇》題詞，參（日）神田喜一郎：《日本填詞史話》，頁267。

　　「歷劫滄桑哭杜鵑」一句指森槐南〈滿江紅・水天花月總滄桑圖〉一詞；
「美人箏影倚青天」出自〈沁園春・上日漫填〉。〈滿江紅・水天花月總滄桑
圖〉云：

> 落葉如鴉，白門外、秋飆蕭瑟。咽不斷、南朝殘照，暮潮如昔。敗
> 苑清蕪螢閃淡，故宮蔓草蟲啾唧。一聲聲、寒雁渡江來，哀笳急。
> 英雄血，刀鋒澀。兒女淚，青衫濕。嘆興亡轉瞬，有誰憐惜。月怨
> 花嗔人不管，春荒秋瘦天難必。剩傷心、一片秣陵煙，空陳跡。（《域
> 外詞選》，頁 37）

此闋為森槐南初次填製的長調；「水天花月總滄桑圖」據《日本三家詞箋注》
作「海天花月總滄桑圖」，疑為當時流寓日本的清代常州人王韜所有。王韜原
本在粵為官，曾參與太平天國之戰，太平軍敗，逃往香港。1879 年，值清朝
光緒五年，王韜應重野成齋、栗本鋤雲、蕃士岡鹿門、中村正直等名士邀請，
前往日本考察，亦曾於東京謁見黃遵憲、與森槐南結交，在日期間者有《扶
桑遊記》，有載：

> 春濤老人出其令子所撰《補春天傳奇》就正於余，其子名泰二郎，
> 號槐南，止十七齡耳，而詩文卓犖，已是不群。觀其曲文，殊似作
> 家，洵未易才也。〔註250〕

題《補春天傳奇》一文曰：

> 春濤先生今代詩人也，令子槐南承其家學，又復長於填詞，最工度
> 曲，年僅十七齡，而吐藻采於毫端，驚泉流於腕底，詞壇飛將，復
> 見斯人。〔註251〕

王韜「詩文卓犖」、「詞壇飛將」等評語，亦可證森槐南少時了了的才華以及
兩人結識的交情。其「水（海）天花月總滄桑圖」，疑為用以掩飾太平天國滄
桑景況所繪。〔註252〕森槐南一詞則藉此抒發南朝興亡、英雄血淚的感慨，沉
鬱悲壯之情充斥其間，此闋一出，便奠定了森槐南沉渾激越的填詞基調。

　　〈沁園春・上日漫填〉詞云：

> 肥馬輕裘，鬢影衣香，盡態極妍。有王公侯伯，深閨貴戚，紅塵一

〔註250〕〔清〕王韜：《扶桑遊記》（臺北：廣文書局，1962 年 4 月《小方壺齋輿地叢
　　　　鈔》），頁 8091。
〔註251〕〔清〕王韜：《蘅華館詩錄・題補春天傳奇》（上海：上海古籍出版社，2010
　　　　年《清代詩文集彙編》，冊 708），卷 5，頁 67。
〔註252〕張珍懷箋注：《日本三家詞箋注》，頁 8～9。

片，非霧非煙。紫闕朝正，朱門投刺，幾陣香風吹醉旋。宮梅笑，笑野梅花底，誰拜新年。　　青氈舊物依然。更斷墨、零紈殘簡編。但樂章琴趣，酒中清課，花飛鈿動，夢裡初禪。袞袞諸公，寥寥知己，敢道春光如線牽。非吾分，甚美人箏影，扶上青天。　　（《域外詞選》，頁 49～50）

此闋上、下片對比，上片以趨炎附勢之態諷刺官場，下片以高潔自守之情操盼伯樂一顧。「甚美人箏影，扶上青天」引五代李鄴於宮中作紙鳶典故，比喻做官當有牽線者，方能直上青天。《瞿髯論詞絕句》題解曰：

森槐南有〈補天石傳奇〉、〈滿江紅·水天花月總滄桑圖〉。其〈沁園春·上日漫填〉結云：「袞袞諸公，寥寥知己，敢道春光如線牽。非吾分，甚美人箏影，扶上青天。」末句甚奇。日人為蘇、辛派詞，當無出森槐南右者。而其濃麗綿密之作，亦不在晏幾道、秦觀之下。（冊 2，頁 591）

夏承燾明指出森槐南代表作，肯定詞人情懷與填詞格調；又將森槐南豪放處比之蘇、辛，濃麗處比之晏、秦，可見森槐南填詞，以豪筆一展胸懷，亦不忘詞家本色。

（五）高野竹隱

高野竹隱（即高野清雄，別號修簫仙侶，1862～1921）與森槐南同為明治時期作詩的能手。高野竹隱作詩初學屬鶚，森槐南曾評其詩云「竹隱初學樊謝，而骨氣沉厚，實遠駕其上」〔註 253〕；而填詞機緣係始於森槐南，森槐南論之曰：「倚聲之學，本朝從未有講究之者。君（竹隱）以天才夙悟，能唱金石之音。如讀顧貞觀寄吳漢槎詞，淒惋獨絕，一字動移不得。」〔註 254〕自此之後，兩人唱和不輟，成為馳騁明治詞壇的二豪。

高野竹隱無專集行世，張珍懷據《日本填詞史話》所錄，選其佳者 86 闋，收入《日本三家詞箋注》中。夏承燾《域外詞選》錄詞 8 闋，均為長調。其

〔註 253〕明治 32 年（1899）《新詩綜·初集》註解文字，參（日）神田喜一郎：《日本填詞史話》，頁 276。

〔註 254〕明治 16 年（1883）秋，森槐南、高野竹隱結交；次年，森槐南以〈賀新涼〉兩闋代柬，問候竹隱。接獲槐南消息的竹隱隨即次韻酬答。〈賀新涼〉別名〈賀新郎〉、〈金縷曲〉，〔清〕顧貞觀曾作〈金縷曲〉兩闋，題為「寄吳漢槎寧古塔，以詞代書」。森槐南評語參（日）神田喜一郎：《日本填詞史話》，頁 279～280。

論詞絕句評高野竹隱云：

> 白鬚祠畔看眉彎，樊榭風徽夢寐間。待挽二豪吹尺八，星空照影子
> 陵灘。　（冊 2，頁 591）

「白鬚祠畔」語出高野竹隱〈東風第一枝・詠梅〉，詞前有序「槐南小史此調絕妙，效顰率填，題詞後耳」，上片云：

> 細草吹香，濃煙著水，綠潮痕膩輕暖。烏篷乍放橫斜，春訊忍教忽
> 漫。忙呼艇子，擁茶灶、筆床臨岸。記美人、多愛鬖鬖，繫纜白鬚
> 祠畔。〔註 255〕

此闋係和森槐南〈東風第一枝・墨上問梅〉原韻而填。明治二十年，森槐南父親森春濤主持茉莉吟社，〈東風第一枝〉為當時課題。「白鬚祠」是位於江戶城外墨水河畔寺島村內的神社，江戶詩人梁川星岩〈墨水遊春詞〉寫道：「游裙冶屐好容姿，撲蝶弄花紛笑嬉。一等風光不堪畫，白鬚人賽白鬚祠。」〔註 256〕高野竹隱自從結識森槐南後，兩人活躍於明治詞壇，於森春濤門下奮力創作，森氏父子鬚多而長，春濤別號森髯、槐南別號小森髯，「白鬚祠畔看眉彎」一句，除明確指出高野竹隱外，也說明高野竹隱與森氏家族的關係。今觀夏承燾所錄高野竹隱 8 闋詞中，有 3 闋與森槐南有關，包括〈賀新涼〉（依槐南詞宗見贈韻奉酬，兼寄懷石埭先輩）、〈燕山亭〉（重懷森槐南在香山）、水龍吟（題石埭詞宗所藏女史綠春畫蘭），除詞序中明指森槐南外，永坂石埭亦是兩人好友。

夏承燾另一首絕句論云：

> 槐南竹隱兩吟翁，夢路何由到海東。哦得玉池仙子句，白鬚祠畔泊
> 青篷。　（冊 2，頁 592）

森槐南與高野竹隱二人常受邀至永坂石埭寓所──「玉池仙館」品酒或賞畫。森槐南〈賀新涼〉（甲申六月中浣，接高野竹隱書，賦此代束）之二上片云：「我亦難忘者，是風流、玉池仙子，冶春詩社。點染斷橋楊柳色，又早雙鬟唱罷。好眉黛、青山如畫。同調追隨兩三筆，讓夫君、和出陽春寡。好傳做、旗亭活。」（《域外詞選》，頁 41）；其〈永阪石埭玉池仙館招飲，觀吳蘭雪姬人岳綠春墨蘭〉詩云：「玉娥池上玉闌干，詩夢憑君訂古歡。香篆碧縈雲作縷，

〔註 255〕張珍懷箋注：《日本三家詞箋注》，頁 131。
〔註 256〕嚴明：〈日本漢詩中的賞春〉，《上海師範大學學報（哲學社會科學版）》2005
　　　　年第 3 期，頁 56。

茶簾涼透月如紈。」〔註257〕「玉池仙子」即石埭夫人，森槐南、高野竹隱與永坂石埭及其妻室往來甚密，並曾以「治春詩社」〔註258〕名義齊聚一堂。夏承燾自當觀察出森槐南、高野竹隱二人角逐騁馳、依韻唱和的關係，亦肯定二人為明治詞壇開創黃金時代的努力。

夏承燾論詞絕句次句「樊榭風徽夢寐間」，點出高野竹隱早年詩學屬鷗外，詞境亦與之相近。如〈一萼紅〉（花花絮絮，已蕩盡矣。悄悄綠綠，斜陽生寒，黯然懷抱，有述於言）：

> 趁春殘。看花花無影，絮絮蕩成煙。南浦新愁，西園餘恨，全在筍後櫻前。記那夜、衣香消歇，但生疏、扇影晚風憐。睡起房櫳，不隨春去，也有些寒。　　閒裡光陰幾度，受風花磨煉，似被春瞞。送盡斜陽，綠陰陰裡，群蛙私訴園官。俊游處、是伊舊路，倚欄杆、又接一聲鵑。惹得水天幽思，吹墮吟邊。

〈金縷曲〉（黃梅雨斷，清景怡然。泛舟小泊於鷗磯鷺渚之間，有解於懷，為歌此闋）：

> 一片斜陽裡。僅舟離、垂楊古岸，已遺人世。瘦白一鷗前導我，舊日盟尋綠水。穩稱個、漁樵活計。鐵網珊瑚何日下，只長竿、時拂滄波底。寄高興，當如是。　　當年可有蘆中士。試一曲、猗音徐覓，伊人不死。懷抱古來拋得處，都繫者邊幽邃。也不許、一塵飛至。容與去尋煙際語，早菰蒲、向晚成秋味。涼露洗，冷螢尾。

上述兩闋寫來清婉淡幽，森槐南以為是竹隱詞中最具代表的作品。《槐南詩話》云：「清澄空淡中仍是一片俊味，竹隱詞優於詩，幾乎宇內無敵。」張珍懷《日本三家詞箋注》亦云：「〈一萼紅〉、〈金縷曲〉二詞及過七里灘作〈聲聲慢〉皆為仿效樊榭之佳作。當時日本詞之風格，穠麗者多，而淡雅之詞惟有竹隱擅長。」〔註259〕〈聲聲慢‧舟自七里灘至厚田〉詞云：

> 灘名彷彿，七里空江，高蹤誰是同儔。愧我征衫久客，贏得歸舟。

〔註257〕（日）神田喜一郎：《日本填詞史話》，頁299。

〔註258〕明治16年3月3日，東京漢詩作家小野湖山、森春濤、永阪石埭、森槐南等人及中國旅日文士宴集於墨田河畔千歲樓，為修禊之會。清駐日使館隨員姚文棟效王士禛遊宴紅橋故事賦〈治春絕句〉十二首。「治春詩社」似指此會。參張珍懷箋注：《日本三家詞箋注》，頁14。

〔註259〕高野竹隱〈一萼紅〉、〈金縷曲〉，同見張珍懷箋注：《日本三家詞箋注》，頁146～147。

青山送迎堪畫，似當年汐社風流。沿古岸，有黃蘆苦竹，好著羊裘。
流水鐘聲乍近，和寒潮嗚咽，攪亂閒愁。誰寫孤篷聽雨，欹枕驚秋。
夢回難鳴犬吠，正漁娃、出汲潮頭。喜繫纜，酹一杯殘月江樓。　（《域
外詞選》，頁 67）

「厚田」，即熱田，今名古屋市；七里灘，位於三重縣桑名至熱田間，與浙江
省桐廬縣七里灘同名，即東漢・嚴光（字子陵）歸隱之處。因日本七里灘與中
國勝跡同名，詞人因而緬懷嚴光高風亮節的情操，也表露詞人對垂釣隱居生
活的嚮往。

　　高野竹隱一生貧困，坎坷不遇，晚年更是離群索居，不論家世或遭遇，
均與森槐南出入官場、春風得意的生活大相逕庭，自然而然造就其漂泊山水
的情懷與清幽淡雅的創作風貌。雖有和森槐南〈賀新涼〉、〈百字令〉奔放激
烈的作品，實非創作的主要風格；閒幽淡雅的山水清音，才是高野竹隱所擅
長。厲鶚有〈百字令・月夜過七里灘〉一詞云：

秋光今夜，向桐江、為寫當年高躅。風露皆非人世有，自坐船頭吹
竹。萬籟生山，一星在水，鶴夢疑重續。挐音遙去、西巖漁父初宿。
　　心憶汐社沉埋，清狂不見，使我形容獨。寂寂冷螢三四點，穿
破前灣茅屋。林淨藏煙，峰危限月，帆影搖空綠。隨流飄蕩，白雲
還臥深谷。〔註260〕

高野竹隱借同名「七里灘」緬懷東漢嚴光，厲鶚則重返舊地，遙想古人。兩人
均提及「汐社」，此乃南宋遺民謝翱避難浙東時組織的詩社。事過境遷，汐社
已是歷史陳跡，那些狂邁不羈的隱逸之士也沒了蹤影。厲鶚此詞表達出深沉
的歷史感和孤獨的身世感。陳廷焯《白雨齋詞話》卷四論厲鶚詞曰：「無一字
不清俊。」又曰：「鍊字鍊句，歸於純雅，此境亦未易到也。」〔註261〕可謂評
價之高。《瞿髯論詞絕句》題解曰：「其（竹隱）詞風神，正無異於厲氏過瀧灘
的〈百字令〉。」（冊 2，頁 592）夏承燾所謂「待挽二豪吹尺八〔註262〕，星
空照影子陵灘」，係將高野竹隱與厲鶚相提並論。

〔註260〕〈百字令〉詞牌又名〈念奴嬌〉。厲鶚〈百字令・月夜過七里灘，光景奇絕，
　　　　歌此調，幾令眾山皆響〉，見張宏生主編：《全清詞・雍乾卷》，冊 1，頁 242。
〔註261〕〔清〕陳廷焯：《白雨齋詞話》，見唐圭璋編：《詞話叢編》，冊 4，卷 4，頁
　　　　3848。
〔註262〕尺八，樂器名，亦稱簫管，長一尺八寸而得名，約七世紀至八世紀間傳入日
　　　　本，蓋作為當時唱詞的伴奏樂器。

（六）森川竹磎

森川竹磎（名鍵藏，字雲卿，別號鬢絲禪侶，1869～1917）乃德川幕府時期藩臣的後裔，迨維新浪潮推翻幕府封藩制度後，森川竹磎便以末路王孫身分，於倚聲填詞之中寄託餘生，填詞達 600 餘首，為明治時期填詞最多的詞人，神田喜一郎稱之為「日本填詞史上是聲名顯赫的唯一專家」〔註 263〕。竹磎於明治十九年創辦鷗夢吟社，刊行《鷗夢新誌》，中有「詩餘」專欄，刊登填詞新作與詞論，與森槐南、高野竹隱諸人角逐騁馳；明治四十四年刊行《隨鷗集》，被視為填詞的再興。在世時曾校訂詞譜，著有《詞律大成》二十卷，附《大曲》一卷；〔註 264〕並集金、元、明、清詞人詞句，作集句詩，凡百六十餘篇。〔註 265〕可見竹磎涉獵廣泛，對詞壇貢獻良多。森川竹磎與森槐南、高野竹隱為明治詞壇三大家〔註 266〕，神田喜一郎於《日本填詞史話》所論 129 篇中，有 38 篇專論森川竹磎及其作品或刊物；張珍懷《日本三家詞箋注》並錄詞 99 首，均可見二人對森川竹磎的重視。然夏承燾論詞絕句未論之；《域外詞選》錄其作品僅 6 首，亦無任何評論，不知其故。今僅能就夏承燾選錄的作品一探究竟。

竹磎〈疏影〉一詞，題為「同槐南先生倚白石道人自度腔，同其原韻，題寧齋〈出門小草〉後」〔註 267〕，詞云：

> 收珠拾玉。好出門一笑，何處投宿。郭外人家，殘臘無多，梅花

〔註 263〕（日）神田喜一郎：《日本填詞史話》，頁 381。

〔註 264〕森川竹磎有《得間集》二卷，收有早期之文八篇（含自序）、詩 72 首、詞 31 闋、曲 2 闋。其他大都發表在《鷗夢新誌》、《隨鷗集》等雜誌。《詞律大成》一部在森川竹磎所編的《詩苑》連載，只刊登到九卷之半。日・萩原正樹《森川竹磎『詞律大成』本文と解題》（東京：風間書房，2016 年 3 月）將這些刊登稿出版。森川竹磎卒後，水原渭江編有《聽秋仙館詩稿》二卷，收詩 878 首（森川竹磎遺稿刊行會，1967 年）；《夢餘稿詞集》二卷，收有詞 592 闋、曲 20 闋（國際藝術文化交流委員會，1989 年）。萩原正樹又從《蓀竹新編》、《蓀竹新誌》、《海內詩媒》、《螢雪學庭志叢》輯出森川竹磎年輕時期的詩詞文，寫成〈竹磎若年の詩詞文について〉一文，收入《『詞譜』及び森川竹磎に關する研究》第八章（京都：中國藝文研究會，2017 年 3 月）。

〔註 265〕《新詩綜》第 4 集自述。參蔡毅：《日本漢詩論稿》（北京：中華書局，2007 年 7 月），頁 118。

〔註 266〕張珍懷箋注「日本三家詞」，將森槐南、高野竹隱、森川竹磎列為三大家。

〔註 267〕森川槐南〈暗香〉題為「讀野口寧齋〈出門小草〉，用白石道人韻，即題其後，同竹磎作。」張珍懷箋注：《日本三家詞箋注》，頁 77。

笑倚修竹。招邀漫說青山遠，二十里朝昏南北。想紅塵、紫陌迎
年，那似個儂幽獨。　　古寺淒然吊古，馬蹄正踏雪，池漲新綠。
更曳吟筇，追趁新晴，訪遍疏籬茅屋。情深一往酣嬉極，又唱出
竹枝新曲。最可憐、客里招魂，頓覺淚華盈幅。　　（《域外詞選》，
頁79）

森槐南與森川竹磎分別和姜夔〈暗香〉、〈疏影〉原韻，均屬清婉雋永之作。其
〈如此江山・遣懷即自題小照〉詞云：

封侯於我元無分，斯人豈非窮士。小技文章，虛名到老，只恐无聞
而已。風流歇矣。恨人物如今，欲呼難起。烏鵲南飛，江山千古只
如此。　　悲夫天地逆旅，算人生百歲，如夢如寄。一世之雄，今
安在也，飄盡平生涕淚。風塵萬事。歎天下滔滔，是誰知己。對酒
須歌，苦心無益耳。　　（《域外詞選》，頁81）

〈如此江山〉即〈齊天樂〉別名。森川竹磎卸下貴族身分，淪為潦倒窮士，感
慨萬千，填詞以寄託漂泊身世。〈解佩令・竹溪題壁〉一詞云：

無魚也好。無車也好。有千竿修竹更好。修竹千竿，看綠玉堆玕圍
繞。沒些兒俗擾。　　前溪秋早。後溪秋早。惹清愁一片還早。靜
裡填詞，擬竹屋竹山精巧。更竹垞新調。　　（《域外詞選》，頁82）

據《日本填詞史話》記載，森川竹磎大病後填作此詞，他也逐漸從末路王孫
的悲哀中走出來，決定歸隱田園，故云「無魚也好。無車也好。有千竿修竹更
好」。詞末「擬竹屋竹山精巧。更竹垞新調」，是詞人自述以填詞自娛的志趣，
所效擬對象，包含南宋詞人高觀國（字賓王，號竹屋）、蔣捷（字勝欲，號竹
山），以及清代詞人朱彝尊（字錫鬯，號竹垞）。

　　竹磎〈沁園春〉三首，題為「次高野竹隱見寄詞韻，卻寄」，三首之三
云：

僕更如何，歌即近狂，曲素不工。肯謾然呼汝，稼軒身替。胡為稱
我，槐史調同。僕答云何，君其莫誤，知否儂才在下中。唯乘興，
幾展箋呵筆，暈碧裁紅。　　光陰若此匆匆，新詞和就，興會奚空。
翠羽禽寒，落梅花白，今夜高樓三面風。吹簫處，把君詞度與，明
月簾櫳。　　（《域外詞選》，頁84）

此闋載於明治二十四年《鷗夢新誌》，此時高野竹隱於伊勢神社供職，作〈沁
園春〉三首寄贈森川竹磎，竹磎亦賦此和之。此闋明顯看出竹磎仿辛棄疾「以

文填詞」的筆法，抒發豪放曠逸的氣象。森槐南論此詞曰：「酣嬉淋漓，摩稼軒（辛棄疾）之壘，而闖改之（劉過）之堂，余往日與竹隱論詞，以此種為上乘，誰料鬢絲（竹磎）終能悟到此境。」〔註268〕高野竹隱評曰：「公孫大娘舞劍器渾脫，瀏漓頓挫，三闋頗似之。」〔註269〕均給予高度肯定。

由以上四闋詞可知，森川竹磎填詞面貌不限一隅，除可見清婉幽峭的詞風外，亦能見其俊逸高曠之姿。夏承燾僅錄詞 6 首，卻能一窺全豹，此人概是夏承燾對森川竹磎的用心所在。

（七）其餘詞家

1. 山本鴛梁

山本鴛梁（名世言，字永圖，又稱齋藤拜石、山本拜石，1830～1912），《域外詞選》錄其小令 6 首〔註270〕，其中〈柳梢青·春游〉、〈玉樹後庭花·春夜〉、〈清平樂·春怨〉三首寫春，清新柔豔，有花間痕跡，亦入南宋佳境。如〈清平樂·春怨〉詞云：

> 一春紅事。過了三分之二。笑語尊前相共醉。只仗夜來夢寐。　　深庭得意苔痕。無情又長愁恨。不奈這般時候，落花微雨黃昏。　（《域外詞選》，頁 32）

另〈柳梢青·夕陽〉、〈虞美人·夏日水亭〉二首寫景；〈驀山溪·遣懷〉一首抒懷，詞云：

> 興衰旦暮，今古如斯耳。叱咤忽風生，氣蓋世、重瞳兒戲。積珠堆玉，金谷一時豪，浮雲散，逝水空，贏得傷心淚。　　一齊休問，討個安心地。歡笑且隨緣，消受了、風流三昧。百年之後，墓道使人題。湖山長，花月顛，詞客鴛梁子。　（《域外詞選》，頁 32～33）

此闋乃詞人「鴛梁子」人生的寫照。詞中以雙瞳子項羽為例，自我慰藉，與其當個叱咤風雲的英雄，不如做個歡笑隨緣，管領山川風物的「湖山長」。

森槐南評山本鴛梁曰：

> 鴛梁填詞，小令瓣香南唐，清麗可愛。中調、大調兼擅玉田、碧山

〔註268〕《鷗夢新誌》第 57 集（明治 24 年（1891）），另見（日）神田喜一郎《日本填詞史話》引用，頁 486。

〔註269〕張珍懷箋注：《日本三家詞箋注》，頁 208。

〔註270〕〈柳梢青·春遊〉、〈玉樹後庭花·春夜〉、〈清平樂·春怨〉、〈驀山溪·遣懷〉、〈柳梢青·夕陽〉、〈虞美人·夏日水亭〉。

之長，於作家寥寥中，獨能含商嚼徵，唱出金石之聲，可謂二百年
來絕無而僅有者。〔註271〕

森槐南以「二百年來絕無而僅有者」給予山本鴛梁極高評價，此「二百年」，
大抵自江戶（1603～1867）迄明治（1868～1912）期間。可惜其作品並無專集
行世，唯透過明治二十年的《鷗夢新誌》可見部分作品。夏承燾所見，大概根
據神田喜一郎《日本填詞史話》所蒐得的作品作為選錄的對象。〔註272〕夏承
燾《域外詞選》評山本鴛梁曰：

　　山本鴛梁……兼通眾藝。所長在鐵筆與填詞。書法、填詞以張炎為
　　宗，在明治詞壇上，雄鎮一方。　　（《域外詞選》，頁31）

山本鴛梁在刻鑄、書法、填詞上均有涉獵；填詞以張炎為宗，循南宋典雅詞
派風格而填。另有一闋〈憶秦娥〉，詞云：

　　秋如水。紗燈一點光涼始。光涼始。蟲聲桐影，夜愔愔地。　　漫
　　吟低唱消斯際。風流詞句心如醉。心如醉。清空騷雅，玉田淮海。
　　　〔註273〕

無論是秦觀（淮海）、張炎（玉田）或王沂孫（碧山），大抵可歸為婉約一派，
此可見山本鴛梁填詞的傾向，又此詞係依《詞林正韻》押第二部韻，而末韻
「海」字屬第五部，顯然出韻。

2. 德山樗堂

　　德山樗堂（名純一，字公秉，號樗堂，又號夢梅瘦仙，1842～1876），為
森春濤門下俊髦，清人葉煒（字松石）為當時赴東京專門教導漢語的教師，
對其才華讚賞不已，其《煮藥漫抄》嘗曰：「余自浮海東遊……花南（丹羽花
南）與德山樗堂、永坂石埭，詩學西崑，為東國之秀。余嘗欲選三家詩合刻，
未果。」〔註274〕德山樗堂詞端賴神田喜一郎從當時《新文詩》雜誌中摘錄4
首，始能保存。〔註275〕夏承燾錄詞1首，即〈極相思・鷺津判事宅賞梅花，

〔註271〕森槐南編《鷗夢新誌》第87集；另參彭黎明：〈讀《域外詞選》〉所引，頁
　　　　　139。
〔註272〕神田喜一郎根據明治18年增山守正《東京名勝詩集》第2編、《鷗夢新誌》
　　　　　第52、55、58、60～62集，將15首山本鴛梁的詞，抄錄於《日本填詞史話》
　　　　　中，其他尚有數闋未被抄錄。頁244～251。
〔註273〕（日）神田喜一郎：《日本填詞史話》，頁248。
〔註274〕（日）葉煒：《煮藥漫抄》（臺北：文海出版社，1969年11月），卷下，頁
　　　　　91。
〔註275〕〈羅敷媚・相思〉、〈極相思・鷺津判事宅賞梅花，諸公皆有詩，予亦填詞〉、

諸公皆有詩，予亦填詞〉：

> 一聲長笛誰家。吹月上梅花。鶴歸天香，星搖水皺，今夕寒些。　春雪撲簾香暗度，愛美人、玉骨清華。歌邊影瘦，酒邊夢白，六扇窗紗。　（《域外詞選》，頁 74。）

此首風格清麗，清人葉煒評之曰：「夢窗、玉田以後，唯鄉前輩竹垞檢討有此風雅。三百年來，未聞繼響，不圖海外復有替人，詞祇不斬，喜何如之？」夏承燾亦引葉煒之論曰：

> （葉煒）嘗謂樗堂〈極相思〉一首，可為張炎、吳文英替人。　（《域外詞選》，頁 74）

可知神田喜一郎、葉煒、夏承燾等人均對德山樗堂詞中的南宋詞風給予肯定。此外，樗堂死後，森槐南曾得德山樗堂所藏《絕妙好詞箋》一書，書中一字一句都是樗堂點校的痕跡，森槐南對此曾賦詩云：「韻字紗窗鶯語空，海棠花上露玲瓏。詞皆黃絹人黃土，朱暈平分淚暈紅。」〔註 276〕「黃絹」一句，語出《世說新語・捷悟篇》，可作為「絕妙好詞」的最佳註解。

3. 北條鷗所

北條鷗所（名直方，字大方，別號碧海舍人、狎鷗生、石鷗，1867～1905）初以詩見長，森槐南嘗評其詩云：「鷗所詩，初以綺麗稱，中輒才氣噴薄，珠玉摛披，煙雲繚繞；近來所指，日上登峰造極，直將不可量。」〔註 277〕明治十六年（1883）《新文詩》第 90 集刊登北條鷗所〈醉落魄・春夜〉一首，被視為鷗所首闋正式發表的詞。詞云：

> 江南一別。多風正是愁時節。今宵酒醒何淒絕。楚管誰家，吹上昏黃月。　這月曾經光皎潔。那人瘦影春寒砌。梨花雪後醅釀雪。淺夢重簾，多病都休說。　（《域外詞選》，頁 75）

此首以詩語入詞，清新可愛，「這月」、「那人」兩句更是絕妙。自此之後，北條鷗所陸續於刊物上發表作品。《日本填詞史話》收錄其詞 14 首，夏承燾從

〈喜遷鶯・墨水夜泛〉、〈鷓鴣天・黃石先生將還京師，填詞一闋為贈〉，摘錄自《新文詩》第 2、8、9 集以及別集 2。參（日）神田喜一郎：《日本填詞史話》，頁 260。

〔註 276〕（日）森槐南：《槐南集》，卷 6；另參（日）神田喜一郎：《日本填詞史話》引用，頁 261。

〔註 277〕明治 32 年（1899）8 月發行《新詩綜》第 5 集針對五古〈游總六首〉的評述；另參（日）神田喜一郎：《日本填詞史話》引用，頁 269。

中選錄 7 首，除〈醉落魄・春夜〉外，另 6 首為〈昭君怨・秋夕詠懷〉、〈相見歡・閨詞〉二闋、〈減字木蘭花・春夕〉、〈雙調南歌子・春雨詞〉、〈雙調南歌子〉，舉例如下：

> 淚痕忍裏鮫綃。做珠拋。報道小桃紅落、鏡生潮。　　怎耐得，一枝笛，可憐宵。蝶影花魂入夢、共飄搖。（〈相見歡・閨詞〉之一，《域外詞選》，頁 76）

> 一枝楚管。吹到梨花淒欲斷。今夕輕寒。月落香雲落畫欄。　　西廂酒醒。悄地珠簾春有影。無限纏綿。柳弱於人劇可憐。（〈減字木蘭花・春夕〉，《域外詞選》，頁 77）

北條鷗所造語綿密，作閨婦之思，傷春夕之景，填詞風格頗近五代、北宋小令，夏承燾所錄 7 首均屬之。

三、中國詞風對江戶、明治詞壇的影響

詞自中國東傳日本，詞人風格各異，自然也影響日人填詞風尚。森槐南曾云：「遺山於詞尤服膺於蘇、辛，故以天孫織錦比之；又以月中蟹泣、窮愁入骨喻姜、史諸家，蓋譏其幽冷纖仄也。南北詞派之異同，此可概見。」[註278] 森槐南以元好問〈贈答張教授仲文〉[註279] 一文，說明詞有南北之別，其〈百字令・與人論詞，仍用前韻〉詞云：

> 填詞一道，愛六朝金粉，花庭蕪國。正者鴨頭春水綠，變者奇峰攢戟。惟性能靈，有神言語，雕琢心肝惜。精微孤詣，繪來聲影香色。無奈說夢癡人，茫然不解，一任風流寂。天遣扶桑生吾輩，出語何傷狂極。笑煞荒傖，原無凤慧，信口吹村笛。一般天水，北宗南派排擊。（《域外詞選》，頁 59）

詞始於唐，盛於兩宋，日本填詞名家，莫不取法於宋；宋有南、北之分，北以豪放為宗，蘇軾、辛棄疾是也，南以清空縹緲為旨，姜夔、張炎、史達祖諸人是也。日本諸家之填詞風格或受其影響。又，江戶、明治時期，正值清廷統治階段，浙西詞派亦遠播東洋，影響日本詞壇。茲以夏承燾論及之日本詞人為對象，分述如下：

〔註278〕（日）神田喜一郎：《日本填詞史話》，頁 310。
〔註279〕〔金〕元好問：《元遺山詩集》（臺北：清流出版社，1976 年 10 月），卷 4，頁 3。

（一）蘇、辛「銅弦鐵笛」之豪

　　神田喜一郎將《日本填詞史話》贈與夏承燾時，附函謂森槐南、高野竹隱二人乃「一時瑜亮，天下無敵」。夏承燾閱畢，又道：「午後閱《史話》，森槐南、高野竹隱二家之作，誠足令人斂手」（冊 7，頁 1054），二人均對森槐南、高野竹隱的詞風給予高度稱讚，究其原因，實因二人填詞，感於時事，真情流露，頗有踵武蘇、辛之故。

　　《瞿髯論詞絕句·題解》論森槐南曰：「日人為蘇、辛派詞，當無出森槐南右者。」（冊 2，頁 591）森槐南詞，除上節所提〈滿江紅·水天花月總滄桑圖〉、〈沁園春·上日漫填〉、〈百字令·與人論詞，仍用前韻〉外，其〈酹江月·題髯蘇大江東去詞後〉亦可觀詞人慷慨之情，詞云：

> 我思坡老，鐵綽板歌，是森然芒角。便把大江東去意，試問南飛烏鵲。斜月熒熒，明星爛爛，撐住曹瞞槊。人生知幾，仰天長嘯寥廓。渠固一世之雄，而今安在也，江山猶昨。君豈灰飛煙滅去，剩此文章卓犖。曲誤誰知，詞成自笑，杯影鬖眉落。小喬佳婿，向人頻頻遮莫。〔註 280〕

蘇軾有〈念奴嬌·赤壁懷古〉一詞，首句「大江東去」、末句「一樽還酹江月」，字數凡 100 字，後世遂以〈大江東去〉、〈酹將月〉、〈百字令〉作為〈念奴嬌〉詞調之別名。森槐南此闋一面歌詠蘇軾「銅琵琶、鐵綽板」的慷慨器識，一面抒發英雄安在的無限悲慨。

　　高野竹隱詞剛柔並濟，其〈水調歌頭〉詞云：

> 天風吹散髮，倚劍嘯清秋。功名一念銷盡，況又古今愁。漫學宋悲潘恨，休效郊寒島瘦，恐白少年頭。我欲乘槎去，招手海邊鷗。　　吹鐵笛，龍起舞，笑相酬。大呼李白何處，天姥夢游不。杯浸琉璃千頃，月照山河一片，萬古此滄洲。何似控黃鶴，飛過漢陽樓。　　（《域外詞選》，頁 72～73）

此闋上片間入「宋悲潘恨」、「郊寒島瘦」典故，對人生充滿悲慨，遂生乘筏而去、喚鳥嬉戲的嚮往之情。下片以李白、崔顥二詩帶出「古來萬事東流水」（李白〈夢游天姥吟留別〉）的無奈。蔡毅《日本漢詩論稿》即云：「明治豪放詞之最佼佼者，當推高野竹隱。其〈水調歌頭〉一詞，氣宇闊大，風度超邁，

〔註 280〕張珍懷箋注：《日本三家詞箋注》，頁 20。

極類蘇、辛乃至李白口吻。」〔註281〕又〈水龍吟·結城公墓下作〉詞云：

> 嶺頭一片青蒼，一坯留取南朝土。大都能爾，人生忠義，來今去古。
> 折戟沉沙，勤王兩字，神呵鬼護。算東南王氣，怎生消盡，剩半夜、
> 魚龍怒。　　仿佛當年戰血，血淋漓、杜鵑啼訴。楓林月黑，濤聲
> 捲入，悲風恨雨。料得明朝，山頭應見，陣雲凝聚。是英雄未死，
> 忠魂毅魄，趁潮來去。〔註282〕

此闋為高野竹隱歸鄉里後，遊伊勢之作。結城公之墓，指的是日本安濃津南
朝忠臣結城宗廣之墓。他效忠南朝，討伐叛賊，於征途中病死於伊勢，臨終
前念念不忘勤王。森槐南曾評此闋「音韻豪宕，詞鋒橫逸」。〔註283〕

　　夏承燾向來鍾愛蘇、辛那般豪氣干雲、慷慨奔放的作品，森槐南、高野
竹隱亦是如此。如森槐南評辛棄疾〈破陣子〉（醉裡挑燈看劍）詞云：「雋快朗
爽，酒酣耳熱之時，拍節歌之，令人不覺鬚眉戟張」〔註284〕，對於辛詞「亂
頭粗服、落落自豪」的作風大力讚賞；高野竹隱有五首論詞絕句，第一首論
蘇軾云：「江湖載酒吊英雄，六代青山六扇篷。鐵板一聲天欲裂，大江東去月
明中」，即是據〈念奴嬌·赤壁懷古〉一闋進行發想。〔註285〕森槐南、高野竹
隱二家填詞，格調自然雄放，蘊含於字裡行間的「銅弦鐵笛」之態，係受到
蘇、辛詞風的影響。

（二）柳永「紅牙拍板」之婉

　　蘇軾、柳永詞風迥異，然詞壇向來將二人相提並論；日人填詞，亦不乏
鍾情於柳永者。森槐南、高野竹隱二人，填詞固有蘇、辛「銅弦鐵笛」之態，
對柳永「紅牙拍板」之姿甚是欣賞。森槐南〈水調歌頭〉下片云：

> 論填詞，板敲斷，笛吹酸。聲裂哀怨第四，猶道動人難。摩壘曉風
> 殘月，接武瓊樓玉宇，酒醒不勝寒。譜就燭將炧，淚影蝕烏闌。（《域
> 外詞選》，頁38）

森槐南「論填詞」一段，即化用柳永〈雨霖鈴〉「今宵酒醒何處，楊柳岸、曉

〔註281〕蔡毅：《日本漢詩論稿·明治填詞與中國詞學》，頁130。
〔註282〕張珍懷箋注：《日本三家詞箋注》，頁120～121。
〔註283〕（日）神田喜一郎：《日本填詞史話》，頁300～301。
〔註284〕明治19年（1886）6月發行的《新新文詩》第十三集中，收錄森槐南填詞主
　　　　張一欄。另參（日）神田喜一郎：《日本填詞史話》所引，頁312。
〔註285〕高野竹隱五首論詞絕句分論：蘇軾、岳飛、陳維崧、朱彝尊、蔣士銓。（日）
　　　　神田喜一郎：《日本填詞史話》，頁319～331。

風殘月」，及蘇軾〈水調歌頭〉「又恐瓊樓玉宇，高處不勝寒」。另有〈酹江月‧書柳七曉風殘月詞後〉一闋，詞云：

> 耆卿絕調，奉天家聖旨，蓬萊宮闕。報道宮姑（按：「姑」字宜作「娃」）爭按拍，滿殿歌雲凝咽。紅杏尚書，微雲學士，讓爾傳新曲。重來誰識，曉風吹盡殘月。　　猶似眺望華清，露寒仙掌，萬古風流歇。詞客遭逢如此耳，夜雨淋零淒切。不是梧桐，依然楊柳，白盡梨園鬢。更憐身後，酒醒寒食時節。　　（《域外詞選》，頁45～46）

柳永，字耆卿，因排行第七，故稱柳七。柳永每作新曲，便四處傳唱。一次作〈醉蓬萊〉傳入宮中，宋仁宗聞之，不復歌唱柳詞。森槐南此闋表達對柳永音律天分的讚賞以及失志不遇的嘆息。

另如高野竹隱〈朝中措〉：

> 綠楊城郭起新煙。誰弔柳屯田。一路曉風殘月，酒醒約略當年。　　春風省識，銷魂花影，橫壓詞壇。一曲春愁未醒，紅樓明月喧傳。
> 〔註286〕

柳屯田即柳永，官至屯田員外郎，故稱。詞序云：「森川竹磎清明日從金城至勢南訪余，有詞見示，賦此解即正焉。金城一名楊柳城。竹磎有《花影填詞圖》。」此闋當是高野竹隱化用柳永〈雨霖鈴〉「楊柳岸、曉風殘月」一句，以示森川竹磎之作。

森川竹磎〈鶯啼序‧自題《花影填詞圖》〉節錄如下：

> 減字偷聲，未足滿意，又移宮換羽。便豪宕、穠豔雙宜，北宗南派排譜。　　太風流、紅牙板拍，任雄快、銅弦琶鼓。此情懷，無限酣嬉，共何人語。〔註287〕

俞文豹《吹劍錄》：「東坡在玉堂，有幕士善謳，因問：『我詞比柳詞何如？』對曰：『柳郎中詞，只合十七八女孩兒，執紅牙拍板，唱楊柳岸，曉風殘月。學士詞，須關西大漢，執鐵板，唱大江東去。』公為之絕倒。」〔註288〕森川竹磎引《吹劍錄》所載柳永、蘇軾詞風之異，以為填詞應「豪宕」、「穠豔」雙宜，柳永「紅牙板拍」之姿、蘇軾「銅弦琶鼓」之風，自有特色，不可偏一。

〔註286〕張珍懷箋注：《日本三家詞箋注》，頁152。
〔註287〕張珍懷箋注：《日本三家詞箋注》，頁204。
〔註288〕〔宋〕俞文豹：《吹劍錄》，收於《宋元詞話》（上海：上海書店出版社，1999年2月），頁504。

森川竹磎亦有〈雨霖鈴‧雨夜用柳七韻〉，詞云：

> 秋心淒切。問今宵苦，怎生消歇。窗前戚戚無限，霖鈴雨響，颿颿
> 風發。鐵馬丁東，更惹得、蛩語嗚咽。奈脈脈、如水新寒，仄耳還
> 聽笛聲閱。　　而今恨比年時別。任不堪、獨度銷魂節。思量夢到
> 何處，閒院落、海棠秋月。夢也難成，生怕單衾獨枕虛設。卻不要、
> 人間閒愁，只與殘燈說。〔註289〕

此闋和柳永詞韻，寫離別之情，曲折婉約之態見於字裡行間，神田喜一郎譽
之「頗得原作之風神」〔註290〕。

森川竹磎另有〈望海潮‧九十九灣，用柳七錢塘韻〉：

> 奇哉名勝，依然沙漠，都來隔斷繁華。簷角矖叢，窗前補網，無多
> 小小漁家。堤岸積平沙，渺茫眼前闊，千里無涯。浩蕩心情，淡疏
> 生計紛絕奢。　　秋來海氣清嘉。看飛潮齧石，逆浪開花。斜陽影
> 寒，西風響急，橈歌不任吳娃。千艫軋遙牙。漁父始歸處，一片飛
> 霞。到此情懷恁騁，歸去說人誇。〔註291〕

此闋係和柳永〈望海潮〉（東南形勝）一詞，末句「到此情懷恁騁，歸去說人
誇」與柳永「異日圖將好景，歸去鳳池誇」，模仿痕跡清晰可尋。是知柳永詞
在日本詞壇的流傳，並不限於纏綿悱惻一體而已。

總之，森槐南、高野竹隱、森川竹磎等人或歌詠柳永，或和韻、化用柳
永詞者，當屬〈雨霖鈴〉（寒蟬淒切）這類曲折委婉的詞風最為普遍。縱有和
作〈望海潮〉這般疏蕩曠逸之作，影響力卻不如〈雨霖鈴〉鮮明。本小節特以
「紅牙拍板」之姿，論述柳永對江戶、明治詞壇的影響，在於說明日人填詞
除了取法蘇、辛外，柳永〈雨霖鈴〉「楊柳岸，曉風殘月」一詞，也傳唱於東
瀛，受到詞人愛戴的現象。

（三）姜、張「清空醇雅」之風

夏承燾《域外詞選》選錄 8 位詞人當中，除森槐南、高野竹隱的作品，
有豪放慷慨之態外，其餘諸家，多偏向南宋姜、張一派，或說是傾心於清初
推尊詞體，崇尚醇雅，宗法南宋，以姜、張為圭臬的浙西詞派也不為過。

〔註289〕張珍懷箋注：《日本三家詞箋注》，頁 225。
〔註290〕（日）神田喜一郎：《日本填詞史話》，頁 564。
〔註291〕此闋《日本三家詞箋注》未收，另見（日）神田喜一郎：《日本填詞史話》，
　　　　頁 536。

野村篁園序《夢香詞》云：

> 查軒主人，寄情墳素，最嗜倚聲。頃以所著《夢香詞》一卷見示，
> 受而讀之，辭旨頗工。即未致閫奧，亦自有獨得。過此以往，日就。
> 月將，行見其軼周凌柳，揖張、姜於一堂矣。〔註292〕

查軒，即日下部夢香別號。野村篁園《篁園全集》收錄〈查軒集序〉，摘錄如下：

> 吾友查軒……笑《草堂》之多陋習，憾《蘭畹》之少佳篇。追格於
> 碧山，繼蹤於白石。摹山範水，寫出奇胸；縫月裁雲，揮來妙腕。
> 況義能歸於《小雅》，而音亦協夫大晟。真樂府之英才，洵詞場之哲
> 匠。〔註293〕

所謂「軼周凌柳，揖張、姜於一堂」、「追格於碧山，繼蹤於白石」，明指日下部夢香規摹南宋名家填詞之習。其詞如：

> 林壑卸簪組，氣味似沙彌。曾因梅以為姓，姓字怕人知。容膝茅茨
> 十笏，刮目楞伽一卷，身世共相遺。莫謂醉彭澤，天命復奚疑。　　芙
> 蕖露，梧桐雨，豈維私。蕭疏贏得短鬢，猶未製夢衣。秋冷錦機投
> 壁，雲霽玉箏分柱，已是夜涼時。燈火小于豆，尋句捻霜髭。　（〈水
> 調歌頭・秋感〉，《域外詞選》，頁1。）

> 十里江村年欲晚，嚴霜瘦損衰楊。殘煙甚處是雷塘。寒鴉棲未定，
> 疏影透斜陽。　　漫記春風攀折際，絲絲染了鵝黃。者番何不斷吟
> 腸。酒旗青一片，依舊尚飄揚。　（〈臨江仙・寒柳〉，《域外詞選》，
> 頁7。）

熊豔娥〈花開異域——淺論日本幕府末期詠物詞〉一文有云：「夢香學識淵博，喜歡填詞，以南宋姜夔，張炎等人為學習對象，風格婉約，追求空靈，協音律，有寄托」〔註294〕，正是如此。然而革除《草堂》陋習，使之歸於醇雅，正是清初浙西詞派所奉行的圭臬。日下部夢香與野村篁園均為江戶時人，所處年代在清初朱彝尊之後，其詞風受到浙西詞派影響，是想當然爾。夏承燾於1965年6月23日接獲神田喜一郎寄來的《日本填詞史話》後，便於日記寫下：

〔註292〕（日）神田喜一郎：《日本填詞史話》，頁164。
〔註293〕（日）神田喜一郎：《日本填詞史話》，頁166。
〔註294〕熊豔娥：〈花開異域——淺論日本幕府末期詠物詞〉，《沙洋師範高等專科學
　　　　校學報》2005年第2期，頁39。

江戶時代末期，野村篁園、日下部夢香輩風氣漸開，途徑始通，大
抵憲章竹垞（朱彝尊），祖述樊榭（厲鶚），學步雖陋，稍覺形似，
或可以發一粲。〔註295〕

說明夏承燾也發現此現象。至於野村篁園，填詞亦擅於學習宋人筆法，如〈東
風第一枝‧梅花，用史邦卿韻〉：

宿凍才消，晴漪漸皺，陽梢暗逗輕暖。玉人未展愁容，笑渦貯春猶
淺。煙橋獨立，更襯著、龍綃柔軟。怕遠樓、畫角三聲，舞影學他
飛燕。　　雲淡漠、冷光照眼。風料峭、嫩芳撲面。一番報信吳溪，
五分引游蜀苑。黃昏纖月，隔瘦竹、半彎如線。似翠禽、喚夢林間，
依約縞衣重見。　　（《域外詞選》，頁14）

此闋係野村篁園和史達祖〈東風第一枝‧詠春雪〉詞韻所填，以美人的丰姿
綽韻作比，句句詠梅，卻未見一字直接說「梅」，情景交疊，形神具似。夏承
燾評野村篁園詞曰：「詠物之作，細膩不減史達祖、吳文英。」（《域外詞選》，
頁14）」〔註296〕〈西子妝慢‧荷花〉小是其例，茲引錄如次：

綠蓋風翻，朱幢雨潤，路隔水精宮闕。江妃步穩襪無塵，剩凝成、
幾堆蛟沐。玉容嬌豔。漫寫入、紅情一闋。願哆瑰、化了鴛鴦去、
芳塘寄跡。　　煙波闊。欲採緗房，素手划蘭楫。錦雲深處不逢人，
露沾襟、淚珠偷結。炎涼電瞥。怕霜墜、繁香銷歇。夢難尋、三十
六陂殘月。　　（《域外詞選》，頁16）

而日人填詞所據的詞牌，如〈一萼紅〉、〈疏影〉，為姜夔自度曲；〈西子妝慢〉、
〈惜秋華〉、〈鶯啼序〉為吳文英自度曲；〈雙雙燕〉亦始見史達祖《梅溪詞》；
另如〈東風第一枝〉、〈露華〉、〈南浦〉等調，亦常見於南宋詞人作品。夏承燾
論野村篁園有「姜白石、史梅溪刻劃之筆」（冊2，頁590），自有緣故。

另如夏承燾評山本鴛梁曰：「填詞以張炎為宗，在明治詞壇上，雄鎮一方。」
（《域外詞選》，頁31）森槐南又曰：「鴛梁填詞，小令瓣香南唐，清麗可愛。
中調、大調兼擅玉田、碧山之長。」可知，山本鴛梁填詞有張炎、王沂孫之
跡。又夏承燾引葉煒之論評德山樗堂曰：「（葉煒）嘗謂樗堂〈極相思〉一首，

〔註295〕夏承燾：《天風閣學詞日記》，《夏承燾集》，冊7，頁1054。
〔註296〕野村篁園填詞擅於學習宋人筆法，如〈東風第一枝‧梅花，用史邦卿韻〉、
　　　　〈青玉案‧暮春書感，用賀方回韻〉。另有〈鶯啼序‧夏日園居雜述〉仿吳
　　　　文英之作、〈齊天樂‧蟋蟀〉仿姜夔之作。參夏承燾：《域外詞選》，頁14、
　　　　30；（日）神田喜一郎：《日本填詞史話》，頁190～191。

可為張炎、吳文英替人。」(《域外詞選》,頁 74)而德山樗堂所點校的《絕妙好詞箋》,是宋代周密所選、清代查為仁、厲鶚箋注的詞選本,所錄以醇雅清空的作品為主,厲鶚亦是浙西詞派中堅,可推測德山樗堂填詞,蓋學浙西詞派。

四、朝鮮詞人、越南詞人、波斯詞人

(一)李齊賢

李齊賢(字仲思,號益齋,1288~1367)高麗(朝鮮)王朝末期文臣。1313年,高麗第二十六代君王忠宣王讓位給太子忠肅王後,以太尉身分留居元朝首都大都(今北京),構置萬卷堂,以書史自娛,並招李齊賢至中國以為侍從。李齊賢在中國二十六年期間,廣交名士,與姚燧、閻復、趙孟頫、張養浩、鍾嗣成等人過從甚密;並遊覽山川形勝,足跡踏遍各地。著有《益齋亂稿》、《櫟翁稗說》;〔註 297〕其《益齋長短句》〔註 298〕係自《益齋亂稿》中抽出,填詞54 首,其中一首有目無詞,計 53 首,全收錄於夏承燾《域外詞選》中。

李齊賢詞一部分係抒發現實憂患之作,其所處時代,正值元朝鼎盛之際,同時也是高麗朝最為低靡衰危的時候,欲歸入元朝、賣國求榮者比比皆是,其〈沁園春・將之成都〉云:「堪笑書生,謬算狂謀,所就幾何。謂一朝遭遇,雲龍風虎,五湖歸去,月艇煙蓑。人事多乖,君恩難報,爭奈光陰隨逝波。緣何事,背鄉關萬里,又向岷峨。」(《域外詞選》,頁 93~94)即表達李齊賢對錯誤決策者賣國投降的批判。又〈木蘭花慢・長安懷古〉:「夕陽西下水流東,興廢夢魂中。笑弱吐強吞,縱成橫破,鳥沒長空。」(《域外詞選》,頁 114)所謂「弱吐強吞」、「縱成橫破」,係藉蘇秦、張儀的合縱、連橫之策,抒發國家興亡之慨。李齊賢另一部分的詞,係歌詠名勝古蹟,弔古傷懷之作,最具代表性的作品,就是以〈巫山一段雲〉填了兩套各 16 首的聯章詞,分詠瀟湘八景及松都八景。如〈巫山一段雲・瀟湘夜雨〉:「潮落蒹葭浦,煙沉桔柚洲。

〔註 297〕 李齊賢《益齋亂稿》、《櫟翁稗說》,見韓國文集編纂委員會編:《韓國歷代文集叢書・益齋先生文集》(景仁文化社,1999 年 5 月)。

〔註 298〕 李齊賢《益齋長短句》,本自《益齋亂稿》中抽出,有 54 首,其中 1 首有題(〈巫山一段雲・煙寺暮鐘〉)無詞。見韓國文集編纂委員會編:《韓國歷代文集叢書・益齋先生文集》,卷 10,頁 570。《益齋長短句》另收錄於〔清〕朱祖謀:《彊村叢書》(臺北:廣文書局,1970 年 3 月),卷 20,頁 6605~6628。

黃陵祠下雨，無限古今愁。　　漠漠迷漁火，蕭蕭滯客舟。個中誰與共清幽，唯有一沙鷗。」又如〈大江東去·過華陰〉上片：「三峰奇絕，盡披露、一搦天慳風物。聞說翰林曾過此，長嘯蒼松翠壁。八表游神，三杯通道，驢背鬚如雪。塵埃俗眼，豈知天上人傑。」（《域外詞選》，頁 119、103）詞人以健邁筆調，寫三峰奇絕景象，也道出李白登臨華山、傲然世外的精神風貌。夏承燾《域外詞選》論曰：

> 其詞寫景極工，筆姿靈活。山河之壯，風俗之異，古聖賢之跡，凡
> 閎博絕特之觀，皆已包括在詞內。　（《域外詞選》，頁 93）

所謂「閎博絕特之觀」，正是李齊賢遊覽山川形勝，歌詠歷史遺跡之餘，對千古人物自我投射的心情寫照。

李齊賢年少得志，柳成龍《重刊益齋集·跋》云：「高麗五百年間名世者多矣。求其本末兼備，始終一致，巍然高出，無可議焉者，惟先生有焉」〔註299〕，填詞亦然。高麗朝詞人當中，以李齊賢作品數量最多，最負盛名；〔註300〕他所以能達到如此成就，除了長期遊歷中國之外，亦受到中國文人的深遠影響。

夏承燾《瞿髯論詞絕句》論李齊賢曰：

> 北行蘇學本堂堂，天外峨嵋接太行。誰畫遺山扶一老，同浮鴨綠看
> 金剛。　（冊 2，頁 593）

夏承燾在論詞絕句中明確指出李齊賢詞風係深受蘇軾與元好問的影響。金元之際，「蘇學盛於北」，同時也流傳至高麗，掀起文壇「專學東坡」的風尚。李齊賢無論在高麗或中國，都在蘇學籠罩之下耳濡目染，詞風終與之相似。其〈蘇東坡真贊〉云：「金門非榮，瘴海何懼。野服黃冠，長嘯千古」〔註301〕，蘇軾宦海浮沉的人生寫照及瀟灑曠達的精神風貌，全濃縮於十六字當中，可見李齊賢對蘇軾的景仰。當李齊賢行經四川，見岷山、峨嵋山高聳入雲時，曾填下〈沁園春·將之成都〉「背鄉關萬里，又向岷峨」一詞，四川即蘇軾故鄉。李齊賢詞中亦不少蘇軾痕跡，或模其句，如〈鷓鴣天·揚州平山堂今為八哈師所居〉：「堂前楊柳經搖落，壁上龍蛇逸杳茫」（《域外詞選》，頁 99），出

〔註299〕柳成龍〈益齋先生文集跋〉，見李齊賢：《益齋先生文集》，頁 579。
〔註300〕李寶龍：〈韓國高麗詞考論〉一文指出高麗朝出生並有作品流傳下來的詞人（無名氏除外），計 19 人 153 首，其中以李齊賢詞數量最多。《社會科學輯刊》2010 年第 3 期，頁 265。
〔註301〕李齊賢《益齋亂稿·史贊·蘇東坡真贊》，見《益齋先生文集》，頁 546。

自蘇軾〈西江月·平山堂〉：「十年不見老先翁。壁上龍蛇飛動」、「欲弔文章太守，仍歌楊柳春風」〔註302〕；或步其韻，如〈大江東去·過華陰〉和蘇軾〈念奴嬌·赤壁懷古〉詞韻，同押「物、壁、雪、傑、發、滅、髮、月」；或追隨其精神風範，如〈水調歌頭·望華山〉下片：「記重瞳，崇祀秩，答神休。真誠若契真境，青鳥引丹樓。我欲乘風歸去，只恐煙霞深處，幽絕使人愁。一嘯騫驢背，潘閬亦風流。」（《域外詞選》，頁108）不僅化用蘇軾詞句，末句亦帶有蘇軾那般豁達不羈的情懷。《瞿髯論詞絕句·題解》謂「益齋翹企蘇軾」（冊2，頁593），確實如此。

元好問乃山西秀容（今山西忻州）人，境內隔有太行山與河北比鄰。論詞絕句第二句「天外峨嵋接太行」之「太行」，即元好問故鄉所在。夏承燾《瞿髯論詞絕句·題解》云：

> 其（李齊賢）詞如〈念奴嬌·過華陰〉（按：即〈大江東去·過華陰〉）、〈水調歌頭·過大散關〉、〈望華山〉，小令如〈鷓鴣天·飲麥酒〉、〈蝶戀花·漢武帝茂陵〉、〈巫山一段雲·北山煙雨〉、〈長湍石壁〉等，皆有遺山風格。在朝鮮詞人中，應推巨擘。（冊2，頁593～594）

今觀夏承燾論元好問絕句云：「紛紛布鼓叩蘇門，誰掃刁調返灝渾。手挽黃河看砥柱，亂流橫地一峰尊。」（冊2，頁559）金元之際蘇學北傳，蔡松年、元好問、劉秉忠、薩都刺等人均潛心學蘇，元好問可謂其中佼佼者。李齊賢與元好問所處年代相近，兩人又深受蘇軾豪放詞風影響，用字遣詞、精神風貌自有共通點，此乃夏承燾將李齊賢推為朝鮮詞人巨擘的原因之一。此外，論詞絕句末句「同浮鴨綠看金剛」，「鴨綠」即鴨綠江，為中國與朝鮮的界江；「金剛」即金剛山，為朝鮮名山。李齊賢客居異地，僅隔一江卻歸不得；此般羈旅在外的苦悶心境，自然投射於作品當中。

（二）阮綿審

阮綿審（字仲淵，又字慎明，號倉山、椒園，1819～1870）為越南明命皇第十子，眉間有兩撇白毫，自稱白毫子。天資聰敏，學識淵博，工漢文詩，尤精於詞；著有《北行詩集》、《倉山詩鈔》、《鼓枻詞》。余德淵《鼓枻詞·跋》云：

> 《鼓枻詞》一卷，越南白毫子著也。白毫子為越南王宗室，襲封從國公，名綿審，字仲淵，號椒園，眉間有白毫，因以自號。又著有

〔註302〕〔宋〕蘇軾著，石聲淮、唐玲玲箋注：《東坡樂府編年箋注》，頁140。

《倉山詩鈔》四卷，倉山其別業也。清咸豐四年三月，越南貢使晉
京，道過粵中，攜有《倉山詩鈔》及此詞。時予舅祖善化梁萃畲先
生適在粵督幕府，見而悅之。手抄全冊存篋中，歸即以贈先父敬鏞
公，以先父為其及門得意弟子也。予久欲為刊行未果。今幸滬上《詞
學季刊》社搜采名家著述，公布於世，乃錄副奉寄，藉彰幽隱。（《域
外詞選》，頁 155 附）

《鼓枻詞》於咸豐年間由越史攜入中國，經梁萃畲手錄，得以全集保存，郭
則澐《清詞玉屑》卷五亦載此事。〔註303〕後來梁氏退職，將《鼓枻詞》手抄
本賜給門生余敬鏞。當時晚清詞人況周頤見得此集後曾稱道曰：

庚寅，余客滬上，借得越南阮綿審《鼓枻詞》一卷。短調清麗可誦，
長調亦有氣格。〔註304〕

1934 年，上海《詞學季刊》社徵集名家詞作，余敬鏞子余德淵將《鼓枻詞》
抄錄寄去，始公布於世。

　　《鼓枻詞》計 104 首，夏承燾《域外詞選》錄詞 14 首。其論詞絕句論阮
綿審曰：

前身鐵腳吟紅萼，垂老蛾眉伴綠缸。喚起玉田商夢境，深燈寫淚欲
枯江。　　（冊 2，頁 594）

阮綿審有〈疏簾淡月·梅花〉一闋，詞云：「朔風連夜，正酒醒三更，月斜半
閣。何處寒香，遙在水邊籬落。羅浮仙子相思甚，起推窗、輕煙漠漠。經旬臥
病，南枝開遍，春來不覺。　　誰漫把、幾生相攉。也有個癯仙，尊閒忘卻。
滿甕標醪。滿擬對花斟酌。板橋直待騎驢去，扶醉誦南華爛嚼。本來面目，君
應知我，前身鐵腳。」（《域外詞選》，頁 147）「水邊籬落」語出林逋〈梅花〉
詩：「雪後園林纔半樹，水邊籬落忽橫枝」〔註305〕；「羅浮仙子」化用隋代趙
師雄醉憩梅花下遇美人一事。〔註306〕「板橋直待騎驢去，扶醉誦南華爛嚼。
本來面目，君應知我，前身鐵腳」數句，以宋代鐵腳道人〔註307〕自擬。夏

〔註303〕〔清〕郭則澐：《清詞玉屑》（杭州：浙江古籍出版社，2014 年 6 月），卷 5。
〔註304〕〔清〕況周頤：《蕙風詞話》，見唐圭璋編：《詞話叢編》（北京：中華書局，
　　　　2005 年 10 月），冊 5，卷 5，頁 4523。
〔註305〕〔宋〕林逋撰：《林和靖詩集》（臺北：學海出版社，1974 年 1 月），卷 2，
　　　　頁 126。
〔註306〕參〔唐〕柳宗元：《龍城錄·趙師雄醉憩梅花下》（臺北：臺灣商務印書館《景
　　　　印文淵閣四庫全書》冊 1077，1985 年 9 月），頁 282。
〔註307〕根據《花史》記載：宋時鐵腳道人常赤腳行於雪中，興發則朗誦《南華·秋

承燾首句「前身鐵腳吟紅萼」，實藉梅花，將阮綿審與宋代愛梅雅士相提並論。

次句「垂老蛾眉伴綠缸」:「蛾眉」原指美人眉毛如蠶蛾觸鬚般細長而彎曲;此處當指阮綿審眉間兩撇白毫。白居易任江州司馬，有〈問劉十九〉詩，其中兩句「綠蟻新醅酒，紅泥小火爐」，「綠蟻」謂酒面綠色泡沫，「綠缸」當指酒缸。夏承燾此句，係用以描述阮綿審晚年心境。阮綿審有〈金人捧玉盤·游山〉詞，下片云:「輞川詩，柴桑酒，宣子杖，戴公琴。盡隨我、此地登臨。振衣千仞，從須教煙霧蕩胸襟。醉歌一曲，指青山做個知音。」(《域外詞選》，頁 150)係藉王維、陶淵明、阮修、戴逵等人[註 308]，表露老年醉歌山林的心願。又如〈江城子·舟行〉云:「蒲帆掛櫂木蘭船。浪花前。野鷗邊。倚醉題詩，高詠晚山川。蜀錦宮袍明向日，人錯道，李清蓮。　不晴不雨仲春天。水涓涓。草芊芊。任汝投竿，石上釣江鮮。縱使水寒魚不餌，涼陰處，亦堪眠。」[註 309]亦是一番瀟灑況味。

第三、四句「喚起玉田商夢境，深燈寫淚欲枯江」。「玉田」即張炎(字叔夏，號玉田)，少時家境優裕，學養淵深;後值宋室淪覆，潛跡不仕，落拓以終。故中晚年所填之詞，往往蒼涼激楚，寫身世盛衰之感，非徒以剪紅刻翠為工。阮綿審出生於越南阮朝嘉隆十八年(1819);卒於嗣德二十三年(1870)，經歷嘉隆(1802～1819)、明命(1820～1840)、紹治(1841～1847)、嗣德(1848～1883)四皇，期間西力東侵，外患猖狂，而後法國以保護傳教士及天主教徒為由，逐步進犯越南，遂引爆越法戰爭，阮朝面臨列強進逼，只能割讓領土，簽訂條約，委曲求全。[註 310]此外，1866 年阮綿審女婿段有徵試圖推翻

水篇》，嚼梅花滿口，和雪咽之，曰:「吾欲寒香沁人肺腑」。〔明〕王路:《花史左編》(臺北:莊嚴文化事業有限公司，1997 年 10 月《四庫全書存目叢書》)，卷 10，頁 156。

〔註 308〕輞川，今陝西藍田縣終南山下，王維有《輞川集》。柴桑，今江西省九江市，陶淵明有〈飲酒〉詩。宣子杖又稱錢掛杖，晉人阮修(字宣子)以百錢掛杖頭，常步行至酒店獨飲。戴公琴，指晉人戴逵(字安道)，其性高潔、善於鼓琴，武陵王聞之，遣人召見，戴逵破琴曰「戴安道不為王門伶人」。

〔註 309〕阮綿審:《鼓枻詞》，《詞學季刊》(上海:民智書局，1933 年)第 3 卷第 2 號，頁 107。

〔註 310〕1847 年，嗣德帝即位，強化對天主教鎮壓，拒絕與法國拿破崙三世的來使交涉。1859 年起，法國以保護傳教士和天主教徒的名義，入侵並占領西貢、邊和、巴地、永隆。1862 年越法簽訂壬戌條約(第一次西貢條約)，越南割讓邊和、嘉定、定祥三省及崑崙島，賠款 400 萬銀元，允許天主教傳播。法

嗣德帝（阮翼宗，阮朝第四任皇帝，1847～1883 年在位，年號嗣德），陰謀敗露，阮綿審遂因禍被囚。

阮綿審與張炎，一為皇族，一為世家弟子，身分有別，卻有同是天涯淪落人之悲慨。阮綿審〈小桃紅・燭淚甫堂索賦〉詞云：「不管蘭心破，不惜荷盤涴。寂寞更長，替人垂淚，潸然如瀉。想前身合是破腸花，釀多情來也。縷縷愁煙鎖，滴滴明珠墮。憑弔當年，寇公筵上，石家廚下。縱君傾東海亦應乾，奈孤檠永夜。」（《域外詞選》，頁 154）阮綿審生於宮室，享盡榮華富貴，一如宋代寇准每宴賓客必然炬燭、又如西晉石崇以蠟代薪，窮盡豪奢。惜其晚年，內值王室內亂，外臨列強進逼，終因禍被囚。唯將一生坎坷，寄託詞中，自我聊慰而已。

又阮綿審有〈法曲獻仙音・聽陳八姨彈南琴〉，詞云：「露滴殘荷，月明柳疏，咋咽寒蟬吟候。玟瑁簾深，琉璃屏掩，冰絲細彈輕透。舊軫澀，新弦勁，沉吟抹挑久。　　淚沾袖，為前朝、內人遺譜，冷落後、無那當筵佐酒。老大更誰憐，況秋容、滿月消瘦。三十年來，索知音、四海何有。想曲終漏盡，獨抱爨桐低首。」（《域外詞選》，頁 145）此詞上片敘深秋的南琴樂聲，下片抒知音難覓、年華逝去的悲苦心情。張炎有同調寫樂聲之作，其〈法曲獻仙音・聽琵琶有懷昔遊〉詞云：「雲隱山暉，樹分溪影，未放妝臺簾卷。篝密籠香，鏡圓窺粉，花深自然寒淺。正人在、銀屏底，琵琶半遮面。　　語聲軟，且休彈、玉關愁怨。怕喚起西湖，那時春感。楊柳古灣頭，記小憐、隔水曾見。聽到無聲，謾贏得、情緒難剗。把一襟心事，散入落梅千點。」〔註311〕此詞上片寫景、寫人、寫琵琶；下片寫今昔之慨，婉麗處情景可見。阮綿審及張炎兩闋〈法曲獻仙音〉詞相較，頗有同工之妙。夏承燾評阮綿審《鼓枻詞》云：

> 《鼓枻詞》風格在姜夔、張炎間，寫豔情不傷軟媚。〈疏簾淡月・梅花〉云：「板橋直待騎驢去，扶醉誦南華爛嚼。本來面目，君應知我，前身鐵腳。」〈小桃紅・燭淚甫堂索賦〉上下片結句云：「想前身合是破腸花，釀多情來也。」「縱君傾東海亦應乾，奈孤檠永夜」等等，皆堪玩味。　　（冊 2，頁 595）

國控制越南南部。參陳鴻瑜：《越南近現代史》（臺北：國立編譯館，2009 年 6 月），頁 13～16。

〔註311〕張炎〈法曲獻仙音・聽琵琶有懷昔遊〉，見唐圭璋編：《全宋詞》，冊 5，頁 3477。

夏承燾曾以「清剛」〔註312〕二字評姜夔詞風，以「吟成孤雁人亡國」〔註313〕一句，表張炎身世之慨；阮綿審填詞，感情真誠流露，故能寫豔情而不流於軟媚，詞風在姜、張之間。

（三）李珣

李珣（生卒年不詳，字德潤），其先人李蘇沙，為波斯（今伊朗）商人，曾獻沉香亭材料給唐敬宗。〔註314〕五代後蜀何光遠《鑒誡錄》記載：「賓貢李珣字德潤，本蜀中土生波斯也。……所吟詩句，往往動人。尹校書鶚者，錦城煙月之士，與李生常為善友。遽因戲遇嘲之，李生文章，掃地而盡。詩曰：『異域從來重武強，李波斯強學文章。假饒折得東堂桂，深恐薰來也不香。』」〔註315〕清・彭遵泗《蜀故》亦載：「梓州李珣有詩名，其先波斯人，事蜀主衍，妹為衍昭儀……。珣秀才預賓貢，國亡不仕，有感慨之音。」〔註316〕流有異域血統的李珣，從小居住於中國梓州（今四川省三臺縣附近），曾以秀才預賓貢，兼通醫理，又賣香藥，實不脫波斯本色。李珣本有《瓊瑤集》，惜已亡佚，今可自《花間集》、《尊前集》蒐得其詞 54 首，見收於《全唐五代詞》〔註317〕中。夏承燾將其詞稿全附於《域外詞選》書末，《瞿髯論詞絕句・正編》亦有論李珣二首，第一首論曰：

> 波斯估客醉巫山，一棹悠然泊水灣。唱到玄真漁父曲，數聲清越出花間。　（冊2，頁519）

〔註312〕夏承燾〈姜夔的詞風〉：「白石在婉約和豪放二派之外，另樹『清剛』一幟，以江西瘦硬之筆，救溫庭筠、韋莊、周邦彥一派的軟媚；又以晚唐詩綿邈風神救蘇辛粗獷的流弊。」《夏承燾集・月輪山詞論集》，冊2，頁313。

〔註313〕張炎〈解連環・孤雁〉詞借孤雁離群之悲，自傷身世，時人稱之「張孤雁」。見唐圭璋編：《全宋詞》，冊5，頁3470。

〔註314〕〔後晉〕劉昫撰：《舊唐書・李漢傳》：「敬宗好治宮室，波斯賈人李蘇沙獻沉香亭子材」（臺北：鼎文書局新校本，1985年3月），卷171，頁4453。李冰若《栩莊漫記》引陳垣〈回回教進中國的源流〉一文云：「《舊唐書・李漢傳》謂敬宗好治宮室，波斯賈人李蘇沙獻沉香亭子材，其後人有李珣及珣兄玹……。」參〔後蜀〕趙崇祚編，李一氓校，李冰若注：《宋紹興本花間集附校注》（臺北：鼎文書局，1974年10月），頁229。

〔註315〕〔後蜀〕何光遠：《鑒誡錄》（北京：中華書局，1985年《叢書集成初編》冊2843），卷4，頁24。

〔註316〕〔清〕彭遵泗：《蜀故》（合肥：黃山書社，2009年中國基本古籍庫），卷17，頁142。

〔註317〕曾昭岷、曹濟平、王兆鵬、劉尊明編著：《全唐五代詞》，上冊，頁594～595。

「波斯估客」即指李珣。李珣有四首〈漁歌子〉，可與張志和（號玄真子）「西塞山前白鷺飛，桃花流水鱖魚肥」媲美。擇錄李珣詞兩首如下：

> 楚山青，湘水淥。春風澹蕩看不足。草芊芊，花簇簇。漁艇棹歌相續。　信浮沉，無管束。釣回乘月歸灣曲。酒盈樽，雲滿屋。不見人間榮辱。

> 柳垂絲，花滿樹。鶯啼楚岸春山暮。棹輕舟，出深浦。緩唱漁歌歸去。　罷垂綸，還酌醑。孤村遙指雲遮處。下長汀，臨淺渡。驚起一行沙鷺。　（《域外詞選》，頁176～178）〔註318〕

春風蕩漾，花草叢密，漁艇悠悠，棹歌相續，李珣以恬適筆調勾勒水色風光，詞中漁父拋開榮辱、自得瀟灑的性情，正反映李珣生活歷程。《瞿髯論詞絕句·題解》云：

> 李珣的〈漁歌子〉，不僅寫出他的恬淡、瀟灑的性情，而且詞風清越，在《花間集》中別具一格。　（冊2，頁519）

李珣跋涉萬里，政教風化，所見必多，能以異鄉人之姿，藉漁父「恬淡」、「瀟灑」形象為樂，尤為可愛。其詞時而悲歌感嘆〔註319〕，時而清新超拔，不純以婉豔為長，實能於花間諸人外別具一格。清·李調元《雨村詞話》論李珣〈漁歌子〉（垂柳絲）一首云：「世皆推張志和漁父詞，以『西塞山前』一首為第一。余獨愛李珣詞云：『柳垂絲，花滿樹。……』、『罷垂綸，還酌醑。……』不減『斜風細雨不須歸』也。」〔註320〕李冰若《花間集評注·栩莊漫記》亦云：「李德潤詞大抵清婉近端己，其寫南越風物，尤極真切可愛。在《花間》詞人中自當比肩和凝，而深秀處且似過之。……又如〈漁歌子〉、〈漁父〉、〈定風波〉諸詞，緣題自抒胸臆，灑然高逸，均可誦也。《花間》詞人能如李氏多面抒寫者甚鮮。故余謂德潤詞在《花間》可成一派，而可介立溫、韋之間也。」〔註321〕論者以

〔註318〕亦收入於曾昭岷、曹濟平、王兆鵬、劉尊明編著：《全唐五代詞》，頁596～597。

〔註319〕如李珣〈浣溪沙〉：「入夏偏宜澹薄粧。越羅衣褪鬱金黃。翠鈿檀注助容光。相見無言還有恨，幾迴拚卻又思量。月窗香逕夢悠颺。」「紅藕花香到檻頻。可堪閑憶似花人。舊歡如夢絕音塵。　翠疊畫屏山隱隱，冷鋪紋簟水潾潾。斷魂何處一蟬新。」曾昭岷、曹濟平、王兆鵬、劉尊明編著：《全唐五代詞》上冊，頁595～596。另見夏承燾編：《域外詞選》，頁171～173。

〔註320〕〔清〕李調元：《雨村詞話》，唐圭璋編：《詞話叢編》，冊2，卷1，頁1389。

〔註321〕李冰若：《花間集評注·栩莊漫記》，參〔後蜀〕趙崇祚編，李一氓校，李冰若注：《宋紹興本花間集附校注》，頁230。

張志和、溫庭筠、韋莊、和凝四人較之，李調元以同詞牌〈漁歌子〉相比擬，李冰若則論及詞風，以為李珣介於溫、韋之間，均給予李珣高度評價。

第二首論詞絕句論曰：

> 李家兄妹錦城中，小闋宮詞並比工。待喚周韓商畫境，淡眉騎象上屏風。　（冊2，頁520）

李珣妹李舜絃亦能詩，被選入蜀宮，為前蜀主衍昭儀。兄有小令數闋，妹有宮詞〈隨駕遊青城〉、〈蜀宮應制〉、〈釣魚不得〉三首。〔註322〕「周韓」指唐代周昉、韓幹二畫家。周昉善於寫貌，所畫被譽為神品；韓幹善畫人物，尤工畫馬。人稱周昉得精神姿致，韓幹善得形似。而李珣有〈南鄉子〉17首，寫南方風土，刻劃生動，猶在眼前，不在周、韓二家之下。摘錄三首如次：

> 漁市散，渡船稀。越南雲樹望中微。行客待潮天欲暮。送春浦。愁聽猩猩啼瘴雨。

> 相見處，晚晴天。刺桐花下越臺前。暗裏回眸深屬意。遺雙翠。騎象背人先過水。

> 雲髻重，葛衣輕。見人微笑亦多情。拾翠采珠能幾許。來還去。爭及村居織機女。　（《域外詞選》，頁162～164）〔註323〕

李珣自波斯入蜀，所見所聞，必成筆下題材。唐圭璋〈唐宋兩代蜀詞〉云：「其〈南鄉子〉……，均寫廣南風土，不下劉禹錫之巴渝〈竹枝〉……。所寫皆生動入畫。至於「愁聽猩猩啼瘴雨」、「騎象背人先過水」亦皆寫南方風土，開《花間集》之新境。」〔註324〕李珣〈南鄉子〉諸詞，寫景描物，語極本色，貼近民情，於唐人〈竹枝〉之外，可另闢一境，此乃夏承燾喜愛李珣詞風之故。

李珣向來被歸為五代詞人，備受忽略，夏承燾因其「土生波斯」的身分，將54首詞全附於《域外詞選》之末，並以二首絕句論之；而論及其他唐五代詞人李白、張志和、溫庭筠，僅一首而已，至於韋莊，於論詞絕句中毫無提起；可見夏承燾對李珣「土生波斯」的身分認同，以及其清越瀟灑詞風的肯定。

〔註322〕〔清〕清聖祖輯：《全唐詩》，冊11，卷797，頁8968～8969。

〔註323〕另見曾昭岷、曹濟平、王兆鵬、劉尊明編著：《全唐五代詞》，頁601～602、610。

〔註324〕唐圭璋：《詞學論叢‧唐宋兩代蜀詞》（臺北：宏業出版社，1988年9月），頁874。

　　總之，本節以夏承燾作為域外詞「接受」的讀者與編選者為研究核心，透過所編選的《域外詞選》及《瞿髯論詞絕句》進行分析，可得以下六點結論：

　　其一、跨界的域外詞研究。夏承燾《域外詞選》選錄日本詞人、朝鮮詞人、越南詞人，計 10 家，141 闋詞；另有波斯詞人李珣 54 首詞附於書末。日本、朝鮮、越南與中國相比鄰，唐以來，外交使臣往來頻繁，進而促進詩文典籍的域外傳播，使日本、朝鮮、越南與中國在文化交流上的關係密不可分。中村真一郎〈江戶漢詩〉云：「自古代國家形成以來，日本人便與朝鮮人、安南（今越南）人一樣，處在世界帝國——中國的文化影響下。用這一帝國的共通語——漢語，來表現人類世界所共通的思想與感情。」〔註 325〕故漢文化的研究並不該侷限於中國境內，儘管詞體創作不如漢詩發達，卻不可抹煞其存在的價值。夏承燾是第一位將詞學研究的觸角跨出中國，其《域外詞選》及《瞿髯論詞絕句》亦是目前所見最早的研究文獻，足見夏承燾對域外詞蒐錄與傳播的貢獻。

　　其二、江戶、明治時期在域外詞學的重要性。日本受漢文化影響最大，神田喜一郎論曰：「以漢本土文學為根基發展起來的，可以說是同胞兄弟的也還存在有朝鮮漢文學和安南（越南）漢文學。但是，這在歷史的長短和成就上是無論如何也達不到日本漢文學的程度的。」〔註 326〕日本平安時期正值中國唐朝，兩地使臣、僧侶往來頻繁，遂促使漢詩文遠播東洋，後歷五山、江戶，而至明治、大正、昭和時期，文人輩出，作品日益精進。詞體是漢詩繁衍至域外的一部分，藉詞譜、詞律的刊行，吟社與刊物的成立與發行等表現形式，說明填詞在日本長期的發展。《域外詞選》及《瞿髯論詞絕句》將日本列於朝鮮、越南之前，蓋有其考量；所選詞人當中，亦以日本最多，反映日本在域外詞學的重要性。再者，夏承燾所選、所論的日本詞人，分屬平安、江戶、明治三時期。嵯峨天皇為填詞開山，自當不容忽視；然自此之後至江戶時期日下部夢香刊行《夢香詞》（1839）期間，歷時一千餘年，當中固然不乏填詞作家，夏承燾卻隻字不提，究其原因，大概與填詞風氣與作品內涵有關。清代為中國詞學復興階段，亦是日本江戶末期與明治時期填詞的

〔註 325〕　（日）中村真一郎：《江戶漢詩》（岩波書店，1985 年 3 月）。又見肖瑞峰：
　　　　　　《日本漢詩發展史》（長春：吉林大學出版社，1992 年 5 月），頁 4 所引。
〔註 326〕　（日）神田喜一郎：《日本填詞史話・前言》，頁 1。

黃金時代，比之前人，更值得探究。

其三、夏承燾「選」、「論」日本詞人及其作品的觀點，深受《日本填詞史話》的影響。前者是指對日本詞人及其作品的蒐錄與整理，夏承燾遂有《域外詞選》之出版，以及指導張珍懷箋注日本三家詞的成果。後者是指夏承燾參考《日本填詞史話》敘述內容，對日本詞人予以評論；尤其是針對其中四家：嵯峨天皇、野村篁園、森槐南、高野竹隱所作之五首論詞絕句（含一首合論），除蘊含夏承燾一己之見外，亦不脫神田喜一郎《日本填詞史話》中的論述範圍。唯針對森川竹磎，夏承燾明顯忽略，或因《日本填詞史話》已詳細敘述，或因夏承燾已請弟子張珍懷錄其作品並箋注之，原因不明，尚待確認。但不可否認的是，《日本填詞史話》確實為夏承燾對日本詞人的「接受」，扮演著關鍵的角色。

其四、凸顯中國詞風對江戶、明治詞壇的影響。日本漢詩是中國文化東漸的成果，詞體便也隨之衍生至海外，在日本落地生根、揚芳吐蕊。是故，日人填詞，便在中國文化的籠罩下，自覺或不自覺的接受中國文化的制約與影響。就詞人詞風言之，森槐南、高野竹隱深受蘇、辛豪放詞風影響，卻不限一隅，對柳永雅詞亦是肯定。日下部夢香、野村篁園、山本鴛梁、德山樗堂、森川竹磎等人，重鍊句、工長調、擅詠物，有姜夔、張炎、史達祖諸家詞影，或直接學習南宋人填詞，或間接透過清初浙西詞派進行效仿，可視為日本詞人刻意學習漢文化的結果。

其五、李珣「土生波斯」的身分認同。李珣詞自《花間集》、《尊前集》蒐得 54 首，見收於《全唐五代詞》中，夏承燾將其詞稿全附於《域外詞選》書末，重新審視李珣域外詞人的身分，此乃其他諸家詞選從未重視的一環，夏承燾此舉可說是替五代詞學研究開闢了嶄新的觀點。李珣的波斯血統，加上後天學養、生活經歷，造就了其多面貌的詞風，時而感傷悲慨，時而恬淡灑然。夏承燾二首絕句所論，均肯定李珣那般貼近民情，描繪風土之作，以為其詞清越處能超出花間藩籬，別具一格；至於淒婉情深之詞，夏承燾卻隻字未提。夏承燾以二首絕句論李珣，篇數凌駕於論李白、溫庭筠、張志和之上，亦可見夏承燾對李珣地位的肯定。

其六、詞人詞風的肯定。日本詞人森槐南及朝鮮詞人李齊賢均深受蘇軾影響。前者慨嘆德川霸業淪亡，文字激楚蒼涼，沉鬱綿邈；後者旅居中國，地理位置、時代風氣使然。其餘日本諸家，如日下部夢香、野村篁園、山本鴛

梁、德山樗堂、森川竹磎，以及越南阮綿審之作，夏承燾認為有姜夔、張炎、史達祖、吳文英等南宋詞風痕跡，均擅於融篇鍊句、工長調、擅詠物。儘管如此，夏承燾《域外詞選》所錄作品並不流於軟媚，而是以選錄貼近生活、流露真情的作品為主，可見夏承燾選詞的取向。

夏承燾填詞師承林鵾翔（鐵尊），且間接受到晚清朱祖謀、況周頤的影響，嘗云：「一九二〇年，林鐵尊師宦遊甌海，與同里諸子結甌社，時相唱和。是時，得讀常州張惠言、周濟諸家書，略知詞之源流正變。林師嘗以甌社諸子所作，請質於況蕙風、朱彊村先生。」又云「早年妄意合稼軒、白石、遺山、碧山」四家。〔註327〕辛棄疾詞鬱勃剛健、姜夔詞清剛超拔、元好問詞真摯動人、王沂孫詞深婉柔厚，風貌各異，夏承燾能兼採之。一方面以豪情氣概，抒黍離麥秀之感；一方面鍛鍊辭句，驅遣南宋典雅一脈之詞采；兩相融和，成就夏承燾的詞家心性，也影響夏承燾作為一名「接受讀者」的視野。域外詞人及其作品在夏承燾筆下，也重新得到讀者所賦予它的文學意義。

第五節　夏承燾詞人批評綜論

第四、五章以《瞿髯論詞絕句》為主，輔以其他相關論文、題跋、和作等，探析夏承燾對歷代詞人，兼及域外詞人的接受情形。《瞿髯論詞絕句》乃夏承燾有意識建構的一部簡明詞史，從時間的縱軸來看，夏承燾由詞的起源論及詞壇新境，由百代詞曲之祖李白論及清末民初的朱祖謀、況周頤；從空間的橫軸來看，則由中國詞人論及域外詞人，體現了不同時期主要詞人的風貌，也反映了詞的流傳與遞變。總結夏承燾對古今、中外詞人的批評，可以說是籠罩在新文學運動精神，以及中共政權所提倡的馬列主義思潮下。特色有以下四端：

一、以民間詞作為論詞指標

胡適致力於新文學革命，倡導白話文，專門以活的語言文字來寫白話詩。另一方面，對於那些溯源自民間、以自然的語言填作而成的舊體文學，亦賦予了新的生命，使詞在新文學潮流中，仍能展開新的扉頁。詞被視為「活文學」的一種，就是基於它原本與生俱來的民間特質。此外，中國共產黨以文

〔註327〕夏承燾：《天風閣集前編・前言》，《夏承燾集》，冊4，頁113。

學為千千萬萬的人民服務為口號，強調文學是用以描述生命，應該深入民間，這亦是夏承燾以民間詞作為論詞指標的一大成因。夏承燾〈唐宋詞敘說〉云：

> 詞由於吸收民間血液而壯大，由於反映人民生活和願望而提高。它表現人民性最鮮明、最豐富的幾個階段，也就是它成績最輝煌的幾個階段。（《詞學論札》，冊 8，頁 83～84）

〈唐宋詞發展的幾個階段及其風格〉亦云：

> 我們從詞的發展史上看，知道詞的源頭，雖不是汪洋大海，卻本是許多支流匯合的河道。到了中、晚唐，從民間轉入士大夫手裡之後，便縮小了走向港灣，於是開始形成婉約的風格。（《詞學論札》，冊 8，頁 88～89）

從詞的發展史看，敦煌曲子詞的內容，反映民間疾苦、民族衝突、婦女生活等，與中唐新樂府幾無差別；論其語言風格，本無豪放、婉約、本色、別調之分。根據夏承燾的主張，最純正的詞，當屬口語直率、情感真誠、內容豐富的民間詞。因此，夏承燾評論溫庭筠、韋莊時，除了以「密而隱」、「疏而顯」（冊 2，頁 632）區分二家外，一方面斥責溫庭筠過分講究文字聲律，為詞體帶來許多流弊的缺失；一方面肯定韋莊那般直抒胸臆、一吐為快，近於民間的作品。

當詞從民間發展至士大夫筆下，成為文人專屬的創作載體，文字聲律也愈來愈講究，詞便朝向麗詞的方向發展。夏承燾面對這一無可厚非的發展歷程，甚至以「末路」（冊 2，頁 645）形容它。而能將詞從「末路」中救拔出來的，夏承燾認為在韋莊以後，當推李煜，這是因為李煜「改革花間派塗飾、雕琢的流弊，用清麗的語言、白描的手法和高度的藝術概括力」（冊 2，頁 646）填詞，「直接繼承唐代民間抒情詞和盛唐絕句的傳統」（冊 8，頁 90）。李煜之後，夏承燾以「風花中有大家詞」評論柳永，肯定其詞如實的反映都市的繁華，遊子的離思以及歌妓的悲愁；以「明白如話」評論李清照，認為李清照是以「尋常的語言」寫出「深刻的感情」；以「到口即消」評論陸游的詞風，以為「毫無艱難拮據之感」。不論是沾染市井氣息的柳永詞，抑或「明白如話」、「到口即消」的創作手法，都是民間詞的特色。夏承燾以民間詞作為論詞的指標，回溯詞體發展的原型，不但呼應胡適提倡的新文學運動，也呼應中共政權延安精神影響下的文藝傾向，這是夏承燾論詞的一大特點。

二、以社會批評方法論歷代詞人

　　社會批評方法是一種從社會歷史角度進行觀察、分析、評價文學現象的批評方法。它著重在作品與社會的關係，重視作家的思想傾向和文學作品的社會作用，進而揭示作品的社會意義。夏承燾在評論歷代詞人及其作品中，時常使用這一批評方法，分析那些處於複雜社會體系之下，詞人積極或消極的態度，並以歷史的眼光評斷作品的優劣，所謂「文學作品反映現實程度的深淺廣狹，是估定這作家成就高下的主要標準。」（冊2，頁309）夏承燾〈詞林索事序〉亦云「有宋一代詞事之大者，無如南渡及崖山之覆」（冊5，頁232），夏承燾對於那些身陷種族社稷之痛，而能發之於詞的遺臣志士，對於那些勇於面對國家危難，投身於現實抗爭的詞人，給予了高度的評價；對於那些傷國憂時、抒發黍離之悲的詞人，也給予了充分的肯定。

　　因此夏承燾論及辛棄疾時，刻意凸顯詞中蘊含的民族衝突，他說：「民族矛盾是他們那個歷史時代的特徵」，詞人能投身於這場抗爭中，反映這個特徵，就是表達了「匡復大業的精神毅力」（冊2，頁271）。辛棄疾以詞作為抗爭的武器，在動盪時代下寫下光輝的一頁，乃基於他處於民族衝突環境下的種種感受。夏承燾又說：

> 　南渡以後，怯懦偷安的趙構集團恐怕失了他們偏安一隅的皇位和富貴，不敢發動人民抗戰，因此和廣大人民發生矛盾，與來自北方淪陷區的許多民族志士發生矛盾。岳飛、辛棄疾一班人在國難嚴重的時候，作了許多慷慨激昂的詞，但一接觸到這個內部矛盾，便只有微詞婉諷，敢怒而不敢言。……他們也就以美人香草之辭，寫其對民族國家的隱憂幽憤和政治生活中的摧抑不得志，於是這些作品也就接上了〈離騷〉的傳統，帶有很真摯濃厚的愛國主義的精神。
> 　（《詞學論札》，冊8，頁80）

夏承燾以歷史的眼光評論詞人及其作品，凸顯了歷史背景與政治氛圍，切合了時代的需要，也為詞體風格的發展作了一番歷史的解釋。當夏承燾論及周邦彥時，以「氣短大江東去後，秋娘庭院望斜河」，凸顯蘇詞的磅礴壯闊及周詞的「亡國哀音」；論及辛棄疾時，以「金荃蘭畹各聲雌，誰為吟壇建鼓旗」對比；論及陳亮，以「號召同仇九域同，龍川硬語自盤空」與避不見面、空談理學的朱熹對比；論及陳經國時，以殷浩、王衍烘托這位愛國志士的英雄氣概。上揭都是運用了社會批評的方法，凸顯詞人作品中所蘊含的社會意義和價值。

　　至於與辛棄疾並稱的蘇軾，夏承燾跳脫以往「以詩為詞、擴大詞境」的角度，而是以社會批評的角度，以消極或積極的態度來評論之。夏承燾云：

> 蘇軾詞雖然不為歌筵協樂而作，但是它大部分還作於歌酒應酬之中。……蘇詞因此產生了另一類糟粕，是出現大量玩弄女性的「艷科」作品。這裡面有的由於文學傳統的壞風氣（如「唐人好狎」、唐詩家愛唱艷曲等），有的由於當時的社會經濟和制度（農村破產、城市妓女增多……），也有由於統治者別有用心的措施（如宋太祖杯酒釋兵權……）……蘇軾名聲高，他這類作品對後來的不良影響也就特別大。蘇詞最大的不良影響，還是他的頹廢出世的佛老思想，尤其是他表達這種思想的特殊手法。〔註328〕

夏承燾認為蘇詞在反映現實的深度和廣度而言並不如詩；其詞中體現的佛老思想，以及大量的酬贈、艷情作品，亦被認為是「外表豪放而骨子裡頹廢」的「糟粕」之作。〔註329〕夏承燾評論姜夔、王沂孫、史達祖諸人，雖認同詞中蘊含的亡國之音、傷世之感，但比起大聲疾呼、衝鋒陷陣的愛國志士而言，卻是缺乏了積極奮戰的熱情。夏承燾云：

> 白石詞無疑是遠遜辛棄疾的。這由於他對生活、對政治的態度和辛棄疾一班人有很大的距離，他一生從來沒有要求自己施展其才力以改變當時的現實。……它的絕大部分只是用洗煉的語言，低沉的聲調來寫他冷僻幽獨的個人心情。　（《月輪山詞論集》，冊2，頁309）

若以作品反映現實，反映歷史的程度觀之，縱使是立「清剛」一派的姜夔，也遠不如辛棄疾、陸游、陳亮諸人，遑論其他江湖詞人，夏承燾以社會批評的方法論詞，說明了姜派詞人內容的侷限。至於論及蘇軾那些應酬、艷科、消極之作，將之視為糟粕的思想，則與他推崇蘇詞風格的見解有所矛盾（參第六章第二節之二「出入兩宋，兼採諸家之長」），這無疑是夏承燾在中年以後，因為政治因素而被強迫表態的一種批判思想。

三、「不失其為人，不失其為詞」的審美標準

　　夏承燾提出「文義究重於聲律」（冊8，頁13）、「一切形式總是為內容服務」（冊2，頁725）的主張。因此在評論歷代詞人上，也以內容第一、形式

〔註328〕夏承燾：〈詩餘論——宋詞批評舉例〉，《文學評論》（1966年第1期），頁63。
〔註329〕夏承燾：〈詩餘論——宋詞批評舉例〉，頁63。

第二的審美標準評斷詞人作品的高下優劣。對溫庭筠、柳永、周邦彥等人的作品，夏承燾認為「徒有華麗之文，而軟媚無骨，是失其為人」（冊8，頁96）。其中，周邦彥被夏承燾批判得最嚴重，夏承燾論之曰：

> 「大晟樂府」裡出了一批以周邦彥為首的作家，卻又逐漸退墮到《花間》派的舊路去了。　（《月輪山詞論集》，冊2，頁283）

> 論周、姜……，注重研辭練句，過分講究技巧，是兩家共同的傾向。但因重視音律而犧牲內容，因塗飾辭藻而隱悔了作品的意義，則周派的流弊大於姜派。　（《月輪山詞論集》，冊2，頁314）

論及張炎，夏承燾則以「吟成孤雁人亡國，技盡雕蟲句到家」（冊2，566）評論其文字雕琢、技巧到家的寫作手法，而對於張炎的人品，卻是大表失望的。至於被視為「句讀不葺之詩」的蘇軾豪放詞，以及劉過、劉克莊那般生硬粗率的作品，夏承燾則有「失其為詞」（冊8，頁96；冊7，頁85）的評價。

最讓夏承燾津津樂道的，即是「既不失其為人，而又不失其為詞」（冊8，頁96）的辛棄疾，夏承燾站在思想內容與藝術造就的層面上論曰：

> （辛棄疾）慷慨激昂恢復中原的正義呼號，對南宋昏庸統治者的鄙視笑罵，和低徊往復訴述自己不平的幽憤，是他作品裡時常吐露的幾種情緒。這幾種情緒交流雜糅，成為他豪邁奔放而又沉鬱婉約的文學風格。　（《月輪山詞論集》，冊2，頁277）

夏承燾曾以「肝腸似火，色貌如花」八字評論辛棄疾，其「豪邁奔放而又沉鬱婉約的文學風格」，完全符合夏承燾論詞的最高標準。

夏承燾論及李清照前、後時期的詞風，也以內容、形式的審美標準予以評論，夏承燾云：

> 由於她（李清照）早年生活環境的局限，她譏笑蘇軾諸人的詞似句讀不葺之詩……，李清照自以為能尊詞體，其實卻是束縛壓縮它，使它走向狹窄沒落的道路上去。　（《月輪山詞論集》，冊2，頁283）

李清照譏笑蘇軾諸人不明樂律，似句讀不葺之詩，提出「詞別是一家」之論，此乃李清照遭逢家變之前的主張。迨至宋室南渡後，李清照的創作內容實已突破早年詞論的框架，又飽含顛沛流離之感慨，夏承燾以「倘使倚聲共南渡，黃金合鑄兩蛾眉」將李清照與蔡琰並稱，即是肯定李清照「能大能小」、「能豪能婉」的精神內涵和藝術手法。按照夏承燾的審美標準，李清照亦是「不

失其為人」，也「不失其為詞」。

四、深受時代風氣的影響，詞學批評過於片面

　　夏承燾從考據轉向批評，乃時代變遷下的結果，尤其晚年對自己早期著作的檢討，是籠罩在整個政治暴風圈底下的自我批判。因此他在《月輪山詞論集·前言》說他過去一味在「故紙堆中尋求自己的天地」，「對馬列主義文藝理論學得很差」，「對毛主席的批判繼承、古為今用的教導體會不深」云云，甚至興起毀其少作的想法，〔註330〕這都是夏承燾在時代風氣的牽動下所發出的聲音。

　　基於此，當我們針對《瞿髯論詞絕句》、《月輪山詞論集》、《唐宋詞欣賞》，甚至是《日記》、書信、選本等材料進行研讀時，會發現夏承燾在論詞上、選詞上有一個明顯且一致的特色，即過度重視那些反映社會、反映現實，有高度思想的作品。在夏承燾歌頌那些具有積極精神的愛國志士的同時，卻也相對的貶低了缺乏社會思想和時代意義的作品，忽視了其他詞人為詞體發展所付出的心力與成就。例如馮延巳、張先、二晏、蔣捷等在詞壇發展上具有一定地位的詞人，夏承燾《瞿髯論詞絕句》無一首涉及；而趙佶（宋徽宗）、張掄、張鎡、陳經國等名氣不大的詞人，卻出現在《瞿髯論詞絕句》中。〔註331〕另如李清照、陸游、辛棄疾、陳亮、姜夔、岳飛諸人，夏承燾則是以大量的筆墨，在《瞿髯論詞絕句》、《月輪山詞論集》、《唐宋詞欣賞》中給予評論，以上論詞的傾向，正是夏承燾詞學觀的展露。

　　再者，夏承燾對詞人的評論，則是片面而有失公允的，如過度吹捧辛棄

〔註330〕夏承燾《月輪山詞論集·前言》：「以〈姜白石合肥懷人詞〉這篇舊作為例說，我寫它的動機只是由於白石詞裡夾雜一些不大好懂的句子……以為把這種句子弄清楚了，才讀懂了他的這些詞。但是花了許多精力，究竟有多大意義呢？……所以這次就不再把〈姜白石合肥懷人詞〉收入這本集子裡。但是在這本集子裡，這類例子還是很多的，限於我的水準和體力，現在不能全面修改，「過而存之」，作為自己警惕的鏡子而已。」《夏承燾集》，冊2，頁239～240。

〔註331〕夏承燾《瞿髯論詞絕句》論趙佶：「燕山兵火照關紅，歌酒樊樓夜正中。邊塞征夫莫遙怨，天街馬滑又霜濃」，是對宋徽宗微服冶游的諷刺。論張掄：「烽煙汴洛隔邊愁，留個西湖好賞秋。防有姮娥彈淚聽，銷金鍋裡頌金甌」，肯定張掄〈壺中天慢〉詞的歷史意義。論張鎡：「京洛繁華指一彈，過江才子惜春殘。南朝兩種花中了，吟過梅花賽牡丹」，批判張鎡生活之豪奢。《夏承燾集》，冊2，頁535～536、552、553。

疾，以為「他的思想感情遠較蘇軾豐富偉大」，認為他是繼承屈原的「詩騷精神」，是「集宋詞之大成」。辛棄疾站在抗金前線衝鋒陷陣，他經歷了北宋詞人未曾經歷的民族戰爭，蘇軾自然寫不出辛棄疾那般慷慨激烈的作品。夏承燾以為蘇不如辛，其實兩人各有千秋罷了。論及周邦彥時，一味諷刺他依附蔡京的舉動，也將周詞的格局比喻成「秋娘庭院」；在〈唐宋詞敘說〉、〈唐宋詞發展的幾個階段及其風格〉二文中，對周邦彥在宋代詞壇的成就也是隻字未提。論及張炎的四首絕句中，每一首都嚴正的攻擊他入元求官、失意而歸之事，一改浙西詞派對張炎的推崇態度。又如論及張元幹時，批判他早年奉承秦檜之舉，又以「堂堂晚蓋一人豪」稱讚他晚年作詞贈與胡銓、李綱一事；論及吳文英時，批判他早年與賈似道友好，又肯定他晚年與當權小人切割一事。夏承燾以嚴厲的口吻批評周邦彥、張炎的觀點，尚欠公允；而特意肯定「改過自新」的張元幹、吳文英，似乎有矯情之嫌。然站在夏承燾的立場來看，他處於極度左傾以及馬克思主義籠罩的共產制度之下，似乎也不得不如此評論了。

　　就夏承燾的觀點而言，此覺流離造就國家的不幸，卻是促使詞體革新的契機，詞人得以從風花雪月中跳脫而出，將救亡圖存的呼聲形之於筆墨，鼓舞士氣，振奮人心。夏承燾在晚年時期，精心建構一部簡明詞史《瞿髯論詞絕句》，是用以體現他的詞學觀；但從中我們也得以一窺世運影響下，被置入的批判思維。

第六章　夏承燾詞的創作與理論實踐

　　龍榆生、夏承燾、唐圭璋三先生鼎立於二十世紀詞壇，龍榆生擅於論析，唐圭璋功在編纂，夏承燾長於考據，三家皆有詞作。然龍榆生早逝於文革，唐圭璋存詞不多，夏承燾在詞的創作方面，是三家中成果最豐碩的一位，允推為一代學人、詞人與詩人。

　　夏承燾作品集於文革結束後相繼出版。1976 年，因避地震，客居長沙三個月，夏承燾在陳章雲、彭靖協助下，將一部分的作品匯為《瞿髯詞》，油印刊行，吳无聞為之註釋，上卷錄 1951 年至 1977 年所作 74 首；下卷錄 1921年至 1949 年所作 78 首，總計 152 首。1979 年，在《瞿髯詞》基礎上略事擴選，得詞 300 首，於 1981 年由湖南人民出版社印行，名為《夏承燾詞集》，收入 1921 年至 1980 年的創作。1983 年又選詞 150 首，名為《天風閣詞集》，可視為《夏承燾詞集》續編之作，於 1984 年交付百花文藝出版社印行。至 1997年，二書編入《夏承燾集》第四冊中，易名為《天風閣詞集前編》、《天風閣詞集後編》，計 435 首（前編 285 首、後編 150 首）。〔註1〕詞之外，夏承燾也留下不少古近體詩的創作，1982 年由浙江人民出版社出版的《天風閣詩集》，收錄 1922 年至 1981 年作品，計 300 首，於 1997 年亦一併收入在《夏承燾集》中。〔註2〕此外尚有部分作品，散見於《天風閣學詞日記》以及未出版的《夏承燾日記全編》，待《夏承燾全集》出版，必能目睹全豹。

〔註 1〕夏承燾：《夏承燾詞集》（長沙：湖南人民出版社，1981 年 3 月）；《天風閣詞
　　　　集》（天津：百花文藝出版社，1984 年 7 月）。出版過程，參《夏承燾集·天
　　　　風閣詞集後集·前言》，冊 4，頁 279。
〔註 2〕吳无聞注：《天風閣詩集》（杭州：浙江人民出版社，1982 年）。

近代學者周篤文曰：

> 夏先生從二十年代起攻治詞人譜牒、音律之學，他的獨創性研究，
> 軼宋超清，為現代詞學理論奠定了堅實的基礎，成為我們這些治詞
> 者必經的陛階。由於他湛深詞學，洞悉其發展源流，故在填詞的定
> 位與風格的追求上，能於高處著眼，大處著墨，具有歷史的眼光與
> 時代的自覺。他與一般附庸風雅、吟諷花月的舊式文人名士不同，
> 他是以學者的鑒裁與詞人的文心，刻意追求新的突破。〔註3〕

夏承燾以舊體詩詞紀錄二十世紀知識分子面對國家、社會、政治、文化各層面的所見所聞，作品中所體現的生活、思想、情感，如實反映了知識分子由近代走向現當代的心路歷程。夏承燾雖以傳統的舊體詩詞予以創作，但能於高處著眼，大處著墨，是二十世紀歷史條件下的文學產物。其作品數量豐富，涉獵廣泛，具有歷史的眼光與時代的自覺，那是以學者的鑒裁與詞人的文心，刻意追求的新突破。他的作品在二十世紀舊體詩詞創作中，佔有極為重要的文學地位。

早期研究夏承燾詩詞創作者不多，僅施議對〈夏承燾舊體詩試論——《天風閣詩集》跋〉（1982）一篇；近年來，大陸學者陸續關注，以彰顯夏承燾詩詞創作的重要性。相關論著如李劍亮〈論夏承燾的農村詩與農村詞〉（1997）、劉夢芙〈淺談夏承燾先生山水詞〉（2004）、劉澤宇〈夏承燾旅陝詩詞初探〉（2012）、陶然〈論20世紀50年代夏承燾先生時事詩詞中的心路歷程〉（2012）、蕭莎、李劍亮合撰之〈夏承燾勸悔詞研究〉（2016）等，依主題進行作品分析，結合夏承燾創作背景與思想感情予以探論。胡迎建〈試論夏承燾先生詩作兼及對今人的啟示〉（2011）、劉夢芙〈夏承燾《天風閣詞》綜論〉（2012）、劉青海〈夏承燾詩論初探〉（2012）、錢志熙〈試從江鄭重翻手，倘是風騷觀面時——論夏承燾先生的詩學宗尚與各體詩的創作成就〉（2012）、劉青海〈夏承燾詩史研究初探〉（2012）、顧一凡〈論夏承燾詞學觀及其詞體創作的影響——以《瞿髯論詞絕句》為中心的考察〉（2017）等，分別自創作歷程、思想內容、風格特色、文學價值等層面進行綜論，針對夏承燾詩論、詞論的獨特見解予以剖析。魏新河〈夏承燾詞學標準平議〉（2016）指出夏承燾詞體創作有「清勁的詞風」、「醇厚新奇的意

〔註3〕周篤文：〈奇逸高健的《天風閣詞》〉，《中國韻文學刊》第25卷第1期（2001年1月），頁95。

境」兩人特色。張一南〈析詩法以入小詞——夏承燾小令的聲情藝術〉（2016）一文，就體製剖析夏承燾小令創作的聲情藝術，指出夏承燾在創作上充分注意到樂調的聲情節奏，以各種方式引入詩的寫法，尤其引用了江西詩派的字法，從而提高詞體的格調。

　　以上諸篇，多發表於近五年，可見詩詞創作的議題，尚有開發的空間；學者前輩從不同角度切入，環環相扣，頗有見微知著的效果。2011 年，王紅英提出《夏承燾詞作綜論——兼談現代舊體詩詞入史問題》碩士論文，此論文分四部分綜論夏承燾詞作：第一部分依感世傷懷、吟詠新生、山水名勝、人生抒懷、題贈唱答、其他等六類題材進行整理分類。第二部分結合時代背景綜述夏承燾詞的創作歷程，分論夏承燾二十世紀初至九一八事變前後、1931 年至中華人民共和國成立前、1949 年至文革前、文革時期及之後幾個階段的創作。第三部分從夏承燾詞作的思想內容、創作風格和創作手法上總結夏承燾詞作的藝術成就。第四部分則探討以夏承燾為代表的舊體詩詞作家進入現當代文學史的可行性。然整本論文趨於簡化，作品的分析僅蜻蜓點水；未能掌握日記、書信等文獻材料作為補充，雖立意極佳，內容稍嫌不足。

　　本章節針對夏承燾詞體創作予以全面性析論，並輔以詩體創作與之論證，以見夏承燾大半個世紀的創作歷程，由內挖掘夏承燾的精神內涵，由外　探作品的藝術技巧，以呼應夏承燾自身對詞學思想的實踐。

第一節　創作歷程

　　《天風閣詩集·前言》、《天風閣詞集·前言》，即是夏承燾創作經歷的自述，前文撰於 1980 年，後文撰於 1982 年，均自夏承燾詩詞創作入門的年少時期說起。《天風閣詩集·前言》云：

> 予自幼愛好詩詞。十四歲考入溫州師範學校以前，已學作五、七言詩，然而尚未入門。逮入溫師，與同學李驤晨夕共處，日以詩詞韻語相研討，乃稍稍得識門徑。同時從李驤、梅冷生諸詩友處假閱《隨園詩話》、李義山、王漁洋、黃仲則、龔定庵諸家詩，寢饋其間四五年。十八歲試作〈閒情〉詩十首，託名夢栩生寄投《甌括日報》……。其時同里梅冷生、鄭姜門諸友籌組慎社、潮社等詩會，予廁身其間，常得諸詩友切磋之益，積詩百餘篇。　　（冊 4，頁 3）

《天風閣詞集・前言》：

> 予年十四五，始解為詩。偶於學侶處見《白香詞譜》，假歸過錄，試填小令，張震軒師嘗垂賞〈調笑令〉結句：「鸚鵡鸚鵡，知否夢中言語」二句，以朱筆加圈。一九二〇年，林鐵尊師宦遊甌海，與同里諸子結甌社，時相唱和。是時，得讀常州張惠言、周濟諸家書，略知詞之源流正變。林師嘗以甌社諸子所作，請質於況蕙風、朱彊村先生。　（冊4，頁113）

「予自幼愛好詩詞」，夏承燾之所以投入創作的主要原因，乃自身興趣使然。夏承燾入溫師前，僅個人摸索而已；溫師就讀期間，有恩師張棡（震軒）親自指點，與同學李驤互為切磋，夏承燾始能稍識門徑。夏承燾後來陸續將所作詩匯成《乙卯詩章》、《丙辰詩章》，並有「永嘉七子」之美譽。1917年，夏承燾試作〈閒情〉七絕十首，託名夢栩生寄投《甌括日報》，初試啼聲，即備受肯定。1920年，參加慎社翟楚材四君吟徵詩，奪得冠軍，翟楚材讚之曰：「四首無一字無來歷，化渾入靜，積健為雄，望而知為斫輪手，結句尤精神團聚，到底不懈，主人後福，正未有艾，置之冠軍，洵無愧色。」〔註4〕這番講評對二十一歲的夏承燾而言，絕對是至高的肯定。而同里梅冷生、鄭猷籌組慎社、潮社，夏承燾二十歲以前，已積詩百餘首。1920年，甌社成立，夏承燾師承甌海道尹林鷗翔，與諸詩友時相唱和，學詞、填詞由常州詞派入門，得以瞭解詞體的源流正變，又能間接請質於朱祖謀、況周頤兩位遺老。夏承燾治詞、填詞的高峰，正自此展開。

1920年7月，夏承燾離開溫州，赴北平擔任《民意報》副刊編輯；11月轉任陝西教育廳；1922年任教於西安中學。夏承燾壯遊西北，長行萬里的閱歷，自然也促使夏承燾詩詞創作的豐富性。王季思曾說「西北的五年壯遊，使瞿禪在人生道路和詞詩創作上都開闢了一個新境界。」漢唐故都的雄偉，華嶽連峰的高寒，打開了夏承燾的眼界。西北軍閥對人民欺壓所帶來的災難，一改夏承燾的詩筆與詞風。他眼前所見所聞，不外乎「馬頭十丈塵沙」（〈清平樂・鴻門道中〉、「陣陣哀鴻繞古關」（〈鷓鴣天・鄭州阻兵〉），格調悲涼，比起少年作品，係截然不同的境界。〔註5〕故翻閱《天風閣詩集》、《天風閣詞

〔註4〕李劍亮：《夏承燾年譜》，頁19。
〔註5〕王季思：〈一代詞宗今往矣——記夏瞿禪（承燾）先生〉，吳无聞主編：《夏承燾教授紀念集》，頁21。

集》，夏承燾以 1921 年以後，出遊冀、陝時的作品為開篇，〔註6〕在此之前旅
旎風光、惆悵自憐的詩、詞，均刪去不錄，可見壯遊西北之前的少作，在夏承
燾眼中，仍有不成熟的疑慮。

《天風閣詞集‧前言》云：

> 其年秋，出遊冀陝。在陝五年，治宋明儒學，頗事博覽。二十五歲
> 歸里，僦居鄰籀園圖書館。其後客授嚴州，乃重理詞學。並時學人，
> 方重乾嘉考據。予既稍涉群書，遂亦稍稍摭拾詞家遺掌。三十左
> 右，居杭州之江十年。講誦之暇，成詞人年譜數種，而詞則不常作。
> 抗戰以後，違難上海，悵觸時事，輒借長短句為之發抒。林師與映
> 庵、鶴亭、眉孫諸老結午社，予亦預座末。拈題選調，雖不耐為，
> 而頗得諸老商量之益。昔沈寐叟自謂「詩學深，詩功淺」，予於寐
> 叟無能為役，自忖為詞，則正同此。故涉獵雖廣，而作者甘苦，心
> 獲殊少。若夫時流填澀體、辨宗派之論，尤期期不敢苟同。　（冊
> 4，頁 113）

夏承燾在陝五年，博覽群書，專治宋明儒學。二十五歲歸里後，任教於嚴州
中學，遍讀籀園圖書館所藏孫詒讓玉海樓及黃紹箕參綏閣藏書，乾嘉考據學
以及浙東史學深深影響著夏承燾，其學術思想則成為夏承燾創作的根柢。因
此，日後不論是考證詞人詞史、詞家遺掌，或者詩詞典故的活用，夏承燾對
史料的運用必然熟稔。

　　1930 年前後，夏承燾致力於唐宋詞人年譜，不常填詞；抗戰以後，隨之
江大學遷滬，身為午社一員，每次集會大都能出席，但對於拈題選調之事深
感不耐；唯與諸前輩、諸詞友商榷請教各種詞學議題，頗能引起夏承燾興趣。
而面對「時流填澀體、辨宗派」之習性，夏承燾不敢苟同。任銘善〈讀瞿禪師
詞後〉即云：

> 夷禍既作，予自湖上別師後一年，又相聚海上。意緒甚惡，益讀詞，
> 偶有所得，以語師，輒為莞爾。而師有所作，必俾予先讀，蓋其音
> 尤抑遏，往復不可已。于時海上詞事甚盛，辨四聲，訂律呂，張徽
> 幟，新新然為攻斥附和之舉。師獨不之與，以為今日欲興此事，宜

〔註 6〕《天風閣詩集》以〈客思〉為開篇，時夏承燾在西安中學任教，作於 1922 年。
　　　　《天風閣詩集前編》以〈清平樂‧鴻門道中〉為開篇，作於 1921 年 12 月，
　　　　夏承燾任職陝西教育廳前後。

－477－

不破詞體，不誣詞體，不為空疏綺靡無益之語。〔註7〕

事實上，26 次的午社社課中，夏承燾只完成 5 首作品，其中〈歸國謠〉、〈荷葉杯〉、〈卜算子〉、〈洞先歌〉後來收入於《天風閣詞集》中（詳參第二章第二節）。但更多關於九一八事變、上海淪陷、舊友投汪等根觸時事之作。如〈滿江紅・感遼東事，作豪語答任二北〉、〈點絳唇・上海租界「八一三」紀念日大捕愛國青年〉、〈最高樓・滬夕〉、〈賀新郎・滬寓西鄰一漢奸伏誅，東鄰一抗戰志士殉難〉〈鷓鴣天・滬寓除夕贈婦〉、〈水龍吟・皂泡〉等，作品不勝枚舉。此階段乃夏承燾創作的第一高峰。之後中共政權成立、文化大革命所帶來的希望與感慨，也被夏承燾一一寫入詩詞中。生活經歷的催化，使得夏承燾的詞作迥異時俗，於高處著眼，大處著墨，透過學者的鑒裁與詞人的文心，呈現出時代之下知識分子的自覺。此乃夏承燾的創作能臻於高峰的第二要素。

此外，地域文風的薰陶，亦是構成夏承燾詩詞創作的要素之一。夏承燾出生於溫州，地靈人傑，宋元時期，文風鼎盛，人文蔚起；尤其南宋永嘉學派盛行，與朱熹「理學」、陸九淵「心學」，形成鼎足相抗之勢。該學派強調儒者必須「彌綸以通世變」，倡導事功，杜絕「理學」和「心學」的空虛流弊。受「永嘉學派」的影響，溫州士人強調經世致用的實務精神被傳承下來。夏承燾早年究心於宋明理學，然在精神上是繼承永嘉學派的傳統，無論是學術研究或詩詞創作，均寓有明顯的經世致用的精神。至於詩文創作的風氣由來已久，尤其南宋末年永嘉四靈崛起，趙師秀、徐照、徐璣、翁卷四人，力矯江西詩派之弊，效學唐代賈島、姚合以自勉，地域詩風自此形成。宋・薛師石、盧祖皋、王開祖等同為溫州文士；宋遺民詩人林景熙（字得陽、德暘）亦為溫州人，胡應麟《詩藪》稱：「林德暘七言古不多見，而合處勁逸雄邁，……讀《文山集》……可謂元初絕唱。」〔註8〕陳衍《石遺室詩話》稱「永嘉遂為古今詩人之淵藪」〔註9〕，確乎的當。與夏承燾密切往來的長輩之中，有冒廣生、林鵾翔二人，先後宦遊甌海。冒廣生於任內廣結文人名士，興建永嘉詩人祠堂，編《永嘉詩人祠堂叢刻》，極力保存永嘉文人詩集。林鵾翔師

〔註7〕任銘善〈讀瞿禪師詞後〉撰於 1942 年 6 月 23 日，見吳无聞編：《夏承燾教授紀念集》，頁 30。

〔註8〕〔明〕胡應麟：《詩藪・外編》（臺北：文馨，1973 年 5 月），卷 6，頁 222。

〔註9〕〔清〕陳衍：《石遺室詩話》（臺北：廣文書局，1982 年 8 月），卷 26，頁 7。

法朱祖謀、況周頤，在他任溫州道尹期間，舉甌社以導詞學，夏承燾謂其詞「固取徑周、吳，而親炙彊村者。其傷亂哀時諸什，取諸肺肝而出以宮徵，真氣母音，已非周、吳之所能囿。」〔註10〕在林鵾翔的帶領下，永嘉詞風之盛，可以想見。

　　總之，「自身興趣」、「生活經歷」、「地域文風」三要素，使得夏承燾詩詞創作的碩果纍纍，他的創作歷程與時代變遷環環相扣，而他自身的氣魄與格局，造就了作品的高度與境界，故他能「取法乎上，不隨時俗」〔註11〕。以下將夏承燾創作歷程劃分為四階段：一、早期（1921 年至 1931 年）；二、盛期（1932 年至 1949 年）；三、中期（1950 年至 1966 年）；四、晚期（1966 年至 1986 年），予以分述之：

一、早期（1921 年至 1931 年）

　　《天風閣詞集》前、後二編所錄，自 1921 年迄至 1982 年；在此之前的作品，為夏承燾刪去不錄。1921 年 7 月，乃夏承燾人生與事業的起步，他在陳純白的引薦下，赴北平擔任《民意報》副刊編輯，得到北遊的機會，同年 11 月，經林立大推薦，往陝西教育廳任職；1922 年 1 月，經景莘農（1884～1964）介紹，任西安中華聖會中學（後改名西京中學），兼陝西第一中學教職；1925 年 4 月，轉任西北大學國文教席；同年 6、7 月，離開西安回到溫州，任甌海公學、溫州第十中學、女子中學教師。夏承燾在陝西長達三、四年之久，「三、四年時間，往返北平、西安、溫州之間，廣泛接觸社會，並在西安實地考察古代長安詩人行蹤，為其詩詞創作及學術研究工作積累了豐富的感性知識。」〔註12〕夏承燾的西北壯遊，正值軍閥混戰時期，他的作品一方面道出「故園風物那堪憶，但說梅枝已繫情」〔註13〕那般客思北方的遊子心情；一方面道出大時代下的苦難，蘊含了夏承燾豐富的感情，以及他對時代、對人民的熱衷關切。代表作品如〈清平樂・鴻門道中〉：

〔註10〕錢仲聯：《當代學者自選文庫》（合肥：安徽教育出版社，1991 年 12 月），頁701。

〔註11〕陶然：〈夏承燾先生的填詞實踐與詞學取徑——讀《夏承燾詞集・前言》〉，《中文學術前沿》第 9 輯（杭州：浙江大學出版社，2015 年 10 月），頁 201。

〔註12〕施議對：〈夏承燾與中國當代詞學〉，《文學遺產》（1992 年第 4 期），頁 100。

〔註13〕夏承燾於西安中學任教期間，作〈客思〉七律一首，見《夏承燾集・天風閣詩集》，冊 4，頁 11。

吟鞭西指，滿眼興亡事。一派商聲笳外起，陣陣關河兵氣。　　馬頭
十丈塵沙。江南無數風花。塞雁得無離恨，年年隊隊天涯。　（冊4，
頁125）

〈鷓鴣天・鄭州阻兵〉：

鼓角嚴城夜向闌，樓頭眉月自彎彎。夢魂險路輾轅曲，草木軍聲寒
戰山。　　投死易，度生難，有誰忍淚問凋殘。紙灰未掃軍書到，
陣陣哀鴻繞古關。　（冊4，頁125）

〈鷓鴣天・宿潼關〉：

過眼秦皇與漢皇，馬頭但有路塵黃。掃眉人唱三峰媚，折臂翁耕百
戰場。　　風浩蕩，劫蒼茫，旁觀莫笑客郎當。賈生涕淚無揮處，
要上潼關看夕陽。　（冊4，頁288）

昔日的大好江山因軍閥混戰而變得滿目瘡痍，人民飽受戰亂之苦，流離失所。
眼前所見，塵沙滾滾，塞雁紛飛，與家人團聚的期望一再落空，最後僅剩下
「投死易，度生難」那般骨肉分離的苦痛與無奈。「潼關」乃歷來兵家必爭之
地，夏承燾對潼關的描寫，對戰爭的指控，真實的呈現出1920年代的亂世場
景，他以賈誼自擬，道出人在異鄉，生逢亂世的漂泊感，寄託了夏承燾因所
見所聞而感到震懾的悲慟與激動。

　　夏承燾於1925年6、7月間由西安返回溫州後，先後在甌海公學、溫州
中學、寧波中學、嚴州中學任教，夏承燾遊蹤遍及浙江各地，得以覽江山之
勝，發詞人之慨。如〈齊天樂・重到杭州〉：

十年南北兵塵後，西湖又生春水。鷗夢初圓，鶯聲未老，知換滄桑
曾幾。湖山信矣。莫告訴梅花，人間何世。獨鶴招來，伴君臨水照
憔悴。　　蘇堤垂柳曳綠，舊遊誰識我，當日情味。禪榻聽簫，風
船嘯月，笑驗酒痕雙袂。嬉春夢裡。又一度斜陽，一番花事。如此
杭州，醉鄉何處是。　（冊4，頁289）

〈浪淘沙・過七里瀧〉：

萬象掛空明，秋欲三更。短篷搖夢過江城。可惜層樓無鐵笛，負我
詩成。　　杯酒勸長庚，高詠誰聽。當頭河漢任縱橫。一雁不飛鐘
未動，只有灘聲。　（冊4，頁126）

〈清平樂・嚴州大雪，早起遍行城內外，盡日方歸〉：

敞裘輕舉，送我泠然去。忽訝詩來無覓處，天外數峰清苦。　　　衝
寒繞遍江城，踏踐千頃瓊英。明日高樓臥穩，好山任汝陰暗。　　（冊
4，頁 127）

〈虞美人‧過桐廬〉：

十年夢想桐江碧，雙槳今相識。新蟾與我在江湖，照我滿身風露過
桐廬。　　　灘聲一枕瀟瀟雨，無覓浮名處。水窗朝旭忽聞鶯，準擬
此生挈酒作詩人。　　（冊 4，頁 290）

〈齊天樂‧重到杭州〉一闋未載入《日記》，據李劍亮編《夏承燾年譜》，推
測作於 1927 年 9 月，值夏承燾離開溫州經杭州赴嚴州中學任教期間。首句
「十年南北兵塵後，西湖又生春水」，成為強烈對比，寫出夏承燾重回杭州
的滄桑之感。「十年」指辛亥革命北洋軍閥執政到南京國民黨政府統一全國
之前的時代，這時期南北軍閥混戰，黨派紛爭，縱使是植梅養鶴的隱士，也
會隨國家興衰而憔悴傷心。下片「蘇堤」至「雙袂」各句，寫春日杭州西湖
美景，然此一「醉鄉」卻曾是南宋朝廷苟安腐敗之都，古今對比，顯得格外
諷刺。〈浪淘沙‧過七里瀧〉一詞，《天風閣詞集前編》標為 1927 年作，據
《日記》載，係 1929 年 8 月 24 日寫成初稿，而後曾隨信附詞寄給朱祖謀；
10 月 9 日，夏承燾接朱祖謀回函，得到「新作詞高朗」之評價（冊 5，頁
151）。夏敬觀評為「絕去凡響，足以表見其襟概。」〔註 14〕徐晉如《綴石軒
詩話》云：「夏承燾詞貌豐腴而神曠達，的是一流詞品。〈浪淘沙‧過七里瀧〉
云云，援宋詩手段入諸倚聲，效白石都無蹤跡可尋，殆非橫絕千古之才而未
可。余則更贊一辭曰：『明於體象』。」〔註 15〕〈清平樂‧嚴州大雪，早起遍
行城內外，盡日方歸〉、〈虞美人‧過桐廬〉二闋，同作於 1929 年春，夏承
燾尤愛〈清平樂〉「明日高樓臥穩，好山任汝陰暗」一句，認為意境較高，
實則融情於景中，也寄託夏承燾處世哲學。〔註 16〕〈虞美人〉「新蟾與我在
江湖，照我滿身風露過桐廬」二句，則將夏承燾早年四處漂泊的歷程帶出，
詞末「此生挈酒作詩人」，表露夏承燾在桐廬美景下，追求平淡生活、酌酒
作詩的想法。

〔註 14〕夏敬觀：《忍古樓詞話》，龍榆生主編：《詞學季刊》第 2 卷第 1 號（1934 年
　　　　10 月），頁 150。
〔註 15〕劉夢芙編校：《當代詩詞叢話》（合肥：黃山書社，2009 年），頁 708。
〔註 16〕夏承燾《天風閣學詞日記》：「呆明賞三、四句，予自愛一結，意境較高也。」
　　　　（冊 5，頁 73）

　　據《天風閣詞集》前、後編所錄，夏承燾於九一八事變前的作品計有 31 首，〔註17〕其中以夏承燾由西安返回杭州、溫州、嚴州時所作的山水詞最夥；西北壯遊時期的作品為次。他如〈鵲橋仙·過解縣懷黃仲則〉、〈醉江月〉（詞仙何許）、〈石湖仙·題孤山白石道人像〉〔註18〕等，乃悼念黃景仁（黃景仁，1749～1783，字仲則）、周密、姜夔之作；〈西江月·普陀坐雨，讀東坡樂府〉乃讀《東坡樂府》後所思所想；〈菩薩蠻〉（東風才被絲楊覺）、〈卜算子〉（雙燕不歸來）、〈阮郎歸〉（遣愁無計醉難憑）乃遣懷之作；〈百字令·和厚莊前輩靈峰摩崖石揭原韻〉原為 1921 年參加甌社社課所作；〈金縷曲·胡汀鷺畫家藏顧梁汾書寄吳漢槎〈金縷曲〉詞箋，謝玉岑囑題〉〔註19〕乃奉謝玉岑之邀，囑題而作。

　　夏承燾師範畢業後，歷任小學、中學、大學教師，早期專心治學讀書，作詞僅不過閒暇之餘的興趣，然也因為夏承燾精讀儒家經史典籍，明曉簡中

〔註17〕包含：〈清平樂·鴻門道中〉、〈鷓鴣天·鄭州阻兵〉、〈鵲橋仙·過解縣懷黃仲則〉、〈浪淘沙·過七里瀧〉、〈醉江月〉（詞仙何許）、〈清平樂·嚴州大雪，早起遍行城內外，盡日方歸〉、〈憶秦娥·嚴州西湖〉、〈清平樂·桐廬〉、〈卜算子·嚴州聽雨〉、〈鷓鴣天·自杭州返嚴陵坐雨〉、〈南歌子·嚴州道中〉、〈菩薩蠻〉（東風才被絲楊覺）、〈金縷曲·胡汀鷺畫家藏顧梁汾書寄吳漢槎〈金縷曲〉詞箋，謝玉岑囑題〉、〈望江南·自題月輪樓〉七首、〈石湖仙·題孤山白石道人像〉、〈百字令·和厚莊前輩靈峰摩崖石揭原韻〉、〈卜算子〉（雙燕不歸來）、〈鷓鴣天·宿潼關〉、〈西江月·普陀坐雨，讀東坡樂府〉、〈齊天樂·重到杭州〉、〈水調歌頭·泊桐廬〉、〈虞美人·過桐廬〉、〈臨江仙〉（憶惜富春江上飲）、〈阮郎歸〉（遣愁無計醉難憑）、〈三姝媚·清明渡太湖至黿頭渚，同金松岑、馮振心、李續川、邵潭秋〉。

〔註18〕《天風閣詞集前編》題〈石湖仙·題孤山白石道人像〉一詞作於 1931 年春；李劍亮《夏承燾年譜》，歸入 1931 年 11 月所作。按李劍亮所據，乃依《天風閣學詞日記》1931 年 11 月 19 日所載，係夏承燾致函朱祖謀信末附詞，不宜視為創作時間。

〔註19〕夏承燾於《詞學季刊》第 1 卷第 2 號（1933 年 8 月）首次發表兩闋詞，即〈金縷曲〉、〈微招〉。〈金縷曲〉詞序云：「顧梁汾寄吳漢槎詞箋，今藏胡汀鷺畫師，許玉岑囑為汀鷺題。」詞末又載：「友人李呆明今夏客死燕京。北行時書梁汾『薄命長辭知己別』二語寄予。每誦此曲，為之腹痛。」而早在《天風閣學詞日記》1930 年 10 月 15 日、25 日、28 日、31 日數處，已有相關記載，可知此闋詞乃夏承燾受謝玉岑所託，為顧梁汾寄吳漢槎〈金縷曲〉詞箋的題詞。由於夏承燾在寫下初稿後，習慣將作品寄給師友們請益，這闋〈金縷曲〉即在廣泛涉取朱祖謀、龍榆生等眾人的意見後，文字上有所修改，以致在不同文獻中，內文、詞序或自注文字稍有出入。《天風閣學詞日記》本，及《天風閣詞集前編》本，已刪掉詞末自注文字，夏承燾藉顧梁汾與吳漢槎，寄託他與李呆明情誼這點，自然也不甚鮮明。

義理，作詞必從大處著眼，關注時代盛衰興亡。這一時期的作品，已有「厲落」之氣，而無「塗抹濃麗」之習〔註20〕，格調典雅、內涵深厚，絕不流於輕薄膚淺。

二、盛期（1932年至1949年）

夏承燾於 1930 年下半年任教於杭州之江大學。1938 年之江大學遭日軍炸毀；夏承燾也隨之轉往上海，並兼太炎文學院、無錫國學專修學校教授，在上海生活四年；〔註21〕1943 年 12 月，轉聘為浙江大學教授。這一時期，正是日軍大舉侵華、中國全面抗戰時期，夏承燾以大學教授之姿，繼承傳統儒家「憂以天下」的入世精神，以高度的憂患意識關注國運民生。1938 年 7 月 16 日《日記》寫道：

> 日本開發華北志在必行，黃河泛濫將至蘇北，長江災象亦近年所無。內憂外患如此，而予猶坐讀無益於世之詞書，問心甚疚。頗欲一切棄去，讀顧孫顏黃諸家書，以俚言著　書，期於世道人心得裨補萬一，而結習已深，又不忍決然捨去。日來為此踟躕甚苦。〔註22〕

夏承燾雖有興起棄詞書而改讀經世之學的念頭，但始終不忍捨去，唯有將柔離之感及悵惋之情，寄託於詩詞之中。其詞或直寫時事反映現實；或藉古人先賢澆胸中塊壘；或藉師友往來凸顯民族志節，或覽山水風物抒發滄桑之慨。直寫時事者如：1931 年寫九一八事變的〈賀新涼・聞馬占山將軍嫩江捷報〉，1937 年寫蘆溝橋事變的〈水調歌頭・丁丑中秋，南北寇訊方亟，和榆生〉，1938 年作〈點降唇・上海租界八一三紀念日大捕愛國青年〉，1945 年作〈百字令・一九四四年，溫州淪陷，余挈家避雁蕩山中，次年夏，日寇潰退，挈家返城，作此寄心叔如皋〉。

藉古人先賢澆胸中塊壘者，如 1937 年所作〈水龍吟・丁丑冬偕鷺山謁慈山葉水心墓，時聞南京淪陷〉，1938 年作〈小重山・題文天祥中川寺詩拓本〉，

〔註20〕朱祖謀評夏承燾〈金縷曲・胡汀鷺畫家藏顧梁汾書寄吳漢槎〈金縷曲〉詞箋，謝玉岑囑題〉：「詞則厲落有風格，絕非塗抹濃麗者所能夢見，題顧梁汾題扇一闋尤勝，私慶吾道不孤。」（冊5，頁396）

〔註21〕夏承燾於 1938 年 8 月 30 抵上海；1942 年 4 月 30 離開。李劍亮：《夏承燾年譜》，頁 63、89。

〔註22〕查《日記》冊 6，1938 年 7 月 16 日內容遭刪，此條見夏承燾〈自述：我的治學道路〉，李劍亮：《夏承燾年譜》，頁 7～8。

1944 年作〈洞仙歌‧甲申元夕，讀李易安、劉辰翁永遇樂詞有感〉。

藉師友往來凸顯民族志節者，如 1939 年作〈楊州慢‧送丁懷楓歸揚州〉，1940 年作〈臨江仙‧呈戢隱師，時予阻兵不得歸省〉，1942 年作〈鷓鴣天〉（萬事兵戈有是非），批評變節投汪的龍榆生。

藉山水風物抒發滄桑之慨者，如 1932 年作〈水龍吟‧壬申五年，之江詩社集秦望山〉，1935 年作〈燕山亭‧元日超山宋梅亭作〉，1942 年作〈長亭怨慢‧壬午四月十九日，聞海東近訊，日軍有敗象，次日與无聞上海周園看櫻花，繽紛謝矣〉，1947 年作〈賀聖朝‧湖上春遊，劫後仍盛，水窗午坐，黯然作此〉。

夏承燾一生往往在救世與治學之間徬徨不已，最後選擇專心治學；晚年曾總結一生治詞經歷，自謂「只是從故紙堆中尋求自己的天地。」（冊 2，頁 240）然他以傳統儒人之姿，絕非兩耳不聞天下事，而是在治學、創作之中，關心國運時局，表達愛國情操。從九一八事變、對日抗戰結束，至中華人民共和國成立的這一時期，乃夏承燾創作的第一高峰，《天風閣詞集前編》收詞 145 首，《天風閣詞集後編》收詞 85 首，共計 230 首作品。他的創作動機係隨著根深柢固的愛國情感，以及時運勢態的變動而與日俱增。夏承燾筆下所反映的，無非是流離轉徙、滿目瘡痍的社會；他撫事傷時的情感，也自然而然流露於字裡行間。除了詞體創作外，他的詩也如實反映了社會現實，如〈抗敵歌〉、〈滬戰壯士歌〉、〈尋屍行〉四首。同時夏承燾又編《宋詞繫》，所選詞人，主要是張元幹、朱敦儒、張孝祥、范成大、辛棄疾、陳亮、姜夔、劉克莊、劉辰翁、文天祥、汪元量等愛國詞人，他們面對民族衝突，或挺身報國抗敵，或藉詞體吟誦慷慨悲壯之音。是知夏承燾編選詞選宗旨甚明，乃藉南宋詞人凸顯愛國精神，發揚民族氣概，進而反映現實、激勵後進。作為一位「只是從故紙堆中尋求自己的天地」的學人，夏承燾的愛國情操絕不限於個人情感的呻吟而已，他以詩、詞、選本、日記做為媒介，有意識的影響他人，將其思想發揮更積極的作用。

三、中期（1950 年至 1966 年）

1949 年 10 月 1 日，中國共產黨中央委員會主席毛澤東在北京宣布成立中華人民共和國，揭示一個新時代的來臨。夏承燾也與多數知識分子一樣，在經歷軍閥混戰、對日抗戰、國共內戰的亂局後，對於新時代的來臨抱持著

滿腔的期望。早在 1949 年 2 月 8 日《日記》，夏承燾已明確表達他歡欣鼓舞
的心情：

> 予生十九世紀之末年，此五十年間，世界文化人事變故最大。……
> 今年我國激變尤大，予之後半生，殆將見一前千年所未有之新世界。
> （冊 7，頁 39）

他在 1950 年 6 月 23 日所作〈清平樂〉，題為「畫夢一首，概括越園詩，刺國
民黨軍也」，詞云：

> 汝閣誰守，汝命誰援救。獻汝家私並汝婦。與我何如與寇。　　兩
> 行淒淚軍前。一丸熱鐵胸間。膽破方知是夢，當頭白日青天。　（冊
> 7，頁 100）

新舊政權交替，使當時的知識分子振奮不已，當他們面臨接下來一連串的社
會改革運動以及思想改造運動時，無不給予熱情的支持和響應。儘管明知思
想改造恐對自身不利，但仍以大局遠景為重，正如夏承燾所謂：

> 舊時代教育，皆為造就資產階級弟子而設，成效不好，由此輩舊靈
> 魂積省已深，將來學校為工農子弟開門，造就此輩新靈魂，當另有
> 新氣象。以占全世界人口四分之一之中國民族，脫二千年來黑暗之
> 束縛，此新時代之教育，一二十年之內即可有成效。吾人生當其時，
> 應如何自慶自勉，不辜負此大時代。　（冊 7，頁 114）

1950 年，政府執行「土地改革」（簡稱「土改」），表面上係將土地和農業
所有權從少數地主手中，轉移至多數農民身上，以實現「耕者有其田」的理
想；實際上卻是中國共產主義革命的一部分策略，透過階級鬥爭，裹挾眾多
人民加入共產黨，進而控制百姓的生活與思想；最後卻造成「村村流血，戶
戶鬥爭」〔註 23〕的後果。然當時的廣大農民、學生團體、甚至教員、學者、
教授，無不響應，視之為思想前進的一門途徑，夏承燾即是其中一名。

「土地改革」乃夏承燾這一時期面對的第一個重大改革運動。1950 年 8
月 10 日《日記》載「晨往大學開土改學習會，石君示文匯報記北方土改後情
形，甚動人。華東五六年後始亦可見太平盛世，未老逢此，不虛此生矣。」
（冊 7，頁 112）1950 年 12 月 28 日至 1951 年 1 月 10 日，夏承燾赴嘉興真

〔註 23〕楊立：《帶刺的紅玫瑰——古大存沉冤錄》指出 1953 年春，廣東省西部土改
　　　　中，有 1156 人自殺，故有「村村流血，戶戶鬥爭」口號出現。（香港：天地
　　　　圖書公司，2000 年）。

西鄉（今浙江省嘉興市南湖區）參加第一次土改。查《日記》，此 14 日的日記內容竟然散佚，過程如何，不得而知。〔註24〕1 月 17 日《日記》載夏承燾有土改詩 62 首，擬名為《均田小唱》，原詩未載入《日記》，內容不明。（冊7，頁147）《天風閣詩集》錄有雜詠十二首，題為「一九五〇年十二月偕浙江大學中文系友生參加嘉興土地改革，居鄉見聞，皆平生所未有，作雜詠十二首」，舉例如下：

> （其四）田頭三五牧牛兒，能唱『是誰養活誰』。汗下令人慚月俸，耳明為汝悟風詩。

> （其七）董叟孤棲不自憐，家無丁壯也分田。兒孫滿眼憑君數，東舍西鄰幾少年。

> （其十）麻木如何名不仁，此言會得幾詩人。少陵三昧無多子，寫到黎元筆有神。　　（冊4，頁55～56）

《天風閣詩集》所錄的十二首土改詩，可能是《均田小唱》中部分組詩。從中可見夏承燾對農村景象深刻的描寫，其寫作導向，正與杜甫關注現實、關懷民生的詩歌傳統在某種程度上有所契合。然內容是否涉及改革運動背後的政治因素，則有待全面掌握資料後，始能查明。1951 年 10 月 7 日，夏承燾赴安徽五河縣參加第二次土改，此期間因被質疑個性過於溫和，不宜從事激烈的社會運動，故撰有〈我的性格適宜於搞土改工作嗎〉一文以為自省。夏承燾參加皖北土改期間，填有數詞，節錄如下：

> 童延客，忙箕帚。翁肅客，羅漿酒。話翻身村史，煙光抖擻。九地蛟鼉移穴去，千年奴隸當家後。送照天映海萬紅旗，風如吼。　　（〈滿江紅·皖北土改，夜行垓下陰陵大澤，息農舍作〉下片）

> 何處歌聲，紅旗下、秋濤怒吼。看工農、共揮熱汗，同開笑口。畫地能教豺虎伏，滔天敢縱蛟龍鬥。是獨夫，舊曲莫重謳，隋堤柳。（〈滿江紅·皖北五河縣治淮〉上片）

> 淮泗名都，驚打面、風沙漠漠。問赤手、何人敢犯，蛟龍牙角。百戰徒誇天設險，千年共怨鄰為壑。幸同君、洗眼見河清，今非昨。（〈滿江紅·訪五河縣治淮工農〉上片）

〔註24〕1951 年 1 月 15《日記》載：「夕作土改日記初稿成。」（冊7，頁 146）可知夏承燾當時是有所記載的，惟此十餘日的內容不知何故，竟然遭刪。

翻身艱苦事，餓瘺剛腸，錢眼中間幾人傑。揮手萬千金，縛得於菟，
看自有、樹根窮骨。算引導、春光仗梅花，有鬥慣風霜，老枝如鐵。
（〈洞仙歌‧贈阿昌〉下片，冊4，頁211～212）〔註25〕

夏承燾的思想和行為力圖緊跟時代走向，將農民實況與農村景象形之於筆
墨。

「土地改革」之後，夏承燾於1952年2月參加反貪汙、反浪費、反官僚
主義的「三反運動」〔註26〕，與浙江大學同事互相批評。《日記》載：

午後開三反運動會。今明二日各人檢查自己從前對各種運動之態
度，及對三反運動之感想。予自述治學數十年，於勞苦大眾了無益
處，而食稻衣錦，養尊處優，豈非浪費貪汙。西彥評予完全否定自
己，與不敢不肯批評他人，兩者是統一的。孝寬謂予但求遠怨，無
鬥爭性。仲浦謂予自謂所學毫無益於人，貶損太甚。予亦自知此有
語病，易流為虛偽。　（冊7，頁237）

3月1日《日記》又載夏承燾公開發言一小時自我檢討：

對從前教學不負責，政治學習不關心，脫離群眾，做濫好人等等惡
習，痛下砭針。說及對石君無幫助，土改中負西諺好意，幾乎失聲。
以後立誓以不做白了漢〔註27〕，著手拯拔自己。土地改革與三反運
動，為予此生能否翻身關鍵。甚望能實踐此語。　（冊7，頁241～
242）

4月25日《日記》載夏承燾所作的三反運動的總結：

予談三反開始時，以為必與我自己無關，不謂在此運動中竟受大教
育。最顯著一事，即三反後對業務之盡心。解放前以著作為正業，

〔註25〕「阿昌」為大陸五河土改積極分子，「於菟」係老虎別名，此指阿昌鬥當地
　　　女惡霸繆孟氏事。見吳无聞注《天風閣詞集前編》，《夏承燾集》，冊4，頁
　　　212。

〔註26〕「三反運動」指中共政權下的國家機關、部隊和國營企事業單位開展的反貪
　　　汙、反浪費、反官僚主義的鬥爭運動。1951年12月1日，由於在增產節約
　　　運動中，揭發出大量的貪汙、浪費現象和官僚主義問題，中共中央作出「關
　　　於實行精兵簡政，增產節約，反對貪汙、反對浪費和反對官僚主義的決定」。
　　　8日，中共中央又發出「關於反貪汙鬥爭必須大張旗鼓地去進行的指示」，全
　　　國各地開始施行三反運動。

〔註27〕「自了漢」是中國舊社會通常聽到的口語。其原意是指一個人只顧自己了此
　　　一生，而不關切任何其他的人。

以教書為副業，看不起學生，以為學生不能領會我之學問。上課以
前從不作預備。近日教書，往往一小時課，須預備一二日工夫。卻
心安理得，不復雜用心，錯用心。　　（冊7，頁253）

諸如此類的自評、互評，《日記》中不乏記載，如批評鄭石君（鄭奠，1896～
1968，字石君、介石）在嘉興參加土改時，不肯勞動；批評王西彥（1914～
1999，原名正瑩，又名思善）在五河土改時犯官僚主義；批評陸微昭（陸維
釗）浪費精力在家庭瑣事上；評蔣祖怡（1913～1992）著書動機不純正，是為
稿費以救窮云云。然這類互相揭發的批評模式，夏承燾曾表示「免為搴諤，
未必當理也。」（冊7，頁237）但卻讓夏承燾從自省之中，檢視教學上的盡
心程度，他認為這是從「三反」中收穫最顯著的一例。「三反運動」後，校內
又展開一連串的思想改造運動，同事及學生批評夏承燾的內容，也一一條列
於《日記》中，如1952年7月25日記載十五條，列舉五條如次：

以生命力說杜詩、辛詞，太抽象。

救漢奸，謂是舊倫理觀念不妥。

平時好開玩笑，近乎玩弄人。

引古人文句，不應忽略其歷史時代環境。治學論人，應掌握其整個
思想情況。

舊學生反映在校時覺予課好聽，出校教學無用處，只宜於在社會上
作名士。　　（冊7，頁274～275）

對此，夏承燾在《日記》中寫道：「平日以耿介講屈子，乃自蹈於鄉愿行徑」、
「使十年前而有此思想改造運動，予當不致偷墮至此。」（冊7，頁275）8月
27日夏承燾在思想總結會表示個人優缺點為：

一、求進步心尚迫切。二、尚能虛心聽取他人意見，但只求完成自
己工作，幫他人不熱心。三、對業務學習尚努力，但不肯多負教學
以外責任。四、政治熱情不夠。五、好逸惡勞。六、缺乏鬥爭性。
（冊7，頁282）

從以上資料，可窺得他人對夏承燾的批評，不外乎生活安逸、缺乏鬥爭性、
政治熱情不夠等，正是夏承燾所謂「只是從故紙堆中尋求自己的天地。」他
的愛國情操似乎只能在故紙堆中尋覓，而無法立即在改革運動中看到他的政
治實踐。

　　1950、1960 年代，批判胡風〔註 28〕、肅反學習〔註 29〕、反右派運動〔註 30〕、大躍進運動〔註 31〕、四清運動〔註 32〕等思想改造運動遍地開花。例如 1955 年 9 月，杭州各大學開始「肅反學習」，夏承燾任教的浙江師範學院〔註 33〕也不例外。9 月 17 日，肅反委員會檢閱夏承燾書信，以調查某某（筆者按：某某可能是指龍榆生）是否向夏承燾思想放毒。（冊 7，頁 481）所幸查無事證，夏承燾暫免牽連。隨後，「反右派」運動展開，夏承燾為此也與同事任銘善撕破臉。1958 年於《浙江日報》第 2 版刊有〈是非莫以溫情判，罪惡需憑烈火燒──夏承燾教授反右派鬥爭感想〉，即是針對右派分子任銘善的發言。而這也明確表示夏承燾的政治傾向，他曾在全院師生社會主義大躍進規劃競賽大會上宣布「一年內成為左派，六十歲爭取入黨（共產黨）」（冊 7，頁 669）

〔註 28〕胡風（1902～1985），湖北蘄春人，原名張光人，筆名谷非、高荒、張果等。文藝理論家，文學評論家，翻譯家，七月派詩人，中國左翼文化代表人之一。曾任中國左翼作家聯盟宣傳部部長，與魯迅甚有交往。中華人民共和國成立後，因其文藝思想與王政者不和而遭到整肅，並掀起一場巨大的政治批判運動。

〔註 29〕「肅清暗藏的反革命分子運動」簡稱「肅反運動」，是中國共產黨在 1955 年發動的一場政治運動，目標是肅清中共、政府、軍隊中的反革命分子。

〔註 30〕反右運動是中國共產黨在 1957 年發起的第一場波及社會各階層的群眾性大型政治運動。《中國共產黨新聞・黨的歷史文獻集和當代文獻集・建國以來重要文獻選編》，其中「右派分子」的標準，包括：一、反對社會主義制度。二、反對無產階級專政、反對民主集中制。三、反對共產黨在國家政治生活中的領導地位。四、以反對社會主義和反對共產黨為目的而分裂人民的團結。五、組織和積極參加反對社會主義、反對共產黨的小集團；蓄謀推翻某一部門或者某一基層單位的共產黨的領導；煽動反對共產黨、反對人民政府的騷亂。六、為犯有上述罪行的右派分子出主意，拉關係，通情報，向他們報告革命組織的機密。《中國共產黨新聞・黨的歷史文獻集和當代文獻集・建國以來重要文獻選編》，冊 10，參 2019 年 1 月 16 日網頁檢索 http://cpc.people.com.cn/BIG5/64184/64186/66664/4493150.html。

〔註 31〕大躍進是於 1958 年至 1962 年，在中國共產黨領導下試圖利用本土充裕勞動力和蓬勃的群眾熱情在工業和農業上不切實際地增產（即「躍進」）的社會主義建設運動。

〔註 32〕「四清運動」簡稱四清，是 1963 年中國共產黨主席毛澤東在中國農村逐步推開的一場政治運動，意圖「反修防修」，防止演變。四清運動最初是「清工分，清帳目，清財物，清倉庫」，後來擴大為「大四清」，即「清政治，清經濟，清組織，清思想」。

〔註 33〕1952 年，之江文理學院、浙大師範學院、浙大文學院、浙大理學院合併為浙江師範學院，1958 年更名為杭州大學。1998 年，併入浙江大學。（按：此處浙江師範學院不同於今天意義的杭州師範大學和浙江師範大學）。

　　1957 年反右運動，夏承燾時常「中夜醒，為心叔（任銘善）事失眠」（冊 7，頁 625）；1958 年思想大躍進運動，夏承燾亦在高壓控制下受到嚴厲的批判，故不得不自我檢討。這一複雜的心路歷程，在夏承燾已刊的詩詞作品中未能體現。但夏承燾有一首未刊絕句詩云：

　　　　聉不知恥幾老儒，瑣瑣蟲魚濫著書。昨日絳帳稱絕學，今朝廣眾訓聾奴。〔註34〕

道出當時大學教師飽受批評，常出現昨是今非的現象。

　　在中共取得政權至文革爆發前夕，夏承燾陸續出版《唐宋詞人年譜》、《唐宋詞論叢》、《怎樣讀唐宋詞》、《姜白石詞編年箋校》、《姜白石詩詞集》、《唐宋詞選》、《龍川詞校箋》、《辛棄疾》、《詞源注》、《讀詞常識》等著作，是出版成果最豐盛的時期。然在當時的政治氛圍下，儘管是一名大學教授，也很難脫離政治而專心為古人作研究；實際上這般「為學問而學問的精神」也不被當時社會所容忍。曾與夏承燾同為之江大學同事的王季思（時任北京大學）致函夏承燾云：

　　　　兄治學態度認真，生活樸素，數一年如一日，素為弟所敬畏。但向來在政治上怕捲入鬥爭，生活上脫離群眾、脫離現實，反映在文藝觀點上、學術觀點上為文藝而文藝、為學術而學術的傾向相當顯著。此與今日黨所號召的文藝為政治服務、教育為政治服務正好針鋒相對。　（冊 7，頁 813）

王季思的提醒，一針見血指出夏承燾對於政治、黨政的不用心。夏承燾晚年也承認自己對馬列主義文藝理論學得很差，對毛澤東的批判繼承、古為今用的教導體會不深（冊 2，頁 240），又說：

　　　　論李清照、陸游、辛棄疾、陳亮諸家詞往往只肯定他們的作品在歷史上的地位和意義，而忽視了從今天社會要求和思想高度揭示其局限，因之便忽視了他們在今天社會所產生的不良影響。　（冊 2，頁 240）

夏承燾在治學與政治兩方面的取捨上，一直是處於矛盾的狀態。抗戰期間，曾經興起棄筆從戎的念頭，提出「放棄詞學，想改習政法經濟拯世之學」的想法，又云：「國家民族面臨著生死存亡的緊要關頭，而我還夜作《詞例》，為

〔註34〕陶然：〈論 20 世紀 50 年代夏承燾先生時事詩詞中的心路歷程〉，《中文學術前沿》第 5 輯（2012 年 11 月）引，頁 42

此無益之務，回顧世局，屢欲輟筆。」最後卻因「非如此心身無安頓處」作罷。〔註35〕

1950 年代以還，由於共產黨和政府對知識分子的高度重視，夏承燾無可避免參與行政工作，陸續擔任浙江省科學工作委員會委員、作家協會分會籌委會副主任、政治協商常務委員、文史資料研究委員會審會委員等職位，並與副總理陳毅（1901～1972）〔註36〕、秘書長胡喬木（1912～1992）相往來。〔註37〕然會議過於頻繁，夏承燾即有「無暇做學術研究」（冊 7，頁 612）的怨言。嚴格說來，夏承燾具有傳統儒家以天下為己任的民族精神，然或許是個性使然，或者是身為學者的堅持，夏承燾始終無法澈底的將黍離麥秀之感實踐於政治社會上，僅能在故紙堆中尋求安身立命之處，或者藉由筆墨將所思所想寄託於字裡行間而已，然這正是造成夏承燾在詩詞創作上碩果纍纍的主要原因。夏承燾反映時事的作品，如壽友人〈滿江紅〉詞上片云：

> 五十開端，趁未老，共君抖擻。正眼前、乾坤旋轉，風雲奔走。萬世一遭猶旦暮，百年方半休辜負。喚青瞳、脫胎換骨人，為君壽。
>
> （冊 4，頁 212）

據《日記》所載，詞之原序有云「江南解放時，予年五十，嘗鐫一印，曰人生五十是開端。」（冊 7，頁 186）表達夏承燾年過半百，欲在新時代中脫胎換骨的願望。又如 1950 年 12 月 22 日，他參加杭州市教育工作者為抗美援朝、保家衛國而舉行的遊行示威活動，作有白話詩四首，表達對當時帝國主

〔註35〕夏承燾〈自述：我的治學道路〉，李劍亮：《夏承燾年譜》，頁 7。

〔註36〕據《日記》載，夏承燾與陳毅於 1956 年 10 月已經結識。1961 年 8 月 21 日，夏承燾、郭紹虞、錢仲聯、馬茂元等學者同時出席上海科學會堂古典作品選討論會，遂利用接待外賓的機會與眾人聚談。夏承燾在《日記》中詳細的記載兩人訪談的內容與論詞的經過。（冊 7，頁 895～896）1964 年 12 月 22 日，夏承燾參加全國政協會議的教育界小組座談會，再次與陳毅相談甚歡，《日記》記錄了陳毅的詩論及其詩詞創作的具體歷史背景等，更記載了毛澤東的詩詞創作以及其審美傾向。（冊 7，頁 1008～1009）12 月 30 日，夏承燾又記錄了陳毅對詞的見解謂「詞體反映新現實，有生命力，嚴四聲則無意義」云云。（冊 7，頁 1012）

〔註37〕《天風閣學詞日記》第 7 冊 1962 年 4 月 7 日至 1964 年 2 月 12 日內容缺佚，按李劍亮《夏承燾年譜》，夏承燾收到胡喬木於 1962 年 12 月 30 日來函，開頭謂「近讀大作談辛詞〈水龍吟〉一文，略有所見，寫上呈政」，可知胡、夏兩人相往來。頁 222。

義的批判，詩云：

> （其二）昨日裡對你金銀『救濟』，明日裡要你肝腦塗地。口口聲聲講情分，作好作歹送上門。後門麥克亞瑟，前門司徒雷登。

> （其四）肯聽話奉還庚子賠款，不識相請吃原子炸彈。我不管你肯還不肯，我要拿你自己的金銀買你自己的靈魂。　　（冊 5，頁 143）

1953 年 9 月中秋，夏承燾赴北京出席全國高等師範教育會議，途中過長江時作〈水調歌頭〉一詞：

> 對酒不須勸，聽我浩歌聲。百年能幾今夕，一笑大江橫。天上本無風雨，掃卻人間雲霧，萬象自空明。散髮照江水，此興冠平生。　　二三子，歌慷慨，興飛騰。當年擊楫豪氣，醉裡共談兵。指點白鷗起處，想像紅旗無數，萬舸夜南征。回首卅年事，烽火滿彭城。　　（冊 4，頁 336）

陶然評此詞「豪邁奔放，興致無前，有蘇辛餘響，新時代所激發的逸懷浩氣顯露無餘。」〔註38〕1956 年中共國慶日，夏承燾調寄〈好事近〉，寫天安門觀禮一事：

> 擁上旭輪高，雲陣萬旗同色。動車飆車過處，起鴿翎似雪。　　花枝如海沸歌來，花底笑渦活。看取國家朝氣，在學童雙頰。　　（冊 4，頁 215）

1957 年 9 月，夏承燾應《浙江日報》的中共國慶節徵文，作〈太常引·武漢長江大橋通車〉，詞云：

> 人間天上兩星橋。江漢正秋宵。黃鶴不須招。看人比、江樓更高。　　紅旗舞處，人民事業，千古浪難淘。容我伴詩豪。挾白月、飛過怒濤。　　（冊 4，頁 338～339）

同年 10 月，又作〈太常引〉二首詠人造衛星，其一云：

> 人間海水正群飛，北國一星輝。雷電失神威，聽墮箭、如啼餓鷗（指美國雷神號導彈火箭）。　　老妻早計，同遊月窟，拍手問何時。昨夢話鄰兒，夢去掛、星球絳旗。

1964 年 3 月作〈菩薩蠻〉詞云：

〔註38〕陶然：〈論 20 世紀 50 年代夏承燾先生時事詩詞中的心路歷程〉，頁 39。

千林霜錦誰渲點。千灘雪練誰拖染。誰與喚扁舟。千詩酬豔秋。
老農談幹勁。勝我誇吟興。鋤耙代刀槍。月光當太陽。　　（冊 4，
頁 220）〔註39〕

「鋤耙代刀槍，月光當太陽」，夏承燾自注為十字農村標語，正是「大躍進」
時代的反映。1965 年 3 月，夏承燾與同校教師赴澧浦（今浙江省金華市澧浦
鎮）參加「四清運動」，一連作了五首〈清平樂〉記事，其中二首如下：

翻身辛苦，試聽林禽語。貪喚「提壺」忘「脫褲」，怕有攔春風雨。
不許「過場」「過關」，「洗手洗澡」何難。啼破陰霾四野，待看晴旭
千山　　（冊 7，頁 1034）（夏承燾按：「過關」二語擬鳩鵲聲，為新
禽言。）

葛藤斬斷，當下冤親判。赤膊陣頭雙「懶漢」，世界燈前全變。　　誰
噓火種風前，千星萬炬無邊。莫道朽株枯木，當年赤焰燒天。　　（冊
7，頁 1034）

其一乃夏承燾參加澧浦四清會上所作，夏承燾以鳥禽語比喻那些在會上大放
厥詞的眾口。其二原作題云：「四清會上黃姓兄弟揭發其舊友某幹部，激昂驚
座，二黃一向被村人目為懶漢者」；詞末註云：「工作隊調查研究工作甚仔細，
常以力證攻破舞弊者攻守同盟」（冊 7，頁 1030），針對二黃兄弟揭發舊友一
事發論。

　　諸如此類的作品，在內容和形式上都顯示夏承燾緊跟時代的創作特徵，
反映夏承燾身為知識分子面對時代變化的真實感受，也如實記錄了當時時代
的發展走向。唯夏承燾詩詞中少有各種政治活動帶來的負面影響的書寫，但
也不得不同情夏承燾在當時局勢下，必須謹言慎行的態度。

四、晚期（1967 年至 1986 年）

　　1966 年夏承燾任職杭州大學之際，文化大革命爆發；1967 年，夏承燾先
後在杭州、溫州被批鬥，是年好友吳天五作〈謝鄰有無妄之災，賦此寄懷〉
（筆者按：謝鄰即夏承燾）組詩六首，舉例如下：

〔註39〕按此詞收錄於《日記》，題為「過窄溪梅蓉生產隊，江岸紅葉正美」，詞云：
　　　　「千灘縹練誰拖染，千林霜錦誰渲點。誰與喚扁舟，千詩酬豔秋。　　老農
　　　　嘲雅興，幹勁教君聽。鋤耙代刀槍，月光當太陽。」（冊 7，頁 944）後收入
　　　　《天風閣詞集》，題為「訪桐君公社」。

（其一）我應削跡坐書空，君亦胡為嘆道窮。識字真成憂患始，是非一闋〈滿江紅〉。

（其二）刀割香塗未易逃，由來奇禍出名高。攬街兒女接驚走，白帽峨峨映皂袍。

（其三）詞壇公論孰疵瑕，白雁新聲動永嘉。說與籜翁應絕倒，何曾感慨已名家。〔註40〕

1966年6月文化大革命開始，夏承燾因一闋岳飛〈滿江紅〉，接連捲入批鬥之中，吳天五以六首組詩為之嘆息。此事肇因於1961年，夏承燾作〈岳飛〈滿江紅〉詞考辨〉一文，吸收王季思、余嘉錫、譚其驤（1911～1992，字季龍）等學者意見，認為此闋乃明人偽託岳飛所作。此文正式刊登於1962年4月日本《中國文學報》及9月16日《浙江日報》；隨後，《浙江日報》於10月14日刊〈也談岳飛〈滿江紅〉詞——與夏承燾同志商榷〉、〈再談岳飛〈滿江紅〉考辨兼答谷斯范同志〉二文，以為回應，可知反響之大。鄧廣銘曾向夏承燾表示此文章發表後的疑慮，果不其然，文革之際，便遭有心人士冠以「牛鬼蛇神」、「給民族英雄抹黑」、「大漢奸」、「賣國賊」等罪名，批鬥毆打、遊街示眾，並打入牛棚，予以懲戒。1968年9月2日，《浙江日報》第2版登杭州橡膠廠謝駕千〈砸爛「專家辦報」路線〉一文指出：

舊《浙江日報》的走資派對工農兵是百般打擊、排斥，而對資產階級「專家」和牛鬼神蛇的「學者」又是怎樣呢？那才是百般愛護，倍加奉承，經常登他們的黑文、黑畫。浙江有名資產階級反動學術「權威」夏承燾、潘天壽等等，都是舊《浙江日報》的寶貝，他們的文章改一個標點，還要徵求他們的同意。……

12月23日，《浙江日報》第3版登杭州製氧機廠工人張德祥〈「人人愛看」是假，為階級敵人服務是真〉一文指控：

舊《浙江日報》上在一個時期裡，毒草叢生，反動學術「權威」夏承燾的《西溪詞話》，文化特務潘天壽的黑烏鴉、禿老鷹，以及什麼地方好玩、什麼東西好吃等等都在黨報上登了出來。難道這是工農兵群眾需要的嗎？他們對我們迫切需要的傳達毛主席的聲音、表現毛主席的偉大形象以及反映工農兵活學活用毛主席著作的稿子就

〔註40〕李劍亮：《夏承燾年譜》，頁235。

是壓住不發，其用心是多麼險惡。〔註41〕

夏承燾與潘天壽（1897～1971）前者是一代詞宗，後者是國畫大師，紛紛遭遇文革的滾滾紅禍。夏承燾在眾口屈辱之下，遭人直指為「反動學術權威」的牛鬼神蛇，其作品更有「黑文」之稱。夏承燾原配夫人游柔莊，恰好又於1972年2月去世，此階段可說是夏承燾平生最低潮的時期。然夏承燾的節操依舊，未曾放棄自己著書、創作的理想，他以詩論詞，藉古人寄託志節，後來出版的《瞿髯論詞絕句》，便是這一階段的重要成果。

夏承燾飽受文化革命的摧殘後，身心靈俱疲，遂向校方請假長休，隨後與吳无聞共結連理。她既是夏承燾弟子，亦是摯友吳天五之妹，他在暮年得此賢內助，生活足以慰藉；更重要的是，吳无聞協助夏承燾整編後期多部論著，時常為之代筆，不論是對夏承燾而言，或對學界來說，均是極為重要的貢獻。可惜的是，夏承燾因文革而在學界留下的汙點，未能完全抹去，周汝昌《北斗京華：北京生活五十年漫憶》記載道：

> 「文革」之後，忘記是哪一年了，……忽一日夏先生來臨，還是吳聞女士（筆者按：即吳无聞）陪侍。……在此之前，我與夏先生有討論學術的書札來往，忽有友人警示我，暫停與夏通訊，因聞說他問題嚴重（包括行力的「不良」云云），免受「牽累」……以後又有些「小道消息」，「風傳」他在運動中受到「衝擊」極大，現已無立足之境，……我方知他的處境已非一般的不佳了。〔註42〕

直至1978年11月，杭州大學黨委會簽發106號文件〈關於夏承燾平反的決定〉〔註43〕，強壓於夏承燾身上「資產階級反動學術權威」的罪名始得以摘下，徹底平反夏承燾的學術名譽。

夏承燾暮年都在北京度過，夫人吳无聞伴侍在側，一面照料夏承燾生活起居，一面輔佐夏承燾出版新作，如《瞿髯論詞絕句》、《唐宋詞欣賞》、《夏承燾詞集》、《夏承燾詩集》、《韋莊詞校注》、《放翁詞編年箋校》、《域外詞選》（與張珍懷、胡樹森合著）、《天風閣詩集》、《蘇軾詩選注》（與吳天五、蕭湄合著）、《姜白石詞校注》等；並陸續增訂舊作，如《唐宋詞人年譜》、《唐

〔註41〕李劍亮：《夏承燾年譜》轉引，頁235～236。
〔註42〕周汝昌：《北斗京華：北京生活五十年漫憶》（北京：中華書局，2007年6月），頁320。
〔註43〕李劍亮：《夏承燾年譜》，頁249～251。

宋詞選》、《讀詞常識》、《姜白石編年箋校》、《龍川詞箋校》等，碩果纍纍，詞壇學人望塵莫及。再者，學界發文評介夏承燾之成就及其著作者，不乏其人，如 1979 年 7 月，澳門日報載文評介夏承燾詩詞；1980 年 3 月，光明日報登洪柏昭〈談瞿髯論詞絕句〉；1980 年 8 月，海洋文藝登楊牧之〈訪夏承燾先生〉；1981 年，澳門日報登施蟄存〈瞿髯翁治詞生涯側記〉；1981 年 6 月，百花文藝出版社載文評介《唐宋詞欣賞》；1981 年 12 月，浙江書訊登蔣德閑〈夏承燾治學二三事〉；1982 年 5 月，香港大公報登周采泉〈《天風閣詩集》讀後〉；1982 年 11 月，香港文匯報登崔頌明〈夢路應同繞永嘉——記著名詞學家夏承燾先生和他的學生臺灣女作家潘希真〉；1983 年 12 月，光明日報登施議對〈讀《金元明清詞選》〉；1985 年，中國建設登熊江堅〈慶祝夏承燾教授從事學術與教育工作六十五週年〉；團結報登胡紹芳〈夏承燾、王力、馮友蘭三教授訪問記〉等，夏承燾之學術成就，隨著他的高壽，與其著作等量齊觀，胡喬木稱夏承燾「文壇先進，詞學宗師」，學界的回響也遍滿士林。

夏承燾於 1986 年 5 月 11 日心肌梗塞過世，終年 87 歲，葬於千島湖羨山島將軍帽下。墓碑正面左右輓聯刻有「浩蕩天風宙宇神遊詞筆健，蒼茫煙水湖山睡穩果花香」，背面有吳无聞親撰之祭文。一代詞宗夏承燾長眠於千島湖畔青山綠水之間，也為此地增添濃鬱的詞家氣息。

夏承燾《天風閣學詞日記》止於 1965 年 8 月 31 日，之後的日記內容缺佚，有待《夏承燾日記全編》付梓出版，始可問世。〔註 44〕這時期的詩詞創作，見錄於《天風閣詩集》、《天風閣詞集》中，然未見文革期間的作品。夏承燾遭人批鬥、關入牛棚期間，是否有留下隻字片語，就不得而知了！

夏承燾生命的最後一哩路，兩鬢雖已斑白，但心中的理想不減，再次回到他平生喜好的創作與著書一路。1973 年，作〈鷓鴣天〉詞云：

> 到骨新恩是嫩涼，水邊枕簟小胡床。一尊自醉西江月，四海誰知兩鬢霜。　　燈動盞，筆淋浪。扁舟夢路到鱸鄉。老來郊島從人笑，醉喚家人檢錦囊。　　（冊 4，頁 232）

夏承燾於平反後重拾筆墨，以滿腔熱情繼續創作。或藉歷史人物表露其人格精神與愛國節操，作品如〈減字木蘭花〉題歸莊〔註 45〕、〈卜算子・萬年少畫

〔註 44〕吳蓓：〈夏承燾日記手稿考錄〉，《詞學》第 35 輯，頁 160。
〔註 45〕〈減字木蘭花〉題歸莊一詞序云：「歸玄恭山石小幅，有亭林先生題云：『歸

顧亭林像〉、〈滿江紅・柴巿謁文文山祠〉、〈洞仙歌・遊龍門謁白香山墓〉、〈夏完淳・長沙客夜，誦夏完淳集〉、〈減字木蘭花・題王船山先生〈宋論〉手稿，湖南博物館藏〉等。或藉交遊往來表露時事之感或悵憮之情，如〈玉樓春・奉懷鄧恭三教授〉、〈臨江仙・陳從周贈泰山松枝杖，因起遠遊之興〉、〈減字木蘭花〉憶往年陳毅同志邀宴六客事、〈玉樓春・乙卯中秋，啟元白教授贈筇杖〉、〈南鄉子〉記唐茹經志節不屈一事、〈減字木蘭花・奉贈姜老國仁〉等。或藉遊覽山水名勝抒發感慨，如〈鷓鴣天・湖上答古津邀遊太湖〉、〈漁家傲〉與吳无聞遊西湖、〈減字木蘭花・乙卯秋日，北京諸詞友邀遊西山〉、〈木蘭花慢・泛頤和園崑明湖〉、〈浣溪沙・過大慈恩寺登大雁塔〉、〈菩薩蠻・與北京諸詞友遊西山大覺寺〉。或自述胸懷，聊以自遣，如〈平韻滿江紅・京寓即事〉、〈平韻滿江紅・看治黃影片，憶五十年前兵亂中潼關泛河舊景〉、〈鵲橋仙・八十自壽寄鷺山〉、〈清平樂〉（鬢眉如雪）、〈平韻滿江紅・北京病枕，憶雁蕩二十年前舊游〉。

　　基本上，夏承燾這一時期的創作題材與前幾期相較，並沒有大大差異，筆墨之間，仍是夏承燾所思所感的真實心境，唯多了幾分生命的體會。如對西湖的情感，囚政治運動擴及文革的影響，而有「春歸南陌無多日，我住西湖過半生」（〈鷓鴣天・湖上答古津邀遊太湖〉，冊4，頁233）、「船窗著論伴潛夫，晴也西湖，雨也西湖」（〈一剪梅・和趙師俠坦庵詞，申甫翁囑題〉，冊4，頁267）之嘆。也多了幾分年長智者的從容與淡定，而有「一筇天外到，帶得岱宗雲」（〈臨江仙・陳從周起源由贈泰山松枝杖，因起遠遊之興〉，冊4，頁239）之想。夏承燾經歷一連串的政治動亂以及思想改造的時代，晚年歸於寧靜淡泊、從容閒適的生活，但傳統儒人「兼善天下」的精神依舊根深柢固的在他心底留存。其〈水調歌頭・雲老招邀，初到長沙〉詞云：

　　　昨夢駕黃鶴，飛落九嶷巔。雲間招手屈賈，歷歷幾臞仙。問訊江潭
　　　漁父，誰吊座隅鵬鳥，幽怨滿陳編。蘇渙來蜀道，杜甫落湘船。　　飛
　　　虎營，聽鼓角，曉燈前。問我別來記否，秋水酌飄泉。撝起吟邊諸
　　　老，共唱東風新曲，點點指齊煙。翹首韶山日，壯采耀霞天。　　（冊
　　　4，頁261）

上片藉與屈原、賈誼的對話，寄託過往幽怨滿懷的心境，雖嚮往漁父那般身

玄恭遺墨』。署『康熙十八年己未』。時玄恭卒後四年，亭林卒前三年。」（冊4，頁234）

處亂世，與世推移的精神，卻難以超脫，而與杜甫落拓湖南一樣，發出淒涼哀傷之嘆。下片思緒則回到眼前，夏承燾得以和身邊諸老共唱新曲，迎接「翹首韶山日，壯采耀霞天」的新氣象，道出夏承燾對國家山河的期望與美好未來的嚮往。

第二節　精神內涵與藝術風格

夏承燾以儒人之姿終其一身，然身處動盪亂世，面對內憂外患，他能與時俱進，關心時局，時常表達對國事憂心耿耿的情感。筆墨是他對社會、國家表達關懷的媒介，詩詞創作則是他自身心靈情感的抒寫。在五四新文化運動和西學思潮的影響下，夏承燾依然堅持以傳統舊體詩詞抒發所思所想。詩詞內容廣泛豐富，涉及社會時事、山水名勝、題贈唱答、歌詠古人等，這是一位傳統文人處於新、舊社會過渡時期的真實記錄。《日記》有載：

> 作新詩若摒棄一切舊有而從歐化，等於喪其家貲，借外債以度日，唐律對仗雖有流弊，然古來名語，千奇萬變，為全體文學之精粹，亦不可一筆抹殺。要看有本領者，如何利用駕馭耳。　（冊6，頁122）

夏承燾不論在評論詞體的價值與功能方面，或者品評歷代詞人及其詞方面，均強調詞體必須真實的反映社會，真實的體現詞人的情感。當夏承燾的目光放在自身的作品上時，亦是以同樣的標準進行創作。夏承燾能因循前賢道路，取眾家之長，並且開拓新境，形成二十世紀世代下獨有的創作風格，這是他將詞學理論實踐於詞體創作中突出的藝術成就。以下將其精神內涵與藝術風格歸納二大點：

一、以史入詞，藉筆墨反映現實、直抒胸懷

夏承燾於1934年寫下〈水調歌頭・自題詞卷〉一闋，表達他對詞體創作的傾向，詞云：

> 一曲喝馱子，自聽勝箏琶。傷麟歎鳳何意，亦不解催花。滿眼鄧山蒼翠，招手群真天際，無分共餐霞。吾駕指幽冀，打面颯風沙。　笑輕盈，歌婉轉，舞天斜。華胥國裡人物，夢醒各天涯。我有〈七哀〉〈九辯〉，喚起八叉三變，短筑和紅牙。此曲不堪續，隱隱萬方笳。（冊4，頁135）

夏承燾開篇指出「喝駄子」這類質樸的民間曲調，勝過任何一種優美高雅的琵琶聲。「傷麟歎鳳」、「不解催花」句，藉孔子晚年因魯國獲麟而悲，並歎息鳳鳥不來的故事，以及唐玄宗以羯鼓催花一事，用以比喻生活安逸的權貴，卻在亂世中扼殺英才之事。「鄮山」在今浙江寧波鄞縣，即南宋詞人吳文英出生地。此句表達夏承燾雖承晚清詞家遺緒，卻不學吳文英詞風的創作途徑。而在「笑輕盈，歌婉轉，舞天斜」的氛圍下，欲以〈七哀〉、〈九辯〉等感人肺腑之作，喚醒溫庭筠（八叉）、柳永（三變）那般濃豔婉約之風；以慷慨激昂之短筑聲，取代紅牙拍版之樂章。夏承燾強調詞體需有反映現實的功能，以取代詞壇柔靡華豔的風氣。整闋詞可說是夏承燾欲開拓詞境的宣言。然這一時期，夏承燾身處日軍侵華的背景下，詞末「此曲不堪續，隱隱萬方笳」，表達他在戰爭動亂之際，依舊在書堆中著書、填詞的矛盾心理。

晚年，夏承燾完成《瞿髯論詞絕句》，最終一首論詞壇新境，詩云：

> 蘭畹花間百輩詞，千年流派我然疑。吟壇拭目看新境，九域雞聲唱曉時。　（冊 2，頁 587）

夏承燾藉《蘭畹集》表示對軟媚詞風不欣賞的態度，故引宋·陸游「書生有淚無揮處，寄見祥符九域圖」（〈書歎〉）之典，以及化用毛澤東「一唱雄雞天下白」（〈浣溪沙〉）之句，期許詞壇能開拓新境。吳无聞題解云：「詞壇上絢麗多彩、百花齊放的新境，只有在社會主義的新中國、在革命文藝路線指引下才能實現。」〔註46〕歷代詞壇流派眾多，風格各異，而真正能符合時代潮流，都是那些與時俱進、反映現實社會的作品，夏承燾強調「詞史」的功能，即是藉筆墨以反映現實、直抒胸懷。本文第四章、第五章羅列夏承燾評論的歷代詞人中，最重視的詞人有四位，即蘇軾、李清照、辛棄疾、姜夔（論詞絕句四首以上），其他如張孝祥、岳飛、陳亮、元好問、文天祥、陳子龍、夏完淳等，亦是有意識的予以推崇。從中可一窺夏承燾論詞與作詞的宗旨，在於破除以香弱為本色，以雕飾為華美的詞風；注重意境的雄奇、情感的奔放、內容的寫實、感情的真摯。

綜觀夏承燾公開發表的作品中，其創作題材大致可分為五大類：（一）直寫社會時事（二）寄情山水名勝（三）憑弔歷史人物（四）與師友題贈唱答（五）抒寫自我情懷。不論題材為何，內容均能緊扣創作宗旨，以反映現實、直抒胸懷。以下舉例說明之：

〔註46〕吳无聞注《瞿髯論詞絕句》，見《夏承燾集》，冊 2，頁 588。

（一）直寫社會時事，抒發興亡之感

日軍侵華，國土淪陷，民族災難之際，夏承燾持筆聲討，道出了人民的悲憤、社會的動盪、以及知識分子對國家的憂患意識。相關作品如〈賀新郎〉（昨夢清無價）下片：

> 醒來鉛淚紛成把。念隴頭驚沙千斛，邊聲萬馬。南渡湖山巾屨盛，
> 日日歌圍酒社。天水浪、花應能語。換了尊前箏笛耳，聽北風鼓角
> 從天下，香影拍，忍重打。　　（冊4，頁134）

這闋詞乃記之江大學友生邀請探訪超山（位於浙江省杭州市）之作，夏承燾因病未從，而隔日承德（今河北省承德市）失守，舉國震驚。〈賀新郎〉：

> 瀚海飄流慣。甚年年、低回故宇，伴人長歎。一夜空梁驚塵起，玉
> 砌雕欄都換。繞危幕、欲飛還戀。何處蓬蒿雙棲穩，更羨居、鐘鼓
> 何心羨。風雨急，序為淚如霰。　　謝鄰舊侶重相見。應念我、江
> 湖賃廡，十年遊倦。石出水清歸無日，莫唱豔歌相餞。幾兄弟、他
> 鄉異縣。安得駕鵝銜君到，恨凋殘、毛羽排風短。依樹鵲，共魂斷。」
> （冊4，頁149）

此乃夏承燾於1938年為避日軍轉往瞿溪（今浙江省溫州市內）所作，以燕巢翻覆，群鳥哀鳴，比喻家國動盪不安，無安身立命之處。

1940年3月30日，汪精衛政權在日軍的扶植下於南京建立「國民政府」，廣招學界文人、知識分子踴躍加入。夏承燾時任之江大學，對於汪政權的拉攏及誘惑，始終不為所動。《日記》中多以「汪偽」稱之，表達對汪政權的否定，也流露出其民族節操。當他面對摯友龍榆生投奔汪政權之舉，深感痛心。[註47]因此寫下許多作品，表達對失節友人的規勸。作品如〈蝶戀花〉：

> 昔日青青今在否。白下舊臺、一帶藏鴉柳。未舞東風先俯首，憐渠
> 心力三眠後。　　青眼東皇能幾久。陌路相逢、且莫輕招手。時樣
> 雙眉空暗鬥，誰家明鏡無新舊。　　（冊4，頁154）

「青眼東皇能幾久」道出汪政權有如曇花一現，終將覆滅；「且莫輕招手」也明白撇清夏、龍兩人的關係。如〈鷓鴣天〉詞云：

［註47］汪精衛與龍榆生同為朱祖謀門生，兩人私交甚好，龍榆生在汪精衛的邀請下，
　　　遂出任其國民政府立法委員一職，「同門之誼」可說是龍榆生投靠汪精衛的主
　　　要原因。戰後，龍榆生被判為「文化漢奸」，罪刑十二年。

> 南雁西烏喚不回，浩歌誰尼我歸哉。故人勸作冰霜面，孱婦知酬潋
> 灔杯。　　　行甓甓，坐蕘堆。有時吾駕亦難回。明朝溝壑安心等，
> 昨夜溪山入夢來。　　（冊 4，頁 166）

這是夏承燾以代言的口吻，質問好友龍楡生為何滯留南京不肯歸來。夏承
燾甚至被友人勸誡與龍楡生劃清界線，夏承燾卻因舊情而掙扎不已。1942
年 1 月 9 日《日記》載夏承燾得吳天五一信，中有和詩一首云：「看鏡心情
何日盡，畫眉深淺此時難。」吳天五並論龍、丁出處，囑夏承燾「當此風色，
須有嚴嚴氣象」云云。夏承燾謂：「予對人濡忍不能剛決，□□西行後，予
仍與書札往復，頗來友朋之譏。」（按：龍、丁指龍楡生與丁懷楓，□□為
龍楡生，冊 6，頁 362）。

　　抗戰勝利，舉國歡騰，面對新時代的來臨，眾人難掩興奮之情。夏承燾
詞中不乏歌頌新生之作，如：

> 意行深坐還孤笑，酒興闌珊愁窈窕。吟成水色遠連天，夢覺鵑聲啼
> 到曉。　　蘇堤車馬休相召，寒食清明都過了。尊前誰道已非春，
> 應信明朝春更好。　　（〈玉樓春〉，冊 4，頁 206）

> 紅旗似畫，橫海驚無霸。天外風雷聞叱咤，飛出一丸掌下。　　健
> 兒身手登臺，老翁熱淚偷彈。起看九州光氣，萬千紅紫江山。　　（〈清
> 平樂‧贈乒乓球諸健將〉，冊 4，頁 228）

> 十六年間幾雨風。煙花回首看，萬千重。不須舊曲和夔龍。兒歌好，
> 處處唱雷鋒。　　昨夢任匆匆。飛騰過溟嶽，酒杯中。故人第一話
> 重逢。崑崙頂，海日一輪紅。」　　（〈小重山〉，冊 4，頁 346）

以上諸闋，無不道出夏承燾迎接美好未來的盼望。又如前揭所引〈太常引‧
武漢長江大橋通車〉、〈太常引〉詠人造衛星，以及〈菩薩蠻‧新安江水電站〉
「新安人說青天上，飛車回首雲千丈。畫裡過秋城，江光潑眼明」等，係歌詠
國家建設的進步與發展。

　　夏承燾面對一連串的政治思想改造及農村改革運動，他也與社會大眾一
樣，充滿期待與亢奮的心情。當夏承燾深入農村，參與土改之時，以真摯的
筆墨寫下不少農村詞，反映社會下層人民辛苦的付出。前揭所舉〈滿江紅‧
皖北土改，夜行坂下陰陵大澤，息農舍作〉、〈滿江紅‧皖北五河縣治淮〉、〈洞
仙歌‧贈阿昌〉，以及〈滿江紅‧訪五河縣治推工農〉「有川原還我，秋收春

作。已挈鯨濤歸瀣渤，更開雁磧營京洛。是走千、走萬此家山，歸田樂」（冊
4，頁211）諸例均屬之。

由上可知，夏承燾不論是處於國家動亂或新生之際，都是緊扣國家盛衰
命運，以抒發興亡之感，反映出夏承燾「樂以天下，憂以天下」的人格精神。
然而在以土地改革、反右派運動、思想大躍進、文化大革命為名的社會運動
之下，夏承燾卻鮮少提及社會上流血的衝突，以及餓殍遍野的情形。對於他
本人以及其他知識分子深陷文化浩劫的屈辱，也不見任何公開的反思與批判。
這是夏承燾在直寫時事詩詞作品中所遺漏的一大部分。

（二）寄情山水名勝，闡發人生幽思

夏承燾游蹤遍及大江南北，除了出生地浙江之外，曾遊歷安徽、河北、
河南、陝西、廣東、江西、湖南各地，以及杭州、上海、南京、開封、鄭州、
徐州、北京、承德、廣州、西安、長沙等都市。山水名勝諸如桐廬江、普陀、
太湖、西湖、孤山、雁蕩、龍泉、武夷、莫干山、吳淞、新安江、洞庭湖、西
山、崑明湖、龍潭湖、北海等，人文古蹟如潼關、長城、沈園、葉適墓、嚴光
釣臺、宋梅亭、岳飛墳、天安門、文天祥祠、袁崇煥祠、承德避暑山莊、白居
易墓、始皇陵、大雁塔、岳陽樓等，皆一一見之於詞。〔註48〕大自然的一山
一水，不但融入了夏承燾在不同時期的生命體會，也寄託著他的深厚情懷。
例如同樣是寫西湖景色，由於夏承燾生活經歷的不同，創作的心境自然有所
區別，如1927年所作〈齊天樂·重到杭州〉一詞：

> 十年南北兵塵後，西湖又生春水。鷗夢初圓，鶯聲未老，知換滄桑
> 曾幾。湖山信矣。莫告訴梅花，人間何世。獨鶴招來，伴君臨水照
> 憔悴。　　蘇堤垂柳曳綠，舊遊誰識我，當日情味。禪榻聽簫，風
> 船嘯月，笑驗酒痕雙袂。嬉春夢裡。又一度斜陽，一番花事。如此
> 杭州，醉鄉何處是。　　（冊4，頁289）

這是夏承燾赴嚴州中學任教期間所作，反映辛亥革命北洋軍閥執政到南京國
民黨政府統一全國之前的十年期間。這時期南北軍閥混戰，黨派紛爭，縱使
是春日的西湖美景，也染上了詞人面對政治動亂的沉鬱心情。如1957年作
〈鷓鴣天〉：

〔註48〕夏承燾遊歷經過，參李劍亮編《夏承燾年譜》，其山水詞可參《天風閣詞集》
　　　前、後二編。另參劉夢芙：〈淺談夏承燾先生山水詞〉，《合肥學院學報》（社
　　　會科學版）第21卷第1期（2004年2月），頁87。

> 一片西湖紫復紅，安排心緒費春工。廝酬燕語無新曲，牽引楊枝有
> 好風。
>
> 餘夢寐，得從容。似聞天語在星空。何須更作花間語，身在金風玉
> 露中。　　（冊 4，頁 223）〔註49〕

夏承燾筆下的西湖，展現蓬勃生機，猶如中共在建國後，迎向新時代、新生命的到來，充滿了無限的期許與盼望。

　　夏承燾對西湖的情感，可謂複雜，不論是早年任職的之江大學，或者是晚年任職的杭州大學，西湖乃是陪伴夏承燾走過大半生風風雨雨的一景，故有「我有西湖拋不得」之謂（〈臨江仙·讀東坡詞〉，冊 4，頁 346）。然而，在文化大革命的批鬥下，西湖成為夏承燾拘禁之地。夏承燾最後全身而退，步出牛棚後，於 1974 年七十五歲生日與吳无聞遊西湖時，寫下〈感皇恩〉一闋，詞云：

> 七十五生朝，今年春早。人日梅開人未老。（燾）折花為壽，有清香
> 滿抱。（聞）六橋尋夢躅，霜天曉。（燾）　　芒屩遨遊，風船歌嘯，
> 白髮多時故人好。（聞）湖山如畫，畫裡商量吟稿。雙羿鳥飛外，誰
> 同到。（燾）　　（冊 4，頁 232）

夏承燾在文革之中受盡百般屈辱，經歷人生低潮；當他留有餘生與妻子同遊西湖，縱使發出「晴也西湖，雨也西湖」（〈一剪梅·和趙師俠坦庵詞，申甫翁囑題〉，冊 4，頁 267）之嘆，但所寫下的詞句，已不是早期那般針針見血的現實批判，取而代之的是老年歸於恬淡自適的心境。

（三）憑弔歷史人物，寄託愛國情操

　　謳詠先賢，憑弔歷史人物，亦是夏承燾創作的主要題材。根據《天風閣詞集》前、後二編，夏承燾憑弔的歷史人物包括賈誼、杜甫、白居易、蘇軾、朱敦儒、李清照、王十朋、陸游、辛棄疾、陳亮、葉適、姜夔、周密、劉辰翁、文天祥、元好問、袁崇煥、李巖、顧亭林、王夫之、夏完淳、顧貞觀與吳漢槎、黃景仁、龔自珍等人。其中以兩宋人物最夥，涉及蘇軾者有四首：〈洞仙歌·庚辰臘月，東坡生日，與諸老會飲，歸和坡韻〉、〈定風波·壬午臘月十九，東坡生日……〉、〈西江月·普陀坐雨，讀東坡樂府〉、〈臨江仙·讀東坡詞〉；涉及陳亮者四首：〈虞美人·永康訪陳龍川遺跡，過五峰書院遇雨〉、〈天

〔註49〕筆者按：此詞另見《日記》1961 年 12 月 3 日處，冊 7，頁 919。

仙子‧讀陳龍川壽婦詞……〉、〈玉樓春‧……與无聞誦龍川句〉、〈南鄉子‧過黃巖九峰書院，……憶龍川有別永嘉南鄉子詞，爰成此闋〉；涉及文天祥者有三首：〈小重山‧題文天祥中川寺拓本〉、〈滿江紅‧柴市謁文文山祠〉、〈平韻滿江紅‧諸友好惠和柴市謁文山祠堂詞〉；涉及辛棄疾者有兩首：〈太常引‧新得元刊稼軒長短句影印本，適為稼軒逝世七百五十週年〉、〈水龍吟‧謁辛棄疾墓〉；涉及岳飛者有兩首：〈滿江紅‧擬王越謁岳墳〉、〈滿江紅‧擬岳飛班師〉；涉及陸游者二首：〈玉樓春‧讀放翁詩憶桐江舊遊〉、〈鷓鴣天‧龍泉山居，讀放翁晚年詩，效其體為小詞〉。他們大多是為國家、為社會竭盡心力的愛國之士，夏承燾借謳詠先賢，瞻仰其人格精神，除表達對他們的敬仰之情外，最重要的是凸顯自己愛國的民族情操。

相關作品如〈水龍吟‧丁丑冬偕鷺山謁慈山葉水心墓，時聞南京淪陷〉：

> 九原人比山高，海雲過壟皆奇氣。草間下拜，風前共忍，神州淒涕。梁甫孤吟，南園尊酒，誰知心事。招放翁同甫，精魂相語，南渡恨，鵑聲裡。　　沈陸相望何世。送千鴉、蒼茫天水。遮江身手，可堪重聽，石城哀吹。臨夜回飆，排閶餘憤，定驚山鬼。待鈿饒伴打，收京新曲，喚先生起。　　（冊4，頁148）

葉適（1150～1223）與夏承燾同為溫州永嘉（今浙江溫州）人，南宋思想家、文學家、政論家。生於里安，後居於永嘉水心村，世稱水心先生。他在政治上反對南宋和議，支持韓侂胄伐金；然韓侂胄最終兵敗，葉適遂被牽連革職。起句「人比山高」凸顯葉適的人格氣概。「草間」三句寫夏承燾與友人同來謁墓，正是神州陸沉之時，內心何等沉痛，大概只有黃土之下的葉適可以明瞭。夏承燾借諸葛亮〈梁甫吟〉[註50]、陸游〈南園記〉[註51]，表明恢復中原之志，一方面同情葉適遭遇，將他與陸游（號放翁）、陳亮（字同甫）並列而語，顯示其人格精神與愛國抱負；再為葉適平反他人對其依附權貴的指控。此詞下片，夏承燾借葉適理想的落空，寫南京淪陷一事，以馬融〈長笛賦〉：

[註50] 〈梁甫吟〉相傳是是三國諸葛亮所作的樂府詩，從蕩陰里（今臨淄城南）見三墳寫起，再寫墳中人被讒言殺害的悲慘事件，並寄予高度的同情。

[註51] 〔元〕脫脫等撰：《宋史‧陸游傳》記載：「（陸游）晚年再出，為韓侂胄撰〈南園〉、〈閱古泉記〉，見譏清議。」卷395，頁12059。陸游因替韓侂胄之邀，為其園林撰成〈南園〉、〈閱古泉記〉二記，遂為世人詬病。然其文章內容是在勉勵韓侂胄繼承祖先勛業，勿忘抗金，以恢復中原。卷 395，頁 12059。〔宋〕羅大經撰：《鶴林玉露》云：「〈南園記〉唯勉以忠獻之事業，無諛辭。」（北京：中華書局，1997年12月），頁71。

「感迴飆而將頹」,《楚辭‧遠遊》:「天命閣其開關兮,排閶闔而望予」,道出詞人面對國家動亂而悲痛至極的心情。〔註52〕末句「待鈿鐃伴打,收京新曲,喚先生起」則寫來日抗戰勝利,同邀葉適一同慶祝的期盼。另如〈虞美人‧永康訪陳龍川遺跡,過五峰書院遇雨〉:

> 聽秋客歲鵝湖寺。詩在灘聲裡。今秋一路永康山。為有水心同甫、便忘還。　　早年口熟笺天語。衰白慚章句。五峰雲氣走崔嵬。猶有排閶餘憤、作風雷。　　(冊4,頁226)

亦是將葉適與陳亮並題,展現古人偉大的愛國形象與品格操守,勾勒出夏承燾崇高的心靈境界。

再如〈平韻滿江紅‧諸友好惠和柴市謁文山祠堂詞〉:

> 烈日長虹,正氣貫、九重絳霄。瞻遺象,是真男子,能憺天驕。此地胡兒曾駐馬。枕邊笳角沸秋霄。對勸降、來使只搖頭,心不搖。　　幾朝士,歌董逃。萬義士,殉陳陶。誦零丁詩句,星月爭高。自古危邦多節烈,郁孤拳石俯奔濤。聽兒曹,高唱大風歌,風怒號。　　(冊4,頁248)

文天祥是南宋抗元英雄,有〈過零丁洋〉、〈正氣歌〉等慷慨激昂之篇傳世。柴市(今北京市境內)乃其就義之地。《全宋詞》錄詞十一首,數量甚少,但都是「風雨如晦,雞鳴不已」〔註53〕之作,夏承燾此闋寫於文革之後的1976年,乃借文天祥的鐵石肝腸以及對國家的赤膽忠心,表達愛國之士的共同心聲。

(四)與師友題贈唱答,樹立民族志節

夏承燾透過詞體創作與師友之間題贈唱和,以抒發生命情懷與人生感悟。據《天風閣詞集》前、後二編收錄的作品統計,與之交遊往來的師、友、生包括:

1. 詩詞名家

如朱祖謀、劉紹寬、楊鐵夫、林鵾翔、金松岑、冒廣生、仇埰、錢名山、夏敬觀、葉恭綽、蔡楨、姚鵷雛(1892~1954,原名錫均,字雄伯)、梅雨清、姜國仁(1896~1985)、謝玉岑、丁寧、吳天五、林葆恆等。

〔註52〕〔南朝梁〕蕭統編、李善注:《文選》(臺北:正中書局,1985年3月),卷18,頁235。〔宋〕洪興祖補注:《楚辭補注‧遠遊》(臺北:臺大出版中心,2016年5月),頁255。

〔註53〕〔清〕劉熙載《藝概‧詞概》,唐圭璋編:《詞話叢編》,冊4,頁3696。

2. 教授學者

如同為詞學家,又是教授學者,包含張爾田、吳梅、龍榆生、鄧廣銘、任中敏、神田喜一郎、錢仲聯等;另如熊十力、陳寅恪、顧頡剛、郁達夫、鄭振鐸(1898~1958,筆名西諦)、宗白華、王蘧常、王季思、〔蘇聯〕艾德林、馬茂元(1918~1989,字懋園)等。

3. 藝術家

如黃賓虹(1865~1955,字樸存,號賓虹)、高時顯(1878~1952,字野侯)、陳含光(1879~1957,初名延韡,號移孫)、沈尹默(1883~1971,原名君默,別號鬼穀子)、胡汀鷺、鄭誦先(1892~1976,原名世芬,字誦先,號研齋)、吳湖帆、顧公雄(1897~1951,名則揚,字公雄)、方介堪(1901~1987,名巖,字溥如)、尹瘦石、姜曉泉(生卒不詳,名曛)等。

4. 學生晚輩

如張荃、任銘善、蔣禮鴻(1916~1995,字雲從)、陳郁文(1918~2000,字從周)、吳廣洋(生卒不詳)、孫重熙(生卒不詳)等。

由上可知夏承燾以詩贈答唱和之友朋,包含各地詩詞名家、各大學教授、各領域專家學者、藝術家以及他曾授課的學生。再看其詞,按照類別,又分五類,包含:

1. 弔亡詞

夏承燾〈水龍吟·題霜崖翁遺札〉一闋,詞序云:「翁以己卯三月十八日謝世雲南大姚村,後八日方聞其訃,後半月接其三月十日書,作此誌痛」,乃夏承燾於 1939 年在淪陷區聞吳梅(號霜崖)訃音之後,方接其親筆書信,為之悼念而作。詞之上片概括吳梅生平:

> 要離塚畔青山,五噫歌罷愁風雨。滇雲南望,烽高雁斷,此行良苦。
> 楚畹都空,吳歈縱好,何懷故宇。誦遠遊一喟,崑崙閶闔,驂鸞到,
> 鞭龍去。

以春秋俠客「要離」及梁鴻〈五噫歌〉比喻吳梅耿介清高的品格。〔註54〕「滇

〔註54〕〔漢〕趙曄:《吳越春秋·闔閭內傳》載,吳王闔閭在即位後第二年(前 513 年)派遣要離刺殺慶忌。(上海:上海書店,1989 年《四部叢刊初編》),卷 4,頁 27~31。漢·梁鴻〈五噫歌〉針對帝王窮奢極欲的生活進行批判,對人民的苦難表達深切的同情。見逯欽立輯校:《先秦漢魏晉南北朝詩·漢詩》,卷 5,頁 166。

雲」至「故宇」諸句，寫吳梅在烽火彌天的國難時期遠走雲南，家鄉淪於敵手的悲苦。下片：

> 昨夜天風一紙，伴清簫、夢中親付。開天舊事，人間誰記，霓裳宮
> 羽。風洞山頭，杜鵑聲裡，神遊前度。料逢迎猶有，村姑野老，唱
> 霜花譜。　　（冊 4，頁 152）

說盡夏承燾與吳梅書信往來，以及兩人亦師亦友，互相切磋的情感。吳梅有〈風洞山傳奇〉及〈霜花譜〉作品傳世，表達友人雖逝，而曲譜猶存的欣慰。

〈浣溪沙·雁蕩山中聞名山翁上海訃〉「未死已知龔勝潔，不歸更比子卿難。夢中聳膊尚如山」（冊 4，頁 194）一闋，作於 1945 年。錢名山生前客居上海，當時其故鄉常州已淪陷，有「為報先生死不歸」詩句。夏承燾遂引漢·龔勝不從王莽的志節，彰顯自身與友人的愛國之志。〔註 55〕又如〈玉樓春·與聲越廿年不通隻字，頃枉過湖樓，共榻傾談至深夜，作此悼無受〉一闋，作於 1974 年，為悼念任銘善（號無受）所作。任銘善原師從夏承燾，後同為浙江師範學院同事，因反右傾思想運動，夏承燾亦曾批判之。詞中「廿年舊事傾襟抱，半夜屏風伸腳倒。共傷才子早生夭，七十塵容還耐老」（冊 4，頁 352），回憶起 1950 年代反右傾運動，任銘善遭受嚴厲打壓之事。文化大革命爆發不久，任銘善因罹患肝癌，次年鬱鬱以歿，享年 54 歲。任銘善的命運如此坎坷，夏承燾也為之悵然。

另如〈徵召·聞彊村先生十二月三十日上海訃……〉（朱祖謀，號彊村）、〈減字木蘭花·得冷生噩耗，京洛道上作〉（梅雨清，字冷生）、〈減字木蘭花·有懷西諦學兄〉、（鄭振鐸，筆名西諦）、〈浣溪沙·郁達夫殉難三十週年〉等均是其例。上述這些作品，夏承燾以國家陸沉之時事為背景，帶出時代氛圍下的激楚之情，字裡行間亦蘊含作者高昂不屈的人格志節。

2. 贈答詞

如〈踏莎行·報鵷雛〉一闋，乃寄贈南社詩人姚鵷雛所作，時間約在 1940 年左右，時值夏承燾任教於上海之江大學。上片詞云：「酒後鄉心，雁邊兵氣，隔年盼斷相思字。笳聲繞枕夢先驚，花枝照眼詩都廢。」（冊 4，頁 156）當夏承燾面對山河變色，而回鄉之路遙遙無期，心中不免無限慨嘆。〈鷓鴣天·

〔註 55〕龔勝（BC.68～11，字君賓），西漢楚國彭城（今江蘇省徐州市）人。王莽篡漢，徵召龔勝為講學祭酒，官級相當於上卿。龔勝拒不接受，絕食而死。參〔漢〕班固等撰：《漢書》，卷 72，頁 3084。

己丑人日立春，答王伯尹寄詩〉（按：王伯尹為馬一浮學生）一闋，寫於 1949
年。詞上片「番番閱劫逢人日，惘惘尋芳非我春」道出抗戰時期的命運；下片
「十洲夢覺雷聲動，花事今年看嶄新」（冊 4，頁 207），則期盼前景，充滿蓬
勃生機。1949 年 2 月 8 日《日記》亦載：

> 予生十九世紀之末年，此五十年間，世界文化人事變故最大。晚心
> 叔、微昭過談，謂吾人舉目此小房內之事物，為五十年前所無有者，
> 殆占大半。今年我國激發尤大，予之後半生，殆將見一前千年所未
> 有之新世界。記此自慶。今晨送〈鷓鴣天·人日立春〉詞與伯尹，
> 結語「十洲夢覺雷聲動，花事今年看嶄新」，寫此意也。 （冊 7，
> 頁 39）

夏承燾揮別過去的五十年，面對前所未有的新世界，難掩滿心期盼之情。

又如〈菩薩蠻·謝神田喜一郎教授寄贈《日本填詞史話》〉：「詞流攤屐地，
回首今何世。萬幟展東風，蓬萊怒海中。」（冊 4，頁 229），此詞作於 1965
年，值日本民眾反對日韓會談，舉行示威遊行之際。夏承燾詞中流露感同身
受的憤怒心情。另如〈太常引·寄白門舊友〉（吳无聞注：「白門舊友」指往南
京汪偽處任事之友人）、〈鷓鴣天·示无聞〉、〈小重山·挈家避地瞿溪，謝鷺
山雁蕩之約〉（吳天五，號鷺山）、〈百字令·1994 年，溫州淪陷，余挈家避雁
蕩山中，次年夏，日寇潰退，挈家返城，作此寄心叔如皐〉（任銘善，字心叔）、
〈水調歌頭·自廣州北歸，湘贛道中月色甚美，作此寄寅恪諸公〉（陳寅恪）、
〈玉樓春·奉懷鄧恭三教授〉（鄧廣銘，字恭三）、〈浣溪沙·寄巖石兄為枚生
之發〉（彭靖，字巖石）等均屬之。

3. 祝壽詞

如〈臨江仙·呈戠隱師，時予阻兵不得歸省〉下片：「遣我黃庭能卻老，
何時風引歸船。但求親壽似公年。不須丹九轉，會見海三田。」（冊 4，頁 154）
乃寄夏承燾師長張楚（號戠隱）之作。原題「壽張振軒師八十」（冊 6，頁 147），
後改題以凸顯當時夏承燾在兵荒馬亂之際，不得歸省的無奈。

再如〈滿江紅·止水來杭，值其五十生日，作此為壽〉上片：

> 五十開端，趁未老、共君抖擻。正眼前、乾坤旋轉，風雲奔走。萬
> 世一遭猶旦暮，百年方半休辜負。喚青瞳、換骨脫胎人，為君壽。
> （冊 4，頁 212）

此闋作於 1951 年，《日記》有載：「江南解放時，予年五十，嘗鐫一印，曰人生五十是開端。越二年之春，止水來杭學習，顧予湖樓，適值其五十生日，因詒此為壽，並賸以俚詞。」（冊 7，頁 186）乃夏承燾將年過半百，歷經風霜後的所思所感，寄予游止水之作，自勉之餘，也勉勵友人。又如〈臨江仙・壽高性樸先生七十〉：「故山回首亂離中，江湖招獨鶴，書札負猶龍」（冊 4，頁 299）句，夏承燾引何遜〈日夕出富陽浦口和朗公詩〉「獨鶴凌空逝」之「獨鶴」自喻一生漂泊南北的命運；〔註 56〕引孔子「吾今日見老子，其猶龍耶」（《史記・老子韓非列傳》），比喻當時浙江溫州宿儒高性樸，為高氏能專心於「雕蟲」〔註 57〕之事感到欣羨。

4. 唱和詞

如〈水調歌頭・丁丑中秋，南北寇訊方亟，和榆生〉：

> 今夕漢家月，含恨向誰圓。胡塵彌滿銀界，劫外幾山川。誰擊虛空粉碎，縱有靈光不昧，飛轍若為安。霜吹不堪聽，秋夢一城寒。　　據梧客，依樹鵲，各無眠。廣寒兒女何苦，風露鬥嬋娟。盼到十分圓好，誰料五雲蓬島，後夜亦桑田。海水飛不盡，秋淚欲經天。　　（冊 4，頁 299～300）

道出 1937 年盧溝橋事變爆發前夕，中秋夜的社會景象。「霜吹不堪聽，秋夢一城寒」句，夏承燾自注：「連夜有空襲警報」。知識分子面臨國家危急存亡之秋，「誰料五雲蓬島，後夜亦桑田」之慨，油然而生。

次如〈水調歌頭・壬午臘月望夕，與聲越行月龍泉山中，憶嚴杭雁蕩舊游，作此和聲越，並寄鷺山〉：

> 惟有雁山月，知我在江湖。瀧灘照影如鏡，昨夢過桐廬。一卷六橋簫譜，一枕六和鈴語，便欲老菰蒲。哀角忽吹破，清景渺難摹。　　煙瘴地，二三子，共歌呼。人生能幾今夕，有酒恨無魚。長記白溪西去，只在絳河斜處，風露世間無。歸計是長計，來歲定何如。　　（冊 4，頁 173～174）

此闋作於 1943 年 1 月，值夏承燾赴上海龍泉之江大學任教，與同事徐聲越散

〔註 56〕逯欽立輯校：《先秦漢魏晉南北朝詩・梁詩》，卷 9，頁 1703。
〔註 57〕揚雄晚年在《法言・吾子》中認為作賦乃「童子雕蟲篆刻」，「壯夫不為」。夏承燾反用揚雄之語，欣羨高性樸能專心治學。〔漢〕揚雄著、汪榮寶疏、陳仲夫點校：《法言義疏・吾子》（北京：中國書店，1958 年 5 月），卷 2，頁 81。

步月下之和詞。詞中道盡夏承燾十年間往返嚴州、杭州的行跡，如夢歷歷，
無比惆悵。

又如〈玉樓春·北京看節日焰火，次日乘飛機南歸，歌和一浮、無量兩翁〉：

> 歸來枕席餘奇彩，龍噴鯨呿呈百態。欲招千載漢唐人，同俯一城歌
> 吹海。　　天心月脅行無礙，一夜神游周九寨。明朝虹背和翁吟，
> 防有風雷生謦欬。　　（冊 4，頁 225）

此闋作於 1963 年〔註 58〕，自天安門觀禮歸來的飛機上，夏承燾沿用舊體文學
書寫新時代、新生命，周篤文贊之：「縮千秋於一瞬，納萬象於毫端，自古詞
林，少此境界。」〔註 59〕其他作品如〈百字令·和厚莊前輩靈峰摩牙崖石揭
原韻〉（劉紹寬）、〈玉樓春·和湛翁〉（馬一浮）、〈鷓鴣天·和養癯翁山中憂
讒〉（張養癯）、〈平韻滿江紅·飛花一首和湯影觀夫人〉（湯國梨）等均是。

5. 題贈詞

如〈鵲橋仙·題姜曉泉畫李清照手持茶蘼像〉：

> 朗吟人去，聽笳客到，老眼兵塵澒洞。一枝花影落征衫，忍重憶歸
> 來春夢。　　蘭舟揮淚，篷舟揮手，哀樂百年相送。雙溪東去繞三
> 山，莫更問、離愁輕重。　　（冊 4，頁 227）

此詞作於 1964 年任教杭州大學之際，夏承燾題姜曉泉畫李清照像，回首過往
過金華（今浙江省金華市）登八詠樓望雙溪事，今昔對比之下，惆悵滿懷。又
如〈好事近·一泯翁囑題顧太清《東海樵歌》〉：

> 馬上鐵琵琶，想見幽燕風格。曠代蛾眉心事，有易安知得。　　商
> 聲昨夜九邊來，莫負江關屐。待上天遊閣子，看西山秋色。　　（冊
> 4，頁 268）

此詞作於 1977 年，詞中將顧太清（1799～1876，名春，字梅仙）與李清照並
舉，兩人遭遇近似，晚期詞風均道盡盛衰變遷的人生際遇。「馬上鐵琵琶，想
見幽燕風格」一句，據《清稗類鈔》載：「太清嘗與貝勒雪中並轡游西山，作
內家妝束，披紅斗篷，於馬上撥鐵琵琶，手潔白如玉，見者咸謂為王嬙重生
也。」〔註 60〕夏承燾筆下的顧太清形象，顯然可見。另如〈卜算子·劉海粟

〔註 58〕《天風閣學詞日記》1962 年 4 月 7 日至 1964 年 2 月 12 日缺漏，據李劍亮
《夏承燾年譜》知 1963 年 5、6 月間，夏承燾曾赴北京講學。頁 223。
〔註 59〕周篤文：〈古詩的新生命〉，《詩刊》（2010 年 12 月），頁 85。
〔註 60〕徐珂：《清稗類鈔·文學類·太清春工詩詞》（臺北：臺灣商務印書館，1983
年 10 月），頁 159。

畫家囑題其鐵骨梅圖〉：

> 恍聽凍蛟啼，似看瓊姬舞。煉就冰心徹骨紅，冷眼花王譜。　　不
> 怕雪埋藏，何有風和雨。喚起鄱陽白石翁，共禮陳同甫。　　（冊4，
> 頁269～270）

此闋作於1978年。詞末以姜夔（號白石道人）、陳亮（字同甫）並舉，展現
劉海粟（1896～1994）〈鐵骨梅圖〉中慷慨凜然之氣。夏承燾創作此詞，值北
京休養期間，雖年近八十，其詞中蘊含的人生抱負與人格精神仍是始終如一。

（五）抒寫自我情懷，體現生命感悟

夏承燾抒寫自我情懷、闡發生命感悟、融入人生思考的作品，中年以前
的詞有：〈浪淘沙·過七里瀧〉：「　·雁不飛鐘未動，只有灘聲。」（冊4，頁126）
〈卜算子·嚴州聽雨〉：「涼到枕頭邊，秋在人心上。看定風前一柱煙，驗取愁
消長。」（冊4，頁129）〈菩薩蠻〉：「一燈堪避世，自愛閒中味。沸市任笙歌，
書窗月自多。」（冊4，頁130）〈賀聖朝·月輪樓夜坐〉：「亂帆奔馬，怒濤擁
雪，動寒光四壁。誰吹霜竹卜扁舟，引老龍夜泣。」（冊4，頁133）〈水調歌
頭〉：「有客擅談馬，笑我蟲雕蟲。文章政復何用。只發酒顏紅。」（冊4，頁
137）〈減字木蘭花〉：「弟崑世世，難答山僧雙袂淚。與悟無生，夜夜空階落葉
聲。」（冊4，頁142）〈虞美人·感事〉：「關山夜夜聞孤管，數盡更長短。情
天老了夢沉沉，只有一星識我倚樓心。」（冊4，頁168）〈金縷曲·辛巳重陽
聞雁，寄滇蜀故人〉：「冰雪故交餘幾輩，料相逢、都在關山路。書不到，恨難
訴。」（冊4，頁312）〈菩薩蠻〉：「兒時弟妹圍燈味，匆匆三十年前事。隻夢
落天涯，幾時尋到家。」（冊4，頁318）〈玉樓春·龍泉坊下看燈〉：「山村春
事君休笑，我愛鄰翁語要妙。但求田裡少閒人，城裡明年燈更好。」（冊4，
頁320）中共建國以前，夏承燾身處時代動盪之下，除了慨嘆生命之顛沛流離
外，也感慨與家人、故友離散之苦楚；中共建國之後，則有放聲歌頌新時代
來臨的興奮之情。此外，詞中也蘊含夏承燾欲潛心治學，而心生「文章政復
何用」的矛盾之情。

對日抗戰結束，中共建國之後，夏承燾也隨即邁入中年，創作的心境也
為之一轉。例如〈風入松〉：

> 中年以後說恩情，飯軟與茶清。正如久作西湖客，等閒忘黛碧螺青。
> 雙燕漫窺雙影，孤山只愛孤行。　　畫船日日過娉婷，羨我好林亭。

　　　段橋沽酒西泠糴，不須嫌如此勞生。記取鄰翁一語，他年畫也難成。
　　（冊4，頁204）

此闋作於1948年，夏承燾任教浙江大學，寓居杭州西湖羅苑滿三年之際。夏承燾年近百半，看遍滿城風雨，當他面對西湖美景，縱使奔勞一生，心情也逐漸歸於恬淡；生活只求「飯軟、茶清」，於橋前沽酒、西泠（杭州西湖一景）糴米，如此而已。

　　夏承燾年滿六十，寫成二首自壽詞，其一、〈卜算子·己亥年正月十一日六十生日〉：

　　　五十九年非，猛悔如何改。試上層樓望晚江，西日多奇彩。　　昨歲約飛空，何日真橫海。戲與兒童畫字看，拄杖將成乃。　　（夏承燾按：老人拄杖弓背，狀如乃字，冊4，頁217）

此闋作於1959年（己亥）正月，夏承燾已「拄杖成乃，聳髀如山」（冊7，頁791），當他反省五十九年的是是非非，即使有所後悔，也無可奈何。而曾經擁有的理想與期盼，何時何日才能徹底實踐，夏承燾也不得而知。唯有把握當下美景，珍惜眼前人物，才是最重要的。其二、〈臨江仙·六十歲生日〉：

　　　安得魯戈真在手，重揮夕日行東。書城要策晚年功。江山支枕看，千丈海霞紅。　　自插梅花占易象，如何報答春工。兒童休笑囁嚅翁。新詞哦幾首，鼻息起長風。　　（冊4，頁220）

「魯戈」典出《淮南子》，指力挽局面的方法或力量。〔註61〕這闋詞的原型，出自夏承燾於1958年3月所作〈和王駕公·看學生大字報〉七絕：「四十年來病痛中，謾誇談笑起春風。魯戈在手憑君看，要放斜陽作晚紅。」（冊7，頁672）當時全校進行大躍進運動，學生在校張貼大字報，批評夏承燾只重視著述而輕忽教學一事；夏承燾事後也提出教學改正計畫，欲拋卻舊方法、舊思維，迎向新時代。

　　再看夏承燾於1975年所作〈臨江仙〉：

　　　七十六年彈指，三千里外吟身，高秋攜杖叩京門。山河朝絢日，燈火夜連雲。　　到處天風海雨，相逢鶴侶鷗群。藥煙能說意殷勤。五車身後事，百輩眼前恩。」　　（冊4，頁240）

〔註61〕熊禮匯注譯、侯迺慧校閱：《新譯淮南子·覽冥》：「魯陽公與韓搆難，戰酣日暮，援戈而撝之，日為之反三舍。」（臺北：三民書局，1997年3月），卷6，頁273。

當夏承燾身陷文革批鬥，步出牛棚之後，身心俱疲，臥病北京。在吳无聞細心照料及諸好友的關照下，夏承燾轉危為安，以餘生繼續完成他的著述志業。再如〈鵲橋仙·八十自壽寄鷺山〉：

> 尊前試聽，門頭啄剝，醉把梅花共嚼。終南太白枕函邊，記過眼萬
> 千丘壑。　　鬢鬚方薙，齒牙欲豁，筋力猶堪行腳。要看人物造承
> 平，夢同駕巾車入洛。　　（冊 4，頁 273）

夏承燾一生南北輾轉奔波，雖能在大學暫得安身之處，以教書、研究為業；然時代的變動，政治的趨向，也使得夏承燾受盡風霜。晚年於北京休養生息，心境趨於平淡恬靜。末句「要看人物造承平，夢同駕巾車入洛」，則帶出夏承燾雖垂垂老矣，而期待國家進步發展的壯志猶存。「巾車」典出《後漢書·馮異傳》，夏承燾以此寄予吳天五（吳鷺山），表達整車出行，準備迎接新世紀的到來。〔註62〕

　　夏承燾遣懷之作，娓娓訴盡時代背景下，一介知識分子的心聲，感情真摯，寓意深刻。相關作品不勝枚舉，上舉數例以作說明。王紅英《夏承燾詞作綜論──兼談現代舊體詩詞入史問題》碩士論文，已將《天風閣詞集》前、後二編中所錄的遣懷之作，予以歸納，本文不再贅述。〔註63〕

　　綜觀夏承燾收錄於《天風閣詞集》前、後二編的作品，大多能密切結合時代精神，藉此直抒胸懷，表達夏承燾在大時代下的所思所感。他所秉持的愛國精神與人格操守，是迴盪在他作品中的主旋律，不但如實的反映了時代的精神風貌，也真實的記錄了夏承燾從抗戰時期、中共政權成立，至新時代來臨的心路歷程，其中有以血淚書寫山河變色之慟，或以高歌頌揚中共建國，亦有對政治改革的期待與質疑，或融入對生命的反思與感悟。夏承燾心懷傳統儒家「窮

〔註62〕〔劉宋〕范曄撰：《後漢書·馮岑賈列傳》：「漢兵起，（馮）異以郡掾監五縣，與父城長苗萌共城守，為王莽拒漢。光武略地潁川，攻父城不下，屯兵巾車鄉。異閒出行屬縣，為漢兵所執。時異從兄孝及同郡丁綝、呂晏，並從光武，因共薦異，得召見。異曰：『異一夫之用，不足為彊弱。有老母在城中，願歸據五城，以效功報德。』光武曰『善』。……及光武為司隸校尉，道經父城，異等即開門奉牛酒迎。光武署異為主簿，苗萌為從事。異因薦邑子銚期、叔壽、段建、左隆等，光武皆以為掾史，從至洛陽。」卷 17，頁 639～640。

〔註63〕王紅英《夏承燾詞作綜論──兼談現代舊體詩詞入史問題》一文，僅將夏承燾作品歸納為六類：感事傷懷、吟詠新生、山水名勝、人生抒懷、題贈唱答、其他等，而無任何闡述，甚為可惜。（溫州：溫州大學碩士論文，2011 年 5 月），頁 4～12。

則獨善其身，達則兼濟天下」的抱負，以舊體文學真實的表達他在二十世紀之下，對國家、社會的呼聲，也蘊含了他入世、出世的心靈寄託。而夏承燾藉舊體文學，運用新題材填詞，在「陳言務去」的創作宗旨下，保留了傳統創作的風格，又開創了二十世紀詞體的新境界，「蓋文學的演進不同於王朝的更替，是繼承發展而非革故鼎新」〔註64〕，此乃夏承燾以史填詞的一大特色。

二、出入兩宋，兼採諸家之長

夏承燾四十三歲時，應宓逸群（1916～2006）邀請，為「學詞經歷」撰稿一篇，自述：「早年妄意欲合稼軒、遺山、白石、碧山為一家，終僅差近蔣竹山而已。」（《日記》，冊6，頁384）辛棄疾、元好問、姜夔、王沂孫四家，可說是夏承燾早年學詞的門徑，也是他奮鬥的目標。劉夢芙〈夏承燾《天風閣詞》綜論〉云夏承燾填詞：

> 於稼軒取其嶔崎磊落而去其粗豪；於白石取其清剛幽秀而濟以渾
>
> 厚；兼取遺山之蒼涼、碧山之沉鬱，此外尚有東坡之超曠。〔註65〕

此後的下一個四十三年，夏承燾創作不懈，詞境日益，於1984年出版之《天風閣詞集》依然沿用這篇「學詞經歷」作為前言；然卻未提及晚年的填詞傾向，據晚年撰成的《瞿髯論詞絕句》，夏承燾論蘇軾六首（含一首與蔡松年合論）、李清照六首、辛棄疾四首、姜夔五首、元好問二首、王沂孫一首（與周密合論），可見夏承燾晚年論詞的趨向，也可一窺夏承燾對以上諸家詞風的捨取。大抵來說，夏承燾早年詞多「合稼軒、遺山、白石、碧山為一家」，尤其是他任教於嚴州中學的桐廬時期，自覺地學習白石、碧山一派，創作許多清空入神的山水詞，充滿了江湖情調。中晚期則是結合家國時事之憂，力學蘇辛詞風，少見白石、碧山色彩。無論如何，夏承燾實能出入兩宋之間，兼採諸家之長，蘇軾之曠達韶秀，辛棄疾之豪邁剛健，李清照之芳馨神駿，姜夔之清剛超拔，元好問之渾雅，王沂孫之騷雅等，皆能鎔鑄其中。施議對〈夏承燾與中國當代詞學〉評之曰：「先生所作詞，……綜合百家，自成一體，已不是一般豪放、婉約所能規範。」〔註66〕吳戰壘亦論曰：「詞筆則堅蒼老辣，每以宋詩之氣骨度入詞

〔註64〕楊啟宇：〈新舊詩之我見〉，魏新河編：《詩詞界》第2輯（北京：學苑出版社，2010年10月），頁198。
〔註65〕劉夢芙：〈夏承燾《天風閣詞》綜論〉，頁29。
〔註66〕施議對：〈夏承燾與中國當代詞學〉，頁106。

中，外柔內剛，戛然獨造，並世詞家，殆罕其匹。」〔註67〕夏承燾有意效仿宋人精神填詞，剛柔並濟，也在筆墨之中注入自我的靈魂與時代的風骨，故能展現別於古人的詞體風格，亦符合時代的趨勢走向，此乃夏承燾在創作中能兼容並蓄，又能獨樹一幟的成就。以下就夏承燾詞的藝術風格分述之：

（一）追求東坡之大、白石之高、稼軒之豪的詞境

綜觀夏承燾詞學主張，在兩宋詞家中，最重視蘇軾、辛棄疾及風格相近的豪放詞風，其次是姜夔那般清剛超拔，戛然獨造的審美趣味。夏承燾曾在1929 年 8 月 26 日《日記》中說：

> 思中國詞中風花雪月、滴粉搓酥之辭太多，以外國文學相比，其真有內容者，亦不過若法蘭西人之小說，若求拜倫〈哀希臘〉等偉大精神，中國詩中難當其匹，詞更卑靡塵下矣。東坡之大、白石之高、稼軒之豪，舉不足以語此。以後作詞，試從此闢一新途徑。（冊5，頁 114）

「東坡之大、白石之高、稼軒之豪」，正是夏承燾一心追求的創作境界，即是在蘇軾、辛棄疾豪放詞風的基礎上，融合姜夔清剛高雅的詞風，以另闢一徑。

夏承燾早年對於豪放風格，已明確表達崇尚之情，1931 年 1 月 30 日《日記》載：

> 每晚枕上閱宋詩抄。今日閱宛陵。予於宋詩工力甚淺，至今止好一東坡。平時作詩詞，喜豪宕一派。山谷猶瘦硬，闊大波瀾已不如蘇。宛陵更下矣。（冊 5，頁 184）

宋詩中不論是江西瘦硬一派，或是梅堯臣之格（1002～1060，字聖俞，世稱宛陵先生）都不如蘇軾來得闊大波瀾。詩如此，詞亦同，夏承燾「平時作詩詞，喜豪宕一派」，呼應他論詞以及創作的傾向。本論文第三章第三節探討夏承燾「詞的功能」論時，引夏承燾之論指出蘇軾以詩為詞，能「大開局面」，「其詞橫放傑出，盡覆花間舊軌，以極情文之變，則洵前人所未有」。辛棄疾則「在低徊婉轉中湧現他的整個人格，既不失其為人，而又不失其為詞」。二家分別代表了詞體發展的第二、第三個變局，而以辛詞能上接〈離騷〉傳統，為唐宋詞最高的成就。〔註68〕

〔註67〕夏承燾著：《夏承燾集・前言》，頁 4。

〔註68〕夏承燾〈東坡樂府箋序〉、〈唐宋詞發展的幾個階段及其風格〉，見夏承燾：《夏承燾集・詞學論札》，冊 8，頁 91、96、243。又詞史發展上的第一個變格，

夏承燾極力推崇蘇、辛，對於其人其詞的描述也極為生動。其〈西江月·普陀坐雨，讀《東坡樂府》〉詞云：

落帽休嫌種種。看山常恨匆匆。扁舟過海倘相逢。莫問瓊儋舊夢。
昨夜禪床聽雨，啖燈無數蛟龍。篆煙一炷忽搖風。句裡千峰飛動。
（冊4，頁288）

此詞乃夏承燾於1926年在普陀山（今浙江省舟山，佛教聖地）中所作。首句用「孟嘉落帽」〔註69〕典故，比喻蘇軾瀟灑風流之氣概。「扁舟過海倘相逢。莫問瓊儋舊夢」，謂一海之隔，即是蘇軾曾經被貶謫的「瓊州」和「儋州」（瓊州、儋州皆在海南島）。夏承燾在普陀山中，在禪床之上讀蘇詞，詞末「篆煙一炷忽搖風。句裡千峰飛動」，將蘇軾邁絕一代的詞風形容得淋漓盡致。另如〈洞仙歌·庚辰臘月，東坡生日，與諸老會飲〉云：

詞流百輩，總望塵喘汗。回首高寒一輪滿。料仙山、今夕伴唱鈞天，
笑下界，無限箏繁筑亂。　　竹枝三兩曲，出峽銅琶，打作新腔滿
江漢。忽聽大河聲，四野哀鴻，盼天外、斗橫參轉。但羽氅、黃樓
幾時歸，怕腰笛重吹、夢遊都換。　　（冊4，頁161）

此詞作於1941年，係就午社社課習作修改而成。整闋詞有意追求蘇軾豪放氣勢，借蘇軾「出峽銅琶」，反襯那些不顧山河淪陷、四野哀鴻而無病呻吟的作品。王季思剖析這闋詞有云：

抗戰時期，他（夏）寓居滬上，痛心祖國河山的淪陷，目擊志士
的奮起殺敵，流民的倒斃街頭，有些平時高談闊論以名節自許的
朋友，這時竟梳妝打扮奔向汪精衛懷抱。現實形勢的教育激發了
他的愛國熱情，也改變了他的詞風。〔註70〕

再如〈臨江仙·讀東坡詞〉：

我有西湖拋不得，袖中朵朵青峰。最高峰頂記初逢。雲霄飛一笛，

夏承燾〈唐宋詞發展的幾個階段及其風格〉曰：「溫庭筠一班人把本來和詩不分的民間詞變了方向，走向婉約工麗的一路，卻是詞的變格。這是詞的發展史上第一個變局。」頁89。

〔註69〕〔唐〕房玄齡等撰：《晉書·孟嘉傳》：「九月九日，溫燕龍山，僚佐畢集。時佐吏並著戎服，有風至，吹嘉帽墮落，嘉不之覺。溫使左右勿言，欲觀其舉止。嘉良久如廁，溫令取還之，命孫盛作文嘲嘉，著嘉坐處。嘉還見，即答之，其文甚美，四坐嗟歎。」卷98，頁2581。

〔註70〕王季思：〈一代詞宗今往矣——記夏瞿禪（承燾）先生〉，吳无聞主編：《夏承燾教授紀念集》，頁23。

城郭鬧千鐘。　　獨插黃花斟別酒，笑他駭綠紛紅。試攜詩句問坡翁。有誰知水月，願汝作霜風。　　（冊4，頁346）

此詞作於 1965 年文革前夕。蘇軾有「前生我已到杭州，到處長如到舊遊」詩句；又自述「居杭積五歲，自意本杭人。故山歸無家，欲上西湖鄰」。[註71]詩中明確表明蘇軾對杭州西湖的感情。他曾兩次為官杭州，一次為熙寧四年辛亥（1071）到杭州通判任，又於元祐四年（1089）知杭州，其歌詠西湖的作品不勝枚舉。夏承燾亦是鍾愛西湖之人，他自之江大學、浙江師範學院到杭州大學，幾乎大半輩子，都在西湖湖畔度過。面對同樣的湖山美景，與蘇軾總有幾分戚戚之感。詞中引蘇軾〈贈朱遜之〉一詩「願君為霜風，一掃紫與赬」，[註72]表示對蘇軾人格的遙想。

夏承燾對於辛棄疾人格的崇揚，填有〈太常引〉一闋，詞云：

淒其歲晚說淵明。呂葛是平生。酒後夢幽並，奈落日樓頭雁聲。

鑒湖煙雨，鵝湖風雪，相弔幾英靈。高詠有誰聽。但驚落空山大星。

（冊4，頁216）

辛棄疾詞中充斥對陶淵明形象的書寫，不論是直接點名對陶淵明的喜好，或者化用、檃括陶淵明的詩句，都表現出辛棄疾對陶淵明精神的追尋和推崇。根據周群華〈辛棄疾詞中的陶淵明現象〉統計，陶淵明出現在辛詞最頻繁的兩個階段，一為帶湖時期，一為瓢泉時期，此乃辛棄疾罷官歸家，隱逸閒適的階段。[註73]「呂葛」指呂尚（即姜子牙）與諸葛亮，這兩人均是輔佐君王的功臣，辛棄疾平生心願亦是如此。「落日樓頭雁聲」化用辛棄疾詞「落日樓頭，斷鴻聲裡，江南游子」〈水龍吟·登健康賞心亭〉，表達辛棄疾懷才不遇，牢騷激憤之情。而能體會辛棄疾胸中鬱悶的詞家，大概也只有出生於鑑湖（位於浙江省紹興縣）的陸游以及在鵝湖（位於江西省鉛山縣）論辯的朱熹可以感同身受了。夏承燾〈讀辛棄疾的詞〉論之曰：

辛詞「大聲鞺鞳，小聲鏗鍧，橫絕六合，掃空萬古」（劉克莊《後村

大全集》卷九十八），更以慷慨悲憤的感情，振作為英豪雄傑之氣，

〔註71〕蘇軾〈和張子野見寄三絕句·過舊遊〉、〈送襄陽從事李友諒歸錢塘〉，《東坡詩集註》（臺北：臺灣商務印書館，1983 年《景印文淵閣四庫全書》冊 1109），卷 12，頁 215、卷 16，頁 325。

〔註72〕宋哲宗元祐六年（1091）蘇軾罷潁州任作。

〔註73〕周群華：〈辛棄疾詞中的陶淵明現象〉，《河北理工學院學報》（社會科學版）第 3 卷第 2 期（2003 年 5 月），頁 120～121。

擴大了宋詞的境界。……他的一生事業和文學處處交織著時代精
神，充滿了熱烈的生命力。　（《詞學論札》，冊 8，頁 99～100）

當辛棄疾面對偷安苟活的朝廷，在抱負不得施展的情況下，也只能化百鍊
剛為繞指柔，在字裡行間蘊含沉哀的情緒和悲壯的心情，這正是構成辛棄
疾詞中迴腸盪氣的原因，也是夏承燾之所以推崇辛棄疾、師法辛棄疾的主
要因素。

　　夏承燾力學蘇、辛詞風，以開拓詞境，其詞不乏氣勢奔放、瑰奇壯偉之
作。長調如他在 1951 年參加皖北土改時，作〈滿江紅〉三闋，其一云：

誰潑圍棋，冪夜野、縱橫星斗。想當日、大風歌裡，沙飛石走。逐
鹿勢成開楚漢，拔山力盡分身首。幾村童、呼嘯放牛還，翁招手。
童延客，忙箕帚。翁肅客，羅漿酒。話翻身村史，燈光抖擻。九地
蛟黽移穴去，千年奴隸當家後。送照天、映海萬紅旗，風如吼。（冊
4，頁 210）

1961 年作〈水調歌頭・自吳淞泛海〉：

萬象入橫放，一舸獨趨東。眼前濤飛嶽走，獨立我為峰。昨夢相逢
坡老，伴我送江入海，咳唾滿天風。脫手得奇句，腳底起蛟龍。　瓊
儋筆，掃星宿，落心胸。憾事銅琶鐵板，海國閣笙鐘。坡笑茲遊奇
絕，百世幾人一遇，此事付諸公。相顧拭吟眼，紅旭正瞳矓。（冊
4，頁 223）

〈水龍吟・謁辛棄疾墓〉：

墳頭萬馬迴旋，一筇來領群山拜。長星落處，夜深猶見，金門光怪。
化鶴何歸，來孫難問，長城誰壞。料放翁同甫，相逢氣短，平戎業，
論成敗。　莫恨沂蒙事去，恨平生馳驅江介。詞源倒峽，何心更
戀，長湖似帶。試聽新吟，煙花萬疊，山河兩戒。待明年來仰，祁
連高塚，兀雲峰外。　（冊 4，頁 224）

1976 年示吳无聞的〈平韻滿江紅〉一闋云：

君學書耶。盍偕我、神遊九埭。展百丈、青天作紙，淨掃纖埃。腕
底風雲來泰岱，盆中日月見江淮。誦謝翱、奇句好同君，臨石齋。
寄千紙，題蕩臺。攜百束，上邛峽。羨幾年先我，紫塞金臺。待喚
文簫騎虎去，好同函谷跨牛來。聽何人、筆陣挽河聲，如怒雷。（冊
4，頁 251）

夏承燾詞不僅效仿蘇軾，以詩法入詞，亦學辛棄疾，兼用辭賦體填作，鋪陳堆疊、想像出奇，寫來一氣呵成，頗得蘇、辛神韻。小令如 1929 年記嚴州大雪，調寄〈清平樂〉，詞云：

> 敝裘輕舉。送我泠然去。忽訝詩來無覓處。天外數峰清苦。　　沖寒繞遍江城。踏殘千頃瓊英。明日高樓臥穩，好山任汝陰晴。　（冊 4，頁 127）

〈清平樂〉一調，上闋仄韻，往往帶出激越冷僻的聲情；下闋平韻，聲情轉為明朗舒緩。夏承燾此闋上片，寫雪中奇景，造語奇肆，有出塵之想。而下片「明日高樓臥穩，好山任汝陰晴」，則一揮塵念，歸於寧靜豁達。此詞寫作技巧，頗類辛棄疾〈清平樂·宿博山王氏菴〉，詞云：「遶床飢鼠。蝙蝠翻燈舞。屋上松風吹急雨。破紙窗間自語。　　平生塞北江南。歸來華髮蒼顏。布被秋宵夢覺，眼前萬里江山。」[註74] 辛詞上片淒清苦楚，下片則見胸襟之開闊。

又如題顧亭林畫幅作〈減字木蘭花〉：

> 墨池殘滴。中有馮夷波百尺。江介潮回。似聽騷魂賦大哀。　　垂天星斗。惝恍灘頭驚鬼鬥。入夢僧衣。杖錫還思挽落暉。　（冊 4，頁 234）

〈減字木蘭花〉一調，兩句一韻，平仄互轉，聲情高低起伏，在小令之中更具波瀾捭闔之勢。夏承燾以此調題顧亭林畫像，大膽使用濃重奇險的語詞，在虛實之間，配合平仄二韻的使用，多了幾分豪放跌宕之姿。[註75] 其他作品如 1960 年調寄〈臨江仙〉記南宋建炎三年金勝、祝威因奸人所陷而死，當地人裹屍葬於桃花港一事：

> 海上頹雲潮不返，黃旗蹈海匆匆。空拳嚼齒鬼猶雄。葛洪丹井畔，千古氣如虹。　　埋骨一壞桃港右，棲霞相望西東。野花啼鳥自春風。忍看天水碧，同唱滿江紅。　（冊 4，頁 221）

1963 年與陳毅談詞而填的〈玉樓春〉，詞云：

> 君家姓氏能驚座。吟上層樓誰敢和。辛陳望氣已心降，溫李傳歌防膽破。　　渡江往事燈前過。十萬旌旗紅似火。海疆小醜（筆者按：「醜」宜作「丑」）敢跳樑，囊底閻羅頭一顆。　（冊 4，頁 226）

〔註74〕辛棄疾〈清平樂·獨宿博山王氏菴〉，見唐圭璋編：《全宋詞》，冊 3，頁 1885。
〔註75〕張一南：〈析詩法以入小詞——夏承燾小令的聲情藝術〉，《詞學》第 35 輯，2016 年 6 月，頁 210～212。

1974 年所作〈玉樓春〉，詞云：

> 九州鵬翼知何向。夢路幽燕勞想像。鄰翁莫問髖頭風，山婦能扶鴉
> 背杖。　　何年能遂浮江想。三峽空艖橫兩槳。醒來仍拄一枝藤，
> 羅剎秋濤高十丈。　　（冊 4，頁 351）

夏承燾無論是以長調或小令填詞，都可見蘇、辛豪邁詞風的痕跡，章太炎夫
人湯國梨（1883～1980）有云：

> 既讀瞿髯詞，悽清頓挫，萬感橫集，奇思壯采，今人豈讓古人哉。
> 〔註 76〕

沈軼劉《繁霜榭詞札》亦云：

> 夏氏涉獵面廣，平生辦香辛棄疾。……所作謁辛墓〈水龍吟〉一闋
> 即擬辛，則無論格局、氣魄、辭藻、內涵皆逼肖辛，極辛全貌，而
> 且直契其神。起辛於九地之下而視之，亦當不思龍洲。〔註 77〕

夏承燾仰慕蘇軾、辛棄疾的為人，尤鍾情於辛棄疾，頗有澄清天下之志，因
而力學其詞。然受限於時代、身分之迥異，夏承燾充其量只能成為詩人學者
之詞，而無法寫出蘇軾、辛棄疾那般英雄大家之詞。夏承燾亦有自知之明，
終以「差近竹山」自評而已。

　　辛棄疾之後，夏承燾最鍾情姜夔，他在〈唐宋詞發展的幾個階段及其風
格〉一文指出：

> 辛棄疾以後，姜夔用江西派詩的風格作詞，清剛騷雅，突起於豪放、
> 婉約之外，與溫柳、蘇辛鼎足而三，也是宋詞一變格。　　（《詞學論
> 札》，冊 8，頁 96）

姜夔之所以能在婉約和豪放二派之外，異軍突起，與溫柳、蘇辛鼎足而三，
在於他能洗淨華彩而自創新句，以江西瘦硬之筆，救溫庭筠、韋莊、周邦彥
一派軟媚無力之詞風；又以晚唐綿邈之風神，救蘇、辛粗獷之流弊。（詳參本
論文第四章第四節）張炎《詞源》以「清空」評姜夔，與「質實」相對。所謂
「清空」要能攝取事物的神理而遺其外貌；「質實」的詞是寫得典雅奧博，但
過於膠著於所寫的對象，顯得板滯。〔註 78〕然夏承燾不用「清空」，改以「清

〔註 76〕湯國梨〈奇思壯采萬感橫集〉，吳无聞編：《夏承燾教授紀念集》，頁 14。
〔註 77〕劉夢芙編校：《近現代詞話叢編》（合肥：黃山書社，2009 年 3 月），頁 209。
〔註 78〕〔宋〕張炎著、夏承燾校注：《詞源注》（臺北：木鐸出版社，1982 年 5 月），
　　　　頁 16。

「剛」論之，原因在於姜夔填詞乃出入江西詩派和晚唐詞風，能以健筆寫柔情，故其詞氣格之高，無法以「清空」二字概括。

夏承燾詞中可見姜夔風貌的作品，多集中在嚴州中學任教的桐廬時期。這一時期的山水詞，充滿了江湖情調及清空曠遠的境界，作品如〈水調歌頭・泊桐廬〉上片：「惟有雁山月，知我在江湖。瀧灘七里如鏡，照影過桐廬。不見羊裘老子，為問浮名何在，水色古今虛。把酒欲誰語，汀鷺夜相呼。」〈虞美人・過桐廬〉：「十年夢想桐江碧。雙槳今相識。新蟾與我在江湖。照我滿身風露過桐廬。　灘聲一枕瀟瀟雨。無覓浮名處。水窗朝旭忽聞鶯。準擬此生挈酒作詩人。」（冊 4，頁 289～290）又如〈十二郎〉，詞序云「客杭州之三年，始盡夜湖之勝，人定後艤舟蘇堤待月，繞三潭折入裏湖，高荷如幄，俯見銀河，冷香襲人，如在夢境。少選，吳山出日，外湖絳雲蕩射，一鏡皆赬。裏湖猶殘疏星，熒然在水。一堤之隔，劃分曉夜，尤為奇觀。」詞云：

> 夢華逝水，剩一鑒、冷光未凝。喚語鶴湖山，聽蟹燈火，過我翩然一艇。水佩風裳無人唱，問舊譜、凌波誰定。客獨佇鷺汀，一竿絲外，萬千人境。　歸興。浮家舊約，待描奩鏡。挽百丈秋潢，白荷花底，看寫高寒鸞影。問訊南鴻，江樓今夜，風露單衣應冷。囑曉角、莫喚城烏，隔水數峰猶暝。　（《天風閣詞》，冊 4，頁 136）

再如〈石湖仙・題孤山白石道人像〉詞云：

> 朗吟人去。剩一片湖山，仍對尊俎。喚起老逋魂，能同歌遠遊章句。江湖投老，又看柳長亭幾度。容與。招素雲黃鶴何許。　紅簫垂虹舊作，憶黃月梅邊新譜。環佩胡沙，腸斷江南哀賦。聽角長淮，送春南浦，此愁天付。攜酒路。馬塍連夜風雨。　（《天風閣詞集・前編》，冊 4，頁 132）

純然是姜夔詞風，即詞序亦相似。（二詞內容分析，詳見第四章第四節）張爾田評夏承燾詞風：「尊詞胎息深厚，足為白石詞仙嗣響。」[註79] 姚鵷雛〈望江南・分詠並世詞家十二首〉詠夏承燾：「宗白石，樂苑耿傳燈。清苦江山留且住，野雲孤鶴是平生。無跡任飛行。」對此，夏承燾在日記寫道「謂予詞宗白石，固不感承；野雲孤鶴句，則當自勉耳。」（冊 7，頁 75）

夏承燾追求「東坡之大、白石之高、稼軒之豪」的詞境，然蘇軾、辛棄疾終究是大家，無人能出其右，夏承燾力學蘇、辛，風采自有不同。儘管夏承燾

〔註79〕夏承燾：《夏承燾集・天風閣日記・1938 年 2 月 14 日》，冊 6，頁 8。

在時代巨變之下，欲擴大詞境，提升詞體格調，而有「想當日、大風歌裡，沙飛石走」、「逐鹿勢成開楚漢，拔山力盡分身首」、「送照天映海萬紅旗，風如吼」、「萬象入橫放，一舸獨趨東。眼前濤飛嶽走，獨立我為峰」、「相顧拭吟眼，紅旭正瞳曨」、「展百丈、青天作紙，淨掃纖埃」、「聽何人、筆陣挽河聲，如怒雷」等氣象恢弘的詞句；但當夏承燾於 1950 年代之後，面對社會運動、思想改造越來越極端、偏頗的情況下，態度反而趨於保守，詞中鮮少對政治活動進行深入的反省與思考，僅藉稱頌古人張揚民族氣節而已。這是夏承燾與辛棄疾那般衝鋒陷陣的精神最大不同之處。程千帆評價夏承燾時說：「其為詞取徑甚廣，出入南北宋，晚年尤思以蘇辛之筆，贊揚鴻業，而終近白石之清剛，此則性分所關，所謂『三分人事七分天』也。」〔註80〕而夏承燾在 1966 年發表〈詩餘論──宋詞批判舉例〉一文中，批判蘇軾詞中有大量應酬、豔科、消極之作，斥之為「糟粕」（參第五章第五節之二「以社會批評方法論歷代詞人」）；此般言論與夏承燾推崇蘇軾詞風的觀點大有矛盾，此乃當時的學者、文人在政治風暴下，不得不受時代風氣所迫的一種集體現象。

（二）兼合遺山、碧山，差近竹山

夏承燾在眾家詞人之中，擇取辛棄疾、姜夔、元好問、王沂孫四家為師法對象，四家之中，又以辛棄疾、姜夔為主，輔以元好問、王沂孫，而自認為「終僅差近蔣竹山而已」。關於夏承燾如何推崇辛、姜，已見前節所述，茲不贅論。本節著重於探討夏承燾如何兼融元好問、王沂孫之詞風，而又為何發出「差近蔣竹山」之論。

夏承燾向來推崇感情真摯，意境高遠的作品，如李煜「千古真情一鍾隱，肯抛心力寫詞經」（《瞿髯論詞絕句》，冊 2，頁 521）這類詞篇，寄託作者真誠的情感以及對生命的體悟。因此他在論李白時曰：「北里才人記曲名，邊關閭巷淚縱橫。青蓮妍唱清平調，懊惱宮鶯第一聲」（《瞿髯論詞絕句》，冊 2，頁 517），認為里巷之曲雖然粗糙，但是它能反映人民疾苦，其文學價值遠超過辭藻華美的宮廷樂章。由此可以看出夏承燾反對濃豔軟媚的詞風。然這不代表夏承燾偏廢婉約詞風，他甚至評歐陽脩、柳永二家是「風花中有大家詞」（《瞿髯論詞絕句》，冊 2，頁 525）。實際上夏承燾論詞優劣的標準，是著眼於豪放、婉約之外，關注詞中所反映的社會現實，以及是否蘊含作者的胸臆

〔註80〕程千帆：〈論瞿禪詞學──臥疾致編者書〉，見《詞學》第 6 輯，頁 254。

懷抱。而他填詞的取向，也以此為門徑，故在蘇軾、辛棄疾、姜夔之外，師法元好問、王沂孫。

徐世隆〈遺山先生集序〉論曰：

> 遺山詩祖李杜，律切精深，而有豪放適任之氣；文宗韓歐，正大明達，而無奇纖晦澀之語；樂府則清雄頓挫，閑婉瀏亮，體製最備，又能用俗為雅，變故作新，得前輩不傳之妙，東坡、稼軒而下不論也。〔註81〕

元好問生平仰慕蘇、辛，又深於用事，精於鍊句，所謂「清雄頓挫，閑婉瀏亮」，可說是集豪放、婉約於一體，達到「剛健含婀娜」（蘇軾〈和子由論書〉）的境界。元好問身處亂世興亡之際，當他心中所飽含的故國之思與飄零之感流露筆端時，自然而然形成一種慷慨激昂、沉摯蒼涼的格調，況周頤評之曰：

> 蕃豔其外，醇至其內，極往復低徊，掩抑零亂之至。而其苦衷之萬不得已，大都流露於不自知。〔註82〕

王沂孫「生際承平，晚遭離亂」〔註83〕，當他面對時代的巨變與血淚交織的生活時，其心靈與人格有了不同以往的體悟。夏承燾於〈詞林索事序〉有云：

> 念有宋一代詞事之大者，無如南渡及崖山之覆。當時遺民孽子，身丁種族宗社之痛，辭愈隱而志愈哀，實處唐詩人未遘之境。酒邊花間之作，至此激為西臺朱鳥之音，洵天水一朝文學之異彩矣。（冊5，頁232）

相較於北宋南渡詞人仍可偏安一隅，南宋遺民詞人面對崖山之覆、神州陸沉，已毫無退路可行。只能將心中滿腔哀鳴發之於詞，以幽咽淒絕之悲歌，寫下時代與個人的雙重苦難，以及淪為異族統治後的淒涼景象。其詞如：

> 亂影翻窗，碎聲敲砌，愁人多少。（〈水龍吟·落葉〉）

> 念前事、空惹恨沉沉。野服山筇醉賞，不似如今。（〈一萼紅·初春懷舊〉）

〔註81〕徐世隆〈遺山先生集序〉，見〔清〕吳重憙輯：《九金人集》（臺北：成文出版社，1967年8月），頁680。

〔註82〕〔清〕況周頤《蕙風詞話》，卷3，見唐圭璋編：《詞話叢編》，冊5，頁4463～4464。

〔註83〕李漢珍評南宋遺民詞人之語，見冒廣生著、冒懷辛整理：《冒鶴亭詞曲論文集·草間詞序》，頁489。

　　哀絃重聽，都是淒涼，未須彈徹。　　（〈慶宮春‧水仙花〉）〔註84〕
若與陸游「大散關頭鐵騎聲」（《瞿髯論詞絕句》，冊2，頁543）的詞風相較，
王沂孫筆下的亡國哀音，只是「草際蟲吟，使人聽了難受而已」。〔註85〕然若
單看遺民詞人的作品，其中所蘊含的血淚與哀嘆，是與時代環境緊緊相扣。
他們表現出噤若寒蟬的隱忍之痛，讓後世讀者深刻地感受到「亡國之音哀以
思」的愁苦心情。

　　夏承燾師法元好問、王沂孫，蓋出自於他們在易代之際詞中所蘊含的故
國哀思。如〈洞仙歌‧滬市見賣盆梅，念西湖紅萼，有天末故人之思也〉：

　　燈唇酒眼，喚芳魂不起。夢裡前遊墮煙水。怎初歸金屋，便改冰姿，
　　渾不管、容易尊前換世。　　西湖香影曲，譜入瓊簫，不是幽人舊
　　宮徵。雙鶴欲何歸，黃月樓臺，但一片、暗塵哀吹。莫問我、天涯
　　歲寒心，忍滿面風霜、與春回避。　　（冊4，頁159）

1941年10月21日，夏承燾得知好友丁寧（字懷楓）在南京就職一事，《日
記》載：「前日懷楓來快信，謂某君為介入陳某所辦圖書館，與□□同事。
昨復一函，勸其勿涉足政界。」（冊6，頁341）夏承燾一接收丁寧欲投奔南
京事，深感憂心，極力勸她勿涉足政界，早日離開。1942年6月27日夏承
燾致函丁寧，「諷其在鄉設帳授女學徒，自贍一身，勿重赴白下（筆者按：
指南京）。某君四出邀人，或迫於府主之命，然不當牽連摯好。」夏承燾並
寄去〈洞仙歌〉及〈鷓鴣天〉二詞，好友吳天五謂丁寧見此「當不能重墜深
淵」（冊6，頁403）。〈洞仙歌〉這首詞中將溫室中的盆梅與西湖紅萼相比，
批判盆梅「怎初歸金屋，便改冰姿」，感慨那些因時局而墮落變節的人。末
句以「與春回避」表示決絕的態度，即與這些人不復相見，也望他們莫來相
招。此函寄出後夏承燾遂與丁寧失聯，1943年3月10日《日記》載：「日來
念懷楓久久無消息。去年寄揚州一書，囑其勿再往南京，語多訐直，或以此
見怪耶。」（冊6，頁471）丁寧投奔南京後，始終杳無音訊。1944年3月5
日《日記》載：「昨夜失眠，成〈洞仙歌〉一詞，為念懷楓作也。懷楓曠爽
如男子，而淹滯白下不歸，終不可解」（冊6，頁542），夏承燾遂填〈洞仙
歌‧甲申元夕，讀李易安、劉辰翁永遇樂詞有感〉，上片云：「瓶梅謝了，訝一
寒至此，還窘燈花問春事。覆深杯未醒，三兩吟蛩，又為我、喚起離愁滿紙」

〔註84〕唐圭璋編：《全宋詞》，冊5，頁3355、3358、3359。
〔註85〕龍榆生：《龍榆生詞學論文集‧宋詞發展的幾個階段》，頁229。

（冊 4，頁 181）表達對好友的不捨與痛心。〔註 86〕又如〈水龍吟‧皂泡〉：

> 九天欬唾何人，亂珠零、琲風多處。斜陽影裡，兒童氣力，吹噓徒
> 苦。咒水初成，拋球難繫，花梢偷度。有玲瓏臺閣，天斜人物，乍
> 明滅，看來去。　　只道青冥易到，仗輕風片時抬舉。等閒誰料，
> 未容著地，已隨零露。掃盡繁星，一輪端正，乍驚窺戶。是舊時片
> 月，山河無恙，看驪龍吐。　　（冊 4，頁 164）

夏承燾在〈我的治學道路〉一文中自述抗戰爆發後，南京汪精衛賣國的偽政
權不惜借用封官許願或威脅利誘等手段拉攏知識分子投靠南京，夏承燾也曾
受其招邀，他因「民族的大義、國家的存亡」之由，嚴辭拒絕，並寫下了〈水
龍吟‧皂泡〉一詞抒發愛國之志，指出投奔南京，如同皂泡，「乍明滅，看來
去」，片時即破，而中華民族，終將如「一輪端正」的東升皎月，永遠照耀山
河大地。〔註 87〕在當時社會環境下，夏承燾不願意也不忍心直接點明變節的
友人，而以盆梅、皂泡之喻託諷，反映政局的搖盪以及人心的巨變，隱晦曲
折的宣洩了內心的不安與沉痛。〔註 88〕另如〈木蘭花慢‧題嫁杏圖〉：「費幾
日春工，初勻脂粉，便怯孤單，風前強支豔骨，怕宮妝濃淡入時難」（冊 4，
頁 165），借杏花的勻脂抹粉，強嫁東風，諷刺上海無恥文人投奔汪政權的行
徑。這樣的創作技巧，可見王沂孫隱晦詞風鎔鑄其中的痕跡。任銘善〈讀瞿
禪師詞後〉云：

> 讀師論詞諸作，⋯⋯乃稍求其所作詞讀之，有碧山、遺山之音，而
> 寄託隱奧，猝不易解。〔註 89〕

至於夏承燾自述「終僅差近蔣竹山而已」，可知夏承燾肯定蔣捷的人品與
詞風，主要原因，蓋出自蔣捷在入元之後，隱跡不仕的品格。據《宋季忠義
錄》載蔣捷「元初晦跡不仕，大德中憲使臧夢解、陸垕薦其才，堅持不就」。
〔註 90〕蔣捷填詞的內容與題材，與王沂孫頗為類似，多寫家國民族之恨、黍

〔註 86〕劉辰翁〈永遇樂〉題云：「余自乙亥上元誦李易安〈永遇樂〉，為之涕下。今
　　　三年矣，每聞此詞，輒不自堪。遂依其聲，又託之易安自喻。雖辭情不及，
　　　而悲苦過之。」《全宋詞》，冊 5，頁 3229。
〔註 87〕夏承燾〈自述：我的治學道路〉，李劍亮：《夏承燾年譜》，頁 8。
〔註 88〕蕭莎、李劍亮〈夏承燾勸悔詞研究〉，《紹興文理學院學報》第 36 卷第 3 期
　　　（2016 年 5 月），頁 63～64。
〔註 89〕任銘善〈讀瞿禪師詞後〉，吳无聞主編：《夏承燾教授紀念集》，頁 30。
〔註 90〕〔清〕萬斯同：《宋季忠義錄》，卷 15，頁 13。

離麥秀之感，風格淒涼激楚。彭靖〈夏承燾詞集書後〉云：

> 夏先生詞，「洗練縝密，語多創獲」，與竹山極為相似，題材、風格、
> 方法的多樣化，亦頗相類，而流動自然，則似有過之。至於人品，
> 夏先生與竹山，可謂通千百載於窅寐間者。然則，「差近竹山」，不
> 徒詞而已。不過，夏先生對生活所抱情緒的熱烈，態度的積極，卻
> 非竹山的隱遁、恬淡可比。〔註91〕

夏承燾自述「終僅差近蔣竹山而已」，主要是指早期的創作而言。然儘管夏詞
有淒婉低沉之風格，但仍處處可見他對動盪時期銳利的批判與書寫；面對新
時代的來臨，也難掩熱切盼望之情，這在是蔣捷詞中難以見到的情緒，畢竟
身為宋遺民的蔣捷，對於故國懷有痛徹心扉的依戀，而夏承燾則是站在擺脫
舊時局，迎向新時代的前哨。況且夏承燾作為知識分子，在新政權大規模思
想改造的控制下，縱使有歸隱之念，也無處遁隱。

實際上，夏承燾填詞兼採眾家之長，融鑄辛棄疾、姜夔、元好問、王沂
孫、蔣捷之詞風，自當不能與任一詞家相比擬。周篤文〈詞壇泰斗‧學海名
師〉云：

> 夏承燾自承作詩「於昌黎取煉韻，於東坡取波瀾」，填詞則欲「合稼
> 軒、白石、遺山、碧山為一家」，蓋以意格的奇創自律，不貴形式的
> 圓熟。其論詞每以「錘骨不堅，剗滑不澀」為病，故其為詞筆下堅
> 蒼，有戛然獨造之境。〔註92〕

彭靖〈開拓者給我們的啟示——試說夏承燾先生在詞學上的貢獻〉亦云：

> 夏先生曾說：「早年妄意合稼軒、白石、遺山、碧山為一家，終僅差
> 近蔣竹山而已。」這實際上，就是要在詞的創作上開拓出一條新的
> 道路。這就是治豪放與婉約、清空與質實於一爐，也就是豪以婉出，
> 實以虛見。立稼軒、遺山之品，取白石、碧山之神，而兼收百家之
> 妙。〔註93〕

夏承燾詞風兼治豪放與婉約，鎔鑄清空與質實，期許能成就卓然獨立之一家，
當然非蔣捷一家所限。「終僅差近蔣竹山」一句，可視為夏承燾自謙之詞。馬

〔註91〕彭靖〈夏承燾詞集書後〉，見收於夏承燾著、吳无聞注釋：《夏承燾詞集》（長
　　　　沙：湖南人民出版社，1981 年 3 月）。
〔註92〕吳无聞編：《夏承燾教授紀念集》，頁 53。
〔註93〕吳无聞編：《夏承燾教授紀念集》，頁 46。

敘倫〈上揖靈均，下攀柴桑草堂〉評夏承燾云：

> 得讀其月輪樓詞，自謂欲合稼軒、遺山、白石、碧山為一家，終僅
> 差近蔣竹山而已。予嘗謂：文章甘苦，自知勝於人知。自知而不為
> 傲語以欺人，不為遜詞以自欺，則瞿禪之自道者，正不必復贊一
> 字。……瞿髯詞清麗溫雅，詞之所當有者，既無不具。而其言有物，
> 則上揖靈均，下攀柴桑草堂，雖瞿禪自謂差近竹山，予以為瞿禪之
> 所自期者，已駸駸而欲履其閾矣。〔註94〕

夏承燾的詞，有深刻的關懷之情，時常流露家國之憂，甚至夾雜鬱憤之氣，可說是走向屈騷、杜詩一路。另一方面，夏詞又有恬適、曠遠的境界，則是走向陶淵明一路。所謂「上揖靈均，下攀柴桑草堂」，夏承燾填詞之取法甚廣，實不限於稼軒、遺山、白石、碧山、竹山諸詞家。

　　二十世紀舊體詩詞的創作，受到五四運動的影響，並沒有得到相應的文學地位。1918年胡適〈建設的文學革命論〉中斷言：「我想我們提倡文學革命的人，固然不能不從破壞一方面下手。但是我們仔細看來，現在的舊派文學實在不值得一駁……因為這二千年的文人所做的文學都是死的，都是用已經死了的語言文字做的。」〔註95〕儘管胡適為詞的民間性開闢一條可以發展的小路，基本上舊體詩詞的發展仍是被抹煞的。連柳亞子（1887～1958，南社詩人）也在1944年的〈舊詩革命宣言書〉中憂心忡忡的說：「舊詩必亡」，「平仄的消失，極遲是五十年以內的事。」然文壇上仍是有許多受到五四運動洗禮的新派文學家，在晚年仍選擇以舊體文學表達他們內心複雜的情感，如郭沫若曾說：

> 進入中年以後，我每每做些舊體詩。這倒不是出於「骸骨的迷戀」，
> 而是當詩的浪潮在我的心中衝擊的時候，我苦於找不到適合的形式
> 把意境表現出來。詩的靈魂在空中激蕩著，迫不得已只好寄居在畸
> 形的「鐵拐李」的軀殼裡。〔註96〕

夏承燾《日記》也清楚載錄陳毅轉述毛澤東對舊體詩詞的態度：

> 主席好三李（白、賀、商隱），好蘇辛，亦好秦周詞，不喜夢窗、草
> 窗，不主純用白描，好象徵性。……主席自謂少時不為新詩，老矣

〔註94〕吳无聞編：《夏承燾教授紀念集》，頁13。
〔註95〕胡適：《胡適古典文學研究論集·建設的文學革命論》（上海：上海古籍出版社，1988年8月），頁50～52。
〔註96〕陳明遠：〈追念郭老師〉，《新文學史料》（1982年第4期），頁131。

無興學，覺舊詩詞表現感情較親切，新詩於民族感情不甚合腔，且

形式無定，不易記，不易誦。　（冊7，頁1009）

毛澤東清楚揭示了中國傳統詩歌在文字、韻律上的魅力，此乃現代詩無法駕馭的特點。夏承燾是在五四新文化運動的思潮中培育起來的詩人、詞人，他以新文學家不屑一顧的舊體詩詞，真實地紀錄著他的胸臆懷抱，反映一名知識分子親眼目睹、親身經歷的社會百況，且在舊體詩詞的創作上，取得了崇高的地位與成就。在二十世紀的現代文學潮流中，夏承燾的詩詞創作，可能被譏笑成對「骸骨的迷戀」，但正如梁啟超所說「能以舊風格含新意境，斯可以舉革命之實矣。」（梁啟超《飲冰室詩話》）夏承燾的詩詞，正是對中國傳統文學的傳承及新時代的創新。他通過舊體文學寄情山水、詠物抒懷、酬唱答贈，不只作為宣洩情感、擺脫苦悶，調節心靈的媒介，也蘊含著濃郁的時代氣息，一方面表現出社會時局的變遷，一方面表現出二十世紀知識分子的生活、交遊以及思想感情。趙翼〈論詩〉謂「詩文隨世運，無日不趨新」，〔註97〕古詩詞需賦予新生命，才能重獲生機，繼續譜寫出金聲玉振的篇章。

此外，夏承燾在詞學理論上，清楚的表明詞體的本質與功能，釐清了詩、詞之間的關係，以及豪放、婉約詞風的異同，突破了前人論詞、創作的藩籬，而賦予詞體新時代的定義。儘管夏承燾在創作上仍有其侷限，未能像陳寅恪那般具有「自由之思想」、「獨立之精神」，以極大的勇氣批判越來越激進的「左派」。但大抵而言，並沒有違背儒家積極入世、反映現實、同情人民的精神。〔註98〕至於藝術性方面，龍榆生論夏詞曰：「專從氣象方面落筆，琢句稍欠婉麗，或習性使然。」夏承燾也明白自己在形式上的缺失，自言「此言正中予病。自審才性，似宜於七古詩，而不宜於詞。好驅使豪語，又斷不能效蘇、辛，縱成就亦不過中下之才，如龍洲、竹山而已。夢窗素所不喜，宜多讀清真詞以藥之。」（《日記》，冊5，頁214）基本上，夏承燾填詞，以「不破詞體，不詆詞體，不為空疏綺靡無益之語」為原則，任銘善論道：「自張皋文、周止庵以來，惟師（夏）為能尊高詞體也」。〔註99〕可看出夏承燾在詞的創作上，試圖將其思想與藝術臻於統一的努力。

〔註97〕〔清〕趙翼著：《甌北集》（上海：上海古籍出版社，2010年12月《清代詩
　　　文集彙編》冊362），卷46，頁459。

〔註98〕劉夢芙〈夏承燾《天風閣詞》綜論〉，頁29。

〔註99〕任銘善〈讀瞿禪師詞後〉，吳无聞主編：《夏承燾教授紀念集》，頁30。

第七章 結 論

第一節 夏承燾為民國詞學樹立的典範

　　胡適的貢獻在為文學建立新的典範，使文學觀得以重置，「詞學」也不得
不重新定義。胡雲翼指出「詞學」的涵義並非學詞、填詞，而是要讀詞、研究
詞，遂使「詞學」有傳統與新變的差別。傳統一派，多因創作而研究；新變一
派，則因研究而倡創作。﹝註1﹞龍榆生於 1934 年發表〈研究詞學之商榷〉一
文，在圖譜之學、音律之學、詞韻之學、詞史之學、校勘之學這五項清代傳統
詞學成就的基礎之上，又提出聲調之學、批評之學、目錄之學，為民國以來
詞學研究的具體工作進行界定。夏承燾在其所建構的研究體系中，詞史、詞
體（起源、詞樂、詞律、詞韻等）、詞人（年譜、傳記等）、詞作（作品繫年、
作品鑑賞等）、詞學批評（序跋、論詞絕句、詞論等）、詞集（版本、箋校、輯
佚等）等，無不囊括，突破了傳統詞家研究的侷限，走向自覺性、系統性、全
面性的研究堂廡。其一系列經典著作，氣象之大、範圍之廣、鑽研之深，厥功
甚偉，「一代詞宗」之稱，洵非虛譽。而夏承燾介於傳統與新變之間，一方面
採用經史考據的實學方法治詞，並沿用文字校勘或論詞絕句等舊有形式表達
其詞學見解；另一方面則採用新的論著形式、新的批評話語，以及科學舉證
的方法進行詞學研究。此外，夏承燾將其畢生的思想情感付諸於詞體創作上，
其「精於詞學」又「工於作詞」（語出程千帆），無疑是彌補了只提倡「研究」

﹝註1﹞曹辛華：《中國詞學研究》，頁 110。胡雲翼著，劉永翔、李露蕾編：《胡雲翼
　　　說詞‧詞學概論》（上海：華東師範大學出版社，2004 年 2 月），頁 175。

而忽視「創作」的新變派詞學家的不足。〔註2〕因此,夏承燾之於民國詞壇的貢獻,不可僅以傳統或新變予以劃分。

其次,夏承燾的詞學成就,是由考據之學轉向批評之學。夏承燾曾說「榆生長於推論,予則用力於考證」(冊5,頁331),吳蓓所謂「以經史之術別立詞學」。夏承燾根深柢固的研經、讀史的方法,成為他在治詞道路上的兩條捷徑:一以研經之法治詞;一以讀史之法治詞。夏承燾自青年開始,即具「儒家本色」,深受陽明學派、顏李學派、浙東史學的影響,深諳性理之學與致用之學;而史家「辨章學術,考鏡源流」的考據精神,也潛移默化的成為夏承燾治學的基礎。在夏承燾的著述中,有關志、典、譜、表等方面的研究,無非是採自史學的方法;而關於考、注、疏、箋等方面的成果,則是治經之長術。不論是早年提出的著述構想,如《詞林繫年》、《詞學志》、《詞學典》、《詞學考》、《詞學史》等,或是已出版的《唐宋詞人年譜》、《姜白石詞編年箋注》、《詞例》、諸書,以及對姜夔詞譜、宋代詞樂進行破譯等成果上,經、史之法昭然若揭。〔註3〕此乃朱祖謀以經治詞方法後的一大突破。而這一研究方法絕非採自西學,而是對傳統經史之術的繼承,此乃夏承燾在詞學研究中獨到的方法論。

然隨著社會、政治的新變,中共建國之後,夏承燾逐漸由「考證」轉向「批評」,這一轉型即是詞學研究進入中共政權成立後變革的反映。〔註4〕夏承燾的詞學批評,結合了早期宏通的國學基礎與詞史觀念,直接影響他在知人論世上的批判精神。這一特點,具體表現在《瞿髯論詞絕句》這部別具一格、以詩的形式書寫歷史的技巧上。反之,通過百首論詞絕句,也足以體現夏承燾精警透徹的批判思維。尤其從「唐教坊曲」起論,迄至「詞壇新境」;由唐代李白說起,迄至域外詞人,無不說明夏承燾跨時代、跨空間的史識觀。夏承燾以史治詞,實事求真的精神,提出許多新穎可信的論斷,也轉變了常州詞派以來牽強附會的說辭,推進了詞學研究的科學化進程。此外,夏承燾還透過了單篇論文形式,針對詞人及其詞進行歷史定位及藝術剖析,方法多樣,見解獨到,如提出的「清剛」一辭,推翻南宋張炎的「清空」說,成為後世論姜夔詞風的依據。而夏承燾的批評內涵可以論斷翔實的原因,即奠定在

〔註2〕胡雲翼以「詞體在五百年前便死了」之論,反對填詞。參《詞學概論》,頁175。
〔註3〕吳蓓:《夏承燾全集·前言》,頁9～10。
〔註4〕曹辛華:《中國詞學研究》,頁185。

前期考據之學的工夫上。夏承燾由「考據」轉向「批評」的治詞歷程，正是奠定他詞學成就的基石。

再者，夏承燾不因新文學的壓逼，繼續沿用舊體詩詞創作的原因，大抵不出以下五點：一、晚清以來傳統詞學的影響；二、溫州文學風氣的催化；三、胡適視之為「活文學」的鼓動；四、自身對舊體文學的執著；五、毛澤東提倡舊體詩詞的影響。夏承燾已出版的詞集，作品達四百首以上，數量之夥、取材之廣、立意之新，儘管是以舊體文學來寫作，所體現的生活、思想、情感，真切的反映了知識分子由近代走向現當代的心路歷程；夏承燾所具備的歷史的眼光與對時代的自覺，翔實的將國家、社會、政治、文化各層面上的所見所聞反映在作品中，體現了民國詞的多元風貌，真正做到了「舊瓶裝新酒」。其中不乏以史入詞，藉筆墨反映現實、直抒襟懷、體現生命感悟的作品；也有用現代語言、民間歌謠書寫現代事物的題材，為詞體進行解放。這是時代風雲下的文學產物，切合夏承燾的詞學思想，也是夏承燾欲開拓的詞壇新境。曹辛華《民國詞史考論》認為民國詞史是中國詞史再度輝煌的階段，也是繼往開來的階段。〔註5〕夏承燾不只是詞人，而是詞學家、教授、作家三種身分集於一身的人家，其所受到的政治、社會、文化的衝擊，是由傳統過渡至現代的生命歷程。夏承燾身居於此，正是民國詞創作上一顆閃亮的星星，活躍於整個民國詞壇。

第二節　夏承燾的批評精神與侷限

在中國文學的發展史上，詞以特有的藝術形式和表現手法，反映了詞人的生活、思想和感情，也反映了不同時期的時代風貌和人文精神。隨著詞的發展軌跡，詞學研究也隨之萌芽、興盛。到了清末民初，王鵬運、朱祖謀、況周頤、吳重熹、劉毓盤等人對詞學的匯刻、輯佚、校勘、考訂，為詞學研究留下了寶貴的資料與精闢的見解。1919 年的五四運動，將文學發展引入了嶄新的階段，在這波新文化思潮的狂瀾下，文學得以重新定義。鄭振鐸〈新文學之建設與國故之新研究〉論道：「我們所謂新文學運動，並不是要完全推翻一切中國固有的文藝作品。這種運動的真意義，一方面在建設我們的新文學觀，創作新的作品，一方面卻要重新估定或發現中國文學的價值。……我們須有

〔註 5〕曹辛華：《民國詞史考論》，頁 20。

切實的研究，……以誠摯求真的態度，去發現沒有人開發過的文學的舊園地。」
又說：「我們整理國故的新精神便是『無徵不信』」。〔註6〕而民國詞學的研究
也在龍楡生創辦的《詞學季刊》中，得到了推動的作用。夏承燾在現代思潮
的衝擊下，其思想的奠定與研究方法的運用，即體現了現代詞學的發展過程，
他以實證的方法進行科學的研究，其堂廡特大的詞學成果可見一斑。

　　隨著 1949 年中華人民共和國的建立，左傾的思想和馬列主義的盛行，
中國進入了社會主義的新世代。夏承燾治學的領域，也由「考據」轉向「批
評」，透過社會批評方法，滿足了社會的需要，體現了當時的文學價值。一
系列歌詠岳飛、文天祥、辛棄疾、陳亮、元好問及愛國詞人的作品及文章，
正是時代下的產物。馬興榮在〈建國三十年來的詞學研究〉一文中說：「詞
學研究者都努力學習馬列主義，改造世界觀，力圖用馬克思主義的觀點、方
法來從事詞的研究，改變過去較多的對瑣節碎義的探討，鑽牛角尖的考證的
情況。」〔註7〕夏承燾由「考據」轉向「批評」，將詞視為「面對現實」、或
「投身於現實鬥爭」（冊 8，頁 84）的載體，正是毛澤東思想與馬列主義的
催化結果。尤其毛澤東〈在延安文藝座談會上的講話〉一公開，無不成為領
導文藝發展的圭臬，詞壇也秉持這一準繩檢視詞學發展的進程。例如《唐宋
詞人年譜》出版後，夏承燾的學生徐步奎馬上指出此書「探研社會史實不深」；
龍楡生亦指出「忽略社會經濟情況」（冊 7，頁 524、542）；夏承燾在課堂也
時常因馬列主義無法融入課程而被批判。風氣如此，自然催促夏承燾為切合
時代需要，而投身於對歷代詞人的批判中。那些為人民服務、為國家服務，
蘊含詞人積極精神的作品，完全成為夏承燾心頭上「偉大的作品」，他說「凡
是偉大的作家，他們多數是站在時代前線的戰士。凡是偉大的文學作品，他
們多數是時代的號角」（冊 8，頁 172）。而這樣將政治擺在第一位的批評標
準，卻造就夏承燾內容第一、形式第二，重思想而輕藝術，重視豪放派而忽
視婉約派的傾向。詞學研究在愛國主義、社會運動、民族思想等一連串的變
革下，逐漸背離了文學中最單純的藝術本質，反映審美內容和審美價值的作
品遭到撻伐，打入冷宮，使得詞學研究的天秤偏重一隅，因此連蘇軾的作品
也難以避免「政治的迫害」。夏承燾〈詩餘論——宋詞批評舉例〉一文，亦

〔註 6〕鄭振鐸〈新文學之建設與國故之新研究〉，《鄭振鐸古典文學論文集》（上海：
　　　　上海古籍出版社，2009 年 4 月），頁 84～85。
〔註 7〕馬興榮：〈建國三十年來的詞學研究〉，頁 22。

凸顯了「政治至上」的傾向：

> 宋代一部分作家在詩裡表達積極的、面對現實的思想感情，而讓消
> 極的逃避現實的思想感情用詞來寫，於是詞變成消極頹廢的思想感
> 情的逋逃藪，變成為名副其實的詩之餘了。〔註8〕

夏承燾根據宋詞中的精神內涵及民族精神，來衡量詞人創作時消極或積極的
思想，這顯然是從政治的立場出發，使詞變成了為人民、為社會服務的載體，
以致成為夏承燾在詞學批評上的盲點。他在論詞文章中、在百首論詞絕句中、
在詩詞和作之中，以多數的愛國詞人或豪放詞人為對象，凸顯他所想要發揚
的愛國精神與民族氣節，而以少數的婉約詞家，如溫庭筠、周邦彥、吳文英
等人，批判軟媚柔靡的詞風。失衡的批評標準，可說是夏承燾論詞的侷限。
儘管夏承燾晚年自言「對馬列主義文藝理論學得很差，對毛澤東的批判繼承、
古為今用的教導體會不深」，但終究陷入了馬克思主義的迷霧中，以政治標準
去要求古代的詞人，便忽視了有別於豪放作品的藝術價值。

　　此外，夏承燾在創作實踐上，通過舊體文學寄情山水、詠物抒懷、酬唱
答贈，詞不只作為宣洩情感、擺脫苦悶，調節心靈的媒介，也蘊含著濃郁的
時代氣息，體現二十世紀知識分子的生活、交遊以及思想感情。然夏承燾在
創作上，仍深受時代思想的束縛，而不能完全的自由、獨立的表達，以致於
在批判政治上有所保留。當社會籠罩在極左的激進思想，或改造運動的氛圍
下時，夏承燾也只能選擇以噤若寒蟬的隱喻方式，假託古人抒發內心所思所
想。此乃時代風氣所致，為求明哲保身，也無可奈何！

第三節　結果評估、議題延伸與未來展望

　　《夏承燾集》八冊的出版，為夏承燾及其學術研究提供了豐富而珍貴的
材料，使得夏承燾成為了二十年來詞學研究的熱門對象，數本學位論文、單
篇論文，以及與現代詞學、民國詞學相關的專書論文，如雨後春筍般滋生，
有利於推動夏承燾詞學研究的進展。然《夏承燾集》八冊僅是夏承燾著述中
的一部分，並不能稱為足本，夏承燾的研究仍值得開拓與深掘。近十年來，
浙江大學與浙江古籍出版社頃盡全力整理《夏承燾全集》，原本預計 2017、
2018 年間全面出版，可惜事與願違。截至目前為止（論文完稿於 2019 年 1

〔註8〕夏承燾：〈詩餘論——宋詞批評舉例〉，頁62。

月）僅《唐宋詞人年譜續編》、《詞例》、《永嘉詞徵》三書出版，其餘《夏承燾日記全編》、《天風閣詩詞全編》、《詞林繫年》、《白石詩集校箋》、《荀子界說》、《大哀賦箋注》、《瞿禪講義》、《宋詞微》、《清詞人小傳》、《西湖聯語》、《天風閣書札》諸書尚在整理中。《夏承燾全集》出版時間的延宕，尤其特別受到關注的《夏承燾日記全編》、《天風閣詩詞全編》，仍然毫無出版消息，以致筆者撰寫論文期間，無法確切地探析夏承燾早期求學、創作階段的心路歷程，也無法明確得知夏承燾歷經文化大革命後的心靈變化。因此，在引用文本材料上難稱周全，導致在論文撰寫的預期目標上留下些許遺憾。而《詞例》二冊，以影印手稿的方式付梓，雖保留了筆記真跡，卻加深了閱讀、辨識上的困難，僅能等待來日繼續努力。

　　儘管筆者在材料運用上無法如預期想法，將《夏承燾全集》全面納入；然而在梳理夏承燾詞學觀的建構過程中，以及他對歷代詞人的批評史觀時，卻下了不少工夫。釐清了夏承燾對歷代詞人、域外詞人的批評見解，也客觀地凸顯夏承燾在時代風雲下的批判風向。二十世紀詞學生態與發展趨勢，也藉由夏承燾本身的著述，或夏承燾與其他詞人群體之間的往來經過，一一呈現在眼前；例如民國時期詞人結社的群體活動，訴諸於期刊、報紙的詞學傳播過程，以及因政治因素介入而影響的學術現象等，均是其例。

　　研究夏承燾的論文如此浩繁，但仍有部分議題可進一步挖掘。如夏承燾詩詞箋注、夏承燾在經學、史學、子學方面的研究、夏承燾之杜甫研究、永嘉詞人群體研究等。甚至可透過新的研究方法，例如運用 Notepad++、AntConc〔註9〕等軟體程式，將各種分析、統計的結果以視覺化的方式呈現。透過數位資料的比對，便可進行夏承燾與民國詞人交遊網絡的定位統計與數量分析，而不只是個體與個體之間交遊往來的研究。

　　此外，夏承燾在《日記》中留下大量的著述構想，都是他花費數十年心力的閱讀心得與研究成果，雖然最終因各種原因不能下筆，甚至無法完稿，例如詞學類，《蘇門詞事譜》、《詞集名物考》等；詩學類，如《從工農兵看杜

〔註 9〕Notepad++是一種文字編輯軟體，可用來進行數位的資料整理以及簡單的分析統計。是目前數位與文史資料結合的研究趨勢。AntConc 是一種語料庫檢索工具，具有詞語檢索、統計詞頻和生成詞表等功能，適用於語料庫語言學、翻譯學、外語教學等領域的研究者。使用 AntConc 可以很方便地統計出文本中的詞頻，並且按照單詞在文本中出現的頻率高低進行排列，而且還可以將統計後的結果匯出。

甫》、《杜詩典籍志》；史學類，如《宋遼金元四史異同》、《各家墓志校宋史》；語言類，如《楚辭形聲譜》、《宋俗詞解》、《宋詞四聲譜》等〔註10〕。然總體而言，夏承燾已經印行的著作，卻能金針度人，為後學開啟了無數的研究法門，值得二十一世紀的詞學研究者持續予以探索、發揚。

〔註10〕夏承燾的著述構想，參陶然：〈規模宏度　金針度人——記夏承燾先生未及成書的著述〉，頁4〜6。

重要參考文獻

（古籍按年代排列、現代著作按作者筆畫排列）

一、專書

（一）夏承燾著作

【專著】

1. 吳鷺山、夏承燾、蕭湄選注：《蘇軾詩選注》，天津：百花文藝出版社，1982 年 4 月。

2. 夏承燾：《夏承燾詞集》，長沙：湖南人民出版社，1981 年 3 月。

3. 夏承燾：《天風閣詞集》，天津：百花文藝出版社，1984 年 7 月。

4. 夏承燾、吳熊和著：《讀詞常識》，香港：中華書局，2002 年 1 月。

5. 夏承燾、吳熊和箋注：《放翁詞編年箋注》，臺北：木鐸出版社，1982 年 5 月。

6. 夏承燾、張璋編選：《金元明清詞選》，北京：人民文學出版社，1997 年 7 月。

7. 夏承燾、盛弢青合編：《唐宋詞選》，北京：中國青年出版社，1959 年。

8. 夏承燾、游止水著：《辛棄疾》，臺北：萬卷樓圖書公司，1993 年 4 月。

9. 夏承燾著、吳戰壘等編：《夏承燾集》全八冊，杭州：浙江古籍出版社、浙江教育出版社，1997 年。
   第一冊：《唐宋詞人年譜》。
   第二冊：《唐宋詞論叢》、《月輪山詞論集》、《瞿髯論詞絕句》、《唐宋詞欣賞》。

第三冊：《姜白石詞編年箋校》、《龍川詞校箋》、《宋詞繫》。

第四冊：《天風閣詩集》、《天風閣詞集前編》、《天風閣詞集後編》。

第五冊至第七冊：《天風閣學詞日記》。

第八冊《詞學論札》。

10. 夏承燾著、吳蓓主編：《唐宋詞人年譜續編》，《夏承燾全集》，杭州：浙江古籍出版社，2017 年 5 月。

11. 夏承燾著、吳蓓主編：《詞例》，《夏承燾全集》，杭州：浙江古籍出版社，2018 年 8 月。

12. 夏承燾著、吳蓓主編：《永嘉詞徵》，《夏承燾全集》，杭州：浙江古籍出版社，2018 年 11 月。

13. 夏承燾：《白石詩詞集》，臺北：華正書局，1981 年 9 月。

14. 夏承燾：《作詞法》，上海：世界書局，1937 年。

15. 夏承燾：《姜白石詞校注》，廣州：廣東人民出版社，1983 年 11 月。

16. 夏承燾：《姜白石詞編年箋校》，上海：上海古籍出版社，1998 年 12 月。

17. 夏承燾：《唐宋詞錄最》，上海：華夏圖書出版公司，1948 年。

18. 夏承燾選校，張珍懷、胡樹淼注釋：《域外詞選》，北京：書目文獻出版社，1981 年 11 月。

19. 夏承燾：《詞源注》，臺北：木鐸出版社，1982 年 5 月。

20. 夏承燾：《龍川詞校箋》，上海：上海古籍出版社，1982 年 4 月。

21. 劉金城校注、夏承燾審訂：《韋莊詞校注》，北京：中國社會科學出版社，1981 年 3 月。

【單篇文章】

1. 夏承燾：〈我的學詞經歷〉，李光筠主編：《與青年朋友談治學》，臺北：國文天地雜誌社，1989 年 10 月。

2. 夏承燾口述、懷霜整理：〈我的治學經驗〉，《治學偶得》，杭州：浙江人民出版社，1962 年 8 月。

3. 夏承燾著、王榮初整理：《詞林繫年》，《中國韻文學刊》創刊號，1987 年；1990 年第 1 期；1990 年第 2 期；1992 年；1993 年第 2 期；1995 年第 1 期；1995 年第 2 期；1996 年第 1 期；1998 年第 2 期。

4. 夏承燾：〈天風閣讀詞札記〉（一），《河北大學學報》（哲學社會科學版），1988 年第 3 期。

5. 夏承燾：〈天風閣讀詞札記〉（二），《湘潭大學學報》（社會科學版），1989 年第 2 期。

6. 夏承燾：〈令詞出於酒令考〉，《詞學季刊》第 3 卷 2 號，上海：民智出版社，1936 年 6 月。

7. 夏承燾：〈論域外詞絕句九首〉，《文獻》第 4 號，1980 年。

8. 夏承燾：〈詩餘論——宋詞批評舉例〉，《文學評論》，1966 年第 1 期。

（其他夏承燾發表在各刊物的文章，詳見第一章第三節「研究方法與進行步驟」）

（二）夏承燾研究專著

1. 王紅英：《夏承燾詞作綜論——兼談現代舊體詩詞入史問題》，溫州大學碩士論文，2011 年 5 月。

2. 吳无聞編：《夏承燾教授紀念集》，北京：中國文聯出版公司，1988 年 10 月。

3. 李劍亮：《夏承燾年譜》，杭州：光明出版社，2012 年 4 月。

4. 沈迦：《夏承燾致謝玉岑手札箋釋》，北京：國家圖書館，2011 年 11 月。

5. 胡永啟：《夏承燾詞學研究》，河南大學博士論文，2011 年 10 月。

6. 徐笑珍：《夏承燾的詞學研究》，香港中文大學碩士論文，2002 年。

7. 陸蓓容：《大家國學·夏承燾卷》，天津：天津人民出版社，2008 年 1 月。

8. 戴立：《論夏承燾的詞學批評思想》，浙江工業大學碩士論文，2009 年 4 月。

（三）詞集
【總集】

1. 〔後蜀〕趙崇祚編，李一氓校，李冰若注：《宋紹興本花間集附校注》，臺北：鼎文書局，1974 年 10 月。

2. 〔清〕朱祖謀：《彊村叢書》，上海：上海書店，1989 年 7 月。

3. 〔清〕朱彝尊：《詞綜》，臺北：世界書局，1956 年。

4. 林葆恒輯、陳叔侗點校合刊：《閩詞鈔·閩詞徵》，福州：福州人民出版

社，2014 年 12 月。

5. 南京大學全清詞編纂研究室編：《全清詞‧順康卷》，北京：中華書局，2002 年 5 月。

6. 唐圭璋主編：《全宋詞》，北京：中華書局，1998 年 11 月。

7. 唐圭璋主編：《全金元詞》，臺北：洪氏出版社，1980 年 11 月。

8. 張宏生主編：《全清詞‧雍乾卷》，南京：南京大學出版社，2012 年 5 月。

9. 曾昭岷、王兆鵬等編：《全唐五代詞》，北京：中華書局，1999 年 12 月。

10. 楊家駱主編：《清詞別集百三十四種》，臺北：鼎文書局，1976 年 8 月。

11. 饒宗頤初纂、張璋總纂：《全明詞》，北京：中華書局，2004 年 1 月。

【選集】

1. 〔宋〕陳恕可輯：《樂府補題》，臺北：臺灣商務印書館，1986 年 3 月《景印文淵閣四庫全書》。

2. 〔宋〕黃昇：《花庵詞選‧唐宋諸賢絕妙詞選》，臺北：曾文出版社，1975 年。

3. 〔金〕元好問：《中州集》，臺北：商務印書館，1967 年《四部叢刊初編》。

4. 〔清〕朱祖謀選編、唐圭璋箋注：《宋詞三百首》，臺北：漢京文化事業有限公司，1983 年 6 月。

5. 〔清〕朱祖謀編、張爾田補錄：《滄海遺音集》，臺北：世界書局，1962 年。

6. 〔清〕張惠言：《詞選》，臺北：廣文書局，1979 年 6 月。

7. 〔清〕譚獻：《篋中詞》，臺北：鼎文書局，1971 年 9 月。

8. 朱惠國、吳平：《民國名家詞集選刊》，北京：國家圖書館出版社，2015 年 12 月。

9. 俞陛雲：《唐五代兩宋詞選釋》，臺北：文史哲出版社，1988 年 7 月。

10. 胡適：《詞選》，北京：中華書局，2007 年 4 月。

11. 唐圭璋：《唐五代兩宋詞簡釋》，臺北：木鐸出版社，1982 年 3 月。

12. 陳水雲、昝聖騫注，王衛星注譯：《新譯清詞三百首》，臺北：三民書局，2016 年 4 月。

13. 彭黎明、羅姍選注：《日本詞選》，長沙：岳麓書社，1985 年 11 月。

14. 葉恭綽:《廣篋中詞》,臺北:鼎文書局,1971 年 9 月。

15. 劉永濟:《唐五代兩宋詞簡析·微睇室說詞》,北京:中華書局,2007 年 10 月。

16. 龍榆生:《近三百年名家詞選》,上海:上海古籍出版社,1979 年 10 月。

【別集】

1. 〔宋〕周密著,史克振校注:《草窗詞校注》,濟南:齊魯書社,1993 年 12 月。

2. 〔宋〕蘇軾著、石聲淮、唐玲玲:《東坡樂府編年箋注》,臺北:華正書局,2005 年 9 月。

3. 〔宋〕蘇軾著、龍沐勛箋:《東坡樂府箋》,臺北:臺灣商務印書館,1995 年 2 月。

4. 〔宋〕辛棄疾著、鄧廣銘箋注:《稼軒詞編年箋注》,臺北:華正書局,1989 年 3 月。

5. 〔清〕朱祖謀著:《彊村語業》,臺北:鼎文書局,1976 年 8 月《清詞別集百三十四種》本。

6. 〔清〕朱祖謀:《彊村語業》,上海:上海古籍出版社,2002 年《續修四庫全書》。

7. 〔清〕朱祖謀輯校:《彊村詞賸稿》,上海:上海古籍出版社,2002 年《續修四庫全書。

8. 〔清〕周濟:《存審軒詞》,上海:上海古籍出版社,2002 年《續修四庫全書》。

9. 〔清〕況周頤:《玉梅後詞》,臺北:新文豐出版社,1989 年《叢書集成續編》。

10. 〔清〕王鵬運刊刻:《陽春集》「四印齋」本,上海:上海古籍出版社,2002 年 3 月《續修四庫全書》。

11. 〔越南〕阮綿審:《鼓枻詞》,《詞學季刊》,上海:民智書局,1933 年(第 3 卷第 2 號)。

12. 張珍懷箋注、黃思維校訂、施議對審訂:《日本三家詞箋注》,合肥:黃山書社,2009 年 8 月。

13. 陳秋帆：《陽春集箋》，民國二十二年（1933）南京書店排印本。

14. 楊伯嶺：《龔自珍詞箋說》，合肥：黃山書社，2010 年 10 月。

15. 詹安泰：《無盦詞》，中國哲學書電子化計劃 https://ctext.org/wiki.pl?if=gb&res=877458。

【詞譜・詞韻】

1. 〔明〕張綖：《詩餘圖譜》，上海：上海古籍出版社，2002 年 3 月《續修四庫全書》。

2. 〔清〕戈載：《詞林正韻》，臺北：文史哲出版社，1980 年 10 月。

3. 〔清〕萬樹撰；杜文瀾、恩錫校：《詞律》，臺北：世界書局，2009 年 4 月。

（四）詩文集

【總集】

1. 〔宋〕郭茂倩：《樂府詩集》，臺北：里仁書局，1984 年 9 月。

2. 〔清〕清聖祖御定：《全唐詩》，臺北：明倫出版社，1971 年 10 月。

3. 〔清〕董誥：《欽定全唐文》，臺北：文友書局，1972 年 8 月。

4. 北京大學古文獻研究所主編：《全宋詩》，北京：北京大學出版社，1995 年 11 月。

5. 張溥輯編：《漢魏六朝一百三家集》，臺北：新興書局，1968 年 3 月。

6. 陳尚君編：《全唐詩補編》，北京：中華書局，1992 年 10 月。

7. 曾棗莊、劉琳主編：《全宋文》，上海：上海辭書出版社、合肥：安徽教育出版社，2006 年 8 月。

8. 逯欽立輯校：《先秦漢魏晉南北朝詩》，北京：中華書局，1998 年 5 月。

9. 郭紹虞、錢仲聯、王遽常編：《萬首論詩絕句》，北京：人民文學出版社，1991 年 2 月。

【別集】

1. 〔宋〕李清照著、徐北文主編：《李清照全集評注》，濟南：濟南出版社，2005 年 1 月。

2. 〔宋〕姜夔：《白石道人詩集》，臺北：臺灣商務印書館，1967 年 9 月《四部叢刊初編》。

3. 〔宋〕陳亮：《陳亮集》，臺北：河洛圖書出版社，1976 年 3 月。

4. 〔宋〕葉適：《水心集》，臺北：中華書局，1971 年。

5. 〔宋〕陸游著、錢仲聯校注：《劍南詩稿校注》，上海：上海古籍出版社，1985 年 9 月。

6. 〔宋〕陸游：《陸放翁全集》，臺北：河洛圖書出版社，1975 年 5 月。

7. 〔宋〕楊萬里：《誠齋集》，臺北：臺灣商務印書館，1979 年 11 月《四部叢刊》。

8. 〔宋〕劉克莊撰：《後村先生大全集》，臺北：臺灣商務印書館，1967 年《四庫叢刊景舊抄本》。

9. 〔宋〕蘇軾：《蘇東坡全集》，臺北：河洛圖書出版社，1975 年 9 月。

10. 〔宋〕蘇軾撰、王十朋註：《東坡詩集註》，臺北：臺灣商務印書館，1983 年《景印文淵閣四庫全書》。

11. 〔宋〕蘇軾著、孔凡禮校注：《蘇軾文集》，北京：中華書局，1992 年 9 月。

12. 〔金〕元好問：《元遺山詩集》，臺北：清流出版社，1976 年 10 月。

13. 〔金〕元好問著、施國祈輯注：《遺山集》，《元好問研究資料彙編》，臺北：文史哲出版社，1990 年 12 月。

14. 〔金〕元好問撰、姚奠中主編：《元好問全集》，太原：山西人民出版社，1990 年 6 月。

15. 〔明〕釋澹歸：《遍行堂集》，上海：上海古籍出版社，2010 年 12 月《清代詩文集彙編》。

16. 〔清〕王國維：《王國維先生全集·初編》，臺北：大通書局，1976 年 7 月。

17. 〔明〕夏完淳著、白堅箋校：《夏完淳集箋校》，上海：上海古籍出版社，1991 年 7 月。

18. 〔清〕王國維著、傅傑點校：《王國維全集》，杭州：浙江教育出版社、廣東教育出版社，2009 年 12 月。

19. 〔清〕王鵬運：《半塘定稿》，上海：上海古籍出版社，2010 年 12 月《清代詩文集彙編》）。

20. 〔清〕朱彝尊:《曝書亭集》,上海:上海古籍出版社,2010 年 12 月《清代詩文集彙編》。

21. 〔清〕朱彝尊:《曝書亭集》,臺北:臺灣商務印書館,1967 年《四部叢刊初編》。

22. 〔清〕陳維崧著,陳振鵬標點、李學穎校補:《陳維崧集》,上海:上海古籍出版社,2010 年 12 月。

23. 〔清〕黃遵憲撰,高崇信、尤炳圻校點:《人境廬詩草》,臺北:鼎文書局,1978 年 8 月。

24. 〔清〕厲鶚:《樊榭山房集》,臺北:臺灣商務印書館,1967 年《四部叢刊初編》冊 368。

25. 〔清〕龔自珍著,劉逸生、周錫馥注:《龔自珍編年詩注》,杭州:浙江古籍出版社,1995 年 12 月。

26. 〔清〕龔自珍著、孫欽善選注:《龔自珍詩文選》,北京:人民文學出版社,1993 年 12 月。

27. 〔清〕龔自珍著、劉逸生注:《龔自珍己亥雜詩注》,北京:中華書局,1999 年 2 月。

28. 〔朝鮮〕李齊賢:《益齋先生文集》,首爾:景仁文化社(《韓國歷代文集叢書》),1999 年 5 月。

29. 朱光潛:《朱光潛全集》,合肥:安徽教育出版社,1987 年 8 月。

30. 胡適:《胡適古典文學研究論集》,上海:上海古籍出版社,1988 年 8 月。

31. 胡適:《嘗試集》,臺北:遠流出版公司,1997 年 8 月。

32. 梅雨清著、潘國存編:《梅冷生集》,上海:上海社會科學出版社,2006 年。

33. 夏敬觀:《忍古樓文鈔》,臺中:文听閣圖書有限公司,2008 年 12 月(《民國文集叢刊》),第 1 編,冊 89)。

34. 梁啟超:《飲冰室合集》,北京:中華書局,1989 年。

35. 梁啟超:《新大陸遊記節錄》,臺北:臺灣中華書局,1957 年 10 月。

36. 梁啟超:《新民說》,臺北:中華書局,1959 年 11 月。

37. 梁啟超著、張品興主編：《梁啟超全集》，北京：北京出版社，1997 年 7 月。

38. 鄭騫：《清畫堂詩集》，臺北：大安出版社，1988 年 12 月。

（五）書信、日記、年譜

1. 吳梅：《吳梅全集・日記卷》，石家莊：河北教育出版社，2002 年。

2. 吳湖帆：《吳湖帆文稿・丑簃日記》，杭州：中國美術學院出版社，2006 年。

3. 周作人：《雨天的書・日記與尺牘》，石家莊：河北教育出版社，2002 年 1 月。

4. 俞平伯：《俞平伯全集・日記》，石家莊：花山文藝出版社，1997 年。

5. 冒懷著編著：《冒鶴亭先生年譜》，上海：學林出版社，1998 年 5 月。

6. 施蟄存：《施蟄存日記：閑寂日記・昭蘇日記》，上海：文匯出版社，2002 年。

7. 胡適：《胡適日記全集》，臺北：聯經出版社，2004 年。

8. 胡適著、曹伯言整理：《胡適日記全集》，臺北：聯經出版社，2004 年 5 月。

9. 耿雲志編：《胡適遺稿秘藏書信》，合肥：黃山書社，1994 年 12 月。

10. 張棡著、俞雄選編：《張棡日記》，上海：上海社會科學院出版社，2003 年 6 月。

11. 張暉：《龍榆生先生年譜》，上海：學林出版社，2001 年 5 月。

12. 梅冷生：《梅冷生集・勁風閣日記》，上海：上海社會科學出版社，2006 年。

13. 劉劭寬：《厚莊日記》，溫州：溫州圖書館藏，未刊列印稿。

14. 鄭振鐸：《鄭振鐸日記全編》，太原：山西古籍出版社，2006 年。

15. 顧隨：《顧隨全集・書信日記卷》，石家莊：河北教育出版社，2001 年。

16. 顧頡剛：《顧頡剛日記》，臺北：聯經出版社，2007 年。

（六）經、史、子諸集

【經】

1. 〔漢〕毛亨傳、鄭玄箋、〔唐〕陸德明音義、孔穎達疏、〔清〕阮元校勘：《毛詩注疏》，臺北：藝文印書館，1976 年《十三經注疏》本。

2. 〔漢〕鄭元注、〔唐〕孔穎達等正義：《禮記正義》，臺北：藝文印書館，1976 年《十三經注疏》本。

【史】

1. 〔漢〕司馬遷：《史記》，臺北：鼎文書局新校本，1987 年 11 月。

2. 〔漢〕班固等撰：《漢書》，臺北：鼎文書局，1983 年 10 月。

3. 〔漢〕揚雄撰：《蜀王本紀》，臺北：藝文印書館，1968 年《百部叢書集成》。

4. 〔南朝宋〕范曄：《後漢書》，臺北：鼎文書局新校本，1987 年 11 月。

5. 〔唐〕杜佑著、王文錦、王永興等校證：《通典》，北京：中華書局，1992 年 6 月。

6. 〔唐〕房玄齡等：《晉書》，臺北：鼎文書局新校本，1987 年 1 月。

7. 〔唐〕姚思廉撰：《梁書》，臺北：鼎文書局新校本，1993 年 1 月。

8. 〔唐〕魏徵等撰：《隋書》，臺北：鼎文書局新校本，1983 年 12 月。

9. 〔後晉〕劉昫等：《舊唐書》，臺北：鼎文書局新校本，1985 年 3 月。

10. 〔宋〕司馬光：《資治通鑑》，北京：中華書局，1996 年 7 月。

11. 〔宋〕李心傳：《建炎以來繫年要錄》，臺北：臺灣商務印書館，1984 年 3 月《景印文淵閣四庫全書》。

12. 〔宋〕馬令：《南唐書》，北京：中華書局，1985 年《叢書集成初編》。

13. 〔宋〕陸游：《南唐書》，北京：中華書局，1985 年《叢書集成初編》。

14. 〔宋〕歐陽脩：《新唐書》，臺北：鼎文書局新校本，1981 年 1 月。

15. 〔宋〕歐陽脩撰、徐無黨注：《新五代史附十國春秋》，臺北：鼎文書局新校本，1980 年 10 月。

16. 〔宋〕潛說友：《咸淳臨安志》，臺北：大化書局，1980 年 4 月。

17. 〔宋〕鄭文寶：《南唐近事》，北京：中華書局，1985 年《叢書集成初編》。

18. 〔宋〕龍袞：《江南野史》，《中國野史集成》委員會、四川大學圖書館編：《中國野史集成》，成都：巴蜀書社，1993 年。

19. 〔元〕脫脫等撰：《宋史》，臺北：鼎文書局新校本，1983 年 11 月。

20. 〔明〕王宗沐撰：《宋元資治通鑑》，北京：北京出版社，2000 年 1 月《四庫未收書輯刊》。

21. 〔明〕程敏政輯:《宋遺民錄》,臺北:文海出版社,1981 年 6 月《宋史資料萃編》。

22. 〔清〕梁詩正、沈德潛撰:《西湖志纂》,臺北:臺灣商務印書館,1978 年《四庫全書珍本》。

23. 〔清〕畢沅撰:《續資治通鑑》,臺北:洪氏出版,1981 年 5 月。

24. 〔清〕章學誠著、劉兆祐註釋:《校讎通義今註今譯》,臺北:臺灣學生書局,2012 年 3 月。

25. 〔清〕章學誠著:《文史通義》,臺北:漢京文化事業有限公司,1986 年 9 月。

【子】

1. 〔唐〕孟棨:《本事詩》,北京:北京出版社出版,2001 年 6 月。

2. 〔唐〕段安節:《樂府雜錄》,北京:中華書局,1985 年《叢書集成初編》。

3. 〔南朝宋〕劉義慶:《世說新語箋疏》,臺北:華正書局,1983 年 10 月。

4. 〔南朝宋〕劉義慶撰,徐震堮校箋:《世說新語校箋》,臺北:文史哲出版社,1989 年 9 月。

5. 〔宋〕史虛白子某:《釣磯立談》,北京:中華書局,1985 年《叢書集成初編》。

6. 〔宋〕沈括著、胡靜道校注:《新校正夢溪筆談》,北京:中華書局,1987 年 4 月。

7. 〔宋〕李昉等編:《太平廣記》,北京:中華書局,1994 年 4 月。

8. 〔宋〕俞文豹:《吹劍錄》,收於《宋元詞話》,上海:上海書店出版社,1999 年 2 月。

9. 〔宋〕釋惠洪:《冷齋夜話》,鄭州:大象出版社,2013 年 6 月《全宋筆記》。

10. 〔清〕王韜:《扶桑遊記》,臺北:廣文書局,1962 年 4 月《小方壺齋輿地叢鈔》。

11. 〔清〕況周頤《蘭雲菱夢樓筆記》,北京:學苑出版社,2005 年 9 月《清代學術筆記叢刊》。

12. 〔清〕顧炎武：《日知錄》，臺北：文史哲出版社，1979 年。

（七）詞學研究專書

1. （日）神田喜一郎著，程郁綴、高野雪譯：《日本填詞史話》，北京：北京大學出版社，2000 年 10 月。

2. 丁楹：《南宋遺民詞人研究》，南京：鳳凰出版社，2011 年 1 月

3. 方智範：《中國古典詞學理論史》，上海：華東師範大學出版社，2005 年 4 月。

4. 牛海蓉：《元初宋金遺民詞人研究》，北京：中國社會科學出版社，2007 年 2 月。

5. 王兆鵬：《詞學史料學》，北京：中華書局，2004 年 5 月。

6. 王兆鵬：《詞學研究方法十講》，北京：北京大學出版社，2008 年 6 月。

7. 王易：《詞曲史》，臺北：五南圖書公司，2013 年 10 月。

8. 王偉勇、薛乃文：《詞學面面觀》（上冊），臺北：里仁書局，2012 年 10 月。

9. 王偉勇：《清代論詞絕句初編》，臺北：里仁書局，2010 年 9 月。

10. 王強：《唐宋詞講錄》，北京：崑崙出版社，2003 年 3 月。

11. 任二北：《敦煌曲初探》，上海：文藝聯合出版社，1954 年。

12. 朱崇才：《詞話學》，臺北：文津出版社，1995 年 1 月。

13. 朱惠國：《中國近世詞學思想研究》，上海：上海古籍出版社，2005 年 6 月。

14. 吳梅：《詞學通論》，上海：上海古籍出版社，2006 年 4 月。

15. 吳熊和：《唐宋詞通論》，杭州：浙江古籍出版社，2004 年 3 月。

16. 李劍亮：《民國教授與民國詞壇》，杭州：浙江大學出版社，2017 年 10 月。

17. 李劍亮：《民國詞的多元解讀》，杭州：浙江大學出版社，2012 年 3 月。

18. 沈松勤：《唐宋詞社會文化學研究》，杭州：浙江大學出版社，2001 年 1 月。

19. 沙先一、張暉：《清詞的傳承與開拓》，上海：上海古籍出版社，2008 年 5 月。

20. 冒廣生著、冒懷辛整理：《冒鶴亭詞曲論文集》，上海：上海古籍出版社，1992 年 8 月。

21. 南江濤選編：《清末民國舊體詩詞結社文獻彙編》，北京：國家圖書館出版社，2013 年 4 月。

22. 施議對：《民國四大詞人》，北京：中華書局，2016 年 5 月。

23. 施議對：《施議對詞學論集》，澳門：澳門大學出版中心，1996 年 12 月。

24. 施議對：《詞與音樂關係研究》，北京：中華書局，2008 年 8 月。

25. 胡迎建：《民國舊體詩史稿》，南昌：江西人民出版社，2005 年 11 月。

26. 胡雲翼：《宋詞研究》，臺中：文听閣出版社，2011 年 12 月。

27. 胡雲翼：《胡雲翼說詞：宋詞研究》，上海：華東師范大學出版社，2004 年 9 月。

28. 孫克強：《清代詞學批評史論》，上海：上海古籍出版社，2008 年 11 月。

29. 徐秀菁：《龍沐勛詞學之研究》，國立中央大學碩士論文，2004 年 6 月。

30. 馬大男：《二十世紀詩詞史論》，長春：時代文藝出版社，2014 年 10 月。

31. 張宏生：《清詞探微》，上海：上海古籍出版社，2008 年 5 月。

32. 曹辛華、張幼良：《中國詞學研究》，福州：福建人民出版社，2006 年 6 月。

33. 曹辛華：《20 世紀中國古代文學研究史·詞學卷》，上海：東方出版中心，2006 年 1 月。

34. 曹辛華：《民國詞史考論》，北京：人民出版社，2017 年 4 月。

35. 莫立民：《近代詞史》，北京：人民文學出版社，2010 年 12 月。

36. 陳水雲：《清代詞學發展史論》，北京：學苑出版社，2005 年 7 月。

37. 傅宇斌：《現代詞學的建立——《詞學季刊》與 20 世紀三、四十年代的詞學》，北京：商務印書館，2013 年 9 月。

38. 曾大興：《20 世紀詞學名家研究》，北京：中華書局，2011 年 8 月。

39. 曾大興：《詞學的星空——20 世紀詞學名家傳》，石家莊：河北人民出版社，2009 年。

40. 程郁綴、李靜：《歷代論詞絕句箋注》，北京：北京大學出版社，2014 年 7 月。

41. 詞學編輯委員會:《詞學》(第一輯～)上海:華東師範大學出版社,1981年11月～。

42. 黃兆漢:《金元詞史》,臺北:臺灣學生書局,1992年12月。

43. 黃志浩:《常州詞派研究》,臺北:中國社會科學出版社,2008年12月。

44. 楊伯嶺:《晚清民初詞學思想建構》,合肥:安徽大學出版社,2006年1月。

45. 楊柏嶺:《詞學範疇研究論集》,蕪湖:安徽師範大學出版社,2014年11月。

46. 楊傳慶:《詞學書札萃編》,天津:南開大學出版社,2015年9月。

47. 萬柳:《清代詞社研究》,鄭州:中州古籍出版社,2011年10月。

48. 葉嘉瑩、繆鉞合撰:《靈谿詞說》,新北市:正中書局,2013年3月。

49. 葉嘉瑩:《唐宋詞名家論集》,臺北:桂冠圖書股份有限公司,2003年10月。

50. 葉嘉瑩:《唐宋詞名家論稿》,北京:北京大學出版社,2008年4月。

51. 葉嘉瑩:《清詞選講》,臺北:三民書局,1996年8月。

52. 詹安泰著、詹伯慧編:《詹安泰詞學論集》,汕頭:汕頭大學出版社,1997年10月。

53. 趙為民、程郁綴:《詞學論薈》,臺北:五南圖書出版股份有限公司,1989年。

54. 趙福勇:《清代「論詞絕句」論北宋詞人及其作品研》,臺北:花木蘭文化出版社,2012年3月

55. 劉少雄:《詞學文體與史觀新論》,臺北:里仁書局,2010年8月。

56. 劉夢芙:《近百年名家舊體詩詞及其流變研究》,北京:學苑出版社,2013年11月。

57. 劉曉民:《詞與音樂》,雲南:雲南人民出版社,1985年5月。

58. 諸葛憶兵:《徽宗詞壇研究》,北京:北京大學出版社,2001年9月。

59. 鄧喬彬、周聖偉、高建中:《中國詞學批評史》,北京:中國社會科學出版社,1994年7月。

60. 龍榆生：《詞曲概論》，北京：北京出版社，2004 年 1 月。

61. 龍榆生：《龍榆生詞學論文集》，上海：上海古籍出版社，1997 年 7 月。

62. 龍榆生《倚聲學：詞學十講》，臺北：里仁書局，1996 年 1 月。

63. 龍榆生主編：《詞學季刊》，臺北：臺灣學生書局，1967 年合刊本。

64. 薛乃文：《馮延巳詞接受史》，臺北：花木蘭出版社，2012 年 3 月。

65. 薛瑞生《周邦彥別傳——周邦彥生平事跡新證》，西安：三秦出版社，2008 年 12 月。

66. 謝桃坊：《中國詞學史》，成都：巴蜀書社，1993 年 6 月。

67. 嚴迪昌：《清詞史》，南京：江蘇古籍出版社，2001 年 7 月。

68. 蘇利海：《晚清詞壇「尊體運動」研究》，北京：中國社會科學出版社，2013 年 7 月。

69. 續琨編著：《元遺山研究》，臺北：臺灣中華書局，1974 年 2 月。

（八）詩文詞評論

1. 〔梁〕劉勰撰、羅立乾、李振興注釋：《新譯文心雕龍》，臺北：三民書局，1994 年 4 月。

2. 〔宋〕胡仔纂集，廖德明校點：《苕溪漁隱叢話》，臺北：木鐸出版社，1982 年 8 月。

3. 〔宋〕陳師道：《後山詩話》，見收於〔清〕何文煥編：《歷代詩話》，北京：北京圖書館出版社，2003 年 5 月。

4. 〔宋〕張炎著、蔡楨疏證：《詞源疏證》，臺北：學海出版社，1988 年 1 月。

5. 〔宋〕劉邠：《中山詩話》，〔清〕何文煥編：《歷代詩話》，臺北：漢京文化事業有限公司，1983 年 1 月。

6. 〔明〕瞿佑：《歸田詩話》，見收於周維德集校：《全明詩話》，濟南：齊魯書社，2005 年 6 月。

7. 〔清〕朱彝尊著，姚祖恩編、黃君坦校點：《靜志居詩話》，北京：人民文學出版社，1998 年 2 月。

8. 〔清〕江順詒纂輯：《詞學集成》，上海：上海古籍出版社，20002 年《續修四庫全書》。

9. 〔清〕徐釚：《詞苑叢談》，朱崇才編：《詞話叢編續編》，北京：人民文學書版社，2010 年 6 月。

10. 〔清〕徐釚編著，王百里校箋：《詞苑叢談校箋》，臺北：文史哲出版社，1989 年 6 月。

11. 史雙元編：《唐五代詞紀事會評》，合肥：黃山書社，1995 年 12 月。

12. 吳熊和主編：《唐宋詞匯評‧兩宋卷》，杭州：浙江教育出版社，2006 年 12 月。

13. 金啟華、張惠民等：《唐宋詞集序跋匯編》，臺北：臺灣商務印書館，1993 年 2 月。

14. 屈興國編：《詞話叢編二編》，杭州：浙江古籍出版社，2013 年 9 月。

15. 施蟄存，陳如江輯錄：《宋元詞話》，上海：上海書店，1999 年 2 月。

16. 施蟄存編：《詞籍序跋萃編》，北京：中國社會科學出版社，1994 年 12 月。

17. 唐圭璋主編：《詞話叢編》，北京：中華書局，2005 年 10 月。

　　〔宋〕王灼：《碧雞漫志》。

　　〔宋〕吳曾：《能改齋漫錄》。

　　〔宋〕胡仔：《苕溪漁隱詞話》。

　　〔宋〕張炎《詞源》。

　　〔宋〕沈義父：《樂府指迷》。

　　〔元〕陸輔之《詞旨》。

　　〔明〕王世貞：《藝苑卮言》。

　　〔明〕楊慎：《詞品》。

　　〔清〕王又華：《古今詞論》。

　　〔清〕王士禎：《花草蒙拾》。

　　〔清〕賀裳：《皺水軒詞筌》。

　　〔清〕彭遜遹：《金粟詞話》。

　　〔清〕沈雄：《古今詞話》。

〔清〕李調元:《雨村詞話》。

〔清〕田同之:《西圃詞說》。

〔清〕郭麟:《靈芬館詞話》。

〔清〕張惠言:《張惠言論詞》。

〔清〕周濟:《介存齋論詞雜著》。

〔清〕周濟:《宋四家詞選目錄序論》。

〔清〕馮金伯:《詞苑萃編》。

〔清〕葉申薌:《本事詞》。

〔清〕丁紹儀:《聽秋聲館詞話》。

〔清〕李佳:《左庵詞話》。

〔清〕謝章鋌:《賭棋山莊詞話》。

〔清〕謝章鋌:《賭棋山莊詞話續編》。

〔清〕馮煦:《蒿庵論詞》。

〔清〕沈曾植:《菌閣瑣談》。

〔清〕蔣復敦:《芬陀利室詞話》。

〔清〕劉熙載:《藝概・詞概》。

〔清〕陳廷焯:《白雨齋詞話》。

〔清〕譚獻:《復堂詞話》。

〔清〕沈祥龍:《論詞隨筆》。

徐珂:《近詞叢話》。

〔清〕王國維:《人間詞話》。

〔清〕梁啟超:《飲冰室評詞》。

〔清〕鄭文焯《大鶴山人詞話》。

〔清〕況周頤:《蕙風詞話》。

周曾錦:《臥廬詞話》。

陳洵:《海綃說詞》。

蔡嵩雲:《柯亭詞論》。　　（以上順序按原書目錄排列）

18. 夏敬觀:《忍古樓詞話》,龍榆生主編:《詞學季刊》第 2 卷第 1 號,1934 年 10 月。

19. 張伯駒:《叢碧詞話》,《詞學》第 1 輯,武漢:華東師範大學出版社,1981 年 11 月。

20. 張璋等編纂:《歷代詞話續編》,鄭州:大象出版社,2005 年 11 月。

21. 葛渭君編:《詞話叢編補編》,北京:中華書局,2013 年 3 月。

22. 劉夢芙編校:《近現代詞話叢編》,合肥:黃山書社,2009 年 3 月。

23. 劉夢芙編校:《當代詩詞叢話》,合肥:黃山書社,2009 年。

(九)文學理論

1. (美)伊麗莎白・弗洛恩德 Elizabeth Freund 著、陳燕谷譯:《讀者反應理論批評》(臺北:駱駝出版社,1994 年 6 月。

2. (德)姚斯、(美)霍拉勃著、周寧、金元浦譯:《接受美學與接受理論・走向接受美學》,瀋陽:遼寧人民出版社,1987 年 9 月。

3. 馬以鑫:《接受美學新論》,上海:學林出版社,1995 年 10 月。

4. 陳文忠:《中國古典詩歌接受史》,合肥:安徽大學出版社,1998 年 8 月。

(十)其他研究專著

1. (日)岡村繁著,俞慰慈、陳秋萍、韋海英譯:《日本漢文學論考》,上海:上海古籍出版社,2009 年 6 月。

2. (日)緒方惟精著、丁策譯:《日本漢文學史》,臺北:正中書局,1980 年 4 月。

3. (比利時)厄內斯特・曼德爾(Ernest Mandel)著、向青譯:《馬克思主義入門》,臺北:連結雜誌社、香港:新苗出版社,2002 年 2 月。

4. 〔清〕王國維:《觀堂集林》,北京:中華書局,1994 年 12 月。

5. 中國延安精神研究會理論委員會:《延安精神與改革開放》,北京:中共中央黨校出版社,1994 年 4 月。

6. 王有三:《敦煌遺書論文集》,臺北:明文書局,1985 年 6 月。

7. 王昆吾:《唐代酒令藝術》,上海:知識出版社,1995 年 1 月。

8. 朱自清:《詩言志辨》,臺北:開今文化事業有限公司,1994 年 6 月。

9. 朱棟霖、丁帆等:《二十世紀中國文學史》,臺北:文史哲出版社,2000年9月。

10. 余英時:《重尋胡適歷程:胡適生平與思想再認識》,臺北:聯經出版社,2014年8月。

11. 吳納、徐師曾:《文章辨體序說‧文體明辨序說》,臺北:長安出版社,1978年12月。

12. 柯慶明:《中國現代文學批評述論》,臺北:大安出版社,1987年10月。

13. 胡適:《胡適古典文學研究論集》,上海:上海古籍出版社,1988年8月。

14. 陳鴻瑜:《越南近現代史》,臺北:國立編譯館,2009年6月。

15. 張壽安:《龔自珍學術思想研究》,臺北:文史哲出版社,1997年11月。

16. 張寶三、楊儒賓:《日本漢學研究初探》,臺北:國立臺灣大學出版中心,2004年6月。

17. 梁啟超:《中國之美及其歷史》,臺北:臺灣中華書局,1968年1月。

18. 黃曼君:《毛澤東文藝思想與中國文藝實踐》,武漢:華中師範大學出版社,2002年10月。

19. 臺靜農:《中國文學史》,臺北:臺灣大學出版社,2004年12月。

20. 劉大杰:《中國文學發展史》,臺北:華正書局,1994年8月。

21. 劉崇稜:《日本文學史》,臺北:五南圖書出版有限公司,2003年1月。

22. 劉增傑、關愛和等:《中國近代文學思潮》,臺北:文史哲出版社,1997年2月。

23. 蔡長林、丁亞傑:《晚清常州地區的經學》,臺北:臺灣學生書局,2009年5月。

24. 蔡毅:《日本漢詩論稿》,北京:中華書局,2007年7月。

25. 鄭振鐸:《插圖本中國文學史》,新北市:新潮社,2011年9月。

26. 蕭瑞峰:《日本漢詩發展史》,長春:吉林大學出版社,1992年5月。

27. 錢穆:《中國近三百年學術史》,臺北:臺灣商務印書館,1996年7月。

28. 謝泳:《中國現代文學史料的搜集與應用》,臺北:秀威資訊科技,2010年3月。

（十一）目錄、辭典

【目錄】

1. 〔宋〕陳振孫：《直齋書錄解題》，北京：學苑出版社，2009 年 6 月。

2. 〔清〕紀昀等：《四庫全書總目提要》，石家莊：河北人民出版社，2000 年 3 月。

3. 余嘉錫：《四庫提要辨證》，崑明：雲南人民出版社，2004 年 11 月。

4. 朱德慈：《近代詞人考錄》，北京：中國社會科學出版社，2004 年 12 月。

【辭典】

1. 彭會資主編：《中國文論大辭典》，天津：百花文藝出版社，1990 年 7 月。

2. 王兆鵬、劉尊明主編：《宋詞大辭典》，南京：鳳凰出版社，2003 年 9 月。

3. 陳玉堂編著：《中國近現代人物名號大辭典》，杭州：浙江古籍出版社，2005 年 9 月。

4. 賀新輝主編：《清詞鑒賞辭典》，北京：北京燕山出版社，2006 年 9 月。

【彙編】

1. 紀念元好問八百年誕辰學術研討會籌備會編：《元好問研究資料彙編》，臺北：行政院文建會，1990 年 12 月。

2. 丁傳靖輯：《宋人軼事彙編》，北京：中華書局，1981 年 9 月。

3. 何廣棪：《李清照改嫁問題資料彙編》，臺北：花木蘭文化出版社，2009 年 9 月。

4. 褚斌傑、孫崇恩、榮憲賓編：《李清照資料彙編》，北京：中華書局，2005 年 2 月。

二、論文

（一）夏承燾研究

【學位論文】　詳參「夏承燾研究專著」

【期刊論文】

1. 中原：〈喜讀《域外詞選》〉，《文獻》1981 年第 4 期。

2. 王偉勇：〈夏承燾論詞絕句論易安詞詳析〉，《文與哲》第 24 期，2014 年 6 月。

3. 朱存紅、沈家莊:〈別有境界、自成一家——夏承燾《瞿髯論詞絕句》雛議〉,《文藝評論・現代學人與歷史》,2011 年第 6 期。

4. 朱惠國:〈論夏承燾的詞學思想及其淵源〉,《中國韻文學刊》,2012 年 4 期。

5. 朱惠國:〈論夏承燾的詞學思想及其淵源〉,《中國韻文學刊》,2012 年第 4 期。

6. 吳蓓:〈夏承燾日記手稿考錄〉,《詞學》第 35 輯,上海:華東師範大學出版社,2016 年 6 月。

7. 吳蓓:〈夏承燾先生的讀書札記〉,《中文學術前沿》第 9 輯,2015 年 11 月。

8. 吳蓓:〈夏承燾早年日記述略〉,《詞學》第 24 輯,上海:華東師範大學出版社,2010 年 12 月。

9. 李劍亮:〈夏承燾詞學成就探因——兼論《天風閣學詞日記》的學術價值〉,《浙江海洋學院學報》,2000 年第 2 期。

10. 李劍亮:〈夏承燾詞學與《詞學季刊》〉,《中文學術前沿》第 9 輯,2015 年 11 月。

11. 沈松勤:〈從近代詞學到當代詞學的一座橋樑——簡論夏承燾《唐宋詞人年譜》〉,《中文學術前沿》第 9 輯,2015 年 11 月。

12. 周密:〈夏承燾先生早年詩鍾活動考略〉,《泰山學院學報》第 38 卷第 1 期,2016 年 1 月。

13. 周篤文:〈奇逸高健的《天風閣詞》〉,《中國韻文學刊》第 25 卷第 1 期,2001 年 1 月。

14. 施議對:〈夏承燾與中國當代詞學〉,《文學遺產》,1992 年第 4 期。

15. 胡可先:〈近三十年夏承燾研究述論〉,《中文學術前沿》第 5 輯,2012 年 10 月。

16. 胡永啟:〈夏承燾對朱祖謀詞學的繼承和發展〉,《詞學》第 31 輯,上海:華東師範大學出版社,2014 年 6 月。

17. 胡永啟:〈試論夏承燾對常州詞派的研究〉,《中州大學學報》,2011 年第 4 期。

18. 張一南:〈析詩法以入小詞——夏承燾小令的聲情藝術〉,《詞學》第 35 輯,2016 年 6 月。

19. 陶然:〈夏承燾先生的填詞實踐與詞學取徑——讀《夏承燾詞集·前言》〉,《中文學術前沿》第 9 輯,2015 年 11 月。

20. 陶然:〈規模宏度　金針度人——記夏承燾先生未及成書的著述〉,《古典文學知識》,2003 年第 5 期。

21. 陶然:〈論 20 世紀 50 年代夏承燾先生時事詩詞中的心路歷程〉,《中文學術前沿》第 5 輯,2012 年 10 月。

22. 彭玉平:〈夏承燾與二十世紀詞學生態——以《天風閣學詞日記》所記況周頤二事為例〉,《詞學》第 35 輯,上海:華東師範大學出版社,2016 年 6 月。

23. 彭黎明:〈讀《域外詞選》〉,《文學評論》1985 年第 3 期。

24. 程千帆:〈論瞿翁之詞學——臥疾致編者書〉,《詞學》第 6 輯,上海:華東師範大學出版社,1988 年 7 月。

25. 楊牧之:〈千年流派我然疑——《瞿髯論詞絕句》讀後〉,《讀書》,1980 年第 10 期。

26. 熊舒雅、許和亞:〈夏承燾與新舊詞學之轉型——以《詞學季刊》為中心〉,《紹興文理學院學報》第 34 卷第 5 期,2014 年 9 月。

27. 劉青海:〈論夏承燾《瞿髯論詞絕句》中的詞學觀〉,《中國韻文學刊》,2011 年第 1 期。

28. 劉揚忠:〈《瞿髯論詞絕句》注釋商榷〉,《文化遺產》,1985 年第 3 期。

29. 劉夢芙:〈夏承燾《天風閣詞》綜論〉,《中國韻文學刊》第 26 卷第 4 期,2012 年 10 月。

30. 劉夢芙:〈淺談夏承燾先生山水詞〉,《合肥學報》(社會科學版)第 21 卷第 1 期,2004 年 2 月。

31. 樓培:〈《夏承燾日記》與夏承燾的詞學觀〉,《中文學術前沿》第 9 輯,2015 年 11 月。

32. 盧禮陽:〈夏承燾未刊手札考釋〉,《文獻》,2012 年第 1 期。

33. 蕭沙、李劍亮:〈夏承燾勘悔詞研究〉,《紹興文理學院學報》,2016 年第 3 期。

34. 錢志熙:〈夏承燾詞史觀與詞史建構評述〉,《文藝理論研究》,2016 年 3 期。

35. 錢志熙：〈試論夏承燾的詞學觀與詞體創作歷程〉，《中國韻文學刊》，2011年第1期。

36. 錢璱之：〈記夏承燾的七十二封手札〉，《鎮江師專學報》（社會科學版），1986年第4期。

37. 魏新河：〈夏承燾詞學標準平議〉，《北京大學學報》（哲學社會科學版），2016年第1期。

【專書論文】

1. 王季思：〈一代詞宗今往矣——記夏瞿禪（承燾）先生〉，吳无聞主編：《夏承燾教授紀念集》，北京：中國文聯出版公司，1988年10月。

2. 任銘善〈讀瞿禪師詞後〉，吳无聞編：《夏承燾教授紀念集》，北京：中國文聯出版公司，1988年10月。

3. 吳熊和：〈汲取到清澈百丈的源頭活水〉，吳无聞編：《夏承燾教授紀念集》，北京：中國文聯出版公司，1988年10月。

4. 施議對：〈心潮詩潮與時代脈搏一起躍動——夏承燾先生舊體詩試論〉，吳无聞編：《夏承燾教授紀念集》，北京：中國文聯出版公司，1988年10月。

5. 彭靖：〈開拓者給我們的啟示——試說夏承燾先生在詞學上的貢獻〉，吳无聞編：《夏承燾教授紀念集》，北京：中國文聯出版公司，1988年10月。

6. 湯國梨〈奇思壯采萬感橫集〉，吳无聞編：《夏承燾教授紀念集》，北京：中國文聯出版公司，1988年10月。

7. 琦君：〈春風化雨——懷恩師夏承燾先生〉，吳无聞編：《夏承燾教授紀念集》，北京：中國文聯出版公司，1988年10月。

【會議論文】

1. 林玫儀〈《瞿髯論詞絕句》初探〉，《第一屆詞學國際研討會論文集》，臺北：中央研究院中國文哲研究所籌備處，1994年11月。

2. 吳蓓：〈以經史之術別立詞學——《夏承燾全集》前言（節）〉，「2016詞學國際學術研討會」會議論文（補編本），保定：河北大學，2016年8月。

【電子資源】

1. 丹文：〈吳戰壘細說恩師夏承燾及其全集〉，2004 年 4 月 24 日，參 2019
　 年 1 月 16 日網頁檢索 https://www.douban.com/group/topic/26050995/。

（**其餘單篇論文詳參本文第一章第二節「文獻回顧與評述」）

（二）其他
【學位論文】

1. 李藝莉：《甌社研究》，華東師範大學碩士論文，2016 年 5 月。

2. 周銀婷：《民國報刊與詞學傳播》，華東師範大學碩士論文，2010 年 5 月。

3. 秦惠娟：《民國時期詞學理論新變研究》，中央民族大學博士論文，2009
　 年 4 月。

4. 焦豔：《午社研究》，華東師範大碩士論文，2013 年 5 月。

【期刊論文】

1. （日）萩原正樹（郭帥譯）：〈論中國的「日本詞」研究〉，《徐州工程學
　 院學報》第 25 卷第 4 期，2010 年 7 月。

2. 王安功：〈淺談古代尺牘的檔案文獻價值〉，《學術園地》2008 年第 3 期，
　 頁 19～21。

3. 王信霞：〈《樂府補題》研究三百年〉，《閩江學院學報》第 29 卷第 1 期，
　 2008 年 2 月。

4. 成松柳、陳江雄：〈「隋唐燕樂」的不同系統語詞的起源〉，《長沙理工大
　 學學報》（社會科學版），2008 年第 23 卷第 3 期。

5. 朱惠國：〈午社「四聲之爭」與民國詞體觀的再認識〉，《中山大學學報》
　 （社會科學版），2014 年第 2 期。

6. 朱靖華：〈「中國璇宮」與質疑「燕樂詞源」說——兼論蘇軾〈竹枝歌〉
　 可入詞集〉，《宋代文學研究叢刊》第 14 期，2007 年 6 月。

7. 何曉敏：〈二十世紀詞源問題研究述略〉，《詞學》第 20 輯，上海：華東
　 師範大學出版社，2008 年 12 月。

8. 余金龍：〈森春濤與森槐南〉（二），《龍陽學術研究集刊》，2009 第 3 期。

9. 李昌集：〈詞之起源：一個千年學案的當代反思〉，《文學評論》，2006 年
　 第 3 期。

10. 李舜臣：〈釋澹歸與《遍行堂詞》〉，《中國韻文學刊》，2002 年第 2 期。

11. 李劍亮：〈民國教授與民國詞社〉，《浙江工業大學學報》（社會科學版），
    2012 年第 4 期。

12. 沈松勤：〈論宋詞本體的多元特徵〉，《南開學報》（哲學社會科學版），2005
    年第 6 期。

13. 周群華：〈辛棄疾詞中的陶淵明現象〉，《河北理工學院學報》（社會科學
    版）第 3 卷第 2 期，2003 年 5 月。

14. 周篤文：〈古詩的新生命〉，《詩刊》，2010 年 12 月。

15. 侯雅文：〈論清代「詞史」觀念的形成與發展〉，《國立編譯館館刊》卷 30，
    2001 年 12 月。

16. 施議對：〈百年詞學通論〉，《文學評論》2009 年 2 期，2009 年 3 月。

17. 查紫陽：〈民國詞人集團考略〉，《文藝評論》，2012 年第 10 期。

18. 查紫陽：〈民國詞社知見考略〉，《長春工業大學學報》，2014 年第 6 期。

19. 馬興榮：〈建國三十年來的詞學研究〉，《詞學》第一輯，上海：華東師範
    大學出版社，1981 年 11 月。

20. 唐圭璋、金啟華：〈歷代詞學研究述略〉，《詞學》第 1 輯，上海：華東師
    範大學出版社，1981 年 11 月。

21. 孫維城：〈晚清詞人況周頤簡譜〉，《安徽師大學報》，1992 年第 1 期。

22. 祝東：〈從「詩史」到「詞史」——論杜甫詩史觀對清代詞史觀的影響〉，
    《杜甫研究學刊》，2015 年第 2 期。

23. 袁志成：〈午社與民國後期文人心態〉，《湖南人文科技學院學報》，2015
    年第 3 期。

24. 袁志成：〈民國詞人結社綜論〉，《玉林師範學院學報》，2011 年第 6 期。

25. 張文潛：〈論陳亮詞的風格，兼述對「微言」二字的看法〉，《福建師範大
    學學報》（哲學社會科學版），1988 年第 2 期。

26. 張珍懷：〈日本的詞學〉，《詞學》第 2 輯，1983 年 10 月。

27. 張高鑫：〈從唐代酒令探討詞之起源〉，《劍南文學（經典教苑）》，2011 年
    第 3 期。

28. 張爾田:〈與夏瞿禪論詞人譜牒〉,《詞學季刊》第 3 卷第 1 號,1936 年 3 月。

29. 曹辛華:〈20 世紀詞學研究的現代化特色〉,《文學評論》,2009 第 2 期。

30. 曹辛華:〈論民國詞的新變及其文化意義〉,《江海學刊》,2008 年第 4 期。

31. 習婷、彭玉平:〈龔自珍與浙西詞派〉,《學術研究》,2015 年第 11 期。

32. 陸越〈野村篁園詠物之作的梅溪詞影〉,《浙江學刊》,2013 年第 2 期。

33. 程誠:〈論《甌社詞鈔》及其詞學價值〉,《名作欣賞》,2015 年第 26 期。

34. 程磊:〈論《絕妙好詞》的選詞標準與審美取向〉,《欽州學院學報》第 28 卷第 1 期,2013 年 1 月。

35. 楊向奎:〈清代的今文經學〉,《清史論叢》第一輯,北京:中華書局,1979 年 8 月。

36. 楊牧之:〈千年流派我然疑——《瞿髯論詞絕句》讀後〉,《讀書》1980 年第 10 期。

37. 楊啟宇:〈新舊詩之我見〉,魏新河編:《詩詞界》第 2 輯,北京:學苑出版社,2010 年 10 月。

38. 詹杭倫:〈論日本田能村竹田的《填詞圖譜》及其詞作〉,《中山大學學報》,2015 年第 2 期。

39. 熊豔娥:〈花開異域——淺論日本幕府末期詠物詞〉,《沙洋師範高等專科學校學報》,2005 年第 2 期。

40. 趙曉嵐:〈論宋詞小序〉,《文學遺產》2002 年第 6 期。

41. 趙尊嶽:〈蕙風詞史〉,《詞學季刊》第 1 卷第 4 號,1934 年 4 月。

42. 鄭吉雄:〈陳亮的事功之學〉,《臺大中文學報》第 6 期,1994 年 6 月。

43. 劉盼:〈龔自珍戀情詞風格初探〉,《青年文學家》,2017 年 14 期。

44. 劉尊明:〈二十世紀詞的起源研究述略〉,《文史知識》,2000 年第 12 期。

45. 劉尊明:〈詞起源於民間再闡釋〉,《中國韻文學刊》,1995 年第 1 期。

46. 劉揚忠:〈二十世紀中國詞學學術史論綱(上)〉,《暨南學報》(哲學社會科學版)第 22 卷第 6 期,2000 年 11 月。

47. 羅豔婷:〈當代關於詞之起源研究綜述〉,《徐州教育學院學報》,1999 年

第 14 卷第 1 期。

48. 嚴明:〈日本漢詩中的賞春〉,《上海師範大學學報(哲學社會科學版)》,2005 年第 3 期。

【專書論文】

1. 周汝昌:〈願拋心力作詞人——讀《迦陵論詞叢稿》散記〉,葉嘉瑩:《我的詩詞道路》,石家莊:河北教育出版社,1997 年 7 月。

2. 林玫儀:〈岳飛滿江紅詞真偽問題辨疑〉,《詞學考詮》,臺北:聯經出版公司,1987 年 12 月。

3. 陰法魯:〈關於詞的起源問題〉,《陰法魯學術論文集》,北京:中華書局,2008 年 5 月。

4. 趙惠俊:〈周密詞集版本系統與文本多歧現象考述〉,《中華文史論叢》,2017 年 2 月。

5. 劉夢芙:〈五四以來詞壇點將錄〉,《中國詩學》,北京:人民文學出版社,2005 年。

6. 唐圭璋:〈朱祖謀治詞經歷極其影響〉,《詞學論叢》,臺北:宏業書局,1988 年 9 月。

【會議論文】

1. 曹辛華:〈民國詞社考論〉,《2008 年詞學國際會議論文集》(下),呼和浩特:中國詞學研究會主辦,2008 年 8 月。

【網頁、報紙】

1. 朱尚剛整理:〈朱生豪的生平及其翻譯《莎士比亞戲劇》的過程(二)〉,參 2019 年 1 月 16 日網頁檢索 https://chuansongme.com/n/2580476。

2. 沁人:〈慎社與甌社〉,《溫州日報》,2003 年 10 月 25 日。

3. 梅冷生口述、孫夢恆紀錄:〈慎社與甌社〉,《溫州文史資料》,溫州:浙江人民出版社,1990 年,第 7 輯。另參 2019 年 1 月 16 日網頁檢索 http://www.360doc.com/content/17/0913/13/30624544_686752205.shtml。

4. 彭重熙:〈之江詩社小史〉,《之江年刊》,1932 年;另參 2019 年 1 月 16 日網頁檢索 http://www.sohu.com/a/72715055_184726。

5. 盧禮陽:〈張宗祥與溫州人士交遊考略〉,潘承玉《中國越學》第 7 輯,

北京：中國社會科學出版社，2016 年 3 月。另參 2019 年 1 月 16 日網頁檢索 http://blog.sina.com.cn/s/blog_634683490102w3pn.html。

三、電子資源

1. 中國基本古籍資料庫，合肥：黃山書社，2009 年（國立成功大學圖書館電子資源）。

2. 諸子百家中國哲學書電子化計畫：https://ctext.org/zh。

3. 羅鳳珠教授主持「國科會數位典藏國家型科技計畫──94 年度數位典藏創意學習計畫」──「唐宋詞全文資料庫」，網址：http://cls.hs.yzu.edu.tw/CSP/W_DB/index.htm。

附錄：本文述及之民國時期人物一覽表

（按姓名筆畫排列，生卒不詳者待查）

1. 丁寧（1902～1980，字懷楓）
2. 仇埰（1873～1945，字亮卿，號述庵）
3. 尹瘦石（1919～1998）
4. 方介堪（1901～1987，原名文渠，字溥如，後改名巖，字介堪，以字行）
5. 毛澤東（1893～1976，字潤之）
6. 王仲聞（1901～1969，名高明，以字行）
7. 王西彥（1914～1999，原名正瑩、又名思善）
8. 王伯尹（生卒不詳，馬一浮學生）
9. 王季思（1906～1996，名起，以字行）
10. 王易（1889～1956，字曉湘，號簡庵）
11. 王國維（1877～1927，字靜安，又字伯隅，晚號觀堂）
12. 王理孚（1876～1950，字志澄）
13. 王朝瑞（1939～2008，字廷諤，筆名王屋山，齋號瓢廬）
14. 王渡（1871前～？，字梅伯）
15. 王蘅芳（生卒不詳，字靜芬）
16. 王蘊章（1884～1942，字蓴農，號西神，別號窈九生、紅鵝生）
17. 王蘧常（1900～1989，字瑗仲，號明兩）
18. 任訥（1897～1991，字中敏，號二北、半塘）
19. 任銘善（1912～1967，字心叔，號無受）
20. 吉川幸次郎（1904～1980，日本漢學家）
21. 朱生豪（1912～1944，原名朱文森，又名文生）

22. 朱光潛（1897～1986，字孟實）

23. 朱東潤（1896～1988，原名朱世溱）

24. 朱祖謀（1857～1931，原名朱孝臧，字藿生，一字古微，一作古薇，號漚尹，又號彊村）

25. 江步瀛（生卒不詳）

26. 艾德林（1909～1985，蘇聯漢學家）

27. 何嘉（1910～1990，字之碩，號顗齋）

28. 余文耀（生卒不詳）

29. 余嘉錫（1884～1955 年，字季豫，號狷庵）

30. 吳天五（1910～1986，原名艮，晚年改名匏，字天五，號鷺山）

31. 吳宛春（生卒不詳）

32. 吳勁（生卒不詳，字號性健）

33. 吳庠（1879～1961，字眉孫，號寒竽）

34. 吳梅（1884～1939，字瞿安，號霜崖）

35. 吳湖帆（1894～1968，本名吳萬，改名吳倩，字湖帆，號倩庵）

36. 吳无聞（1917～1990，吳天五妹、夏承燾妻）

37. 吳熊和（1934～2012）

38. 吳廣洋（生卒不詳）

39. 吳徵鑄（1906～1992，字號白匋、靈瑣）

40. 呂貞白（1907～1984，名傳元，字貞白，號茄庵，以字行）

41. 呂渭英（1855～1927，字永年，號文起、文溪）

42. 呂澂（1896～1989，原名呂渭，字秋逸）

43. 宋慈抱（1895～1958，字墨庵）

44. 李笠（1894～1962，字雁晴）

45. 李杲（？～1930，字杲明）

46. 李翹（1898～1963，字孟楚）

47. 李驤（生卒不詳，字仲騫）

48. 杜師預（1867～1924，字左園）

49. 汪世清（1916～2003）

50. 汪兆鏞（1861～1939，字伯序，號憬吾）

51. 汪東（1890～1963，原名東寶，字叔初，後改字旭初，號寧庵）

52. 汪曾武（1866～1956，字仲虎，晚號鶼庵）
53. 汪瀅（生卒不詳）
54. 沈尹默（1883～1971，原名君默，別號鬼穀子）
55. 沈軼劉（1898～1993，名楨）
56. 沈翔（生卒不詳，字墨池）
57. 周仲明（生卒不詳）
58. 周汝昌（1918～2012，字禹言，號敏庵，後改字玉言）
59. 周岸登（1872～1942，字道援，號癸叔）
60. 周泳先（生卒不詳）
61. 周篤文（1934～，字曉川）
62. 宓逸群（1916～2006）
63. 宗白華（1897～1986，字伯華）
64. 林立夫（生卒不詳）
65. 林庚白（1897～1941，原名學衡，字淩南，又字眾難，自號摩登和尚）
66. 林葆恒（1872～？，字子有，號訒庵）
67. 林瀚塵（生卒不詳）
68. 林仲（生卒不詳，字默君）
69. 林鵾翔（1871～1940，字鐵尊，號半櫻）
70. 況周頤（1959～1926，原名周儀，字夔笙，一字揆孫，晚號蕙風詞隱）
71. 邵章（1872～1953，字伯絅，號倬盦）
72. 邵瑞彭（1887～1937，一名壽籛（壽錢），字次公）
73. 邵祖平（1898～1969，字潭秋）
74. 金兆蕃（1869～1951，字籛孫，號藥夢）
75. 金松岑（1873～1947，原名天翮，號鶴望、天放）
76. 俞平伯（1900～1990，原名銘衡，字平伯）
77. 冒廣生（1873～1959，字鶴亭，號疚齋）
78. 姚鵷雛（1892～1954，原名錫鈞，字雄伯）
79. 姜國仁（1896～1985）
80. 姜琦（1885～1951，字伯韓）
81. 姜會明（生卒不詳，字嘯樵）
82. 姜曉泉（生卒不詳，名曛）

83. 施華茲（1916～2003，奧地利漢學家）

84. 施蟄存（1905～2003，原名德普，字蟄存，以字行世）

85. 查猛濟（1902～1966，字太交、寬之，別號寂翁）

86. 柳亞子（1887～1958，原名慰高，字安如，後改名人權、棄疾，字亞子，以字行世）

87. 胡士瑩（1901～1979，別名胡宛春）

88. 胡小石（1888～1962，名光煒，字小石，號倩尹，又號夏廬）

89. 胡汀鷺（1884～1943，名振，字汀鷺）

90. 胡喬木（1912～1992，本名胡鼎新）

91. 胡雲翼（1906～1965，原名胡耀華，字南翔、北海）

92. 胡適（1891～1962，字適之）

93. 胡樸安（1878～1947，字仲明、仲民、頌明，號樸安、半邊翁，以號行世）

94. 郁達夫（1896～1945，原名郁文，字達夫）

95. 唐圭璋（1901～1990，字季特）

96. 夏步瀛（1869～1939，字蓬仙，號永嘉老民，夏承燾父）

97. 夏承燾（1900～1986，字瞿禪，晚年改字瞿髯，別號謝鄰、夢栩生，室名月輪樓、天風閣、玉鄰堂、朝陽樓）

98. 夏孫桐（1857～1941，字閏枝，號閏庵）

99. 夏敬觀（1875～1953，字劍丞，號呋庵）

100. 孫詒讓（1848～1908，字仲容，別號籀廎）

101. 孫養癯（生卒不詳）

102. 容庚（1894～1983，字希白，號頌齋）

103. 徐步奎（1923～2007，後改名徐朔方）

104. 徐聲越（1901～1986，名震堮，字聲越）

105. 徐錫昌（生卒不詳，字秋桐）

106. 浦江清（1904～1957）

107. 神田喜一郎（1897～1984，字子允，號鬯盦，日本漢學家）

108. 馬一孚（1883～1967，字一佛，後字一浮，號湛翁）

109. 馬公愚（1893～1969，本名范，初字公馭，後改公愚，晚號冷翁）

110. 馬茂元（1918～1989，字懋園）

111. 馬敘倫（1884～1970，字彝初，又作夷初）
112. 馬擯塵（生卒不詳）
113. 高性樸（生卒不詳）
114. 高時顯（1878～1952，字野侯）
115. 張宗祥（1882～1965，字閬聲，號冷僧）
116. 張荃（1911～1959，字蓀簃）
117. 張棡（1860～1942，字震軒，號真叟）
118. 張彰（生卒不詳）
119. 張爾田（1874～1945，字孟劬，號遁庵）
120. 張鳳子（生卒不詳）
121. 曹昌麟（生卒不詳，字民甫）
122. 梁啟超（1873～1929，字卓如、任甫，別號任公、飲冰室主人）
123. 梁鼎芬（1859～1919，字星海，一字心海，又字伯烈，號節庵）
124. 梅雨清（1895～1976，字冷生）
125. 清水茂（1925～2008，日本漢學家）
126. 符璋（1853～1929，字聘之、一字笑拈，號蛻庵）
127. 許之衡（1877～1935，字守白）
128. 許達初（生卒不詳）
129. 郭沫若（1892～1978，幼名文豹，原名開貞，字鼎堂，號尚武）
130. 郭紹虞（1893～1984，名希汾，字紹虞）
131. 陳三立（1853～1937，字伯嚴，號散原）
132. 陳中凡（1888～1982，原名鐘凡，字斠玄，號覺元）
133. 陳去病（1874～1933，字佩忍，號巢南、垂虹亭長）
134. 陳仲陶（1895～1953，名閎慧，字仲陶，號劍廬，以字行）
135. 陳竺同（1898～1955，原名經，字嘯秋，以字行，後改名竺同）
136. 陳思（1875～1932，字慈首）
137. 陳修仁（1902～1968）
138. 陳匪石（1884～1959，原名陳世宜，字小樹，號匪石，別號倦鶴）
139. 陳家慶（1904～1969 或 1970，字秀元）
140. 陳純白（生卒不詳）
141. 陳寅恪（1890～1969，字鶴壽）

142. 陳從周（1918～2000，名郁文，字從周，以字行，晚年自號梓翁）
143. 陳運彰（1905～1956，一作陳彰、運章，字君謨、君之，一字蒙安、蒙庵，號華西、次公等）
144. 陳適（1908～1969，原名陳孌清、陳孌怪，曾用名適一、堇昔）
145. 陳壽宸（1856～1930？，字子萬）
146. 陳毅（1901～1972，字仲弘）
147. 陳瀣（生卒不詳）
148. 陸侃如（1903～1978，原名侃，又名雪成，字衍廬）
149. 陸冠秋（生卒不詳）
150. 陸維釗（1899～1980，原名子平，字微昭，晚年自署劭翁）
151. 彭重熙（生卒不詳）
152. 彭靖（1923～1990，字巖石）
153. 景莘農（1884～1964，字志伊，號柏葉庵）
154. 曾廷賢（生卒不詳，字公俠）
155. 游止水（生卒不詳）
156. 湯國梨（1883～1980，字志瑩，號影觀）
157. 程千帆（1913～2000，原名逢會，改名會昌，字伯昊，筆名千帆）
158. 程天放（1899～1967，字佳士，號少芝）
159. 程善之（1880～1942，名慶餘，以字行）
160. 馮沅君（1900～1974，原名淑蘭，字德馥）
161. 黃光（1872～1945，字梅生）
162. 黃孝紓（1900～1964，字頵士，號匑庵）
163. 黃侃（1886～1935，字季剛）
164. 黃孟超（1915～？，字夢招，號清庵）
165. 黃紹箕（1854～1908，字仲弢，號漫庵）
166. 黃畬（1913～2007，字經笙，號紉蘭簃主）
167. 黃賓虹（1865～1955，初名懋質，字樸存，號賓虹）
168. 黃濬（1890～1937，字秋嶽）
169. 楊易霖（生卒不詳）
170. 楊蔭瀏（1899～1984，字亮卿，號二壯，又號清如）
171. 楊鐵夫（1869～1943，名玉銜，字懿生，號鐵夫）

172. 葉恭綽（1881～1968，字裕甫，號遐庵）

173. 葉聖陶（1894～1988，字紹鈞）

174. 葉嘉瑩（1924～ ，號迦陵）

175. 詹安泰（1902～1967，字祝南，號無庵）

176. 路朝鑾（1880～1954，別名金波）

177. 廖恩燾（1864～1954，字鳳舒，號懺庵）

178. 熊十力（1885～1968，號子真、逸翁）

179. 翟馼（生卒不詳，字楚材）

180. 趙百辛（1901～1943，名柏廎，亦作伯辛）

181. 趙尊嶽（1898～1965，原名汝樂，字叔雍）

182. 趙萬里（1905～1980，字斐雲，別號芸盦、舜盦）

183. 劉永滔（生卒不詳）

184. 劉永濟（1887～1966，字弘度，號誦帚）

185. 劉金城（1950～）

186. 劉海粟（1896～1994，原名劉槃，字季芳，號海翁）

187. 劉紹寬（1867～1942，字次饒，號厚莊）

188. 劉景晨（1881～1960，字貞晦，號冠三、潛廬、梅隱、梅屋先生）

189. 劉毓盤（1867～1927，字子庚，號椒禽）

190. 劉節（1901～1977，字子植，號青松）

191. 潘天壽（1897～1971，字大頤，號壽者）

192. 潘希珍（1917～2006，又名希真，即琦君）

193. 潘飛聲（1858～1934，字蘭史，號劍士、心蘭、老蘭）

194. 蔡正華（1895～1952，名瑩，字振華，一作正華，別號小安樂窩主人）

195. 蔡楨（1891～1944，字嵩雲，號柯亭）

196. 蔣禮鴻（1916～1995，字雲從）

197. 鄧廣銘（1907～1998，字恭三）

198. 鄭昶（1894～1952，字午昌，號弱龕、絲鬢散人）

199. 鄭文焯（1856～1918，字俊臣，號小坡，又號叔問，別號瘦碧）

200. 鄭振鐸（1898～1958，筆名西諦）

201. 鄭曼青（1901～1975，名岳，號蓮父）

202. 鄭奠（189601968，字石軍、介石）

203. 鄭閩達（1901～1958，字劍西）

204. 鄭猷（1883～1942，號姜門）

205. 鄭誦先（1892～1976，原名世芬，字誦先，號研齋）

206. 鄭任重（生卒不詳，字遠夫）

207. 鄭鍔（生卒不詳，字昂青）（按：有學者以為鄭岳（字曼青）、鄭鍔同一人）

208. 鄭騫（1906～1991，字因百）

209. 盧前（1905～1951，原名正紳，字冀野，自號飲虹、小疏）

210. 錢仲聯（1908～2003，號夢苕）

211. 錢名山（1875～1944，名振鍠，號名山）

212. 錢伯城（1922～　）

213. 錢穆（1895～1990，字賓四）

214. 錢鍾書（1910～1998，原名仰先，字哲良，後改名鍾書，字默存，號槐聚）

215. 龍沐勳（1902～1966，字榆生，號忍寒）

216. 戴正誠（生卒不詳，字亮集）

217. 繆鉞（1904～1995，字彥威）

218. 薛鍾斗（1892～1920，字儲石）

219. 謝玉岑（1899～1935，名觀虞）

220. 鍾泰（1888～1979，字齋，號鍾山）

221. 羅庶園（1898～1980）

222. 譚其驤（1911～1992，字季龍）

223. 嚴文黼（1893～1994，字琴隱）

224. 顧公雄（1897～1951，名則揚，字公雄）

225. 顧惺石（生卒不詳）

226. 顧學詰（1913～1999，字肇倉）

227. 顧敦鍒（？～1998，字雍如）

228. 顧頡剛（1893～1980，原名誦坤，字銘堅）

229. 龔均（生卒不詳，雪澄）